The Hound of the Baskervilles
El sabueso de los Baskerville

Arthur Conan Doyle

The Hound of the Baskervilles
El sabueso de los Baskerville

Texto paralelo bilingüe
Bilingual edition

Ingles - Español
English - Spanish

texto en español, traducido del inglés por Guillermo Tirelli

ROSETTA EDU

Título original: *The Hound of the Baskervilles*

Primera publicación: 1902

Primera edición: Febrero 2023

Publicado por Rosetta Edu
Londres, Febrero 2023
www.rosettaedu.com

ISBN: 978-1-83647-047-2

Rosetta Edu

Ediciones bilingües

Páginas enfrentadas
Páginas enfrentadas de la traducción y texto original en libros impresos.

Párrafos alineados en libros impresos
En libros impresos, los párrafos alineados entre los dos idiomas facilitan la comparación y la comprensión, ahorrando la necesidad de referirse constantemente al diccionario.

Párrafos enlazados en libros electrónicos
En libros electrónicos la comparación y la comprensión son facilitadas por citas al pie colocadas al principio de cada párrafo enlazando el texto en el idioma original y su traducción.

Integridad y fidelidad
Traducciones íntegras, fieles y no abreviadas del texto original.

Cuidado del vocabulario
Traducciones especiales para ediciones bilingües, con especial cuidado por la hegemonía de vocabulario utilizando glosarios en el proceso de traducción.

Contexto educativo
Ediciones enfocadas a estudiantes intermedios y avanzados del idioma original del texto en libros coleccionables y aptos para el contexto educativo.

INDICE

My dear Robinson,

It was to your account of a West-Country legend that this tale owes its inception. For this and for your help in the details all thanks.

Yours most truly,

A. Conan Doyle.

Hindhead, Haslemere.

Mi querido Robinson,

Este cuento debe su origen a su relato de una leyenda del oeste del país. Por ello y por su ayuda en los detalles, todo mi agradecimiento.

Sinceramente suyo,

A. Conan Doyle.

Hindhead, Haslemere.

CHAPTER 1 – MR. SHERLOCK HOLMES

Mr. Sherlock Holmes, who was usually very late in the mornings, save upon those not infrequent occasions when he was up all night, was seated at the breakfast table. I stood upon the hearth-rug and picked up the stick which our visitor had left behind him the night before. It was a fine, thick piece of wood, bulbous-headed, of the sort which is known as a "Penang lawyer." Just under the head was a broad silver band nearly an inch across. "To James Mortimer, M.R.C.S., from his friends of the C.C.H.," was engraved upon it, with the date "1884." It was just such a stick as the old-fashioned family practitioner used to carry—dignified, solid, and reassuring.

"Well, Watson, what do you make of it?"

Holmes was sitting with his back to me, and I had given him no sign of my occupation.

"How did you know what I was doing? I believe you have eyes in the back of your head."

"I have, at least, a well-polished, silver-plated coffee-pot in front of me," said he. "But, tell me, Watson, what do you make of our visitor's stick? Since we have been so unfortunate as to miss him and have no notion of his errand, this accidental souvenir becomes of importance. Let me hear you reconstruct the man by an examination of it."

"I think," said I, following as far as I could the methods of my companion, "that Dr. Mortimer is a successful, elderly medical man, well-esteemed since those who know him give him this mark of their appreciation."

"Good!" said Holmes. "Excellent!"

"I think also that the probability is in favour of his being a country practitioner who does a great deal of his visiting on foot."

"Why so?"

"Because this stick, though originally a very handsome one has been so knocked about that I can hardly imagine a town practitioner carrying it. The thick-iron ferrule is worn down, so it is evident that he has done a great amount of walking with it."

CAPÍTULO 1 – EL SEÑOR SHERLOCK HOLMES

El señor Sherlock Holmes, que solía levantarse muy tarde por las mañanas, salvo en las ocasiones no infrecuentes en que pasaba la noche en vela, estaba sentado a la mesa desayunando. Me puse de pie sobre la alfombra de la chimenea y cogí el bastón que nuestro visitante había olvidado la noche anterior. Era un trozo de fina madera y buen grosor, de cabeza bulbosa, del tipo que se conoce como «abogado de Penang». Justo debajo de la cabeza había una ancha banda de plata de casi dos centímetros de ancho. «A James Mortimer, M.R.C.S., de sus amigos del C.C.H.», estaba grabado en ella, con la fecha «1884». Era un bastón como el que solía llevar el médico de familia a la antigua usanza: digno, sólido y convincente.

«Bueno, Watson, ¿qué opina?».

Holmes estaba sentado de espaldas a mí, y yo no le había dado ninguna señal de mi ocupación.

«¿Cómo supo lo que estaba haciendo? Creo que usted tiene ojos en la nuca».

«Tengo, al menos, una cafetera bien pulida y bañada en plata delante de mí», dijo. «Pero, dígame, Watson, ¿qué opina del bastón de nuestro visitante? Puesto que hemos sido tan desafortunados como para no verle y no tenemos noción de su recado, este recuerdo accidental cobra importancia. Déjeme oírle reconstruir al hombre mediante un examen del mismo».

«Creo», dije yo, siguiendo en la medida de lo posible los métodos de mi compañero, «que el Doctor Mortimer es un exitoso y experimentado médico, bien estimado ya que quienes le conocen le dan esta muestra de su aprecio».

«¡Bien!», dijo Holmes. «¡Excelente!».

«Creo también que la probabilidad está a favor de que sea un practicante del campo que hace gran parte de sus visitas a pie».

«¿Por qué?».

«Porque este bastón, aunque originalmente era muy bonito, ha sufrido tantos golpes que me cuesta imaginar a un practicante de la ciudad llevándolo. La virola de hierro grueso está desgastada, por lo que es evidente que ha caminado mucho con él».

"Perfectly sound!" said Holmes.

"And then again, there is the 'friends of the C.C.H.' I should guess that to be the Something Hunt, the local hunt to whose members he has possibly given some surgical assistance, and which has made him a small presentation in return."

"Really, Watson, you excel yourself," said Holmes, pushing back his chair and lighting a cigarette. "I am bound to say that in all the accounts which you have been so good as to give of my own small achievements you have habitually underrated your own abilities. It may be that you are not yourself luminous, but you are a conductor of light. Some people without possessing genius have a remarkable power of stimulating it. I confess, my dear fellow, that I am very much in your debt."

He had never said as much before, and I must admit that his words gave me keen pleasure, for I had often been piqued by his indifference to my admiration and to the attempts which I had made to give publicity to his methods. I was proud, too, to think that I had so far mastered his system as to apply it in a way which earned his approval. He now took the stick from my hands and examined it for a few minutes with his naked eyes. Then with an expression of interest he laid down his cigarette, and carrying the cane to the window, he looked over it again with a convex lens.

"Interesting, though elementary," said he as he returned to his favourite corner of the settee. "There are certainly one or two indications upon the stick. It gives us the basis for several deductions."

"Has anything escaped me?" I asked with some self-importance. "I trust that there is nothing of consequence which I have overlooked?"

"I am afraid, my dear Watson, that most of your conclusions were erroneous. When I said that you stimulated me I meant, to be frank, that in noting your fallacies I was occasionally guided towards the truth. Not that you are entirely wrong in this instance. The man is certainly a country practitioner. And he walks a good deal."

"Then I was right."

"To that extent."

"But that was all."

«¡Magnífico!», dijo Holmes.

«Y por otra parte, están los "amigos del C.C.H.". Supongo que se trata de la Asociación de Algo de Caza [Hunt], el grupo de caza local a cuyos miembros posiblemente ha prestado alguna ayuda quirúrgica, y que le ha hecho un pequeño presente a cambio».

«Realmente, Watson, usted se supera a sí mismo», dijo Holmes, echando hacia atrás su silla y encendiendo un cigarrillo. «Me veo obligado a decir que en todos los relatos que ha tenido la bondad de hacer sobre mis pequeños logros ha infravalorado habitualmente sus propias capacidades. Puede que usted mismo no sea luminoso, pero es un conductor de luz. Algunas personas sin poseer genio tienen un notable poder para estimularlo. Confieso, mi querido amigo, que estoy muy en deuda con usted».

Nunca antes había dicho tanto, y debo admitir que sus palabras me produjeron un vivo placer, pues a menudo me había picado su indiferencia ante mi admiración y los intentos que yo había hecho de dar publicidad a sus métodos. También me enorgullecía pensar que yo había llegado a dominar tanto su sistema como para aplicarlo de un modo que ganaba su aprobación. A continuación él cogió el bastón de mis manos y lo examinó durante unos minutos a simple vista. Luego, con una expresión de interés, dejó el cigarrillo y, llevando el bastón a la ventana, volvió a mirarlo con una lente convexa.

«Interesante, aunque elemental», dijo mientras volvía a su rincón favorito del sofá. «Ciertamente hay uno o dos indicios en el bastón. Nos da la base para varias deducciones».

«¿Se me ha escapado algo?», pregunté con cierta arrogancia. «Confío en que no haya nada importante que se me haya pasado por alto».

«Me temo, mi querido Watson, que la mayoría de sus conclusiones eran erróneas. Cuando dije que usted me estimulaba quise decir, para ser franco, que al observar sus falacias me guiaba ocasionalmente hacia la verdad. No es que esté totalmente equivocado en este caso. El hombre es ciertamente un practicante de campo. Y camina mucho».

«Entonces tenía razón».

«Hasta ese punto».

«Pero eso fue todo».

"No, no, my dear Watson, not all—by no means all. I would suggest, for example, that a presentation to a doctor is more likely to come from a hospital than from a hunt, and that when the initials 'C.C.' are placed before that hospital the words 'Charing Cross' very naturally suggest themselves."

"You may be right."

"The probability lies in that direction. And if we take this as a working hypothesis we have a fresh basis from which to start our construction of this unknown visitor."

"Well, then, supposing that 'C.C.H.' does stand for 'Charing Cross Hospital,' what further inferences may we draw?"

"Do none suggest themselves? You know my methods. Apply them!"

"I can only think of the obvious conclusion that the man has practised in town before going to the country."

"I think that we might venture a little farther than this. Look at it in this light. On what occasion would it be most probable that such a presentation would be made? When would his friends unite to give him a pledge of their good will? Obviously at the moment when Dr. Mortimer withdrew from the service of the hospital in order to start a practice for himself. We know there has been a presentation. We believe there has been a change from a town hospital to a country practice. Is it, then, stretching our inference too far to say that the presentation was on the occasion of the change?"

"It certainly seems probable."

"Now, you will observe that he could not have been on the staff of the hospital, since only a man well-established in a London practice could hold such a position, and such a one would not drift into the country. What was he, then? If he was in the hospital and yet not on the staff he could only have been a house-surgeon or a house-physician—little more than a senior student. And he left five years ago—the date is on the stick. So your grave, middle-aged family practitioner vanishes into thin air, my dear Watson, and there emerges a young fellow under thirty, amiable, unambitious, absent-minded, and the possessor of a favourite dog, which I should describe roughly as being larger than a terrier and smaller than a mastiff."

«No, no, mi querido Watson, no todo... ni mucho menos. Sugeriría, por ejemplo, que es más probable que una presentación a un médico provenga de un hospital que de un club de caza, y que cuando las iniciales "C.C." se colocan delante de ese hospital, las palabras "Charing Cross" se sugieren muy naturalmente».

«Puede que tenga razón».

«La probabilidad va en esa dirección. Y si tomamos esto como una hipótesis de trabajo tenemos una base fresca desde la que empezar nuestra construcción de este visitante desconocido».

«Bien, entonces, suponiendo que "C.C.H." signifique efectivamente "Hospital de Charing Cross" ["Charing Cross Hospital"], ¿qué otras deducciones podemos sacar?».

«¿Alguna sugerencia? Ya conoce mis métodos. Aplíquelos».

«Sólo se me ocurre la conclusión obvia de que el hombre ha ejercido en la ciudad antes de ir al campo».

«Creo que podríamos aventurarnos un poco más allá. Mírelo desde este punto de vista. ¿En qué ocasión sería más probable que se hiciera tal presente? ¿Cuándo se unirían sus amigos para darle una prenda de su buena voluntad? Obviamente en el momento en que el Doctor Mortimer se retiró del servicio del hospital para iniciar una práctica por su cuenta. Sabemos que ha habido un presente. Creemos que ha habido un cambio de un hospital de ciudad a una consulta de campo. ¿Es, entonces, forzar demasiado nuestra inferencia decir que el presente fue otorgado con ocasión del cambio?».

«Ciertamente parece probable».

«Ahora bien, observará que no podía formar parte del personal del hospital, ya que sólo un hombre bien establecido en una consulta londinense podía ocupar un puesto así, y uno así no se iría al campo. ¿Qué era, entonces? Si estaba en el hospital y sin embargo no formaba parte de la plantilla, sólo podía haber sido un cirujano a domicilio o un médico a domicilio... poco más que un estudiante de último curso. Y se fue hace cinco años... la fecha está en el bastón. Así que su grave médico de familia de mediana edad se desvanece en el aire, mi querido Watson, y surge un joven de menos de treinta años, amable, poco ambicioso, despistado y poseedor de un perro favorito, que yo describiría aproximadamente como más grande que un terrier y más pequeño que un mastín».

I laughed incredulously as Sherlock Holmes leaned back in his settee and blew little wavering rings of smoke up to the ceiling.

"As to the latter part, I have no means of checking you," said I, "but at least it is not difficult to find out a few particulars about the man's age and professional career." From my small medical shelf I took down the Medical Directory and turned up the name. There were several Mortimers, but only one who could be our visitor. I read his record aloud.

"Mortimer, James, M.R.C.S., 1882, Grimpen, Dartmoor, Devon. House-surgeon, from 1882 to 1884, at Charing Cross Hospital. Winner of the Jackson prize for Comparative Pathology, with essay entitled 'Is Disease a Reversion?' Corresponding member of the Swedish Pathological Society. Author of 'Some Freaks of Atavism' (*Lancet,* 1882). 'Do We Progress?' (*Journal of Psychology,* March, 1883). Medical Officer for the parishes of Grimpen, Thorsley, and High Barrow."

"No mention of that local hunt, Watson," said Holmes with a mischievous smile, "but a country doctor, as you very astutely observed. I think that I am fairly justified in my inferences. As to the adjectives, I said, if I remember right, amiable, unambitious, and absent-minded. It is my experience that it is only an amiable man in this world who receives testimonials, only an unambitious one who abandons a London career for the country, and only an absent-minded one who leaves his stick and not his visiting-card after waiting an hour in your room."

"And the dog?"

"Has been in the habit of carrying this stick behind his master. Being a heavy stick the dog has held it tightly by the middle, and the marks of his teeth are very plainly visible. The dog's jaw, as shown in the space between these marks, is too broad in my opinion for a terrier and not broad enough for a mastiff. It may have been—yes, by Jove, it is a curly-haired spaniel."

He had risen and paced the room as he spoke. Now he halted in the recess of the window. There was such a ring of conviction in his voice that I glanced up in surprise.

"My dear fellow, how can you possibly be so sure of that?"

"For the very simple reason that I see the dog himself on our very door-step, and there is the ring of its owner. Don't move, I beg you, Watson. He is a professional brother of yours, and your presence may

Me reí con incredulidad mientras Sherlock Holmes se recostaba en su sofá y soplaba pequeños anillos de humo vacilantes hacia el techo.

«En cuanto a esto último, no tengo medios para comprobarlo», dije, «pero al menos no es difícil averiguar algunos detalles sobre la edad y la carrera profesional del hombre». De mi pequeña estantería médica saqué el Directorio Médico y apareció el nombre. Había varios Mortimer, pero sólo uno que podía ser nuestro visitante. Leí su historial en voz alta.

«Mortimer, James, M.R.C.S., 1882, Grimpen, Dartmoor, Devon. Cirujano a domicilio, de 1882 a 1884, en el Hospital Charing Cross. Ganador del premio Jackson de Patología Comparada, con un ensayo titulado "¿Es la enfermedad una reversión?". Miembro correspondiente de la Sociedad Patológica Sueca. Autor de "Algunos fenómenos del atavismo" (*Lancet* 1882). "¿Progresamos?" (*Revista de Psicología*, marzo de 1883). Oficial médico de las parroquias de Grimpen, Thorsley y High Barrow».

«Ninguna mención a esa asociación de caza, Watson», dijo Holmes con una sonrisa maliciosa, «pero sí a un médico rural, como usted ha observado muy astutamente. Creo que mis deducciones están bastante justificadas. En cuanto a los adjetivos, dije, si no recuerdo mal, amable, poco ambicioso y despistado. Según mi experiencia, sólo un hombre amable en este mundo recibe testimonios, sólo uno poco ambicioso abandona una carrera en Londres por el campo, y sólo uno despistado deja su bastón y no su tarjeta de visita después de esperar una hora en el salón».

«¿Y el perro?».

«Ha tenido la costumbre de llevar este bastón detrás de su amo. Al ser un bastón pesado el perro lo ha sujetado fuertemente por el centro, y las marcas de sus dientes son muy claramente visibles. La mandíbula del perro, como muestra el espacio entre estas marcas, es demasiado ancha en mi opinión para un terrier y no lo suficiente para un mastín. Puede haber sido... sí, por Júpiter, es un spaniel de pelo rizado».

Se había levantado y paseaba por la habitación mientras hablaba. Ahora se detuvo en el hueco de la ventana. Había tal timbre de convicción en su voz que levanté la vista sorprendido.

«Mi querido amigo, ¿cómo es posible que esté tan seguro de eso?».

«Por la sencilla razón de que veo al propio perro en el umbral de nuestra puerta, y ahí está su dueño tocando el timbre. No se mueva, se lo ruego, Watson. Es un hermano suyo de profesión, y su presencia puede

be of assistance to me. Now is the dramatic moment of fate, Watson, when you hear a step upon the stair which is walking into your life, and you know not whether for good or ill. What does Dr. James Mortimer, the man of science, ask of Sherlock Holmes, the specialist in crime? Come in!"

The appearance of our visitor was a surprise to me, since I had expected a typical country practitioner. He was a very tall, thin man, with a long nose like a beak, which jutted out between two keen, grey eyes, set closely together and sparkling brightly from behind a pair of gold-rimmed glasses. He was clad in a professional but rather slovenly fashion, for his frock-coat was dingy and his trousers frayed. Though young, his long back was already bowed, and he walked with a forward thrust of his head and a general air of peering benevolence. As he entered his eyes fell upon the stick in Holmes's hand, and he ran towards it with an exclamation of joy. "I am so very glad," said he. "I was not sure whether I had left it here or in the Shipping Office. I would not lose that stick for the world."

"A presentation, I see," said Holmes.

"Yes, sir."

"From Charing Cross Hospital?"

"From one or two friends there on the occasion of my marriage."

"Dear, dear, that's bad!" said Holmes, shaking his head.

Dr. Mortimer blinked through his glasses in mild astonishment. "Why was it bad?"

"Only that you have disarranged our little deductions. Your marriage, you say?"

"Yes, sir. I married, and so left the hospital, and with it all hopes of a consulting practice. It was necessary to make a home of my own."

"Come, come, we are not so far wrong, after all," said Holmes. "And now, Dr. James Mortimer—"

"Mister, sir, Mister—a humble M.R.C.S."

"And a man of precise mind, evidently."

serme de ayuda. Ahora es el momento dramático del destino, Watson, cuando oye un paso en la escalera y alguien entra en su vida, y no sabe si para bien o para mal. ¿Qué le pide el Doctor James Mortimer, el hombre de ciencia, a Sherlock Holmes, el especialista en crímenes? ¡Adelante!».

El aspecto de nuestro visitante fue una sorpresa para mí, ya que había esperado a un típico médico rural. Era un hombre muy alto y delgado, con una nariz larga como un pico, que sobresalía entre dos ojos agudos y grises, muy juntos y que brillaban intensamente tras un par de gafas de montura dorada. Vestía de forma profesional pero bastante desaliñada, pues su levita estaba deslucida y sus pantalones deshilachados. Aunque joven, su larga espalda ya estaba encorvada y caminaba echando la cabeza hacia delante y con un aire general de benevolencia fisgona. Al entrar, sus ojos se posaron en el bastón que Holmes llevaba en la mano, y corrió hacia él con una exclamación de alegría. «Me alegro mucho», dijo. «No estaba seguro de si lo había dejado aquí o en la Oficina Marítima. No perdería ese bastón por nada del mundo».

«Un presente, por lo que veo», dijo Holmes.

«Sí, señor».

«¿Del Hospital Charing Cross?».

«De uno o dos amigos de allí con motivo de mi boda».

«¡Querido, querido, eso es malo!», dijo Holmes, sacudiendo la cabeza.

El Doctor Mortimer parpadeó a través de sus gafas con leve asombro. «¿Por qué es malo?».

«Sólo que usted ha desordenado nuestras pequeñas deducciones. ¿Su matrimonio, dice?».

«Sí, señor. Me casé, y así dejé el hospital, y con él todas las esperanzas de tener un consultorio. Era necesario formar un hogar propio».

«Vamos, vamos, no estamos tan equivocados, después de todo», dijo Holmes. «Y ahora, Doctor James Mortimer...».

«"Señor", señor, sólo "Señor"... un humilde M.R.C.S. [Miembro del Colegio Real de Cirujanos]».

«Y un hombre de mente precisa, evidentemente».

"A dabbler in science, Mr. Holmes, a picker up of shells on the shores of the great unknown ocean. I presume that it is Mr. Sherlock Holmes whom I am addressing and not—"

"No, this is my friend Dr. Watson."

"Glad to meet you, sir. I have heard your name mentioned in connection with that of your friend. You interest me very much, Mr. Holmes. I had hardly expected so dolichocephalic a skull or such well-marked supra-orbital development. Would you have any objection to my running my finger along your parietal fissure? A cast of your skull, sir, until the original is available, would be an ornament to any anthropological museum. It is not my intention to be fulsome, but I confess that I covet your skull."

Sherlock Holmes waved our strange visitor into a chair. "You are an enthusiast in your line of thought, I perceive, sir, as I am in mine," said he. "I observe from your forefinger that you make your own cigarettes. Have no hesitation in lighting one."

The man drew out paper and tobacco and twirled the one up in the other with surprising dexterity. He had long, quivering fingers as agile and restless as the antennæ of an insect.

Holmes was silent, but his little darting glances showed me the interest which he took in our curious companion. "I presume, sir," said he at last, "that it was not merely for the purpose of examining my skull that you have done me the honour to call here last night and again today?"

"No, sir, no; though I am happy to have had the opportunity of doing that as well. I came to you, Mr. Holmes, because I recognized that I am myself an unpractical man and because I am suddenly confronted with a most serious and extraordinary problem. Recognizing, as I do, that you are the second highest expert in Europe—"

"Indeed, sir! May I inquire who has the honour to be the first?" asked Holmes with some asperity.

"To the man of precisely scientific mind the work of Monsieur Bertillon must always appeal strongly."

"Then had you not better consult him?"

"I said, sir, to the precisely scientific mind. But as a practical man of

«Un aficionado a la ciencia, señor Holmes, un recolector de conchas en las orillas del gran océano desconocido. Supongo que es al señor Sherlock Holmes a quien me dirijo y no...».

«No, este es mi amigo el Doctor Watson».

«Encantado de conocerle, señor. He oído mencionar su nombre en relación con el de su amigo. Usted me interesa mucho, señor Holmes. No esperaba un cráneo tan dolicocéfalo ni un desarrollo supraorbital tan bien marcado. ¿Tendría algún inconveniente en que le pasara el dedo por la fisura parietal? Un molde de su cráneo, señor, hasta que se disponga del original, sería un ornamento en cualquier museo antropológico. No es mi intención ser efusivo, pero confieso que codicio su cráneo».

Sherlock Holmes hizo señas a nuestro extraño visitante para que se sentara en una silla. «Es usted un entusiasta en su línea de pensamiento, percibo, señor, como yo lo soy en la mía», dijo. «Observo por su dedo índice que usted se arma sus propios cigarrillos. No dude en encender uno».

El hombre sacó papel y tabaco y enroscó uno en el otro con sorprendente destreza. Tenía unos dedos largos y temblorosos, tan ágiles e inquietos como las antenas de un insecto.

Holmes guardó silencio, pero sus miraditas me demostraron el interés que le despertaba nuestro curioso compañero. «Supongo, señor», dijo al fin, «que no ha sido con el mero propósito de examinar mi cráneo por lo que me ha hecho el honor de venir aquí anoche y de nuevo hoy».

«No, señor, no; aunque me alegro de haber tenido también la oportunidad de hacerlo. Acudí a usted, señor Holmes, porque reconocí que yo mismo soy un hombre poco práctico y porque de repente me encuentro ante un problema de lo más grave y extraordinario. Reconociendo, como reconozco, que usted es el segundo mayor experto de Europa...».

«¡En efecto, señor! ¿Puedo preguntar quién tiene el honor de ser el primero?», preguntó Holmes con cierta aspereza.

«Para el hombre de mente precisamente científica, la obra de Monsieur Bertillon siempre debe apelar con gran intensidad».

«Entonces, ¿no sería mejor que lo consultara con él?».

«He dicho, señor, para la mente precisamente científica. Pero como

affairs it is acknowledged that you stand alone. I trust, sir, that I have not inadvertently—"

"Just a little," said Holmes. "I think, Dr. Mortimer, you would do wisely if without more ado you would kindly tell me plainly what the exact nature of the problem is in which you demand my assistance."

hombre práctico en los asuntos se reconoce que usted es el único. Confío, señor, que no he inadvertidamente...».

«Sólo un poco», dijo Holmes. «Creo, Doctor Mortimer, que haría usted bien si sin más preámbulos tuviera la amabilidad de decirme claramente cuál es la naturaleza exacta del problema en el que demanda mi ayuda».

CHAPTER 2 — THE CURSE OF THE BASKERVILLES

"I have in my pocket a manuscript," said Dr. James Mortimer.

"I observed it as you entered the room," said Holmes.

"It is an old manuscript."

"Early eighteenth century, unless it is a forgery."

"How can you say that, sir?"

"You have presented an inch or two of it to my examination all the time that you have been talking. It would be a poor expert who could not give the date of a document within a decade or so. You may possibly have read my little monograph upon the subject. I put that at 1730."

"The exact date is 1742." Dr. Mortimer drew it from his breast-pocket. "This family paper was committed to my care by Sir Charles Baskerville, whose sudden and tragic death some three months ago created so much excitement in Devonshire. I may say that I was his personal friend as well as his medical attendant. He was a strong-minded man, sir, shrewd, practical, and as unimaginative as I am myself. Yet he took this document very seriously, and his mind was prepared for just such an end as did eventually overtake him."

Holmes stretched out his hand for the manuscript and flattened it upon his knee. "You will observe, Watson, the alternative use of the long s and the short. It is one of several indications which enabled me to fix the date."

I looked over his shoulder at the yellow paper and the faded script. At the head was written: "Baskerville Hall," and below in large, scrawling figures: "1742."

"It appears to be a statement of some sort."

"Yes, it is a statement of a certain legend which runs in the Baskerville family."

"But I understand that it is something more modern and practical upon which you wish to consult me?"

"Most modern. A most practical, pressing matter, which must be

CAPÍTULO 2 — LA MALDICIÓN DE LOS BASKERVILLE

«Tengo un manuscrito en el bolsillo», dijo el Doctor James Mortimer.

«Lo observé cuando entró en la habitación», dijo Holmes.

«Es un manuscrito antiguo».

«Principios del siglo XVIII, a menos que sea una falsificación».

«¿Cómo puede decir eso, señor?».

«Ha presentado uno o dos centímetros a mi examen durante todo el tiempo que ha estado hablando. Sería un pobre experto el que no pudiera dar la fecha de un documento con exactitud de una década más o menos. Posiblemente haya leído mi pequeña monografía sobre el tema. Lo sitúo en 1730».

«La fecha exacta es 1742». El Doctor Mortimer lo sacó de su bolsillo. «Este documento familiar fue confiado a mi cuidado por Sir Charles Baskerville, cuya repentina y trágica muerte hace unos tres meses creó tanta conmoción en Devonshire. Debo decir que yo era su amigo personal, además de su asistente médico. Era un hombre de mente fuerte, señor, astuto, práctico y tan poco imaginativo como yo mismo. Sin embargo, se tomó este documento muy en serio, y su mente estaba preparada para un final como el que en definitiva le sobrevino».

Holmes alargó la mano para coger el manuscrito y lo aplastó sobre su rodilla. «Observará, Watson, el uso alternativo de la s larga y la corta. Es uno de los varios indicios que me permitieron fijar la fecha».

Miré por encima de su hombro el papel amarillo y la letra descolorida. En la cabecera estaba escrito: «Baskerville Hall», y debajo, en grandes caracteres garabateados: «1742».

«Parece ser una declaración de algún tipo».

«Sí, es una declaración de cierta leyenda que corre en la familia Baskerville».

«¿Pero entiendo que es algo más moderno y práctico sobre lo que desea consultarme?».

«Más moderno. Un asunto de lo más práctico y apremiante, que debe

decided within twenty-four hours. But the manuscript is short and is intimately connected with the affair. With your permission I will read it to you."

Holmes leaned back in his chair, placed his finger-tips together, and closed his eyes, with an air of resignation. Dr. Mortimer turned the manuscript to the light and read in a high, cracking voice the following curious, old-world narrative:

"Of the origin of the Hound of the Baskervilles there have been many statements, yet as I come in a direct line from Hugo Baskerville, and as I had the story from my father, who also had it from his, I have set it down with all belief that it occurred even as is here set forth. And I would have you believe, my sons, that the same Justice which punishes sin may also most graciously forgive it, and that no ban is so heavy but that by prayer and repentance it may be removed. Learn then from this story not to fear the fruits of the past, but rather to be circumspect in the future, that those foul passions whereby our family has suffered so grievously may not again be loosed to our undoing.

"Know then that in the time of the Great Rebellion (the history of which by the learned Lord Clarendon I most earnestly commend to your attention) this Manor of Baskerville was held by Hugo of that name, nor can it be gainsaid that he was a most wild, profane, and godless man. This, in truth, his neighbours might have pardoned, seeing that saints have never flourished in those parts, but there was in him a certain wanton and cruel humour which made his name a by-word through the West. It chanced that this Hugo came to love (if, indeed, so dark a passion may be known under so bright a name) the daughter of a yeoman who held lands near the Baskerville estate. But the young maiden, being discreet and of good repute, would ever avoid him, for she feared his evil name. So it came to pass that one Michaelmas this Hugo, with five or six of his idle and wicked companions, stole down upon the farm and carried off the maiden, her father and brothers being from home, as he well knew. When they had brought her to the Hall the maiden was placed in an upper chamber, while Hugo and his friends sat down to a long carouse, as was their nightly custom. Now, the poor lass upstairs was like to have her wits turned at the singing and shouting and terrible oaths which came up to her from below, for they say that the words used by Hugo Baskerville, when he was in wine, were such as might blast the man who said them. At last in the stress of her fear she did that which might have daunted the bravest or most active man, for by the aid of the growth of ivy which covered (and still covers) the south wall she came down from under the eaves,

decidirse en veinticuatro horas. Pero el manuscrito es breve y está íntimamente relacionado con el asunto. Con su permiso se lo leeré».

Holmes se reclinó en su silla, juntó las puntas de los dedos y cerró los ojos, con aire de resignación. El Doctor Mortimer volvió el manuscrito hacia la luz y leyó con voz aguda y quebradiza la siguiente curiosa narración del viejo mundo:

«Sobre el origen del Sabueso de los Baskerville ha habido muchas afirmaciones, pero como desciendo en línea directa de Hugo Baskerville, y como recibí la historia de mi padre, que también la recibió del suyo, la he consignado con toda convicción de que ocurrió tal como aquí se expone. Y me gustaría que creyeran, hijos míos, que la misma Justicia que castiga el pecado puede también perdonarlo muy graciosamente, y que ninguna prohibición es tan pesada que mediante la oración y el arrepentimiento no puede ser eliminada. Aprendan entonces de esta historia a no temer los frutos del pasado, sino más bien a ser circunspectos en el futuro, para que esas sucias pasiones por las que nuestra familia ha sufrido tan penosamente no vuelvan a desatarse para nuestra perdición.

«Sepan, pues, que en la época de la Gran Rebelión (cuya historia por el erudito Lord Clarendon recomiendo encarecidamente a su atención) este señorío de Baskerville estaba en manos de Hugo de ese nombre, y no se puede negar que era un hombre de lo más salvaje, profano e impío. Esto, en verdad, sus vecinos podrían haberlo perdonado, dado que los santos nunca han florecido en esas partes, pero había en él un cierto humor desenfrenado y cruel que hizo de su nombre un blasfemo en todo el Oeste. Dio la casualidad de que este Hugo llegó a amar (si, en verdad, una pasión tan oscura puede conocerse bajo un nombre tan brillante) a la hija de un terrateniente que poseía tierras cerca de la finca de los Baskerville. Pero la joven doncella, siendo discreta y de buena reputación, lo evitaba siempre, pues temía su mala fama. Así sucedió que un día de San Miguel el tal Hugo, con cinco o seis de sus ociosos y malvados compañeros, robaron en la granja y se llevaron a la doncella, ya que su padre y sus hermanos no estaban en casa, como él bien sabía. Cuando la hubieron llevado al Hall, la doncella fue colocada en una cámara superior, mientras Hugo y sus amigos se sentaban a una larga juerga, como era su costumbre nocturna. Ahora bien, la pobre muchacha que seguía arriba estaba a punto de perder la razón ante las canciones, los gritos y los terribles juramentos que le llegaban desde abajo, pues dicen que las palabras que usaba Hugo Baskerville, cuando estaba en vino, eran tales que podían hacer estallar al hombre que las decía. Por fin, presa del miedo, ella hizo lo que podría haber amedrentado al hombre más valiente o más activo, pues con la ayuda de la hiedra que cubría (y aún cubre) el muro

and so homeward across the moor, there being three leagues betwixt the Hall and her father's farm.

"It chanced that some little time later Hugo left his guests to carry food and drink—with other worse things, perchance—to his captive, and so found the cage empty and the bird escaped. Then, as it would seem, he became as one that hath a devil, for, rushing down the stairs into the dining-hall, he sprang upon the great table, flagons and trenchers flying before him, and he cried aloud before all the company that he would that very night render his body and soul to the Powers of Evil if he might but overtake the wench. And while the revellers stood aghast at the fury of the man, one more wicked or, it may be, more drunken than the rest, cried out that they should put the hounds upon her. Whereat Hugo ran from the house, crying to his grooms that they should saddle his mare and unkennel the pack, and giving the hounds a kerchief of the maid's, he swung them to the line, and so off full cry in the moonlight over the moor.

"Now, for some space the revellers stood agape, unable to understand all that had been done in such haste. But anon their bemused wits awoke to the nature of the deed which was like to be done upon the moorlands. Everything was now in an uproar, some calling for their pistols, some for their horses, and some for another flask of wine. But at length some sense came back to their crazed minds, and the whole of them, thirteen in number, took horse and started in pursuit. The moon shone clear above them, and they rode swiftly abreast, taking that course which the maid must needs have taken if she were to reach her own home.

"They had gone a mile or two when they passed one of the night shepherds upon the moorlands, and they cried to him to know if he had seen the hunt. And the man, as the story goes, was so crazed with fear that he could scarce speak, but at last he said that he had indeed seen the unhappy maiden, with the hounds upon her track. 'But I have seen more than that,' said he, 'for Hugo Baskerville passed me upon his black mare, and there ran mute behind him such a hound of hell as God forbid should ever be at my heels.' So the drunken squires cursed the shepherd and rode onward. But soon their skins turned cold, for there came a galloping across the moor, and the black mare, dabbled with white froth, went past with trailing bridle and empty saddle. Then the revellers rode close together, for a great fear was on them, but they still followed over the moor, though each, had he been alone, would have been right glad to have turned his horse's head. Riding slowly in this fashion they came at last upon the hounds. These, though known for their valour and their breed, were whimpering in a cluster at the

sur, bajó por debajo del alero y así volvió a casa cruzando el páramo, pues había tres leguas entre la mansión y la granja de su padre.

«Sucedió que poco tiempo después Hugo dejó a sus invitados para llevar comida y bebida —con otras cosas peores, tal vez— a su cautiva, y así encontró la jaula vacía y al pájaro escapado. Entonces, según parece, se puso como quien tiene un demonio, pues, bajando a toda prisa las escaleras hasta el comedor, se abalanzó sobre la gran mesa, con los jarros y las bandejas volando ante él, y gritó en voz alta ante toda la compañía que esa misma noche entregaría su cuerpo y su alma a los Poderes del Mal si conseguía atrapar a la moza. Y mientras los juerguistas permanecían atónitos ante la furia del hombre, uno más malvado o, puede ser, más borracho que el resto, gritó que le echaran los sabuesos encima. Entonces Hugo salió corriendo de la casa, gritando a sus mozos de cuadra que ensillaran a su yegua y desenjaulasen a la jauría, y dando a los sabuesos un pañuelo de la doncella, los enganchó a la cuerda, y así partieron gritando a pleno pulmón a la luz de la luna sobre el páramo.

«Durante algún tiempo, los juerguistas se quedaron boquiabiertos, incapaces de comprender todo lo que se había hecho con tanta prisa. Pero al poco rato sus aturdidos ingenios despertaron a la naturaleza de la hazaña que estaba a punto de cometerse en el páramo. Todo era ahora un alboroto, algunos pedían sus pistolas, otros sus caballos y otros otro frasco de vino. Pero al final algo de sentido común volvió a sus mentes enloquecidas, y todos ellos, trece en número, tomaron el caballo y emprendieron la persecución. La luna brillaba clara sobre ellos, y cabalgaron rápidamente a la par, tomando el rumbo que la doncella debía necesariamente haber tomado si quería llegar a su propio hogar.

«Habían recorrido una milla o dos cuando se cruzaron con uno de los pastores nocturnos en el páramo, y le gritaron para saber si había visto la cacería. Y el hombre, según cuenta la historia, estaba tan enloquecido de miedo que apenas podía hablar, pero al final dijo que efectivamente había visto a la infeliz doncella, con los sabuesos tras su pista. "Pero he visto más que eso", dijo, "pues Hugo Baskerville pasó junto a mí montado en su yegua negra, y detrás de él corría mudo un sabueso del infierno como Dios no quiera que me pisara los talones". Así que los escuderos borrachos maldijeron al pastor y siguieron cabalgando. Pero pronto se les heló la piel, pues se oyó un galope por el páramo y la yegua negra, empapada de espuma blanca, pasó con la brida suelta y la silla vacía. Entonces los juerguistas cabalgaron muy juntos, pues les invadía un gran temor, pero aun así siguieron por el páramo, aunque cada uno, de haber estado solo, se habría alegrado mucho de haber girado la cabeza de su caballo. Cabalgando lentamente de esta manera llegaron por fin a los sabuesos. Éstos, aunque conocidos por su valor y su raza, estaban lloriqueando en

head of a deep dip or goyal, as we call it, upon the moor, some slinking away and some, with starting hackles and staring eyes, gazing down the narrow valley before them.

"The company had come to a halt, more sober men, as you may guess, than when they started. The most of them would by no means advance, but three of them, the boldest, or it may be the most drunken, rode forward down the goyal. Now, it opened into a broad space in which stood two of those great stones, still to be seen there, which were set by certain forgotten peoples in the days of old. The moon was shining bright upon the clearing, and there in the centre lay the unhappy maid where she had fallen, dead of fear and of fatigue. But it was not the sight of her body, nor yet was it that of the body of Hugo Baskerville lying near her, which raised the hair upon the heads of these three dare-devil roysterers, but it was that, standing over Hugo, and plucking at his throat, there stood a foul thing, a great, black beast, shaped like a hound, yet larger than any hound that ever mortal eye has rested upon. And even as they looked the thing tore the throat out of Hugo Baskerville, on which, as it turned its blazing eyes and dripping jaws upon them, the three shrieked with fear and rode for dear life, still screaming, across the moor. One, it is said, died that very night of what he had seen, and the other twain were but broken men for the rest of their days.

"Such is the tale, my sons, of the coming of the hound which is said to have plagued the family so sorely ever since. If I have set it down it is because that which is clearly known hath less terror than that which is but hinted at and guessed. Nor can it be denied that many of the family have been unhappy in their deaths, which have been sudden, bloody, and mysterious. Yet may we shelter ourselves in the infinite goodness of Providence, which would not forever punish the innocent beyond that third or fourth generation which is threatened in Holy Writ. To that Providence, my sons, I hereby commend you, and I counsel you by way of caution to forbear from crossing the moor in those dark hours when the powers of evil are exalted.

"[This from Hugo Baskerville to his sons Rodger and John, with instructions that they say nothing thereof to their sister Elizabeth.]"

When Dr. Mortimer had finished reading this singular narrative he pushed his spectacles up on his forehead and stared across at Mr. Sherlock Holmes. The latter yawned and tossed the end of his cigarette into the fire.

un grupo a la cabeza de una profunda hondonada o barranco, como lo llamamos, en el páramo, algunos escabulléndose y otros, con los pelos de punta y los ojos fijos, contemplando el estrecho valle que tenían ante ellos.

«La compañía se había detenido, con hombres más sobrios, como puede suponerse, que cuando empezaron. La mayoría de ellos no quiso de ningún modo avanzar, pero tres de ellos, los más audaces, o puede que los más borrachos, cabalgaron hacia delante por el barranco. Éste se abría a un amplio espacio en el que se alzaban dos de esas grandes piedras que aún pueden verse allí y que fueron colocadas por ciertos pueblos olvidados en los días de antaño. La luna brillaba sobre el claro, y allí, en el centro, yacía la infeliz doncella donde había caído, muerta de miedo y de fatiga. Pero no fue la visión de su cuerpo, ni tampoco la del cuerpo de Hugo Baskerville tendido cerca de ella, lo que erizó el vello de la cabeza de estos tres atrevidos bribones, sino que, de pie sobre Hugo, y desgarrándole la garganta, había una cosa repugnante, una bestia grande y negra, con forma de sabueso, pero más grande que cualquier sabueso sobre el que se haya posado un ojo mortal. E incluso mientras miraban la cosa le arrancó la garganta a Hugo Baskerville, sobre el cual, al volver sus ojos llameantes y sus mandíbulas chorreantes sobre ellos, los tres chillaron de miedo y cabalgaron para salvar sus vidas, aún gritando, a través del páramo. Se dice que uno de ellos murió esa misma noche por lo que había visto, y los otros dos no fueron más que hombres destrozados el resto de sus días.

«Tal es la historia, hijos míos, de la llegada del sabueso que, según se dice, tanto ha atormentado a la familia desde entonces. Si la he relatado es porque lo que se conoce claramente tiene menos terror que lo que sólo se insinúa y adivina. Tampoco se puede negar que muchos de la familia han sido desgraciados en sus muertes, que han sido repentinas, sangrientas y misteriosas. Sin embargo, podemos refugiarnos en la infinita bondad de la Providencia, que no castigaría para siempre a los inocentes más allá de esa tercera o cuarta generación con la que amenaza la Sagrada Escritura. A esa Providencia, hijos míos, les encomiendo por la presente, y les aconsejo a modo de advertencia que se abstengan de cruzar el páramo en esas horas oscuras en que se exaltan los poderes del mal.

«[Esto de Hugo Baskerville a sus hijos Rodger y John, con instrucciones de que no digan nada de esto a su hermana Elizabeth]».

Cuando el Doctor Mortimer hubo terminado de leer esta singular narración, se subió las gafas sobre la frente y miró fijamente al señor Sherlock Holmes. Éste bostezó y arrojó la colilla de su cigarrillo al fuego.

"Well?" said he.

"Do you not find it interesting?"

"To a collector of fairy tales."

Dr. Mortimer drew a folded newspaper out of his pocket.

"Now, Mr. Holmes, we will give you something a little more recent. This is the *Devon County Chronicle* of May 14th of this year. It is a short account of the facts elicited at the death of Sir Charles Baskerville which occurred a few days before that date."

My friend leaned a little forward and his expression became intent. Our visitor readjusted his glasses and began:

"The recent sudden death of Sir Charles Baskerville, whose name has been mentioned as the probable Liberal candidate for Mid-Devon at the next election, has cast a gloom over the county. Though Sir Charles had resided at Baskerville Hall for a comparatively short period his amiability of character and extreme generosity had won the affection and respect of all who had been brought into contact with him. In these days of *nouveaux riches* it is refreshing to find a case where the scion of an old county family which has fallen upon evil days is able to make his own fortune and to bring it back with him to restore the fallen *grandeur* of his line. Sir Charles, as is well known, made large sums of money in South African speculation. More wise than those who go on until the wheel turns against them, he realised his gains and returned to England with them. It is only two years since he took up his residence at Baskerville Hall, and it is common talk how large were those schemes of reconstruction and improvement which have been interrupted by his death. Being himself childless, it was his openly expressed desire that the whole countryside should, within his own lifetime, profit by his good fortune, and many will have personal reasons for bewailing his untimely end. His generous donations to local and county charities have been frequently chronicled in these columns.

"The circumstances connected with the death of Sir Charles cannot be said to have been entirely cleared up by the inquest, but at least enough has been done to dispose of those rumours to which local superstition has given rise. There is no reason whatever to suspect foul play, or to imagine that death could be from any but natural causes. Sir Charles was a widower, and a man who may be said to have been in some ways of an eccentric habit of mind. In spite of his considerable

«¿Y bien?», dijo él.

«¿No le parece interesante?».

«A un coleccionista de cuentos de hadas».

El Doctor Mortimer sacó un periódico doblado de su bolsillo.

«Ahora, señor Holmes, le daremos algo un poco más reciente. Se trata del *Devon County Chronicle* del 14 de mayo de este año. Es un breve relato de los hechos suscitados en la muerte de Sir Charles Baskerville ocurrida pocos días antes de esa fecha».

Mi amigo se inclinó un poco hacia delante y su expresión se volvió más atenta. Nuestro visitante se reajustó las gafas y comenzó:

«La reciente y repentina muerte de Sir Charles Baskerville, cuyo nombre se ha mencionado como probable candidato liberal por Mid-Devon en las próximas elecciones, ha arrojado una sombra sobre el condado. Aunque Sir Charles había residido en Baskerville Hall durante un periodo comparativamente corto, su amabilidad de carácter y su extrema generosidad se habían ganado el afecto y el respeto de todos los que habían estado en contacto con él. En estos días de nuevos ricos es refrescante encontrar un caso en el que el vástago de una antigua familia del condado que ha caído en desgracia es capaz de hacer su propia fortuna y traerla consigo para restaurar la grandeza caída de su linaje. Sir Charles, como es bien sabido, ganó grandes sumas de dinero en la especulación sudafricana. Más sabio que aquellos que siguen adelante hasta que la rueda gira en su contra, se percató de sus ganancias y regresó a Inglaterra con ellas. Hace sólo dos años que fijó su residencia en Baskerville Hall, y es de dominio público la magnitud de los planes de reconstrucción y mejora que se han visto interrumpidos por su muerte. Siendo él mismo huérfano, era su deseo abiertamente expresado que todo el territorio se beneficiara, durante su propia vida, de su buena fortuna, y muchos tendrán razones personales para lamentar su prematuro fin. Sus generosas donaciones a organizaciones benéficas locales y del condado han sido relatadas con frecuencia en estas columnas.

«No puede decirse que las circunstancias relacionadas con la muerte de Sir Charles hayan quedado totalmente aclaradas por la investigación, pero al menos se ha hecho lo suficiente para deshacerse de los rumores a los que ha dado lugar la superstición local. No hay razón alguna para sospechar de juego sucio, ni para imaginar que la muerte pudiera deberse a causas que no fueran naturales. Sir Charles era viudo y un hombre del que puede decirse que tenía en cierto modo un hábito mental excéntrico.

wealth he was simple in his personal tastes, and his indoor servants at Baskerville Hall consisted of a married couple named Barrymore, the husband acting as butler and the wife as housekeeper. Their evidence, corroborated by that of several friends, tends to show that Sir Charles's health has for some time been impaired, and points especially to some affection of the heart, manifesting itself in changes of colour, breathlessness, and acute attacks of nervous depression. Dr. James Mortimer, the friend and medical attendant of the deceased, has given evidence to the same effect.

"The facts of the case are simple. Sir Charles Baskerville was in the habit every night before going to bed of walking down the famous yew alley of Baskerville Hall. The evidence of the Barrymores shows that this had been his custom. On the fourth of May Sir Charles had declared his intention of starting next day for London, and had ordered Barrymore to prepare his luggage. That night he went out as usual for his nocturnal walk, in the course of which he was in the habit of smoking a cigar. He never returned. At twelve o'clock Barrymore, finding the hall door still open, became alarmed, and, lighting a lantern, went in search of his master. The day had been wet, and Sir Charles's footmarks were easily traced down the alley. Halfway down this walk there is a gate which leads out on to the moor. There were indications that Sir Charles had stood for some little time here. He then proceeded down the alley, and it was at the far end of it that his body was discovered. One fact which has not been explained is the statement of Barrymore that his master's footprints altered their character from the time that he passed the moor-gate, and that he appeared from thence onward to have been walking upon his toes. One Murphy, a gipsy horse-dealer, was on the moor at no great distance at the time, but he appears by his own confession to have been the worse for drink. He declares that he heard cries but is unable to state from what direction they came. No signs of violence were to be discovered upon Sir Charles's person, and though the doctor's evidence pointed to an almost incredible facial distortion—so great that Dr. Mortimer refused at first to believe that it was indeed his friend and patient who lay before him—it was explained that that is a symptom which is not unusual in cases of dyspnœa and death from cardiac exhaustion. This explanation was borne out by the post-mortem examination, which showed long-standing organic disease, and the coroner's jury returned a verdict in accordance with the medical evidence. It is well that this is so, for it is obviously of the utmost importance that Sir Charles's heir should settle at the Hall and continue the good work which has been so sadly interrupted. Had the prosaic finding of the coroner not finally put an end to the romantic stories which have been whispered in connection with the affair, it might have been difficult to

A pesar de su considerable riqueza era sencillo en sus gustos personales, y sus sirvientes en el interior de Baskerville Hall consistían en un matrimonio llamado Barrymore, el marido actuaba como mayordomo y la esposa como ama de llaves. Sus pruebas, corroboradas por las de varios amigos, tienden a demostrar que la salud de Sir Charles ha estado deteriorada durante algún tiempo, y apuntan especialmente a alguna afección del corazón, que se manifiesta en cambios de color, disnea y ataques agudos de depresión nerviosa. El Doctor James Mortimer, amigo y asistente médico del difunto, ha dado pruebas en el mismo sentido.

«Los hechos del caso son sencillos. Sir Charles Baskerville tenía la costumbre, todas las noches antes de acostarse, de pasear por el famoso callejón de tejos de Baskerville Hall. El testimonio de los Barrymore demuestran que ésta había sido su costumbre. El cuatro de mayo Sir Charles había declarado su intención de partir al día siguiente hacia Londres, y había ordenado a Barrymore que preparara su equipaje. Esa noche salió como de costumbre a dar su paseo nocturno, en el transcurso del cual tenía la costumbre de fumar un cigarro. Nunca regresó. A las doce, Barrymore, al encontrar la puerta del vestíbulo aún abierta, se alarmó y, encendiendo una linterna, fue en busca de su amo. El día había sido húmedo, y las huellas de Sir Charles se podían rastrear fácilmente por el callejón. A mitad de este paseo hay una puerta que da al páramo. Había indicios de que Sir Charles había permanecido allí algún tiempo. Luego siguió por el callejón, y fue en el extremo más alejado del mismo donde se descubrió su cuerpo. Un hecho que no se ha explicado es la afirmación de Barrymore de que las huellas de su amo alteraron su carácter desde el momento en que pasó la puerta del páramo, y que a partir de entonces parecía haber estado caminando sobre las puntas de los pies. Un tal Murphy, un gitano tratante de caballos, se encontraba en el páramo a no mucha distancia en ese momento, pero según su propia confesión parece haber estado peor por la bebida. Declara que oyó gritos pero es incapaz de precisar de qué dirección procedían. No se descubrió ningún signo de violencia en la persona de Sir Charles, y aunque las pruebas del médico apuntaban a una distorsión facial casi increíble —tan grande que el Doctor Mortimer se negó al principio a creer que era realmente su amigo y paciente quien yacía ante él—, se le explicó que ése es un síntoma que no es inusual en casos de disnea y muerte por agotamiento cardíaco. Esta explicación fue corroborada por el examen post-mortem, que mostró una enfermedad orgánica de larga duración, y el jurado del forense emitió un veredicto de acuerdo con las pruebas médicas. Es bueno que así sea, pues es obviamente de la mayor importancia que el heredero de Sir Charles se establezca en el Hall y continúe la buena labor que tan tristemente se ha visto interrumpida. Si el prosaico hallazgo del forense no hubiera acabado finalmente con las historias románticas que se han susurrado en relación con el asunto, podría haber sido difícil encontrar un

find a tenant for Baskerville Hall. It is understood that the next of kin is Mr. Henry Baskerville, if he be still alive, the son of Sir Charles Baskerville's younger brother. The young man when last heard of was in America, and inquiries are being instituted with a view to informing him of his good fortune."

Dr. Mortimer refolded his paper and replaced it in his pocket. "Those are the public facts, Mr. Holmes, in connection with the death of Sir Charles Baskerville."

"I must thank you," said Sherlock Holmes, "for calling my attention to a case which certainly presents some features of interest. I had observed some newspaper comment at the time, but I was exceedingly preoccupied by that little affair of the Vatican cameos, and in my anxiety to oblige the Pope I lost touch with several interesting English cases. This article, you say, contains all the public facts?"

"It does."

"Then let me have the private ones." He leaned back, put his finger-tips together, and assumed his most impassive and judicial expression.

"In doing so," said Dr. Mortimer, who had begun to show signs of some strong emotion, "I am telling that which I have not confided to anyone. My motive for withholding it from the coroner's inquiry is that a man of science shrinks from placing himself in the public position of seeming to indorse a popular superstition. I had the further motive that Baskerville Hall, as the paper says, would certainly remain untenanted if anything were done to increase its already rather grim reputation. For both these reasons I thought that I was justified in telling rather less than I knew, since no practical good could result from it, but with you there is no reason why I should not be perfectly frank.

"The moor is very sparsely inhabited, and those who live near each other are thrown very much together. For this reason I saw a good deal of Sir Charles Baskerville. With the exception of Mr. Frankland, of Lafter Hall, and Mr. Stapleton, the naturalist, there are no other men of education within many miles. Sir Charles was a retiring man, but the chance of his illness brought us together, and a community of interests in science kept us so. He had brought back much scientific information from South Africa, and many a charming evening we have spent together discussing the comparative anatomy of the Bushman and the Hottentot.

inquilino para Baskerville Hall. Se tiene entendido que el pariente más próximo es el señor Henry Baskerville, si aún vive, hijo del hermano menor de Sir Charles Baskerville. La última vez que se supo de él se encontraba en América, y se están haciendo averiguaciones para informarle de su buena fortuna».

El Doctor Mortimer volvió a doblar su papel y se lo guardó en el bolsillo. «Ésos son los hechos públicos, señor Holmes, en relación con la muerte de Sir Charles Baskerville».

«Debo agradecerle», dijo Sherlock Holmes, «que haya llamado mi atención sobre un caso que sin duda presenta algunos rasgos de interés. Había observado algunos comentarios periodísticos en su momento, pero estaba excesivamente preocupado por ese pequeño asunto de los camafeos vaticanos, y en mi ansiedad por complacer al Papa perdí el contacto con varios casos ingleses interesantes. ¿Este artículo, dice usted, contiene todos los hechos públicos?».

«Así es».

«Entonces cuénteme los privados». Se echó hacia atrás, juntó las puntas de los dedos y adoptó su expresión más impasible y judicial.

«Al hacerlo», dijo el Doctor Mortimer, que había empezado a mostrar signos de una fuerte emoción, «estoy contando algo que no he confiado a nadie. Mi motivo para ocultárselo a la investigación del forense es que un hombre de ciencia se resiste a colocarse en una posición pública en la que parezca que respalda una superstición popular. Tenía además el motivo de que Baskerville Hall, como dice el periódico, quedaría sin duda deshabitada si llegaba a hacerse algo que aumentara su ya bastante sombría reputación. Por estas dos razones pensé que tenía justificación contando bastante menos de lo que sabía, ya que ningún bien práctico podría derivarse de ello, pero con usted no hay ninguna razón para que no sea perfectamente franco.

«El páramo está muy poco habitado y los que viven cerca lo hacen muy juntos. Por esta razón vi mucho a Sir Charles Baskerville. A excepción del señor Frankland, de Lafter Hall, y del señor Stapleton, el naturalista, no hay otras personas educadas en muchos kilómetros a la redonda. Sir Charles era un hombre retraído, pero la casualidad de su enfermedad nos unió, y una comunidad de intereses en la ciencia nos mantuvo así. Había traído mucha información científica de Sudáfrica, y hemos pasado juntos muchas tardes encantadoras discutiendo la anatomía comparada del bosquimano y el hotentote.

"Within the last few months it became increasingly plain to me that Sir Charles's nervous system was strained to the breaking point. He had taken this legend which I have read you exceedingly to heart—so much so that, although he would walk in his own grounds, nothing would induce him to go out upon the moor at night. Incredible as it may appear to you, Mr. Holmes, he was honestly convinced that a dreadful fate overhung his family, and certainly the records which he was able to give of his ancestors were not encouraging. The idea of some ghastly presence constantly haunted him, and on more than one occasion he has asked me whether I had on my medical journeys at night ever seen any strange creature or heard the baying of a hound. The latter question he put to me several times, and always with a voice which vibrated with excitement.

"I can well remember driving up to his house in the evening some three weeks before the fatal event. He chanced to be at his hall door. I had descended from my gig and was standing in front of him, when I saw his eyes fix themselves over my shoulder and stare past me with an expression of the most dreadful horror. I whisked round and had just time to catch a glimpse of something which I took to be a large black calf passing at the head of the drive. So excited and alarmed was he that I was compelled to go down to the spot where the animal had been and look around for it. It was gone, however, and the incident appeared to make the worst impression upon his mind. I stayed with him all the evening, and it was on that occasion, to explain the emotion which he had shown, that he confided to my keeping that narrative which I read to you when first I came. I mention this small episode because it assumes some importance in view of the tragedy which followed, but I was convinced at the time that the matter was entirely trivial and that his excitement had no justification.

"It was at my advice that Sir Charles was about to go to London. His heart was, I knew, affected, and the constant anxiety in which he lived, however chimerical the cause of it might be, was evidently having a serious effect upon his health. I thought that a few months among the distractions of town would send him back a new man. Mr. Stapleton, a mutual friend who was much concerned at his state of health, was of the same opinion. At the last instant came this terrible catastrophe.

"On the night of Sir Charles's death Barrymore the butler, who made the discovery, sent Perkins the groom on horseback to me, and as I was sitting up late I was able to reach Baskerville Hall within an hour of the event. I checked and corroborated all the facts which were mentioned at the inquest. I followed the footsteps down the yew alley, I saw

«En los últimos meses me resultó cada vez más evidente que el sistema nervioso de Sir Charles estaba tenso hasta el límite. Se había tomado muy a pecho esa leyenda que le he leído, hasta el punto de que, aunque paseaba por sus propios terrenos, nada le inducía a salir al páramo por la noche. Por increíble que pueda parecerle, señor Holmes, estaba sinceramente convencido de que un destino espantoso se cernía sobre su familia y, ciertamente, los datos que pudo aportar sobre sus antepasados no eran alentadores. La idea de alguna presencia espantosa le rondaba constantemente, y en más de una ocasión me ha preguntado si en mis viajes médicos nocturnos había visto alguna vez alguna criatura extraña o había oído el aullido de un sabueso. Esta última pregunta me la hizo varias veces, y siempre con una voz que vibraba de excitación.

«Recuerdo perfectamente haber ido a su casa por la noche, unas tres semanas antes del fatal suceso. Casualmente estaba en la puerta de su salón. Yo había descendido de mi calesa y estaba de pie frente a él, cuando vi que sus ojos se clavaban por encima de mi hombro y me miraban fijamente con una expresión del horror más espantoso. Me di la vuelta y tuve el tiempo justo de vislumbrar algo que me pareció un gran ternero negro que pasaba por delante del camino de entrada. Tan excitado y alarmado estaba que me vi obligado a bajar al lugar donde había estado el animal y buscarlo. Sin embargo, ya no estaba y el incidente pareció causar la peor impresión en su mente. Me quedé con él toda la velada, y fue en esa ocasión, para explicar la emoción que había mostrado, cuando me confió la narración que les leí cuando llegué. Menciono este pequeño episodio porque adquiere cierta importancia en vista de la tragedia que siguió, pero en aquel momento yo estaba convencido de que el asunto era totalmente trivial y de que su excitación no tenía ninguna justificación.

«Fue por consejo mío que Sir Charles se dispuso a ir a Londres. Su corazón estaba, lo sabía, afectado, y la constante ansiedad en la que vivía, por muy quimérica que fuera la causa de la misma, estaba teniendo evidentemente un grave efecto sobre su salud. Pensé que unos meses entre las distracciones de la ciudad le harían volver convertido en un hombre nuevo. El señor Stapleton, un amigo común muy preocupado por su estado de salud, era de la misma opinión. En el último instante se produjo esta terrible catástrofe.

«La noche de la muerte de Sir Charles, Barrymore, el mayordomo, que hizo el descubrimiento, me envió a Perkins, el mozo de cuadra, a caballo, y como yo estaba levantado hasta tarde pude llegar a Baskerville Hall una hora después del suceso. Comprobé y corroboré todos los hechos que se mencionaron en la investigación. Seguí las pisadas por el callejón de los

the spot at the moor-gate where he seemed to have waited, I remarked the change in the shape of the prints after that point, I noted that there were no other footsteps save those of Barrymore on the soft gravel, and finally I carefully examined the body, which had not been touched until my arrival. Sir Charles lay on his face, his arms out, his fingers dug into the ground, and his features convulsed with some strong emotion to such an extent that I could hardly have sworn to his identity. There was certainly no physical injury of any kind. But one false statement was made by Barrymore at the inquest. He said that there were no traces upon the ground round the body. He did not observe any. But I did—some little distance off, but fresh and clear."

"Footprints?"

"Footprints."

"A man's or a woman's?"

Dr. Mortimer looked strangely at us for an instant, and his voice sank almost to a whisper as he answered.

"Mr. Holmes, they were the footprints of a gigantic hound!"

tejos, vi el lugar en la puerta del páramo donde parecía haber esperado, observé el cambio en la forma de las huellas después de ese punto, observé que no había otras pisadas salvo las de Barrymore sobre la suave grava y, por último, examiné cuidadosamente el cadáver, que no había sido tocado hasta mi llegada. Sir Charles yacía boca abajo, con los brazos extendidos, los dedos clavados en el suelo y las facciones convulsionadas por alguna emoción fuerte hasta tal punto que difícilmente habría podido jurar su identidad. Ciertamente no había lesiones físicas de ningún tipo. Pero Barrymore hizo una declaración falsa en la investigación. Dijo que no había huellas en el suelo alrededor del cuerpo. Él no observó ninguna. Pero yo sí... a poca distancia, pero frescas y claras».

«¿Huellas de pisadas?».

«Huellas de pisadas».

«¿De un hombre o de una mujer?».

El Doctor Mortimer nos miró de forma extraña durante un instante, y su voz se hundió casi en un susurro al responder.

«¡Señor Holmes, eran las huellas de pisadas de un sabueso gigantesco!».

CHAPTER 3 — THE PROBLEM

I confess at these words a shudder passed through me. There was a thrill in the doctor's voice which showed that he was himself deeply moved by that which he told us. Holmes leaned forward in his excitement and his eyes had the hard, dry glitter which shot from them when he was keenly interested.

"You saw this?"

"As clearly as I see you."

"And you said nothing?"

"What was the use?"

"How was it that no one else saw it?"

"The marks were some twenty yards from the body and no one gave them a thought. I don't suppose I should have done so had I not known this legend."

"There are many sheep-dogs on the moor?"

"No doubt, but this was no sheep-dog."

"You say it was large?"

"Enormous."

"But it had not approached the body?"

"No."

"What sort of night was it?'

"Damp and raw."

"But not actually raining?"

"No."

"What is the alley like?"

"There are two lines of old yew hedge, twelve feet high and impene-

CAPÍTULO 3 — EL PROBLEMA

Confieso que al oír estas palabras me recorrió un escalofrío. Había un estremecimiento en la voz del doctor que demostraba que él mismo estaba profundamente conmovido por lo que nos contaba. Holmes se inclinó hacia delante en su excitación y sus ojos tenían el brillo duro y seco que salía de ellos cuando estaba vivamente interesado.

«¿Usted vio eso?».

«Tan claramente como lo veo a usted».

«¿Y usted no dijo nada?».

«¿De qué serviría?».

«¿Cómo es que nadie más lo vio?».

«Las marcas estaban a unas veinte yardas del cuerpo y nadie les dio importancia. Supongo que yo no lo habría hecho si no hubiera conocido esta leyenda».

«¿Hay muchos perros pastores en el páramo?».

«Sin duda, pero éste no era un perro pastor».

«¿Dice que era grande?».

«Enorme».

«¿Pero no se había acercado al cuerpo?».

«No».

«¿Qué tipo de noche era?».

«Húmeda y cruda».

«¿Pero de hecho no llovía?».

«No».

«¿Cómo es el callejón?».

«Hay dos líneas de seto de tejo viejo, de doce pies de alto e impenetra-

trable. The walk in the centre is about eight feet across."

"Is there anything between the hedges and the walk?"

"Yes, there is a strip of grass about six feet broad on either side."

"I understand that the yew hedge is penetrated at one point by a gate?"

"Yes, the wicket-gate which leads on to the moor."

"Is there any other opening?"

"None."

"So that to reach the yew alley one either has to come down it from the house or else to enter it by the moor-gate?"

"There is an exit through a summer-house at the far end."

"Had Sir Charles reached this?"

"No; he lay about fifty yards from it."

"Now, tell me, Dr. Mortimer—and this is important—the marks which you saw were on the path and not on the grass?"

"No marks could show on the grass."

"Were they on the same side of the path as the moor-gate?"

"Yes; they were on the edge of the path on the same side as the moor-gate."

"You interest me exceedingly. Another point. Was the wicket-gate closed?"

"Closed and padlocked."

"How high was it?"

"About four feet high."

"Then anyone could have got over it?"

ble. El paseo central tiene unos ocho pies de ancho».

«¿Hay algo entre los setos y el paseo?».

«Sí, hay una franja de hierba de unos seis pies de ancho a cada lado».

«¿Tengo entendido que el seto de tejos está atravesado en un punto por una puerta?».

«Sí, la puerta de paso que conduce al páramo».

«¿Hay alguna otra abertura?».

«Ninguna».

«¿Así que para llegar al callejón de los tejos hay que bajar por él desde la casa o entrar por la puerta del páramo?».

«Hay una salida a través de una casa de verano en el otro extremo».

«¿Sir Charles había llegado a ese punto?».

«No; yacía a unas cincuenta yardas de él».

«Ahora, dígame, Doctor Mortimer —y esto es importante—, ¿las marcas que vio estaban en el camino y no en la hierba?».

«No se pueden ver marcas en la hierba».

«¿Estaban en el mismo lado del camino que la puerta del páramo?».

«Sí; estaban al borde del camino en el mismo lado que la puerta del páramo».

«Usted me interesa sobremanera. Otra cuestión. ¿Estaba cerrada la puerta de paso?».

«Cerrada y con candado».

«¿Qué altura tiene?».

«Alrededor de cuatro pies de altura».

«¿Entonces cualquiera podría haberla saltado?».

"Yes."

"And what marks did you see by the wicket-gate?"

"None in particular."

"Good heaven! Did no one examine?"

"Yes, I examined, myself."

"And found nothing?"

"It was all very confused. Sir Charles had evidently stood there for five or ten minutes."

"How do you know that?"

"Because the ash had twice dropped from his cigar."

"Excellent! This is a colleague, Watson, after our own heart. But the marks?"

"He had left his own marks all over that small patch of gravel. I could discern no others."

Sherlock Holmes struck his hand against his knee with an impatient gesture.

"If I had only been there!" he cried. "It is evidently a case of extraordinary interest, and one which presented immense opportunities to the scientific expert. That gravel page upon which I might have read so much has been long ere this smudged by the rain and defaced by the clogs of curious peasants. Oh, Dr. Mortimer, Dr. Mortimer, to think that you should not have called me in! You have indeed much to answer for."

"I could not call you in, Mr. Holmes, without disclosing these facts to the world, and I have already given my reasons for not wishing to do so. Besides, besides—"

"Why do you hesitate?"

"There is a realm in which the most acute and most experienced of detectives is helpless."

«Sí».

«¿Y qué marcas vio junto a la puerta de paso?».

«Ninguna en particular».

«¡Santo cielo! ¿Nadie examinó?».

«Sí, yo mismo la examiné».

«¿Y no encontró nada?».

«Estaba todo muy confuso. Evidentemente, Sir Charles había estado parado allí durante cinco o diez minutos».

«¿Cómo sabe eso?».

«Porque la ceniza de su cigarro se había caído dos veces».

«¡Excelente! Este es un colega, Watson, como nosotros queremos. ¿Pero las marcas?».

«Había dejado sus propias marcas por todo ese pequeño tramo de grava. No pude distinguir otras».

Sherlock Holmes se golpeó la mano contra la rodilla en un gesto de impaciencia.

«¡Si hubiera estado allí!», exclamó. «Es evidentemente un caso de extraordinario interés, y que presentaba inmensas oportunidades al experto científico. Esa página de grava en la que podría haber leído tanto hace tiempo que está manchada por la lluvia y desfigurada por los zuecos de los campesinos curiosos. Oh, Doctor Mortimer, Doctor Mortimer, ¡podría pensar que no debería haberme llamado! En verdad tiene mucho por lo que responder».

«No podía llamarle, señor Holmes, sin revelar estos hechos al mundo, y ya he dado mis razones para no querer hacerlo. Además, además...».

«¿Por qué duda?».

«Hay un ámbito en el que el más agudo y experimentado de los detectives es impotente».

"You mean that the thing is supernatural?"

"I did not positively say so."

"No, but you evidently think it."

"Since the tragedy, Mr. Holmes, there have come to my ears several incidents which are hard to reconcile with the settled order of Nature."

"For example?"

"I find that before the terrible event occurred several people had seen a creature upon the moor which corresponds with this Baskerville demon, and which could not possibly be any animal known to science. They all agreed that it was a huge creature, luminous, ghastly, and spectral. I have cross-examined these men, one of them a hard-headed countryman, one a farrier, and one a moorland farmer, who all tell the same story of this dreadful apparition, exactly corresponding to the hell-hound of the legend. I assure you that there is a reign of terror in the district, and that it is a hardy man who will cross the moor at night."

"And you, a trained man of science, believe it to be supernatural?"

"I do not know what to believe."

Holmes shrugged his shoulders. "I have hitherto confined my investigations to this world," said he. "In a modest way I have combated evil, but to take on the Father of Evil himself would, perhaps, be too ambitious a task. Yet you must admit that the footmark is material."

"The original hound was material enough to tug a man's throat out, and yet he was diabolical as well."

"I see that you have quite gone over to the supernaturalists. But now, Dr. Mortimer, tell me this. If you hold these views, why have you come to consult me at all? You tell me in the same breath that it is useless to investigate Sir Charles's death, and that you desire me to do it."

"I did not say that I desired you to do it."

"Then, how can I assist you?"

«¿Quiere decir que esa cosa es sobrenatural?».

«No lo afirmé positivamente».

«No, pero evidentemente usted lo piensa».

«Desde la tragedia, señor Holmes, han llegado a mis oídos varios incidentes difíciles de reconciliar con el orden establecido de la Naturaleza».

«¿Por ejemplo?».

«Me he enterado de que antes de que ocurriera el terrible suceso varias personas habían visto en el páramo una criatura que corresponde con este demonio de Baskerville, y que no podría ser ningún animal conocido por la ciencia. Todos coincidieron en que era una criatura enorme, luminosa, espantosa y espectral. He interrogado a estos hombres, uno de ellos un campesino de cabeza dura, otro un herrador y otro un granjero de los páramos, que cuentan todos la misma historia de esta espantosa aparición, que corresponde exactamente al sabueso infernal de la leyenda. Le aseguro que reina el terror en el distrito, y que es un hombre duro el que se anime a cruzar el páramo por la noche».

«¿Y usted, un hombre entrenado en la ciencia, cree que es sobrenatural?».

«No sé qué creer».

Holmes se encogió de hombros. «Hasta ahora he limitado mis investigaciones a este mundo», dijo. «De forma modesta he combatido el mal, pero enfrentarme al mismísimo Padre del Mal sería, quizá, una tarea demasiado ambiciosa. Sin embargo, debe usted admitir que la huella es material».

«El sabueso original era lo suficientemente material como para arrancarle la garganta a un hombre, pero también era diabólico».

«Veo que se ha pasado al lado de los sobrenaturalistas. Pero ahora, Doctor Mortimer, dígame esto. Si sostiene estas opiniones, ¿por qué ha venido a consultarme? Usted me dice en el mismo aliento que es inútil investigar la muerte de Sir Charles, y que desea que yo lo haga».

«No he dicho que deseara que lo hiciera».

«Entonces, ¿cómo puedo ayudarle?».

"By advising me as to what I should do with Sir Henry Baskerville, who arrives at Waterloo Station"—Dr. Mortimer looked at his watch—"in exactly one hour and a quarter."

"He being the heir?"

"Yes. On the death of Sir Charles we inquired for this young gentleman and found that he had been farming in Canada. From the accounts which have reached us he is an excellent fellow in every way. I speak now not as a medical man but as a trustee and executor of Sir Charles's will."

"There is no other claimant, I presume?"

"None. The only other kinsman whom we have been able to trace was Rodger Baskerville, the youngest of three brothers of whom poor Sir Charles was the elder. The second brother, who died young, is the father of this lad Henry. The third, Rodger, was the black sheep of the family. He came of the old masterful Baskerville strain and was the very image, they tell me, of the family picture of old Hugo. He made England too hot to hold him, fled to Central America, and died there in 1876 of yellow fever. Henry is the last of the Baskervilles. In one hour and five minutes I meet him at Waterloo Station. I have had a wire that he arrived at Southampton this morning. Now, Mr. Holmes, what would you advise me to do with him?"

"Why should he not go to the home of his fathers?"

"It seems natural, does it not? And yet, consider that every Baskerville who goes there meets with an evil fate. I feel sure that if Sir Charles could have spoken with me before his death he would have warned me against bringing this, the last of the old race, and the heir to great wealth, to that deadly place. And yet it cannot be denied that the prosperity of the whole poor, bleak countryside depends upon his presence. All the good work which has been done by Sir Charles will crash to the ground if there is no tenant of the Hall. I fear lest I should be swayed too much by my own obvious interest in the matter, and that is why I bring the case before you and ask for your advice."

Holmes considered for a little time.

"Put into plain words, the matter is this," said he. "In your opinion there is a diabolical agency which makes Dartmoor an unsafe abode for a Baskerville—that is your opinion?"

«Aconsejándome qué debo hacer con Sir Henry Baskerville, que llega a la estación de Waterloo», el Doctor Mortimer miró su reloj, «dentro de una hora y cuarto exactamente».

«¿Siendo él el heredero?».

«Sí. A la muerte de Sir Charles inquirimos por este joven caballero y descubrimos que se había dedicado a la agricultura en Canadá. Por los relatos que nos han llegado es una persona excelente en todos los sentidos. Hablo ahora no como médico sino como fideicomisario y albacea del testamento de Sir Charles».

«¿No hay ningún otro demandante, supongo?».

«Ninguno. El único otro pariente que hemos podido rastrear era Rodger Baskerville, el menor de tres hermanos de los que el pobre Sir Charles era el mayor. El segundo hermano, que murió joven, es el padre de este muchacho Henry. El tercero, Rodger, era la oveja negra de la familia. Procedía de la vieja cepa magistral de los Baskerville y era la viva imagen, según me cuentan, del retrato familiar del viejo Hugo. Consideró que Inglaterra se acaloraba demasiado como para retenerlo, huyó a América Central y murió allí en 1876 de fiebre amarilla. Henry es el último de los Baskerville. Dentro de una hora y cinco minutos me reuniré con él en la estación de Waterloo. Me han telegrafiado que ha llegado a Southampton esta mañana. Ahora, señor Holmes, ¿qué me aconseja que haga con él?».

«¿Por qué no ha de ir a su casa paterna?».

«Parece natural, ¿verdad? Y sin embargo, considere que cada Baskerville que va allí se encuentra con un mal destino. Estoy seguro de que si Sir Charles hubiera podido hablar conmigo antes de su muerte, me habría advertido que no llevara a éste, el último de la vieja raza y heredero de grandes riquezas, a ese lugar mortal. Y sin embargo, no se puede negar que la prosperidad de toda la pobre y sombría campiña depende de su presencia. Todo el buen trabajo que ha realizado Sir Charles se vendrá abajo si no hay un inquilino del Hall. Temo dejarme llevar demasiado por mi propio y evidente interés en el asunto, y por eso traigo el caso ante usted y le pido consejo».

Holmes reflexionó durante un rato.

«Dicho claramente, el asunto es éste», dijo él. «En su opinión, existe una agencia diabólica que hace de Dartmoor una morada insegura para un Baskerville... ¿esa es su opinión?».

"At least I might go the length of saying that there is some evidence that this may be so."

"Exactly. But surely, if your supernatural theory be correct, it could work the young man evil in London as easily as in Devonshire. A devil with merely local powers like a parish vestry would be too inconceivable a thing."

"You put the matter more flippantly, Mr. Holmes, than you would probably do if you were brought into personal contact with these things. Your advice, then, as I understand it, is that the young man will be as safe in Devonshire as in London. He comes in fifty minutes. What would you recommend?"

"I recommend, sir, that you take a cab, call off your spaniel who is scratching at my front door, and proceed to Waterloo to meet Sir Henry Baskerville."

"And then?"

"And then you will say nothing to him at all until I have made up my mind about the matter."

"How long will it take you to make up your mind?"

"Twenty-four hours. At ten o'clock tomorrow, Dr. Mortimer, I will be much obliged to you if you will call upon me here, and it will be of help to me in my plans for the future if you will bring Sir Henry Baskerville with you."

"I will do so, Mr. Holmes." He scribbled the appointment on his shirt-cuff and hurried off in his strange, peering, absent-minded fashion. Holmes stopped him at the head of the stair.

"Only one more question, Dr. Mortimer. You say that before Sir Charles Baskerville's death several people saw this apparition upon the moor?"

"Three people did."

"Did any see it after?"

"I have not heard of any."

"Thank you. Good-morning."

«Al menos me atrevería a decir que hay algunas pruebas de que esto puede ser así».

«Exactamente. Pero seguramente, si su teoría sobrenatural es correcta, podría obrar el mal del joven en Londres tan fácilmente como en Devonshire. Un diablo con poderes meramente locales como la sacristía de una parroquia sería algo demasiado inconcebible».

«Expone usted el asunto con más ligereza, señor Holmes, de la que probablemente lo haría si estuviera en contacto personal con estas cosas. Su consejo, entonces, según tengo entendido, es que el joven estará tan seguro en Devonshire como en Londres. Llega dentro de cincuenta minutos. ¿Qué me recomendaría?».

«Le recomiendo, señor, que coja un taxi, despida a su spaniel que está arañando la puerta de mi casa, y se dirija a Waterloo para reunirse con Sir Henry Baskerville».

«¿Y entonces?».

«Y entonces no le dirá nada en absoluto a él hasta que yo haya tomado una decisión sobre el asunto».

«¿Cuánto tardará en tomar una decisión?».

«Veinticuatro horas. Mañana a las diez, Doctor Mortimer, le estaré muy agradecido si me visita aquí, y me será de ayuda en mis planes para el futuro si trae a Sir Henry Baskerville con usted».

«Así lo haré, señor Holmes». Garabateó la cita en el puño de su camisa y se apresuró a marcharse con su extraña manera de mirar, distraído. Holmes le detuvo en la cabecera de la escalera.

«Sólo una pregunta más, Doctor Mortimer. ¿Dice usted que antes de la muerte de Sir Charles Baskerville varias personas vieron esta aparición en el páramo?».

«Tres personas lo hicieron».

«¿Alguien lo vio después?».

«No he oído hablar de ninguno».

«Gracias. Que tenga un buen día».

Holmes returned to his seat with that quiet look of inward satisfaction which meant that he had a congenial task before him.

"Going out, Watson?"

"Unless I can help you."

"No, my dear fellow, it is at the hour of action that I turn to you for aid. But this is splendid, really unique from some points of view. When you pass Bradley's, would you ask him to send up a pound of the strongest shag tobacco? Thank you. It would be as well if you could make it convenient not to return before evening. Then I should be very glad to compare impressions as to this most interesting problem which has been submitted to us this morning."

I knew that seclusion and solitude were very necessary for my friend in those hours of intense mental concentration during which he weighed every particle of evidence, constructed alternative theories, balanced one against the other, and made up his mind as to which points were essential and which immaterial. I therefore spent the day at my club and did not return to Baker Street until evening. It was nearly nine o'clock when I found myself in the sitting-room once more.

My first impression as I opened the door was that a fire had broken out, for the room was so filled with smoke that the light of the lamp upon the table was blurred by it. As I entered, however, my fears were set at rest, for it was the acrid fumes of strong coarse tobacco which took me by the throat and set me coughing. Through the haze I had a vague vision of Holmes in his dressing-gown coiled up in an armchair with his black clay pipe between his lips. Several rolls of paper lay around him.

"Caught cold, Watson?" said he.

"No, it's this poisonous atmosphere."

"I suppose it is pretty thick, now that you mention it."

"Thick! It is intolerable."

"Open the window, then! You have been at your club all day, I perceive."

"My dear Holmes!"

Holmes volvió a su asiento con esa tranquila mirada de satisfacción interior que significaba que tenía ante sí una tarea agradable.

«¿Va a salir, Watson?».

«A menos que pueda ayudarle».

«No, mi querido amigo, es a la hora de la acción cuando acudo a usted en busca de ayuda. Pero esto es espléndido, realmente único desde algunos puntos de vista. Cuando pase por Bradley's, ¿podría pedirle que envíe una libra del tabaco más fuerte? Gracias. Sería conveniente que usted no regresara antes de la tarde. Entonces me encantaría comparar impresiones sobre este problema tan interesante que se nos ha planteado esta mañana».

Sabía que la reclusión y la soledad eran muy necesarias para mi amigo en aquellas horas de intensa concentración mental durante las cuales sopesaba cada partícula de prueba, construía teorías alternativas, comparaba unas frente a otras y se decidía sobre qué puntos eran esenciales y cuáles inmateriales. Por lo tanto, pasé el día en mi club y no regresé a Baker Street hasta la noche. Eran casi las nueve cuando me encontré de nuevo en el salón.

Mi primera impresión al abrir la puerta fue que se había declarado un incendio, pues la habitación estaba tan llena de humo que la luz de la lámpara que había sobre la mesa se veía empañada por él. Al entrar, sin embargo, mis temores se disiparon, pues fueron los vapores acres de un fuerte tabaco áspero los que me atenazaron la garganta y me hicieron toser. A través de la bruma tuve una vaga visión de Holmes en bata arrellanado en un sillón con su pipa de arcilla negra entre los labios. Varios rollos de papel yacían a su alrededor.

«¿Se ha resfriado, Watson?», dijo él.

«No, es esta atmósfera venenosa».

«Supongo que es bastante espesa, ahora que lo menciona».

«¡Espesa! Es intolerable».

«¡Abra la ventana, entonces! Ha estado en su club todo el día, según percibo».

«¡Mi querido Holmes!».

"Am I right?"

"Certainly, but how?"

He laughed at my bewildered expression. "There is a delightful freshness about you, Watson, which makes it a pleasure to exercise any small powers which I possess at your expense. A gentleman goes forth on a showery and miry day. He returns immaculate in the evening with the gloss still on his hat and his boots. He has been a fixture therefore all day. He is not a man with intimate friends. Where, then, could he have been? Is it not obvious?"

"Well, it is rather obvious."

"The world is full of obvious things which nobody by any chance ever observes. Where do you think that I have been?"

"A fixture also."

"On the contrary, I have been to Devonshire."

"In spirit?"

"Exactly. My body has remained in this armchair and has, I regret to observe, consumed in my absence two large pots of coffee and an incredible amount of tobacco. After you left I sent down to Stamford's for the Ordnance map of this portion of the moor, and my spirit has hovered over it all day. I flatter myself that I could find my way about."

"A large-scale map, I presume?"

"Very large."

He unrolled one section and held it over his knee. "Here you have the particular district which concerns us. That is Baskerville Hall in the middle."

"With a wood round it?"

"Exactly. I fancy the yew alley, though not marked under that name, must stretch along this line, with the moor, as you perceive, upon the right of it. This small clump of buildings here is the hamlet of Grimpen, where our friend Dr. Mortimer has his headquarters. Within a radius of five miles there are, as you see, only a very few scattered

«¿Estoy en lo cierto?».

«Ciertamente, pero ¿cómo...?».

Se rió ante mi expresión de desconcierto. «Hay una deliciosa frescura en usted, Watson, que hace que sea un placer ejercer los pequeños poderes que poseo a su costa. Un caballero sale en un día lluvioso y cenagoso. Regresa inmaculado por la tarde con el brillo aún en su sombrero y sus botas. Ha estado, por tanto, fijo en un lugar todo el día. No es un hombre con amigos íntimos. ¿Dónde, pues, ha podido estar? ¿No es evidente?».

«Bueno, es bastante obvio».

«El mundo está lleno de cosas obvias que nadie por casualidad observa. ¿Dónde cree que yo he estado?».

«Fijo en un lugar también».

«Al contrario, he estado en Devonshire».

«¿En espíritu?».

«Exactamente. Mi cuerpo ha permanecido en este sillón y, lamento observar, ha consumido en mi ausencia dos grandes jarras de café y una increíble cantidad de tabaco. Después de que usted se marchara envié a Stamford's a por el mapa de la Ordenanza de esta parte del páramo, y mi espíritu ha rondado sobre él todo el día. Me halago de poder encontrar el camino».

«¿Un mapa a gran escala, supongo?».

«Muy grande».

Desenrolló una sección y la sostuvo sobre su rodilla. «Aquí tiene el distrito concreto que nos concierne. En el centro está Baskerville Hall».

«¿Con un bosque alrededor?».

«Exactamente. Me imagino que el callejón de los tejos, aunque no está marcado con ese nombre, debe extenderse a lo largo de esta línea, con el páramo, como usted percibe, a la derecha del mismo. Este pequeño grupo de edificios de aquí es la aldea de Grimpen, donde nuestro amigo el Doctor Mortimer tiene su cuartel general. En un radio de cinco millas

dwellings. Here is Lafter Hall, which was mentioned in the narrative. There is a house indicated here which may be the residence of the naturalist—Stapleton, if I remember right, was his name. Here are two moorland farmhouses, High Tor and Foulmire. Then fourteen miles away the great convict prison of Princetown. Between and around these scattered points extends the desolate, lifeless moor. This, then, is the stage upon which tragedy has been played, and upon which we may help to play it again."

"It must be a wild place."

"Yes, the setting is a worthy one. If the devil did desire to have a hand in the affairs of men—"

"Then you are yourself inclining to the supernatural explanation."

"The devil's agents may be of flesh and blood, may they not? There are two questions waiting for us at the outset. The one is whether any crime has been committed at all; the second is, what is the crime and how was it committed? Of course, if Dr. Mortimer's surmise should be correct, and we are dealing with forces outside the ordinary laws of Nature, there is an end of our investigation. But we are bound to exhaust all other hypotheses before falling back upon this one. I think we'll shut that window again, if you don't mind. It is a singular thing, but I find that a concentrated atmosphere helps a concentration of thought. I have not pushed it to the length of getting into a box to think, but that is the logical outcome of my convictions. Have you turned the case over in your mind?"

"Yes, I have thought a good deal of it in the course of the day."

"What do you make of it?"

"It is very bewildering."

"It has certainly a character of its own. There are points of distinction about it. That change in the footprints, for example. What do you make of that?"

"Mortimer said that the man had walked on tiptoe down that portion of the alley."

"He only repeated what some fool had said at the inquest. Why should a man walk on tiptoe down the alley?"

sólo hay, como ve, unas pocas viviendas dispersas. Aquí está Lafter Hall, mencionada en la narración. Aquí se indica una casa que puede ser la residencia del naturalista... Stapleton, si no recuerdo mal, era su nombre. Aquí hay dos granjas en el páramo, High Tor y Foulmire. A continuación, a catorce millas, la gran prisión de convictos de Princetown. Entre y alrededor de estos puntos dispersos se extiende el páramo desolado y sin vida. Este es, pues, el escenario en el que se ha representado la tragedia, y en el que podemos ayudar a representarla de nuevo».

«Debe de ser un lugar salvaje».

«Sí, el escenario es digno. Si el diablo deseara tener una mano en los asuntos de los hombres...».

«Entonces usted mismo se inclina por la explicación sobrenatural».

«Los agentes del diablo pueden ser de carne y hueso, ¿no es así? Hay dos preguntas que nos están esperando desde el principio. La primera es si se ha cometido algún crimen en absoluto; la segunda es, ¿cuál es el crimen y cómo se cometió? Por supuesto, si la conjetura del Doctor Mortimer es correcta, y estamos tratando con fuerzas fuera de las leyes ordinarias de la Naturaleza, ahí termina nuestra investigación. Pero estamos obligados a agotar todas las demás hipótesis antes de recurrir a ésta. Creo que volveremos a cerrar esa ventana, si no le importa. Es algo singular, pero encuentro que una atmósfera concentrada ayuda a la concentración del pensamiento. No he llegado al extremo de meterme en una caja para pensar, pero es el resultado lógico de mis convicciones. ¿Le ha dado vueltas al caso en su mente?».

«Sí, he pensado mucho en ello a lo largo del día».

«¿Qué le parece?».

«Es muy desconcertante».

«Tiene sin duda un carácter propio. Tiene puntos de distinción. Ese cambio en las huellas, por ejemplo. ¿Qué opina de eso?».

«Mortimer dijo que el hombre había caminado de puntillas por esa parte del callejón».

«Sólo repitió lo que algún tonto había dicho en la investigación. ¿Por qué debería un hombre caminar de puntillas por el callejón?».

"What then?"

"He was running, Watson—running desperately, running for his life, running until he burst his heart—and fell dead upon his face."

"Running from what?"

"There lies our problem. There are indications that the man was crazed with fear before ever he began to run."

"How can you say that?"

"I am presuming that the cause of his fears came to him across the moor. If that were so, and it seems most probable, only a man who had lost his wits would have run from the house instead of towards it. If the gipsy's evidence may be taken as true, he ran with cries for help in the direction where help was least likely to be. Then, again, whom was he waiting for that night, and why was he waiting for him in the yew alley rather than in his own house?"

"You think that he was waiting for someone?"

"The man was elderly and infirm. We can understand his taking an evening stroll, but the ground was damp and the night inclement. Is it natural that he should stand for five or ten minutes, as Dr. Mortimer, with more practical sense than I should have given him credit for, deduced from the cigar ash?"

"But he went out every evening."

"I think it unlikely that he waited at the moor-gate every evening. On the contrary, the evidence is that he avoided the moor. That night he waited there. It was the night before he made his departure for London. The thing takes shape, Watson. It becomes coherent. Might I ask you to hand me my violin, and we will postpone all further thought upon this business until we have had the advantage of meeting Dr. Mortimer and Sir Henry Baskerville in the morning."

«¿Y sino qué?».

«Corría, Watson... corría desesperadamente, corría por su vida, corría hasta que le estalló el corazón... y cayó muerto de bruces».

«¿Huyendo de qué?».

«Ahí radica nuestro problema. Hay indicios de que el hombre estaba enloquecido de miedo antes de empezar a correr».

«¿Cómo puede decir eso?».

«Supongo que la causa de sus temores le llegó a través del páramo. Si así fuera, y parece lo más probable, sólo un hombre que hubiera perdido el juicio habría huido de la casa en vez de hacia ella. Si la evidencia del gitano puede tomarse como cierta, corrió con gritos de auxilio en la dirección donde era menos probable que hubiera ayuda. Entonces, de nuevo, ¿a quién esperaba aquella noche y por qué le esperaba en el callejón de los tejos en lugar de en su propia casa?».

«¿Cree que estaba esperando a alguien?».

«El hombre era anciano y estaba enfermo. Podemos entender que diera un paseo vespertino, pero el suelo estaba húmedo y la noche era inclemente. ¿Es natural que permaneciera de pie durante cinco o diez minutos, como el Doctor Mortimer, con más sentido práctico del que yo le hubiera dado crédito, dedujo de la ceniza del cigarro?».

«Pero salía todas las tardes».

«Me parece poco probable que esperara en la puerta del páramo todas las noches. Al contrario, la evidencia es que evitaba el páramo. Esa noche esperó allí. Fue la noche anterior a su partida hacia Londres. La cosa toma forma, Watson. Se vuelve coherente. Permítame que le pida que me entregue mi violín, y pospondremos cualquier otra reflexión sobre este asunto hasta que hayamos tenido la ventaja de reunirnos con el Doctor Mortimer y Sir Henry Baskerville por la mañana».

CHAPTER 4 – SIR HENRY BASKERVILLE

Our breakfast table was cleared early, and Holmes waited in his dressing-gown for the promised interview. Our clients were punctual to their appointment, for the clock had just struck ten when Dr. Mortimer was shown up, followed by the young baronet. The latter was a small, alert, dark-eyed man about thirty years of age, very sturdily built, with thick black eyebrows and a strong, pugnacious face. He wore a ruddy-tinted tweed suit and had the weather-beaten appearance of one who has spent most of his time in the open air, and yet there was something in his steady eye and the quiet assurance of his bearing which indicated the gentleman.

"This is Sir Henry Baskerville," said Dr. Mortimer.

"Why, yes," said he, "and the strange thing is, Mr. Sherlock Holmes, that if my friend here had not proposed coming round to you this morning I should have come on my own account. I understand that you think out little puzzles, and I've had one this morning which wants more thinking out than I am able to give it."

"Pray take a seat, Sir Henry. Do I understand you to say that you have yourself had some remarkable experience since you arrived in London?"

"Nothing of much importance, Mr. Holmes. Only a joke, as like as not. It was this letter, if you can call it a letter, which reached me this morning."

He laid an envelope upon the table, and we all bent over it. It was of common quality, greyish in colour. The address, "Sir Henry Baskerville, Northumberland Hotel," was printed in rough characters; the post-mark "Charing Cross," and the date of posting the preceding evening.

"Who knew that you were going to the Northumberland Hotel?" asked Holmes, glancing keenly across at our visitor.

"No one could have known. We only decided after I met Dr. Mortimer."

"But Dr. Mortimer was no doubt already stopping there?"

"No, I had been staying with a friend," said the doctor.

CAPÍTULO 4 – SIR HENRY BASKERVILLE

La mesa del desayuno fue recogida temprano y Holmes esperó en bata la entrevista prometida. Nuestros clientes acudieron puntuales a la cita, pues el reloj acababa de dar las diez cuando se presentó el doctor Mortimer, seguido del joven baronet. Este último era un hombre pequeño, despierto y de ojos oscuros, de unos treinta años, de constitución muy robusta, con espesas cejas negras y un rostro fuerte y pugnaz. Vestía un traje de tweed teñido de color rojizo y tenía el aspecto curtido de quien ha pasado la mayor parte del tiempo al aire libre y, sin embargo, había algo en su mirada firme y en la tranquila seguridad de su porte que indicaban al caballero.

«Este es Sir Henry Baskerville», dijo el Doctor Mortimer.

«Pues sí», dijo él, «y lo extraño es, señor Sherlock Holmes, que si mi amigo aquí presente no me hubiera propuesto venir a verle esta mañana yo habría venido por mi cuenta. Tengo entendido que usted piensa en pequeños enigmas, y esta mañana he tenido uno que necesita más reflexión de la que yo soy capaz de darle».

«Por favor, tome asiento, Sir Henry. ¿Le he entendido decir que usted mismo ha tenido alguna experiencia notable desde que llegó a Londres?».

«Nada de mucha importancia, señor Holmes. Sólo una broma, o tal vez no. Fue esta carta, si se le puede llamar carta, que me llegó esta mañana».

Puso un sobre sobre la mesa y todos nos inclinamos sobre el mismo. Era de calidad común, de color grisáceo. La dirección, «Sir Henry Baskerville, Hotel Northumberland», estaba escrita en caracteres toscos; el matasellos, «Charing Cross», y la fecha de envío, la noche anterior.

«¿Quién sabía que iba a ir al hotel Northumberland?», preguntó Holmes, dirigiendo una aguda mirada a nuestro visitante.

«Nadie podía saberlo. Sólo lo decidimos después de que yo conociera al Doctor Mortimer».

«¿Pero el Doctor Mortimer sin duda ya estaba parando allí?».

«No, me había quedado con un amigo», dijo el médico.

"There was no possible indication that we intended to go to this hotel."

"Hum! Someone seems to be very deeply interested in your movements." Out of the envelope he took a half-sheet of foolscap paper folded into four. This he opened and spread flat upon the table. Across the middle of it a single sentence had been formed by the expedient of pasting printed words upon it. It ran:

As you value your life or your reason keep away from the moor.

The word "moor" only was printed in ink.

"Now," said Sir Henry Baskerville, "perhaps you will tell me, Mr. Holmes, what in thunder is the meaning of that, and who it is that takes so much interest in my affairs?"

"What do you make of it, Dr. Mortimer? You must allow that there is nothing supernatural about this, at any rate?"

"No, sir, but it might very well come from someone who was convinced that the business is supernatural."

"What business?" asked Sir Henry sharply. "It seems to me that all you gentlemen know a great deal more than I do about my own affairs."

"You shall share our knowledge before you leave this room, Sir Henry. I promise you that," said Sherlock Holmes. "We will confine ourselves for the present with your permission to this very interesting document, which must have been put together and posted yesterday evening. Have you yesterday's *Times*, Watson?"

"It is here in the corner."

"Might I trouble you for it—the inside page, please, with the leading articles?" He glanced swiftly over it, running his eyes up and down the columns. "Capital article this on free trade. Permit me to give you an extract from it.

You may be cajoled into imagining that your own special trade or your own industry will be encouraged by a protective tariff, but it stands to reason that such legislation must in the long run keep away wealth from the country, diminish the value of our imports, and lower the general conditions of life in this island.

«No había ningún indicio posible de que tuviéramos intención de ir a este hotel».

«¡Hum! Parece que alguien está muy interesado en sus movimientos». Del sobre sacó media hoja de papel de aluminio doblada en cuatro. La abrió y la extendió sobre la mesa. En el centro de la misma había una única frase formada por el expediente de pegar sobre ella palabras impresas. Decía así:

Si usted valora su vida o su razón es mejor que se mantenga alejado del páramo.

Sólo la palabra «páramo» estaba impresa en tinta.

«Ahora», dijo Sir Henry Baskerville, «¿quizá pueda decirme, señor Holmes, qué rayos significa eso y quién es el que se interesa tanto por mis asuntos?».

«¿Qué piensa de ello, Doctor Mortimer? ¿Debe admitir que no hay nada sobrenatural en esto, en todo caso?».

«No, señor, pero podría muy bien venir de alguien convencido de que el asunto es sobrenatural».

«¿Qué asunto?», preguntó bruscamente Sir Henry. «Me parece que todos ustedes, caballeros, saben mucho más que yo sobre mis propios asuntos».

«Compartirá nuestros conocimientos antes de abandonar esta habitación, Sir Henry. Se lo prometo», dijo Sherlock Holmes. «Nos limitaremos por el momento, con su permiso, a este interesantísimo documento, que debió de ser redactado y enviado por correo ayer por la tarde. ¿Tiene usted el *Times* de ayer, Watson?».

«Está aquí, en el rincón».

«¿Podría pedirle... la página interior, por favor, con los artículos principales?». Le echó un rápido vistazo, recorriendo las columnas con los ojos. «Artículo capital este sobre el libre comercio. Permítame darle un extracto del mismo.

Se le puede engañar a usted haciéndole creer es mejor para su propio comercio especializado o su propia industria tener un arancel protector, pero la razón nos dice que tal legislación hará que se mantenga alejado de la riqueza de este país, disminuya cómo se valora nuestra importación y rebaje las condiciones generales de vida en esta isla».

"What do you think of that, Watson?" cried Holmes in high glee, rubbing his hands together with satisfaction. "Don't you think that is an admirable sentiment?"

Dr. Mortimer looked at Holmes with an air of professional interest, and Sir Henry Baskerville turned a pair of puzzled dark eyes upon me.

"I don't know much about the tariff and things of that kind," said he, "but it seems to me we've got a bit off the trail so far as that note is concerned."

"On the contrary, I think we are particularly hot upon the trail, Sir Henry. Watson here knows more about my methods than you do, but I fear that even he has not quite grasped the significance of this sentence."

"No, I confess that I see no connection."

"And yet, my dear Watson, there is so very close a connection that the one is extracted out of the other. 'You,' 'your,' 'your,' 'life,' 'reason,' 'value,' 'keep away,' 'from the.' Don't you see now whence these words have been taken?"

"By thunder, you're right! Well, if that isn't smart!" cried Sir Henry.

"If any possible doubt remained it is settled by the fact that 'keep away' and 'from the' are cut out in one piece."

"Well, now—so it is!"

"Really, Mr. Holmes, this exceeds anything which I could have imagined," said Dr. Mortimer, gazing at my friend in amazement. "I could understand anyone saying that the words were from a newspaper; but that you should name which, and add that it came from the leading article, is really one of the most remarkable things which I have ever known. How did you do it?"

"I presume, Doctor, that you could tell the skull of a negro from that of an Esquimau?"

"Most certainly."

"But how?"

«¿Qué le parece, Watson?», exclamó Holmes con gran regocijo, frotándose las manos con satisfacción. «¿No le parece un sentimiento admirable?».

El Doctor Mortimer miró a Holmes con un aire de interés profesional y Sir Henry Baskerville dirigió hacia mí un par de desconcertados ojos oscuros.

«No sé mucho sobre aranceles y cosas de ese tipo», dijo, «pero me parece que nos hemos desviado un poco del camino en lo que respecta a esa nota».

«Al contrario, creo que estamos particularmente siguiendo la pista, Sir Henry. Aquí Watson sabe más de mis métodos que usted, pero me temo que ni siquiera él ha captado del todo el significado de esta frase».

«No, confieso que no veo ninguna conexión».

«Y sin embargo, mi querido Watson, hay una conexión tan estrecha que la una se extrae de la otra. "usted", "su", "su", "vida", "razón", "valora", "se mantenega alejado", "de este". ¿No ve ahora de dónde se han sacado estas palabras?».

«¡Rayos, tienes razón! Vaya, ¡qué inteligente!», gritó Sir Henry.

«Si quedaba alguna duda posible, queda zanjada por el hecho de que "se mantenga alejado" y "de este" están recortadas en una sola pieza».

«¡Bueno... pues así es!».

«Realmente, señor Holmes, esto supera todo lo que yo hubiera podido imaginar», dijo el Doctor Mortimer, mirando a mi amigo con asombro. «Podría entender que alguien dijera que las palabras procedían de un periódico; pero que usted dijera cuál, y añadiera que procedía del artículo principal, es realmente una de las cosas más notables que he conocido. ¿Cómo lo hizo?».

«Supongo, doctor, que podría distinguir el cráneo de un negro del de un esquimal».

«Sin duda».

«¿Pero cómo?».

“Because that is my special hobby. The differences are obvious. The supra-orbital crest, the facial angle, the maxillary curve, the—”

“But this is my special hobby, and the differences are equally obvious. There is as much difference to my eyes between the leaded bourgeois type of a *Times* article and the slovenly print of an evening half-penny paper as there could be between your negro and your Esquimau. The detection of types is one of the most elementary branches of knowledge to the special expert in crime, though I confess that once when I was very young I confused the Leeds Mercury with the Western Morning News. But a *Times* leader is entirely distinctive, and these words could have been taken from nothing else. As it was done yesterday the strong probability was that we should find the words in yesterday’s issue.”

“So far as I can follow you, then, Mr. Holmes,” said Sir Henry Baskerville, “someone cut out this message with a scissors—”

“Nail-scissors,” said Holmes. “You can see that it was a very short-bladed scissors, since the cutter had to take two snips over ‘keep away.’”

“That is so. Someone, then, cut out the message with a pair of short-bladed scissors, pasted it with paste—”

“Gum,” said Holmes.

“With gum on to the paper. But I want to know why the word ‘moor’ should have been written?”

“Because he could not find it in print. The other words were all simple and might be found in any issue, but ‘moor’ would be less common.”

“Why, of course, that would explain it. Have you read anything else in this message, Mr. Holmes?”

“There are one or two indications, and yet the utmost pains have been taken to remove all clues. The address, you observe is printed in rough characters. But the *Times* is a paper which is seldom found in any hands but those of the highly educated. We may take it, therefore, that the letter was composed by an educated man who wished to pose as an uneducated one, and his effort to conceal his own writing suggests that that writing might be known, or come to be known, by you. Again, you will observe that the words are not gummed on in an

«Porque esa es mi afición especial. Las diferencias son evidentes. La cresta supraorbitaria, el ángulo facial, la curva maxilar, el...».

«Pero ésta es mi afición especial, y las diferencias son igualmente obvias. A mis ojos, hay tanta diferencia entre el tipo burgués plomado de un artículo del *Times* y la impresión desaliñada de un periódico vespertino de medio penique como podría haber entre su negro y su esquimal. La detección de tipos es una de las ramas más elementales del conocimiento para el experto especial en crímenes, aunque confieso que una vez, cuando era muy joven, confundí el *Leeds Mercury* con el *Western Morning News*. Pero un artículo principal del *Times* es totalmente distintivo, y estas palabras no podrían haber sido tomadas de ningún otro periódico. Como el mensaje fue compuesto ayer la fuerte probabilidad era que encontráramos las palabras en la edición de ayer».

«Por lo que puedo seguirle, entonces, señor Holmes», dijo Sir Henry Baskerville, «alguien recortó este mensaje con unas tijeras...».

«Tijeras de uñas», dijo Holmes. «Se ve que era una tijera de hoja muy corta, ya que el cortador tuvo que dar varios tijeretazos sobre "se mantenga alejado"».

«Así es. Alguien, entonces, recortó el mensaje con unas tijeras de hoja corta, lo pegó con engrudo...».

«Goma», dijo Holmes.

«Con goma sobre el papel. Pero quiero saber por qué había que escribir la palabra "páramo"».

«Porque quien lo hizo no pudo encontrarla impresa. Las otras palabras eran todas sencillas y podrían encontrarse en cualquier edición, pero "páramo" sería menos común».

«Por supuesto, eso lo explicaría. ¿Ha leído algo más en este mensaje, señor Holmes?».

«Hay uno o dos indicios, pero se han tomado las máximas precauciones para eliminar todas las pistas. La dirección, observará usted, está escrita en caracteres toscos. Pero el *Times* es un periódico que rara vez se encuentra en otras manos que no sean las de personas muy educadas. Podemos suponer, por tanto, que la carta fue compuesta por un hombre educado que deseaba hacerse pasar por uno no educado, y su esfuerzo por ocultar su propia escritura sugiere que esa escritura podría ser conocida, o llegar a ser conocida, por usted. De nuevo, observará que las pa-

accurate line, but that some are much higher than others. 'Life,' for example is quite out of its proper place. That may point to carelessness or it may point to agitation and hurry upon the part of the cutter. On the whole I incline to the latter view, since the matter was evidently important, and it is unlikely that the composer of such a letter would be careless. If he were in a hurry it opens up the interesting question why he should be in a hurry, since any letter posted up to early morning would reach Sir Henry before he would leave his hotel. Did the composer fear an interruption—and from whom?"

"We are coming now rather into the region of guesswork," said Dr. Mortimer.

"Say, rather, into the region where we balance probabilities and choose the most likely. It is the scientific use of the imagination, but we have always some material basis on which to start our speculation. Now, you would call it a guess, no doubt, but I am almost certain that this address has been written in a hotel."

"How in the world can you say that?"

"If you examine it carefully you will see that both the pen and the ink have given the writer trouble. The pen has spluttered twice in a single word and has run dry three times in a short address, showing that there was very little ink in the bottle. Now, a private pen or ink-bottle is seldom allowed to be in such a state, and the combination of the two must be quite rare. But you know the hotel ink and the hotel pen, where it is rare to get anything else. Yes, I have very little hesitation in saying that could we examine the waste-paper baskets of the hotels around Charing Cross until we found the remains of the mutilated *Times* leader we could lay our hands straight upon the person who sent this singular message. Halloa! Halloa! What's this?"

He was carefully examining the foolscap, upon which the words were pasted, holding it only an inch or two from his eyes.

"Well?"

"Nothing," said he, throwing it down. "It is a blank half-sheet of paper, without even a water-mark upon it. I think we have drawn as much as we can from this curious letter; and now, Sir Henry, has anything else of interest happened to you since you have been in London?"

labras no están engomadas en una línea exacta, sino que algunas están mucho más altas que otras. "Vida", por ejemplo, está bastante fuera de su lugar. Eso puede apuntar a descuido o puede apuntar a agitación y prisa por parte del cortador. En conjunto me inclino por esta última opinión, ya que el asunto era evidentemente importante y es poco probable que el autor de una carta así fuera descuidado. Si tenía prisa, se abre la interesante cuestión de por qué debía tener prisa, ya que cualquier carta enviada hasta primera hora de la mañana llegaría a Sir Henry antes de que saliera de su hotel. ¿Temía el redactor una interrupción... y de quién?».

«Ahora estamos entrando más bien en la región de las conjeturas», dijo el Doctor Mortimer.

«Digamos, más bien, en la región en la que sopesamos las probabilidades y elegimos la más probable. Es el uso científico de la imaginación, pero siempre tenemos alguna base material sobre la que empezar nuestra especulación. Ahora, usted lo llamaría una conjetura, sin duda, pero estoy casi seguro de que esta dirección ha sido escrita en un hotel».

«¿Cómo demonios puedes decir eso?».

«Si lo examina detenidamente verá que tanto la pluma como la tinta han dado problemas al escritor. La pluma ha salpicado dos veces en una sola palabra y se ha secado tres veces en una breve frase, lo que demuestra que había muy poca tinta en el frasco. Ahora bien, rara vez se permite que una pluma o un frasco de tinta privados se encuentren en tal estado, y la combinación de ambos debe de ser bastante rara. Pero ya conoce la tinta de los hoteles y las plumas de los hoteles, donde es raro conseguir otra cosa. Sí, dudo muy poco en afirmar que si examináramos las papeleras de los hoteles de los alrededores de Charing Cross hasta encontrar los restos del artículo líder mutilado del *Times* podríamos poner las manos directamente sobre la persona que envió este singular mensaje. ¡Vaya! ¡Vaya! ¿Qué es esto?».

Estaba examinando cuidadosamente la hoja de papel de aluminio, sobre la que estaban pegadas las palabras, sosteniéndola sólo a una o dos pulgadas de sus ojos.

«¿Y bien?».

«Nada», dijo él, tirándola. «Es una media hoja de papel en blanco, sin siquiera una marca de agua en ella. Creo que hemos sacado todo lo que hemos podido de esta curiosa carta; y ahora, Sir Henry, ¿le ha ocurrido algo más de interés desde que está en Londres?».

"Why, no, Mr. Holmes. I think not."

"You have not observed anyone follow or watch you?"

"I seem to have walked right into the thick of a dime novel," said our visitor. "Why in thunder should anyone follow or watch me?"

"We are coming to that. You have nothing else to report to us before we go into this matter?"

"Well, it depends upon what you think worth reporting."

"I think anything out of the ordinary routine of life well worth reporting."

Sir Henry smiled. "I don't know much of British life yet, for I have spent nearly all my time in the States and in Canada. But I hope that to lose one of your boots is not part of the ordinary routine of life over here."

"You have lost one of your boots?"

"My dear sir," cried Dr. Mortimer, "it is only mislaid. You will find it when you return to the hotel. What is the use of troubling Mr. Holmes with trifles of this kind?"

"Well, he asked me for anything outside the ordinary routine."

"Exactly," said Holmes, "however foolish the incident may seem. You have lost one of your boots, you say?"

"Well, mislaid it, anyhow. I put them both outside my door last night, and there was only one in the morning. I could get no sense out of the chap who cleans them. The worst of it is that I only bought the pair last night in the Strand, and I have never had them on."

"If you have never worn them, why did you put them out to be cleaned?"

"They were tan boots and had never been varnished. That was why I put them out."

"Then I understand that on your arrival in London yesterday you went out at once and bought a pair of boots?"

«Pues no, señor Holmes. Creo que no».

«¿No ha observado que nadie le siga o le vigile?».

«Parece que me he metido de lleno en una novela de diez peniques», dijo nuestro visitante. «¿Por qué rayos debería alguien seguirme o vigilarme?».

«Estamos llegando a eso. ¿No tiene nada más que informarnos antes de que entremos en materia?».

«Bueno, depende de lo que crea que merece la pena informar».

«Creo que cualquier cosa que se salga de la rutina ordinaria de la vida bien merece ser reportada».

Sir Henry sonrió. «Aún no conozco mucho de la vida británica, pues he pasado casi todo mi tiempo en Estados Unidos y en Canadá. Pero espero que perder una de sus botas no forme parte de la rutina ordinaria de la vida aquí».

«¿Ha perdido una de sus botas?».

«Mi querido señor», exclamó el Doctor Mortimer, «sólo se ha extraviado. La encontrará cuando regrese al hotel. ¿Qué sentido tiene molestar al señor Holmes con nimiedades de este tipo?».

«Bueno, él me pidió cualquier cosa fuera de la rutina ordinaria».

«Exactamente», dijo Holmes, «por tonto que parezca el incidente. ¿Ha perdido una de sus botas, dice?».

«Bueno, la extravié, en cualquier caso. Anoche puse las dos fuera de mi puerta y por la mañana sólo había una. No pude hacer entrar en razón al tipo que las limpia. Lo peor de todo es que compré el par anoche en el Strand, y nunca me las he puesto».

«Si nunca se las había puesto, ¿por qué las puso a limpiar?».

«Eran botas de color canela y nunca habían sido barnizadas. Por eso las saqué».

«Entonces, ¿tengo entendido que a su llegada a Londres ayer salió de inmediato y se compró un par de botas?».

"I did a good deal of shopping. Dr. Mortimer here went round with me. You see, if I am to be squire down there I must dress the part, and it may be that I have got a little careless in my ways out West. Among other things I bought these brown boots—gave six dollars for them—and had one stolen before ever I had them on my feet."

"It seems a singularly useless thing to steal," said Sherlock Holmes. "I confess that I share Dr. Mortimer's belief that it will not be long before the missing boot is found."

"And, now, gentlemen," said the baronet with decision, "it seems to me that I have spoken quite enough about the little that I know. It is time that you kept your promise and gave me a full account of what we are all driving at."

"Your request is a very reasonable one," Holmes answered. "Dr. Mortimer, I think you could not do better than to tell your story as you told it to us."

Thus encouraged, our scientific friend drew his papers from his pocket and presented the whole case as he had done upon the morning before. Sir Henry Baskerville listened with the deepest attention and with an occasional exclamation of surprise.

"Well, I seem to have come into an inheritance with a vengeance," said he when the long narrative was finished. "Of course, I've heard of the hound ever since I was in the nursery. It's the pet story of the family, though I never thought of taking it seriously before. But as to my uncle's death—well, it all seems boiling up in my head, and I can't get it clear yet. You don't seem quite to have made up your mind whether it's a case for a policeman or a clergyman."

"Precisely."

"And now there's this affair of the letter to me at the hotel. I suppose that fits into its place."

"It seems to show that someone knows more than we do about what goes on upon the moor," said Dr. Mortimer.

"And also," said Holmes, "that someone is not ill-disposed towards you, since they warn you of danger."

"Or it may be that they wish, for their own purposes, to scare me away."

«Hice una buena cantidad de compras. El Doctor Mortimer me acompañó. Verá, si voy a ser terrateniente allí debo vestirme como tal, y puede que me haya descuidado un poco en mis costumbres en el Oeste. Entre otras cosas compré estas botas pardas —pagué seis dólares por ellas— y me robaron una antes de ponérmelas en los pies».

«Parece una cosa singularmente inútil para robar», dijo Sherlock Holmes. «Confieso que comparto la creencia del Doctor Mortimer de que no pasará mucho tiempo antes de que se encuentre la bota desaparecida».

«Y, ahora, caballeros», dijo el baronet con decisión, «me parece que ya he hablado bastante sobre lo poco que sé. Ya es hora de que cumplan su promesa y me den una explicación completa de lo que nos traemos entre manos».

«Su petición es muy razonable», respondió Holmes. «Doctor Mortimer, creo que no podría hacerlo mejor que contando su historia tal y como nos la contó a nosotros».

Así animado, nuestro amigo científico sacó sus papeles del bolsillo y expuso todo el caso como lo había hecho la mañana anterior. Sir Henry Baskerville escuchó con la más profunda atención y con alguna que otra exclamación de sorpresa.

«Bueno, parece que he recibido una herencia con una venganza», dijo cuando terminó la larga narración. «Por supuesto, he oído hablar del sabueso desde que estaba en la guardería. Es la historia de mascotas de la familia, aunque nunca se me había ocurrido tomármela en serio. Pero en cuanto a la muerte de mi tío... bueno, todo parece bullir en mi cabeza y aún no consigo aclararlo. No parece haberse decidido del todo si es un caso para un policía o para un clérigo».

«Precisamente».

«Y ahora está el asunto de la carta para mí en el hotel. Supongo que eso encaja en su lugar».

«Parece demostrar que alguien sabe más que nosotros sobre lo que ocurre en el páramo», dijo el Doctor Mortimer.

«Y también», dijo Holmes, «que alguien no está mal dispuesto hacia usted, ya que le advierte del peligro».

«O puede ser que deseen, para sus propios fines, ahuyentarme».

"Well, of course, that is possible also. I am very much indebted to you, Dr. Mortimer, for introducing me to a problem which presents several interesting alternatives. But the practical point which we now have to decide, Sir Henry, is whether it is or is not advisable for you to go to Baskerville Hall."

"Why should I not go?"

"There seems to be danger."

"Do you mean danger from this family fiend or do you mean danger from human beings?"

"Well, that is what we have to find out."

"Whichever it is, my answer is fixed. There is no devil in hell, Mr. Holmes, and there is no man upon earth who can prevent me from going to the home of my own people, and you may take that to be my final answer." His dark brows knitted and his face flushed to a dusky red as he spoke. It was evident that the fiery temper of the Baskervilles was not extinct in this their last representative. "Meanwhile," said he, "I have hardly had time to think over all that you have told me. It's a big thing for a man to have to understand and to decide at one sitting. I should like to have a quiet hour by myself to make up my mind. Now, look here, Mr. Holmes, it's half-past eleven now and I am going back right away to my hotel. Suppose you and your friend, Dr. Watson, come round and lunch with us at two. I'll be able to tell you more clearly then how this thing strikes me."

"Is that convenient to you, Watson?"

"Perfectly."

"Then you may expect us. Shall I have a cab called?"

"I'd prefer to walk, for this affair has flurried me rather."

"I'll join you in a walk, with pleasure," said his companion.

"Then we meet again at two o'clock. *Au revoir*, and good-morning!"

We heard the steps of our visitors descend the stair and the bang of the front door. In an instant Holmes had changed from the languid dreamer to the man of action.

«Bueno, por supuesto, eso también es posible. Estoy muy en deuda con usted, Doctor Mortimer, por presentarme un problema que presenta varias alternativas interesantes. Pero el punto práctico que ahora tenemos que decidir, Sir Henry, es si es o no aconsejable que usted vaya a Baskerville Hall».

«¿Por qué no debería ir?».

«Parece que hay peligro».

«¿Se refiere al peligro de este demonio familiar o al peligro de los seres humanos?».

«Bueno, eso es lo que tenemos que averiguar».

«Cualquiera que sea, mi respuesta está decidida. No hay diablo en el infierno, señor Holmes, y no hay hombre sobre la tierra que pueda impedirme ir al hogar de mi propia gente, y puede considerar que ésa es mi respuesta definitiva». Sus oscuras cejas se fruncieron y su rostro se ruborizó hasta adquirir un color rojo oscuro mientras hablaba. Era evidente que el fogoso temperamento de los Baskerville no se había extinguido en este su último representante. «Mientras tanto», dijo él, «apenas he tenido tiempo de pensar en todo lo que me ha contado. Es mucho para un hombre tener que entender y decidir de una sentada. Me gustaría tener una hora tranquila a solas para decidirme. Mire, señor Holmes, ya son las once y media y vuelvo enseguida a mi hotel. Supongamos que usted y su amigo, el Doctor Watson, vienen a comer con nosotros a las dos. Entonces podré decirle con más claridad cómo me afecta este asunto».

«¿Le conviene, Watson?».

«Perfectamente».

«Entonces cuente con nosotros. ¿Pido que llamen a un taxi?».

«Preferiría caminar, pues este asunto me ha inquietado bastante».

«Me uniré a usted en un paseo, con mucho gusto», dijo su compañero.

«Entonces nos volvemos a ver a las dos. *Au revoir*, ¡y que tengan unos buenos días!».

Oímos los pasos de nuestros visitantes bajar la escalera y el golpe de la puerta principal. En un instante Holmes había cambiado del lánguido soñador al hombre de acción.

"Your hat and boots, Watson, quick! Not a moment to lose!" He rushed into his room in his dressing-gown and was back again in a few seconds in a frock-coat. We hurried together down the stairs and into the street. Dr. Mortimer and Baskerville were still visible about two hundred yards ahead of us in the direction of Oxford Street.

"Shall I run on and stop them?"

"Not for the world, my dear Watson. I am perfectly satisfied with your company if you will tolerate mine. Our friends are wise, for it is certainly a very fine morning for a walk."

He quickened his pace until we had decreased the distance which divided us by about half. Then, still keeping a hundred yards behind, we followed into Oxford Street and so down Regent Street. Once our friends stopped and stared into a shop window, upon which Holmes did the same. An instant afterwards he gave a little cry of satisfaction, and, following the direction of his eager eyes, I saw that a hansom cab with a man inside which had halted on the other side of the street was now proceeding slowly onward again.

"There's our man, Watson! Come along! We'll have a good look at him, if we can do no more."

At that instant I was aware of a bushy black beard and a pair of piercing eyes turned upon us through the side window of the cab. Instantly the trapdoor at the top flew up, something was screamed to the driver, and the cab flew madly off down Regent Street. Holmes looked eagerly round for another, but no empty one was in sight. Then he dashed in wild pursuit amid the stream of the traffic, but the start was too great, and already the cab was out of sight.

"There now!" said Holmes bitterly as he emerged panting and white with vexation from the tide of vehicles. "Was ever such bad luck and such bad management, too? Watson, Watson, if you are an honest man you will record this also and set it against my successes!"

"Who was the man?"

"I have not an idea."

"A spy?"

"Well, it was evident from what we have heard that Baskerville has

«¡Su sombrero y sus botas, Watson, rápido! ¡Ni un momento que perder!». Se apresuró a entrar en su habitación en bata y volvió en unos segundos con un abrigo. Nos dirigimos juntos escaleras abajo y a la calle. El Doctor Mortimer y Baskerville aún podían verse a unas doscientas yardas por delante de nosotros, en dirección a Oxford Street.

«¿Corro a detenerlos?».

«Por nada del mundo, mi querido Watson. Estoy perfectamente satisfecho con su compañía si usted tolera la mía. Nuestros amigos son sabios, porque ciertamente es una mañana muy buena para pasear».

Aceleró el paso hasta que hubimos reducido la distancia que nos separaba aproximadamente a la mitad. Entonces, manteniéndonos aún cien yardas por detrás, seguimos hasta Oxford Street y así hasta Regent Street. Una vez nuestros amigos se detuvieron y miraron fijamente el escaparate de una tienda, ante lo cual Holmes hizo lo mismo. Un instante después él lanzó un pequeño grito de satisfacción y, siguiendo la dirección de sus ávidos ojos, vi que un taxi con un hombre dentro que se había detenido al otro lado de la calle avanzaba ahora de nuevo lentamente.

«¡Ahí está nuestro hombre, Watson! ¡Venga! Le echaremos un buen vistazo, si no podemos hacer más».

En ese instante fui consciente de que una poblada barba negra y un par de ojos penetrantes se volvían hacia nosotros a través de la ventanilla lateral del taxi. Al instante, la trampilla de la parte superior se levantó, le gritaron algo al conductor y el taxi salió volando enloquecido por Regent Street. Holmes miró ansiosamente a su alrededor en busca de otro, pero no había ninguno vacío a la vista. Entonces se lanzó en salvaje persecución entre la corriente del tráfico, pero la acometida había sido demasiado rápida y el taxi ya se había perdido de vista.

«¡Ya está!», dijo amargamente Holmes al salir jadeante y blanco de disgusto de la marea de vehículos. «¿Hubo alguna vez tan mala suerte y también tan mala gestión? Watson, Watson, si es usted un hombre honrado, ¡registre esto también y póngalo en contra de mis éxitos!».

«¿Quién era el hombre?».

«No tengo ni idea».

«¿Un espía?».

«Bueno, era evidente por lo que hemos oído que Baskerville ha sido

been very closely shadowed by someone since he has been in town. How else could it be known so quickly that it was the Northumberland Hotel which he had chosen? If they had followed him the first day I argued that they would follow him also the second. You may have observed that I twice strolled over to the window while Dr. Mortimer was reading his legend."

"Yes, I remember."

"I was looking out for loiterers in the street, but I saw none. We are dealing with a clever man, Watson. This matter cuts very deep, and though I have not finally made up my mind whether it is a benevolent or a malevolent agency which is in touch with us, I am conscious always of power and design. When our friends left I at once followed them in the hopes of marking down their invisible attendant. So wily was he that he had not trusted himself upon foot, but he had availed himself of a cab so that he could loiter behind or dash past them and so escape their notice. His method had the additional advantage that if they were to take a cab he was all ready to follow them. It has, however, one obvious disadvantage."

"It puts him in the power of the cabman."

"Exactly."

"What a pity we did not get the number!"

"My dear Watson, clumsy as I have been, you surely do not seriously imagine that I neglected to get the number? No. 2704 is our man. But that is no use to us for the moment."

"I fail to see how you could have done more."

"On observing the cab I should have instantly turned and walked in the other direction. I should then at my leisure have hired a second cab and followed the first at a respectful distance, or, better still, have driven to the Northumberland Hotel and waited there. When our unknown had followed Baskerville home we should have had the opportunity of playing his own game upon himself and seeing where he made for. As it is, by an indiscreet eagerness, which was taken advantage of with extraordinary quickness and energy by our opponent, we have betrayed ourselves and lost our man."

We had been sauntering slowly down Regent Street during this con-

seguido muy de cerca por alguien desde que está en la ciudad. ¿Cómo si no se pudo saber tan rápidamente que era el hotel Northumberland el que había elegido? Si le habían seguido el primer día yo sostenía que le seguirían también el segundo. Habrá observado que me acerqué dos veces a la ventana mientras el Doctor Mortimer leía su leyenda».

«Sí, lo recuerdo».

«Estaba atento por si había vagabundos en la calle, pero no vi a ninguno. Estamos ante un hombre inteligente, Watson. Este asunto cala muy hondo, y aunque finalmente no me he decidido si es una agencia benévola o malévola la que está en contacto con nosotros, soy consciente en todo momento del poder y del designio. Cuando nuestros amigos se marcharon, les seguí de inmediato con la esperanza de localizar a su acompañante invisible. Tan astuto era que no se había fiado de sí mismo a pie, sino que se había valido de un taxi para poder merodear detrás de ellos o pasar corriendo y escapar así a su atención. Su método tenía la ventaja adicional de que si ellos tomaban un taxi él estaba preparado para seguirlos. Tiene, sin embargo, una desventaja obvia».

«Lo pone en poder del taxista».

«Exactamente».

«¡Qué lástima no haber conseguido el número!».

«Mi querido Watson, torpe como he sido, ¿seguro que no se imagina en serio que me he olvidado de tomar el número? El nº 2704 es nuestro hombre. Pero eso no nos sirve de nada por el momento».

«No veo cómo podría usted haber hecho más».

«Al observar el taxi debería haberme dado la vuelta al instante y haber caminado en la otra dirección. Entonces, tranquilamente, habría tomado un segundo taxi y seguido al primero a una distancia respetuosa o, mejor aún, habría conducido hasta el hotel Northumberland y esperado allí. Cuando nuestro desconocido hubiera seguido a Baskerville hasta su lugar de residencia, habríamos tenido la oportunidad de jugar su propio juego y ver hacia dónde se dirigía. Así las cosas, por un indiscreto afán, que fue aprovechado con extraordinaria rapidez y energía por nuestro adversario, nos hemos traicionado a nosotros mismos y hemos perdido a nuestro hombre».

Habíamos estado paseando lentamente por Regent Street durante esta

versation, and Dr. Mortimer, with his companion, had long vanished in front of us.

"There is no object in our following them," said Holmes. "The shadow has departed and will not return. We must see what further cards we have in our hands and play them with decision. Could you swear to that man's face within the cab?"

"I could swear only to the beard."

"And so could I—from which I gather that in all probability it was a false one. A clever man upon so delicate an errand has no use for a beard save to conceal his features. Come in here, Watson!"

He turned into one of the district messenger offices, where he was warmly greeted by the manager.

"Ah, Wilson, I see you have not forgotten the little case in which I had the good fortune to help you?"

"No, sir, indeed I have not. You saved my good name, and perhaps my life."

"My dear fellow, you exaggerate. I have some recollection, Wilson, that you had among your boys a lad named Cartwright, who showed some ability during the investigation."

"Yes, sir, he is still with us."

"Could you ring him up?—thank you! And I should be glad to have change of this five-pound note."

A lad of fourteen, with a bright, keen face, had obeyed the summons of the manager. He stood now gazing with great reverence at the famous detective.

"Let me have the Hotel Directory," said Holmes. "Thank you! Now, Cartwright, there are the names of twenty-three hotels here, all in the immediate neighbourhood of Charing Cross. Do you see?"

"Yes, sir."

"You will visit each of these in turn."

"Yes, sir."

conversación, y el Doctor Mortimer, con su acompañante, hacía tiempo que había desaparecido delante de nosotros.

«No tiene sentido que les sigamos», dijo Holmes. «La sombra se ha marchado y no volverá. Debemos ver qué otras cartas tenemos en nuestras manos y jugarlas con decisión. ¿Podría jurar por la cara de ese hombre dentro del taxi?».

«Sólo podría jurar por la barba».

«Y yo también... de lo que deduzco que con toda probabilidad era falsa. Un hombre inteligente con un encargo tan delicado no necesita barba más que para ocultar sus rasgos. ¡Entre aquí, Watson!».

Se dirigió a una de las oficinas de mensajería del distrito, donde fue recibido calurosamente por el encargado.

«Ah, Wilson, veo que no ha olvidado el pequeño caso en el que tuve la suerte de ayudarle...».

«No, señor, desde luego que no. Usted salvó mi buen nombre, y tal vez mi vida».

«Mi querido amigo, usted exagera. Recuerdo, Wilson, que usted tenía entre sus muchachos a uno llamado Cartwright, que demostró cierta habilidad durante la investigación».

«Sí, señor, sigue con nosotros».

«¿Podría llamarle? ¡Gracias! Y me complacería tener cambio de este billete de cinco libras».

Un muchacho de catorce años, con un rostro brillante y agudo, había obedecido la llamada del encargado. Ahora contemplaba con gran reverencia al famoso detective.

«Deme el directorio de hoteles», dijo Holmes. «¡Gracias! Bien, Cartwright, aquí están los nombres de veintitrés hoteles, todos en las inmediaciones de Charing Cross. ¿Lo ve?».

«Sí, señor».

«Visitará cada una de estos por turno».

«Sí, señor».

"You will begin in each case by giving the outside porter one shilling. Here are twenty-three shillings."

"Yes, sir."

"You will tell him that you want to see the waste-paper of yesterday. You will say that an important telegram has miscarried and that you are looking for it. You understand?"

"Yes, sir."

"But what you are really looking for is the centre page of the *Times* with some holes cut in it with scissors. Here is a copy of the *Times*. It is this page. You could easily recognize it, could you not?"

"Yes, sir."

"In each case the outside porter will send for the hall porter, to whom also you will give a shilling. Here are twenty-three shillings. You will then learn in possibly twenty cases out of the twenty-three that the waste of the day before has been burned or removed. In the three other cases you will be shown a heap of paper and you will look for this page of the *Times* among it. The odds are enormously against your finding it. There are ten shillings over in case of emergencies. Let me have a report by wire at Baker Street before evening. And now, Watson, it only remains for us to find out by wire the identity of the cabman, No. 2704, and then we will drop into one of the Bond Street picture galleries and fill in the time until we are due at the hotel."

«Empezará en cada caso dando al portero exterior un chelín. Aquí tiene veintitrés chelines».

«Sí, señor».

«Le dirá que quiere ver la papelera de ayer. Le dirá que un telegrama importante se ha extraviado y que lo está buscando. ¿Entendido?».

«Sí, señor».

«Pero lo que realmente busca es la página central del *Times* con algunos agujeros cortados con tijeras. Aquí tiene un ejemplar del *Times*. Es esta página. Podría reconocerla fácilmente, ¿verdad?».

«Sí, señor».

«En cada caso, el portero exterior mandará llamar al portero de la sala, al que también dará un chelín. Aquí tiene veintitrés chelines. Entonces se enterará, posiblemente en veinte casos de los veintitrés, de que los desperdicios del día anterior han sido quemados o retirados. En los otros tres casos se le mostrará un montón de papel y buscará entre él esta página del *Times*. Las probabilidades están enormemente en contra de que lo encuentre. Hay diez chelines de más en caso de emergencia. Que me informen por cable en Baker Street antes del anochecer. Y ahora, Watson, sólo nos queda averiguar por cable la identidad del taxista, el nº 2704, y luego nos dejaremos caer por una de las pinacotecas de Bond Street y rellenaremos el tiempo hasta que lleguemos al hotel».

CHAPTER 5 — THREE BROKEN THREADS

Sherlock Holmes had, in a very remarkable degree, the power of detaching his mind at will. For two hours the strange business in which we had been involved appeared to be forgotten, and he was entirely absorbed in the pictures of the modern Belgian masters. He would talk of nothing but art, of which he had the crudest ideas, from our leaving the gallery until we found ourselves at the Northumberland Hotel.

"Sir Henry Baskerville is upstairs expecting you," said the clerk. "He asked me to show you up at once when you came."

"Have you any objection to my looking at your register?" said Holmes.

"Not in the least."

The book showed that two names had been added after that of Baskerville. One was Theophilus Johnson and family, of Newcastle; the other Mrs. Oldmore and maid, of High Lodge, Alton.

"Surely that must be the same Johnson whom I used to know," said Holmes to the porter. "A lawyer, is he not, grey-headed, and walks with a limp?"

"No, sir, this is Mr. Johnson, the coal-owner, a very active gentleman, not older than yourself."

"Surely you are mistaken about his trade?"

"No, sir! he has used this hotel for many years, and he is very well known to us."

"Ah, that settles it. Mrs. Oldmore, too; I seem to remember the name. Excuse my curiosity, but often in calling upon one friend one finds another."

"She is an invalid lady, sir. Her husband was once mayor of Gloucester. She always comes to us when she is in town."

"Thank you; I am afraid I cannot claim her acquaintance. We have established a most important fact by these questions, Watson," he continued in a low voice as we went upstairs together. "We know now that the people who are so interested in our friend have not settled down

CAPÍTULO 5 — TRES HILOS ROTOS

Sherlock Holmes tenía, en un grado muy notable, el poder de desprender su mente a voluntad. Durante dos horas pareció olvidar el extraño asunto en el que nos habíamos visto envueltos y se quedó totalmente absorto en los cuadros de los modernos maestros belgas. No habló de otra cosa que de arte, del que tenía las ideas más crudas, desde que salimos de la galería hasta que nos encontramos en el hotel Northumberland.

«Sir Henry Baskerville está arriba esperándole», dijo el empleado. «Me pidió que le hiciera subir en cuanto llegara».

«¿Tiene alguna objeción a que mire su registro?», dijo Holmes.

«En absoluto».

El libro mostraba que se habían añadido dos nombres después del de Baskerville. Uno era Theophilus Johnson y familia, de Newcastle; el otro la señora Oldmore y criada, de High Lodge, Alton.

«Seguramente debe de ser el mismo Johnson que yo conocí», dijo Holmes al portero. «Un abogado, ¿no es así, de cabeza gris y que camina cojeando?».

«No, señor, es el señor Johnson, el carbonero, un caballero muy activo, no mayor que usted».

«¿Seguro que se equivoca sobre su oficio?».

«¡No, señor! Ha utilizado este hotel durante muchos años y lo conocemos muy bien».

«Ah, eso lo resuelve. La señora Oldmore también; me parece recordar el nombre. Disculpe mi curiosidad, pero a menudo al invocar a un amigo uno encuentra a otro».

«Es una dama inválida, señor. Su marido fue una vez alcalde de Gloucester. Siempre viene a vernos cuando está en la ciudad».

«Gracias; me temo que no puedo afirmar que la conozca. Hemos establecido un hecho muy importante con estas preguntas, Watson», continuó en voz baja mientras subíamos juntos. «Ahora sabemos que las personas que tanto se interesan por nuestro amigo no se han instalado en

in his own hotel. That means that while they are, as we have seen, very anxious to watch him, they are equally anxious that he should not see them. Now, this is a most suggestive fact."

"What does it suggest?"

"It suggests—halloa, my dear fellow, what on earth is the matter?"

As we came round the top of the stairs we had run up against Sir Henry Baskerville himself. His face was flushed with anger, and he held an old and dusty boot in one of his hands. So furious was he that he was hardly articulate, and when he did speak it was in a much broader and more Western dialect than any which we had heard from him in the morning.

"Seems to me they are playing me for a sucker in this hotel," he cried. "They'll find they've started in to monkey with the wrong man unless they are careful. By thunder, if that chap can't find my missing boot there will be trouble. I can take a joke with the best, Mr. Holmes, but they've got a bit over the mark this time."

"Still looking for your boot?"

"Yes, sir, and mean to find it."

"But, surely, you said that it was a new brown boot?"

"So it was, sir. And now it's an old black one."

"What! you don't mean to say—?"

"That's just what I do mean to say. I only had three pairs in the world—the new brown, the old black, and the patent leathers, which I am wearing. Last night they took one of my brown ones, and today they have sneaked one of the black. Well, have you got it? Speak out, man, and don't stand staring!"

An agitated German waiter had appeared upon the scene.

"No, sir; I have made inquiry all over the hotel, but I can hear no word of it."

"Well, either that boot comes back before sundown or I'll see the manager and tell him that I go right straight out of this hotel."

su propio hotel. Eso significa que aunque están, como hemos visto, muy ansiosos por vigilarle, están igualmente ansiosos de que él no les vea a ellos. Este es un hecho de lo más sugestivo».

«¿Qué sugiere eso?».

«Eso sugiere... oiga, mi querido amigo, ¿qué demonios pasa?».

Al llegar al final de la escalera nos habíamos topado con el mismísimo Sir Henry Baskerville. Su rostro estaba enrojecido por la ira y sostenía una vieja y polvorienta bota en una de sus manos. Tan furioso estaba que apenas articulaba palabra, y cuando hablaba lo hacía en un dialecto mucho más verborrágico y más del Oeste que cualquiera de los que le habíamos oído por la mañana.

«Me parece que me están tomando el pelo en este hotel», gritó. «Descubrirán que se han metido con el hombre equivocado si no tienen cuidado. ¡Rayos!, si ese tipo no encuentra mi bota perdida habrá problemas. Puedo aguantar una broma con los mejores, señor Holmes, pero esta vez se han pasado un poco».

«¿Sigue buscando su bota?».

«Sí, señor, y pienso encontrarla».

«Pero, sin duda, usted dijo que era una bota marrón nueva».

«Así era, señor. Y ahora es una vieja bota negra».

«¡Qué! ¿No querrá decir...?».

«Eso es justo lo que quiero decir. Sólo tenía tres pares en el mundo: las nuevas marrones, las viejas negras y las de charol, que llevo puestas. Anoche me quitaron una de los marrones, y hoy me han escamoteado una de los negros. Bueno, ¿la tiene? Hable, hombre, y no se quede mirando».

Un agitado camarero alemán había aparecido en escena.

«No, señor; he indagado por todo el hotel, pero no he oído ni una palabra».

«Bueno, o esa bota vuelve antes del atardecer o veré al gerente y le diré que me voy directamente de este hotel».

"It shall be found, sir—I promise you that if you will have a little patience it will be found."

"Mind it is, for it's the last thing of mine that I'll lose in this den of thieves. Well, well, Mr. Holmes, you'll excuse my troubling you about such a trifle—"

"I think it's well worth troubling about."

"Why, you look very serious over it."

"How do you explain it?"

"I just don't attempt to explain it. It seems the very maddest, queerest thing that ever happened to me."

"The queerest perhaps—" said Holmes thoughtfully.

"What do you make of it yourself?"

"Well, I don't profess to understand it yet. This case of yours is very complex, Sir Henry. When taken in conjunction with your uncle's death I am not sure that of all the five hundred cases of capital importance which I have handled there is one which cuts so deep. But we hold several threads in our hands, and the odds are that one or other of them guides us to the truth. We may waste time in following the wrong one, but sooner or later we must come upon the right."

We had a pleasant luncheon in which little was said of the business which had brought us together. It was in the private sitting-room to which we afterwards repaired that Holmes asked Baskerville what were his intentions.

"To go to Baskerville Hall."

"And when?"

"At the end of the week."

"On the whole," said Holmes, "I think that your decision is a wise one. I have ample evidence that you are being dogged in London, and amid the millions of this great city it is difficult to discover who these people are or what their object can be. If their intentions are evil they might do you a mischief, and we should be powerless to prevent it. You did not know, Dr. Mortimer, that you were followed this morning

«Se encontrará, señor... le prometo que si tiene un poco de paciencia se encontrará».

«Claro que sí, pues es lo último mío que perderé en esta cueva de ladrones. Bueno, bueno, señor Holmes, disculpará que le moleste por semejante nimiedad...».

«Creo que merece la pena preocuparse por ello».

«Vaya, parece usted muy serio al respecto».

«¿Cómo lo explica?».

«Simplemente no intento explicarlo. Me parece la cosa más loca y extraña que me ha pasado nunca».

«La más extraña quizá...», dijo Holmes pensativo.

«¿Qué opina usted al respecto?».

«Bueno, aún no profeso entenderlo. Este caso suyo es muy complejo, Sir Henry. Cuando se toma en conjunto con la muerte de su tío no estoy seguro de que de todos los quinientos casos de importancia capital que he manejado haya uno que cale tan hondo. Pero tenemos varios hilos en nuestras manos, y lo más probable es que uno u otro nos guíe hacia la verdad. Podemos perder tiempo en seguir el equivocado, pero tarde o temprano daremos con el correcto».

Tuvimos un agradable almuerzo en el que se habló poco del asunto que nos había reunido. Fue en el salón privado al que nos dirigimos después cuando Holmes preguntó a Baskerville cuáles eran sus intenciones.

«Ir a Baskerville Hall».

«¿Y cuándo?».

«A finales de semana».

«En conjunto», dijo Holmes, «creo que su decisión es acertada. Tengo sobradas pruebas de que usted está siendo perseguido en Londres, y entre los millones de habitantes de esta gran ciudad es difícil descubrir quiénes son esas personas o cuál puede ser su objetivo. Si sus intenciones son malas, podrían hacerle daño, y nosotros seríamos impotentes para evitarlo. ¿No sabía, Doctor Mortimer, que le habían seguido esta ma-

from my house?"

Dr. Mortimer started violently. "Followed! By whom?"

"That, unfortunately, is what I cannot tell you. Have you among your neighbours or acquaintances on Dartmoor any man with a black, full beard?"

"No—or, let me see—why, yes. Barrymore, Sir Charles's butler, is a man with a full, black beard."

"Ha! Where is Barrymore?"

"He is in charge of the Hall."

"We had best ascertain if he is really there, or if by any possibility he might be in London."

"How can you do that?"

"Give me a telegraph form. 'Is all ready for Sir Henry?' That will do. Address to Mr. Barrymore, Baskerville Hall. What is the nearest telegraph-office? Grimpen. Very good, we will send a second wire to the postmaster, Grimpen: 'Telegram to Mr. Barrymore to be delivered into his own hand. If absent, please return wire to Sir Henry Baskerville, Northumberland Hotel.' That should let us know before evening whether Barrymore is at his post in Devonshire or not."

"That's so," said Baskerville. "By the way, Dr. Mortimer, who is this Barrymore, anyhow?"

"He is the son of the old caretaker, who is dead. They have looked after the Hall for four generations now. So far as I know, he and his wife are as respectable a couple as any in the county."

"At the same time," said Baskerville, "it's clear enough that so long as there are none of the family at the Hall these people have a mighty fine home and nothing to do."

"That is true."

"Did Barrymore profit at all by Sir Charles's will?" asked Holmes.

ñana desde mi casa?».

El Doctor Mortimer se sobresaltó violentamente. «¡Seguido! ¿Por quién?».

«Eso, desgraciadamente, es lo que no puedo decirle. ¿Tiene entre sus vecinos o conocidos de Dartmoor algún hombre con barba negra y poblada?».

«No... o, déjeme ver... por qué, sí. Barrymore, el mayordomo de Sir Charles, es un hombre con una poblada barba negra».

«¡Ha! ¿Dónde está Barrymore?».

«Está a cargo del Hall».

«Será mejor que averigüemos si realmente está allí, o si por casualidad puede estar en Londres».

«¿Cómo puede hacer eso?».

«Deme un formulario telegráfico. "¿Está todo listo para Sir Henry?". Con eso bastará. Dirigido al señor Barrymore, Baskerville Hall. ¿Cuál es la oficina de telégrafos más cercana? Grimpen. Muy bien, enviaremos un segundo telegrama al jefe de correos, Grimpen: "Telegrama al señor Barrymore para ser entregado en su propia mano. Si está ausente, por favor devuelva el telegrama a Sir Henry Baskerville, hotel Northumberland". Eso nos permitirá saber antes de la noche si Barrymore está o no en su puesto en Devonshire».

«Así es», dijo Baskerville. «Por cierto, Doctor Mortimer, ¿quién es ese Barrymore?».

«Es el hijo del antiguo cuidador, que ha muerto. Llevan cuatro generaciones cuidando del Hall. Por lo que sé, él y su esposa son una pareja tan respetable como ninguna otra en el condado».

«Al mismo tiempo», dijo Baskerville, «está bastante claro que mientras no haya nadie de la familia en la mansión esta gente tiene una casa estupenda y nada que hacer».

«Eso es cierto».

«¿Se benefició Barrymore en algo del testamento de Sir Charles?», preguntó Holmes.

"He and his wife had five hundred pounds each."

"Ha! Did they know that they would receive this?"

"Yes; Sir Charles was very fond of talking about the provisions of his will."

"That is very interesting."

"I hope," said Dr. Mortimer, "that you do not look with suspicious eyes upon everyone who received a legacy from Sir Charles, for I also had a thousand pounds left to me."

"Indeed! And anyone else?"

"There were many insignificant sums to individuals, and a large number of public charities. The residue all went to Sir Henry."

"And how much was the residue?"

"Seven hundred and forty thousand pounds."

Holmes raised his eyebrows in surprise. "I had no idea that so gigantic a sum was involved," said he.

"Sir Charles had the reputation of being rich, but we did not know how very rich he was until we came to examine his securities. The total value of the estate was close on to a million."

"Dear me! It is a stake for which a man might well play a desperate game. And one more question, Dr. Mortimer. Supposing that anything happened to our young friend here—you will forgive the unpleasant hypothesis!—who would inherit the estate?"

"Since Rodger Baskerville, Sir Charles's younger brother died unmarried, the estate would descend to the Desmonds, who are distant cousins. James Desmond is an elderly clergyman in Westmoreland."

"Thank you. These details are all of great interest. Have you met Mr. James Desmond?"

"Yes; he once came down to visit Sir Charles. He is a man of venerable appearance and of saintly life. I remember that he refused to accept any settlement from Sir Charles, though he pressed it upon him."

«Él y su esposa recibieron quinientas libras cada uno».

«¡Ha! ¿Sabían que recibirían eso?».

«Sí; a Sir Charles le gustaba mucho hablar de las disposiciones de su testamento».

«Eso es muy interesante».

«Espero», dijo el Doctor Mortimer, «que no mire con ojos sospechosos a todo el que haya recibido un legado de Sir Charles, pues a mí también me dejó mil libras».

«¡Claro! ¿Y alguien más?».

«Había muchas sumas insignificantes a particulares, y un gran número de obras de beneficencia pública. El residuo fue todo para Sir Henry».

«¿Y cuánto era el residuo?».

«Setecientas cuarenta mil libras».

Holmes levantó las cejas sorprendido. «No tenía noción de que se trataba de una suma tan gigantesca», dijo.

«Sir Charles tenía fama de rico, pero no supimos lo rico que era hasta que llegamos a examinar sus valores. El valor total del patrimonio se acercaba al millón».

«¡Dios mío! Es una apuesta por la que un hombre bien podría jugar un juego desesperado. Y una pregunta más, Doctor Mortimer. Suponiendo que algo le ocurriera a nuestro joven amigo aquí presente —¡usted perdonará la desagradable hipótesis!— ¿quién heredaría la propiedad?».

«Como Rodger Baskerville, el hermano menor de Sir Charles murió soltero, la propiedad descendería a los Desmond, que son primos lejanos. James Desmond es un anciano clérigo de Westmoreland».

«Gracias. Todos estos detalles son de gran interés. ¿Conoce al señor James Desmond?».

«Sí; una vez vino a visitar a Sir Charles. Es un hombre de aspecto venerable y de vida piadosa. Recuerdo que se negó a aceptar ningún dinero por parte de Sir Charles, aunque le presionó para que lo hiciera».

"And this man of simple tastes would be the heir to Sir Charles's thousands."

"He would be the heir to the estate because that is entailed. He would also be the heir to the money unless it were willed otherwise by the present owner, who can, of course, do what he likes with it."

"And have you made your will, Sir Henry?"

"No, Mr. Holmes, I have not. I've had no time, for it was only yesterday that I learned how matters stood. But in any case I feel that the money should go with the title and estate. That was my poor uncle's idea. How is the owner going to restore the glories of the Baskervilles if he has not money enough to keep up the property? House, land, and dollars must go together."

"Quite so. Well, Sir Henry, I am of one mind with you as to the advisability of your going down to Devonshire without delay. There is only one provision which I must make. You certainly must not go alone."

"Dr. Mortimer returns with me."

"But Dr. Mortimer has his practice to attend to, and his house is miles away from yours. With all the goodwill in the world he may be unable to help you. No, Sir Henry, you must take with you someone, a trusty man, who will be always by your side."

"Is it possible that you could come yourself, Mr. Holmes?"

"If matters came to a crisis I should endeavour to be present in person; but you can understand that, with my extensive consulting practice and with the constant appeals which reach me from many quarters, it is impossible for me to be absent from London for an indefinite time. At the present instant one of the most revered names in England is being besmirched by a blackmailer, and only I can stop a disastrous scandal. You will see how impossible it is for me to go to Dartmoor."

"Whom would you recommend, then?"

Holmes laid his hand upon my arm. "If my friend would undertake it there is no man who is better worth having at your side when you are in a tight place. No one can say so more confidently than I."

The proposition took me completely by surprise, but before I had time to answer, Baskerville seized me by the hand and wrung it heartily.

«Y este hombre de gustos sencillos sería el heredero de los miles de Sir Charles».

«Sería el heredero de la propiedad porque eso es vinculante. También sería el heredero del dinero a menos que el actual propietario dispusiera lo contrario, quien, por supuesto, puede hacer lo que quiera con él».

«¿Y ha hecho usted su testamento, Sir Henry?».

«No, señor Holmes, no lo he hecho. No he tenido tiempo, pues fue ayer cuando me enteré de cómo estaban las cosas. Pero en cualquier caso creo que el dinero debe ir con el título y la propiedad. Esa fue la idea de mi pobre tío. ¿Cómo va a restaurar el propietario las glorias de los Baskerville si no tiene dinero suficiente para mantener la propiedad? Casa, tierra y dólares deben ir juntos».

«Así es. Bien, Sir Henry, estoy de acuerdo con usted en cuanto a la conveniencia de que vaya a Devonshire sin demora. Sólo hay una precaución que debo formular. Ciertamente no debe ir solo».

«El Doctor Mortimer vuelve conmigo».

«Pero el Doctor Mortimer tiene su consulta que atender y su casa está a millas de la suya. Con toda la buena voluntad del mundo puede que sea incapaz de ayudarle. No, Sir Henry, debe llevar con usted a alguien, un hombre de confianza, que esté siempre a su lado».

«¿Es posible que pueda venir usted mismo, señor Holmes?».

«Si los asuntos llegaran a un punto crítico me esforzaría por estar presente en persona; pero comprenderá que, con mi extensa práctica de consultoría y con las constantes llamadas que me llegan de muchos lados, me es imposible ausentarme de Londres por un tiempo indefinido. En el instante presente uno de los nombres más venerados de Inglaterra está siendo mancillado por un chantajista, y sólo yo puedo detener un escándalo desastroso. Ya verá cómo me resulta imposible ir a Dartmoor».

«¿A quién recomendaría entonces?».

Holmes puso su mano sobre mi brazo. «Si mi amigo quiere aceptarlo, no hay hombre que merezca más la pena tener a su lado cuando uno se encuentra en apuros. Nadie puede decirlo con más seguridad que yo».

La proposición me cogió completamente por sorpresa, pero antes de que tuviera tiempo de contestar, Baskerville me agarró de la mano y me

"Well, now, that is real kind of you, Dr. Watson," said he. "You see how it is with me, and you know just as much about the matter as I do. If you will come down to Baskerville Hall and see me through I'll never forget it."

The promise of adventure had always a fascination for me, and I was complimented by the words of Holmes and by the eagerness with which the baronet hailed me as a companion.

"I will come, with pleasure," said I. "I do not know how I could employ my time better."

"And you will report very carefully to me," said Holmes. "When a crisis comes, as it will do, I will direct how you shall act. I suppose that by Saturday all might be ready?"

"Would that suit Dr. Watson?"

"Perfectly."

"Then on Saturday, unless you hear to the contrary, we shall meet at the ten-thirty train from Paddington."

We had risen to depart when Baskerville gave a cry of triumph, and diving into one of the corners of the room he drew a brown boot from under a cabinet.

"My missing boot!" he cried.

"May all our difficulties vanish as easily!" said Sherlock Holmes.

"But it is a very singular thing," Dr. Mortimer remarked. "I searched this room carefully before lunch."

"And so did I," said Baskerville. "Every inch of it."

"There was certainly no boot in it then."

"In that case the waiter must have placed it there while we were lunching."

The German was sent for but professed to know nothing of the mat-

la apretó con fuerza.

«Bueno, eso es muy amable por su parte, Doctor Watson», dijo él. «Ya ve cómo es conmigo, y usted sabe tanto del asunto como yo. Si viene a Baskerville Hall y me acompaña nunca lo olvidaré».

La promesa de aventura siempre me había fascinado, y me sentí halagado por las palabras de Holmes y por el afán con que el baronet me aclamó como compañero.

«Iré, con mucho gusto», dije. «No sé cómo podría emplear mejor mi tiempo».

«Y usted me informará muy cuidadosamente», dijo Holmes. «Cuando llegue una crisis, tal como sucederá, yo le indicaré cómo debe actuar. ¿Supongo que para el sábado todo estará listo?».

«¿Le convendría al Doctor Watson?».

«Perfectamente».

«Entonces el sábado, a menos que sepa lo contrario, nos veremos en el tren de las diez y media que sale desde Paddington».

Nos habíamos levantado para partir cuando Baskerville lanzó un grito de triunfo y, sumergiéndose en uno de los rincones de la habitación, sacó una bota marrón de debajo de un armario.

«¡Mi bota perdida!», exclamó.

«¡Que todas nuestras dificultades se desvanezcan con la misma facilidad!», dijo Sherlock Holmes.

«Pero es algo muy singular», comentó el Doctor Mortimer. «Registré esta habitación cuidadosamente antes del almuerzo».

«Y yo también», dijo Baskerville. «Cada pulgada de ella».

«Desde luego, entonces no había ninguna bota».

«En ese caso, el camarero debió colocarla allí mientras almorzábamos».

Se envió a buscar al alemán, pero éste declaró no saber nada del asun-

ter, nor could any inquiry clear it up. Another item had been added to that constant and apparently purposeless series of small mysteries which had succeeded each other so rapidly. Setting aside the whole grim story of Sir Charles's death, we had a line of inexplicable incidents all within the limits of two days, which included the receipt of the printed letter, the black-bearded spy in the hansom, the loss of the new brown boot, the loss of the old black boot, and now the return of the new brown boot. Holmes sat in silence in the cab as we drove back to Baker Street, and I knew from his drawn brows and keen face that his mind, like my own, was busy in endeavouring to frame some scheme into which all these strange and apparently disconnected episodes could be fitted. All afternoon and late into the evening he sat lost in tobacco and thought.

Just before dinner two telegrams were handed in. The first ran:

Have just heard that Barrymore is at the Hall. BASKERVILLE.

The second:

Visited twenty-three hotels as directed, but sorry to report unable to trace cut sheet of Times. CARTWRIGHT.

"There go two of my threads, Watson. There is nothing more stimulating than a case where everything goes against you. We must cast round for another scent."

"We have still the cabman who drove the spy."

"Exactly. I have wired to get his name and address from the Official Registry. I should not be surprised if this were an answer to my question."

The ring at the bell proved to be something even more satisfactory than an answer, however, for the door opened and a rough-looking fellow entered who was evidently the man himself.

"I got a message from the head office that a gent at this address had been inquiring for No. 2704," said he. "I've driven my cab this seven years and never a word of complaint. I came here straight from the Yard to ask you to your face what you had against me."

"I have nothing in the world against you, my good man," said Holmes. "On the contrary, I have half a sovereign for you if you will give me a

to, y ninguna indagación pudo aclararlo. Se había añadido otro elemento a aquella serie constante y aparentemente sin propósito de pequeños misterios que se habían sucedido con tanta rapidez. Dejando a un lado toda la sombría historia de la muerte de Sir Charles, teníamos una línea de incidentes inexplicables todos dentro de los límites de dos días, que incluían la recepción de la carta impresa, el espía de barba negra en el coche de caballos, la pérdida de la bota nueva marrón, la pérdida de la bota vieja negra, y ahora la devolución de la bota nueva marrón. Holmes permaneció sentado en silencio en el taxi mientras regresábamos a Baker Street, y supe por sus cejas fruncidas y su rostro afilado que su mente, como la mía, estaba ocupada en tratar de elaborar algún esquema en el que pudieran encajar todos estos episodios extraños y aparentemente inconexos. Durante toda la tarde y hasta bien entrada la noche permaneció sentado, perdido en el tabaco y el pensamiento.

Justo antes de la cena llegaron dos telegramas. El primero decía:

Acabo de enterarme de que Barrymore está en el Hall. BASKERVILLE.

El segundo:

Visité veintitrés hoteles como se me indicó, pero lamento informar que no pude rastrear la hoja recortada del Times. CARTWRIGHT.

«Ahí van dos de mis hilos, Watson. No hay nada más estimulante que un caso en el que todo va en contra. Debemos buscar otro rastro».

«Aún tenemos al taxista que llevó al espía».

«Exactamente. He telegrafiado para obtener su nombre y dirección del Registro Oficial. No me sorprendería que fuera una respuesta a mi pregunta».

Sin embargo, el toque al timbre resultó ser algo aún más satisfactorio que una respuesta, ya que la puerta se abrió y entró un tipo de aspecto rudo que evidentemente era el propio hombre.

«Recibí un mensaje de la central diciendo que un señor de esta dirección había preguntado por el nº 2704», dijo. «Llevo siete años conduciendo mi taxi y nunca una palabra de queja. Vine aquí directamente desde el Yard para preguntarle a la cara qué tenía contra mí».

«No tengo nada en el mundo contra usted, mi buen hombre», dijo Holmes. «Al contrario, tengo medio soberano para usted si me da una res-

clear answer to my questions."

"Well, I've had a good day and no mistake," said the cabman with a grin. "What was it you wanted to ask, sir?"

"First of all your name and address, in case I want you again."

"John Clayton, 3 Turpey Street, the Borough. My cab is out of Shipley's Yard, near Waterloo Station."

Sherlock Holmes made a note of it.

"Now, Clayton, tell me all about the fare who came and watched this house at ten o'clock this morning and afterwards followed the two gentlemen down Regent Street."

The man looked surprised and a little embarrassed. "Why, there's no good my telling you things, for you seem to know as much as I do already," said he. "The truth is that the gentleman told me that he was a detective and that I was to say nothing about him to anyone."

"My good fellow; this is a very serious business, and you may find yourself in a pretty bad position if you try to hide anything from me. You say that your fare told you that he was a detective?"

"Yes, he did."

"When did he say this?"

"When he left me."

"Did he say anything more?"

"He mentioned his name."

Holmes cast a swift glance of triumph at me. "Oh, he mentioned his name, did he? That was imprudent. What was the name that he mentioned?"

"His name," said the cabman, "was Mr. Sherlock Holmes."

Never have I seen my friend more completely taken aback than by the cabman's reply. For an instant he sat in silent amazement. Then he burst into a hearty laugh.

puesta clara a mis preguntas».

«Bueno, he tenido un buen día y no he cometido ningún error», dijo el taxista con una sonrisa. «¿Qué quería preguntar, señor?».

«En primer lugar su nombre y dirección, por si le vuelvo a necesitar».

«John Clayton, 3 Turpey Street, Borough. Mi taxi sale de Shipley's Yard, cerca de la estación de Waterloo».

Sherlock Holmes tomó nota de ello.

«Ahora, Clayton, cuénteme todo sobre el pasajero que vino a vigilar esta casa a las diez de esta mañana y después siguió a los dos caballeros por Regent Street».

El hombre parecía sorprendido y un poco avergonzado. «Vaya, no tiene sentido que le cuente cosas, pues parece que usted ya sabe tanto como yo», dijo. «Lo cierto es que el caballero me dijo que era detective y que no dijera nada de él a nadie».

«Mi buen amigo; este es un asunto muy serio, y puede encontrarse en una posición bastante complicada si intenta ocultarme algo. ¿Dice que su pasajero le dijo que era detective?».

«Sí, lo hizo».

«¿Cuándo dijo esto?».

«Cuando me dejó».

«¿Dijo algo más?».

«Mencionó su nombre».

Holmes me lanzó una rápida mirada de triunfo. «Oh, mencionó su nombre, ¿verdad? Eso fue imprudente. ¿Cuál fue el nombre que mencionó?».

«Se llamaba», dijo el taxista, «señor Sherlock Holmes».

Nunca he visto a mi amigo más completamente desconcertado que ante la respuesta del taxista. Durante un instante permaneció en silencio, asombrado. Luego estalló en una sonora carcajada.

"A touch, Watson—an undeniable touch!" said he. "I feel a foil as quick and supple as my own. He got home upon me very prettily that time. So his name was Sherlock Holmes, was it?"

"Yes, sir, that was the gentleman's name."

"Excellent! Tell me where you picked him up and all that occurred."

"He hailed me at half-past nine in Trafalgar Square. He said that he was a detective, and he offered me two guineas if I would do exactly what he wanted all day and ask no questions. I was glad enough to agree. First we drove down to the Northumberland Hotel and waited there until two gentlemen came out and took a cab from the rank. We followed their cab until it pulled up somewhere near here."

"This very door," said Holmes.

"Well, I couldn't be sure of that, but I dare say my fare knew all about it. We pulled up halfway down the street and waited an hour and a half. Then the two gentlemen passed us, walking, and we followed down Baker Street and along—"

"I know," said Holmes.

"Until we got three-quarters down Regent Street. Then my gentleman threw up the trap, and he cried that I should drive right away to Waterloo Station as hard as I could go. I whipped up the mare and we were there under the ten minutes. Then he paid up his two guineas, like a good one, and away he went into the station. Only just as he was leaving he turned round and he said: 'It might interest you to know that you have been driving Mr. Sherlock Holmes.' That's how I come to know the name."

"I see. And you saw no more of him?"

"Not after he went into the station."

"And how would you describe Mr. Sherlock Holmes?"

The cabman scratched his head. "Well, he wasn't altogether such an easy gentleman to describe. I'd put him at forty years of age, and he was of a middle height, two or three inches shorter than you, sir. He was dressed like a toff, and he had a black beard, cut square at the end, and a pale face. I don't know as I could say more than that."

«¡Un toque, Watson... un toque innegable!», dijo él. «Siento un florete tan rápido y flexible como el mío. Esa vez me tocó muy bien. Así que se llamaba Sherlock Holmes, ¿verdad?».

«Sí, señor, ése era el nombre del caballero».

«¡Excelente! Dígame dónde lo recogió y todo lo que ocurrió».

«Me abordó a las nueve y media en Trafalgar Square. Dijo que era detective y me ofreció dos guineas si hacía exactamente lo que él quería durante todo el día y no hacía preguntas. Acepté encantado. Primero nos dirigimos al hotel Northumberland y esperamos allí hasta que dos caballeros salieron y cogieron un taxi en la parada. Seguimos su taxi hasta que se detuvo en algún lugar cerca de aquí».

«Esta misma puerta», dijo Holmes.

«Bueno, no podía estar seguro de ello, pero me atrevería a decir que mi pasajero lo sabía todo. Nos detuvimos a mitad de la calle y esperamos una hora y media. Entonces los dos caballeros pasaron junto a nosotros, caminando, y nosotros les seguimos por Baker Street y a lo largo...».

«Lo sé», dijo Holmes.

«Hasta que llegamos a las tres cuartas partes de Regent Street. Entonces mi caballero levantó la trampa y me pidió a gritos que condujera inmediatamente hasta la estación de Waterloo, tan rápido como pudiera. Fustigué a la yegua y llegamos en menos de diez minutos. Entonces pagó sus dos guineas, como un buen hombre, y se marchó a la estación. Justo cuando se iba, se dio la vuelta y dijo: "Quizá le interese saber que ha estado llevando al señor Sherlock Holmes". Así es como llegué a conocer el nombre».

«Ya veo. ¿Y no le vio más?».

«No después de que entrara en la estación».

«¿Y cómo describiría al señor Sherlock Holmes?».

El taxista se rascó la cabeza. «Bueno, no era del todo un caballero fácil de describir. Yo le pondría unos cuarenta años, y era de estatura media, dos o tres pulgadas más bajo que usted, señor. Iba vestido como un pueblerino, y tenía una barba negra, cortada a escuadra en el extremo, y la cara pálida. No sé si podría decir más que eso».

"Colour of his eyes?"

"No, I can't say that."

"Nothing more that you can remember?"

"No, sir; nothing."

"Well, then, here is your half-sovereign. There's another one waiting for you if you can bring any more information. Good-night!"

"Good-night, sir, and thank you!"

John Clayton departed chuckling, and Holmes turned to me with a shrug of his shoulders and a rueful smile.

"Snap goes our third thread, and we end where we began," said he. "The cunning rascal! He knew our number, knew that Sir Henry Baskerville had consulted me, spotted who I was in Regent Street, conjectured that I had got the number of the cab and would lay my hands on the driver, and so sent back this audacious message. I tell you, Watson, this time we have got a foeman who is worthy of our steel. I've been checkmated in London. I can only wish you better luck in Devonshire. But I'm not easy in my mind about it."

"About what?"

"About sending you. It's an ugly business, Watson, an ugly dangerous business, and the more I see of it the less I like it. Yes, my dear fellow, you may laugh, but I give you my word that I shall be very glad to have you back safe and sound in Baker Street once more."

«¿El color de sus ojos?».

«No, no puedo decirlo».

«¿Nada más que pueda recordar?».

«No, señor; nada».

«Bien, entonces, aquí está su medio soberano. Hay otro esperándole si puede aportar más información. Buenas noches».

«¡Buenas noches, señor, y gracias!».

John Clayton se marchó riendo entre dientes y Holmes se volvió hacia mí con un encogimiento de hombros y una sonrisa apenada.

«Se corta nuestro tercer hilo, y terminamos donde empezamos», dijo. «¡El astuto bribón! Conocía nuestro número, sabía que Sir Henry Baskerville me había consultado, adivinó quién era yo en Regent Street, conjeturó que yo había conseguido el número del taxi y que pondría mis manos sobre el conductor, y así envió este audaz mensaje. Le digo, Watson, que esta vez tenemos un enemigo digno de nuestro acero. Me han dado jaque mate en Londres. Sólo puedo desearle mejor suerte en Devonshire. Pero no estoy tranquilo al respecto».

«¿Sobre qué?».

«Sobre enviarle. Es un asunto feo, Watson, un asunto feo y peligroso, y cuanto más lo veo menos me gusta. Sí, mi querido amigo, puede usted reírse, pero le doy mi palabra de que me alegraré mucho de tenerle de vuelta sano y salvo en Baker Street una vez más».

CHAPTER 6 – BASKERVILLE HALL

Sir Henry Baskerville and Dr. Mortimer were ready upon the appointed day, and we started as arranged for Devonshire. Mr. Sherlock Holmes drove with me to the station and gave me his last parting injunctions and advice.

"I will not bias your mind by suggesting theories or suspicions, Watson," said he; "I wish you simply to report facts in the fullest possible manner to me, and you can leave me to do the theorizing."

"What sort of facts?" I asked.

"Anything which may seem to have a bearing however indirect upon the case, and especially the relations between young Baskerville and his neighbours or any fresh particulars concerning the death of Sir Charles. I have made some inquiries myself in the last few days, but the results have, I fear, been negative. One thing only appears to be certain, and that is that Mr. James Desmond, who is the next heir, is an elderly gentleman of a very amiable disposition, so that this persecution does not arise from him. I really think that we may eliminate him entirely from our calculations. There remain the people who will actually surround Sir Henry Baskerville upon the moor."

"Would it not be well in the first place to get rid of this Barrymore couple?"

"By no means. You could not make a greater mistake. If they are innocent it would be a cruel injustice, and if they are guilty we should be giving up all chance of bringing it home to them. No, no, we will preserve them upon our list of suspects. Then there is a groom at the Hall, if I remember right. There are two moorland farmers. There is our friend Dr. Mortimer, whom I believe to be entirely honest, and there is his wife, of whom we know nothing. There is this naturalist, Stapleton, and there is his sister, who is said to be a young lady of attractions. There is Mr. Frankland, of Lafter Hall, who is also an unknown factor, and there are one or two other neighbours. These are the folk who must be your very special study."

"I will do my best."

"You have arms, I suppose?"

"Yes, I thought it as well to take them."

CAPÍTULO 6 – BASKERVILLE HALL

Sir Henry Baskerville y el Doctor Mortimer estaban listos el día señalado y partimos como habíamos acordado hacia Devonshire. El señor Sherlock Holmes condujo conmigo hasta la estación y me dio sus últimos consejos y advertencias de despedida.

«No predispondré su mente sugiriéndole teorías o sospechas, Watson», dijo él; «deseo simplemente que me informe de los hechos de la manera más completa posible, y que me deje a mí hacer las teorías».

«¿Qué tipo de hechos?», pregunté.

«Cualquier cosa que pueda parecer tener relación, aunque sea indirecta, con el caso, y especialmente las relaciones entre el joven Baskerville y sus vecinos o cualquier nuevo detalle sobre la muerte de Sir Charles. Yo mismo he hecho algunas averiguaciones en los últimos días, pero los resultados han sido, me temo, negativos. Sólo una cosa parece cierta, y es que el señor James Desmond, que es el próximo heredero, es un caballero anciano de talante muy amable, por lo que esta persecución no procede de él. Realmente creo que podemos eliminarlo por completo de nuestros cálculos. Quedan las personas que realmente rodearán a Sir Henry Baskerville en el páramo».

«¿No estaría bien en primer lugar deshacerse de esta pareja, los Barrymore?».

«De ninguna manera. No se podría cometer un error mayor. Si son inocentes sería una cruel injusticia y si son culpables estaríamos renunciando a toda posibilidad de resolverlo. No, no, los conservaremos en nuestra lista de sospechosos. Luego hay un casero en el Hall, si no recuerdo mal. Hay dos granjeros del páramo. Está nuestro amigo el Doctor Mortimer, a quien creo totalmente honesto, y está su esposa, de quien no sabemos nada. Está este naturalista, Stapleton, y está su hermana, de la que se dice que es una joven atractiva. Está el señor Frankland, de Lafter Hall, que también es un factor desconocido, y hay uno o dos vecinos más. Estas son las personas que deben ser su estudio especial».

«Haré lo que pueda».

«¿Tiene armas, supongo?».

«Sí, pensé que sería mejor llevarlas».

"Most certainly. Keep your revolver near you night and day, and never relax your precautions."

Our friends had already secured a first-class carriage and were waiting for us upon the platform.

"No, we have no news of any kind," said Dr. Mortimer in answer to my friend's questions. "I can swear to one thing, and that is that we have not been shadowed during the last two days. We have never gone out without keeping a sharp watch, and no one could have escaped our notice."

"You have always kept together, I presume?"

"Except yesterday afternoon. I usually give up one day to pure amusement when I come to town, so I spent it at the Museum of the College of Surgeons."

"And I went to look at the folk in the park," said Baskerville.

"But we had no trouble of any kind."

"It was imprudent, all the same," said Holmes, shaking his head and looking very grave. "I beg, Sir Henry, that you will not go about alone. Some great misfortune will befall you if you do. Did you get your other boot?"

"No, sir, it is gone forever."

"Indeed. That is very interesting. Well, good-bye," he added as the train began to glide down the platform. "Bear in mind, Sir Henry, one of the phrases in that queer old legend which Dr. Mortimer has read to us, and avoid the moor in those hours of darkness when the powers of evil are exalted."

I looked back at the platform when we had left it far behind and saw the tall, austere figure of Holmes standing motionless and gazing after us.

The journey was a swift and pleasant one, and I spent it in making the more intimate acquaintance of my two companions and in playing with Dr. Mortimer's spaniel. In a very few hours the brown earth had become ruddy, the brick had changed to granite, and red cows grazed in well-hedged fields where the lush grasses and more luxuriant vegetation spoke of a richer, if a damper, climate. Young Baskerville stared

«Con toda seguridad. Mantenga su revólver cerca de usted noche y día, y nunca relaje sus precauciones».

Nuestros amigos ya se habían asegurado un vagón de primera clase y nos esperaban en el andén.

«No, no tenemos noticias de ningún tipo», dijo el Doctor Mortimer en respuesta a las preguntas de mi amigo. «Puedo jurar una cosa, y es que no nos han perseguido durante los dos últimos días. Nunca hemos salido sin mantener una aguda vigilancia, y nadie podría haber escapado a nuestra atención».

«Siempre se han mantenido juntos, supongo».

«Excepto ayer por la tarde. Suelo dedicar un día a la pura diversión cuando vengo a la ciudad, así que lo pasé en el Museo del Colegio de Cirujanos».

«Y yo fui a ver a la gente en el parque», dijo Baskerville.

«Pero no tuvimos ningún tipo de problema».

«Fue una imprudencia, de todos modos», dijo Holmes, sacudiendo la cabeza y con aspecto muy grave. «Le ruego, Sir Henry, que no vaya por ahí solo. Alguna gran desgracia le ocurrirá si lo hace. ¿Encontró su otra bota?».

«No, señor, ha desaparecido para siempre».

«En efecto. Es muy interesante. Bueno, adiós», añadió mientras el tren comenzaba a deslizarse por el andén. «Tenga en cuenta, Sir Henry, una de las frases de esa extraña leyenda antigua que nos ha leído el Doctor Mortimer, y evite el páramo en esas horas de oscuridad en que los poderes del mal se exaltan».

Volví la vista hacia el andén cuando lo habíamos dejado muy atrás y vi la figura alta y austera de Holmes de pie, inmóvil y mirando tras nosotros.

El viaje fue rápido y agradable, y lo empleé en conocer más íntimamente a mis dos compañeros y en jugar con el spaniel del Doctor Mortimer. En pocas horas la tierra parda se había vuelto rojiza, el ladrillo había cambiado a granito y las vacas rojas pastaban en campos bien cercados donde las hierbas exuberantes y la vegetación más frondosa hablaban de un clima más rico, aunque más húmedo. El joven Baskerville miró an-

eagerly out of the window and cried aloud with delight as he recognized the familiar features of the Devon scenery.

"I've been over a good part of the world since I left it, Dr. Watson," said he; "but I have never seen a place to compare with it."

"I never saw a Devonshire man who did not swear by his county," I remarked.

"It depends upon the breed of men quite as much as on the county," said Dr. Mortimer. "A glance at our friend here reveals the rounded head of the Celt, which carries inside it the Celtic enthusiasm and power of attachment. Poor Sir Charles's head was of a very rare type, half Gaelic, half Ivernian in its characteristics. But you were very young when you last saw Baskerville Hall, were you not?"

"I was a boy in my teens at the time of my father's death and had never seen the Hall, for he lived in a little cottage on the South Coast. Thence I went straight to a friend in America. I tell you it is all as new to me as it is to Dr. Watson, and I'm as keen as possible to see the moor."

"Are you? Then your wish is easily granted, for there is your first sight of the moor," said Dr. Mortimer, pointing out of the carriage window.

Over the green squares of the fields and the low curve of a wood there rose in the distance a grey, melancholy hill, with a strange jagged summit, dim and vague in the distance, like some fantastic landscape in a dream. Baskerville sat for a long time, his eyes fixed upon it, and I read upon his eager face how much it meant to him, this first sight of that strange spot where the men of his blood had held sway so long and left their mark so deep. There he sat, with his tweed suit and his American accent, in the corner of a prosaic railway-carriage, and yet as I looked at his dark and expressive face I felt more than ever how true a descendant he was of that long line of high-blooded, fiery, and masterful men. There were pride, valour, and strength in his thick brows, his sensitive nostrils, and his large hazel eyes. If on that forbidding moor a difficult and dangerous quest should lie before us, this was at least a comrade for whom one might venture to take a risk with the certainty that he would bravely share it.

The train pulled up at a small wayside station and we all descended. Outside, beyond the low, white fence, a wagonette with a pair of cobs

siosamente por la ventanilla y exclamó de alegría al reconocer los rasgos familiares del paisaje de Devon.

«He recorrido buena parte del mundo desde que lo dejé, Doctor Watson», dijo; «pero nunca he visto un lugar que se le pueda comparar».

«Nunca vi a un hombre de Devonshire que no jurara por su condado», comenté.

«Depende de la raza de los hombres tanto como del condado», dijo el Doctor Mortimer. «Una mirada a nuestro amigo aquí presente revela la cabeza redondeada del celta, que lleva en su interior el entusiasmo celta y el poder del apego. La cabeza del pobre Sir Charles era de un tipo muy raro, mitad gaélica, mitad iverniana en sus características. Pero usted era muy joven la última vez que vio Baskerville Hall, ¿verdad?».

«Yo era un muchacho en plena adolescencia cuando murió mi padre y nunca he visto el Hall, pues él vivía en una casita en la costa sur. De allí fui directamente a ver a un amigo en los Estados Unidos. Le digo que todo es tan nuevo para mí como para el Doctor Watson, y tengo el mayor interés posible en ver el páramo».

«¿Es así? Entonces su deseo se cumple fácilmente, pues ahí tiene su primera vista del páramo», dijo el Doctor Mortimer, señalando por la ventanilla del carruaje.

Sobre los verdes cuadros de los campos y la curva baja de un bosque se alzaba a lo lejos una colina gris y melancólica, con una extraña cumbre dentada, tenue y vaga en la distancia, como algún paisaje fantástico en un sueño. Baskerville permaneció sentado largo rato, con los ojos fijos en ella, y leí en su rostro ansioso cuánto significaba para él esta primera visión de aquel extraño lugar donde los hombres de su sangre habían dominado durante tanto tiempo y dejado su huella tan profundamente. Allí estaba sentado, con su traje de tweed y su acento americano, en la esquina de un prosaico vagón de ferrocarril y, sin embargo, al contemplar su rostro oscuro y expresivo, sentí más que nunca que era un verdadero descendiente de esa larga estirpe de hombres de sangre fuerte, feroces y magistrales. Había orgullo, valor y fuerza en sus gruesas cejas, sus sensibles fosas nasales y sus grandes ojos color avellana. Si en aquel páramo prohibido se presentaba ante nosotros una búsqueda difícil y peligrosa, éste era al menos un camarada por el que uno podía aventurarse a correr un riesgo con la certeza de que lo compartiría valientemente.

El tren se detuvo en una pequeña estación junto al camino y todos descendimos. Fuera, más allá de la valla blanca y baja, esperaba una vagoneta

was waiting. Our coming was evidently a great event, for station-master and porters clustered round us to carry out our luggage. It was a sweet, simple country spot, but I was surprised to observe that by the gate there stood two soldierly men in dark uniforms who leaned upon their short rifles and glanced keenly at us as we passed. The coachman, a hard-faced, gnarled little fellow, saluted Sir Henry Baskerville, and in a few minutes we were flying swiftly down the broad, white road. Rolling pasture lands curved upward on either side of us, and old gabled houses peeped out from amid the thick green foliage, but behind the peaceful and sunlit countryside there rose ever, dark against the evening sky, the long, gloomy curve of the moor, broken by the jagged and sinister hills.

The wagonette swung round into a side road, and we curved upward through deep lanes worn by centuries of wheels, high banks on either side, heavy with dripping moss and fleshy hart's-tongue ferns. Bronzing bracken and mottled bramble gleamed in the light of the sinking sun. Still steadily rising, we passed over a narrow granite bridge and skirted a noisy stream which gushed swiftly down, foaming and roaring amid the grey boulders. Both road and stream wound up through a valley dense with scrub oak and fir. At every turn Baskerville gave an exclamation of delight, looking eagerly about him and asking countless questions. To his eyes all seemed beautiful, but to me a tinge of melancholy lay upon the countryside, which bore so clearly the mark of the waning year. Yellow leaves carpeted the lanes and fluttered down upon us as we passed. The rattle of our wheels died away as we drove through drifts of rotting vegetation—sad gifts, as it seemed to me, for Nature to throw before the carriage of the returning heir of the Baskervilles.

"Halloa!" cried Dr. Mortimer, "what is this?"

A steep curve of heath-clad land, an outlying spur of the moor, lay in front of us. On the summit, hard and clear like an equestrian statue upon its pedestal, was a mounted soldier, dark and stern, his rifle poised ready over his forearm. He was watching the road along which we travelled.

"What is this, Perkins?" asked Dr. Mortimer.

Our driver half turned in his seat. "There's a convict escaped from Princetown, sir. He's been out three days now, and the warders watch

con un par de mulas. Nuestra llegada fue evidentemente un gran acontecimiento, pues el jefe de estación y los porteros se agruparon a nuestro alrededor para sacar nuestro equipaje. Era un lugar campestre, dulce y sencillo, pero me sorprendió observar que junto a la verja había dos soldados con uniformes oscuros que se apoyaban en sus rifles cortos y nos miraban agudamente cuando pasábamos. El cochero, un tipo pequeño, de rostro duro y nudoso, saludó a Sir Henry Baskerville, y en pocos minutos íbamos a gran velocidad por la ancha y blanca carretera. Las ondulantes tierras de pasto se curvaban hacia arriba a ambos lados de nosotros, y viejas casas a dos aguas asomaban entre el espeso follaje verde, pero detrás de la apacible y soleada campiña se alzaba siempre, oscura contra el cielo del atardecer, la larga y sombría curva del páramo, quebrada por las colinas dentadas y siniestras.

La carreta giró en redondo hacia un camino lateral, y nos dirigimos hacia arriba a través de profundos senderos desgastados por siglos de ruedas, altas orillas a ambos lados, pesadas con musgo goteante y carnosos helechos lengua de ciervo. Los helechos bronceados y las zarzas moteadas brillaban a la luz del sol poniente. Sin dejar de ascender, pasamos por encima de un estrecho puente de granito y bordeamos un ruidoso arroyo que bajaba a borbotones, espumeante y rugiendo entre los peñascos grises. Tanto la carretera como el arroyo serpenteaban por un valle denso de matorrales de robles y abetos. A cada vuelta Baskerville lanzaba una exclamación de deleite, mirando con avidez a su alrededor y haciendo innumerables preguntas. A sus ojos todo parecía hermoso, pero a los míos un tinte de melancolía cubría la campiña, que llevaba tan claramente la marca del año menguante. Las hojas amarillas alfombraban los carriles y revoloteaban sobre nosotros a nuestro paso. El traqueteo de nuestras ruedas se desvanecía a medida que avanzábamos a través de briznas de vegetación podrida... tristes regalos, según me parecía, que la Naturaleza arrojaba ante el carruaje del heredero de los Baskerville que regresaba.

«¡Vaya!», gritó el Doctor Mortimer, «¿qué es esto?».

Frente a nosotros se extendía una empinada curva de tierra cubierta de brezo, un saliente del páramo. En la cima, duro y despejado como una estatua ecuestre sobre su pedestal, había un soldado montado, moreno y severo, con el rifle preparado sobre el antebrazo. Vigilaba el camino por el que viajábamos.

«¿Qué es esto, Perkins?», preguntó el Doctor Mortimer.

Nuestro conductor se giró a medias en su asiento. «Hay un convicto escapado de Princetown, señor. Lleva ya tres días fuera, y los guardias vi-

every road and every station, but they've had no sight of him yet. The farmers about here don't like it, sir, and that's a fact."

"Well, I understand that they get five pounds if they can give information."

"Yes, sir, but the chance of five pounds is but a poor thing compared to the chance of having your throat cut. You see, it isn't like any ordinary convict. This is a man that would stick at nothing."

"Who is he, then?"

"It is Selden, the Notting Hill murderer."

I remembered the case well, for it was one in which Holmes had taken an interest on account of the peculiar ferocity of the crime and the wanton brutality which had marked all the actions of the assassin. The commutation of his death sentence had been due to some doubts as to his complete sanity, so atrocious was his conduct. Our wagonette had topped a rise and in front of us rose the huge expanse of the moor, mottled with gnarled and craggy cairns and tors. A cold wind swept down from it and set us shivering. Somewhere there, on that desolate plain, was lurking this fiendish man, hiding in a burrow like a wild beast, his heart full of malignancy against the whole race which had cast him out. It needed but this to complete the grim suggestiveness of the barren waste, the chilling wind, and the darkling sky. Even Baskerville fell silent and pulled his overcoat more closely around him.

We had left the fertile country behind and beneath us. We looked back on it now, the slanting rays of a low sun turning the streams to threads of gold and glowing on the red earth new turned by the plough and the broad tangle of the woodlands. The road in front of us grew bleaker and wilder over huge russet and olive slopes, sprinkled with giant boulders. Now and then we passed a moorland cottage, walled and roofed with stone, with no creeper to break its harsh outline. Suddenly we looked down into a cuplike depression, patched with stunted oaks and firs which had been twisted and bent by the fury of years of storm. Two high, narrow towers rose over the trees. The driver pointed with his whip.

"Baskerville Hall," said he.

Its master had risen and was staring with flushed cheeks and shin-

gilan todas las carreteras y todas las estaciones, pero aún no lo han visto. A los granjeros de por aquí no les gusta, señor, eso es un hecho».

«Bueno, tengo entendido que reciben cinco libras si pueden dar información».

«Sí, señor, pero la posibilidad de cinco libras no es más que una pobre cosa comparada con la posibilidad de que le corten el cuello a uno. Verá, no es como cualquier convicto ordinario. Es un hombre que no se atascaría ante nada».

«Entonces, ¿quién es?».

«Es Selden, el asesino de Notting Hill».

Recordaba bien el caso, pues era uno en el que Holmes se había interesado por la peculiar ferocidad del crimen y la brutalidad gratuita que había marcado todas las acciones del asesino. La conmutación de su pena de muerte se había debido a algunas dudas sobre su completa cordura, tan atroz fue su conducta. Nuestra carreta había coronado una elevación y frente a nosotros se alzaba la enorme extensión del páramo, moteado de mojones y peñascos nudosos y escarpados. Un viento frío descendió de ella y nos hizo temblar. En algún lugar, en aquella llanura desolada, acechaba este hombre diabólico, escondido en una madriguera como una bestia salvaje, con el corazón lleno de maldad contra toda la raza que le había expulsado. No hacía falta más que esto para completar la sombría sugestión del yermo, el viento helado y el cielo tenebroso. Incluso Baskerville enmudeció y se ciñó más el abrigo.

Habíamos dejado atrás y bajo nosotros el fértil país. Lo contemplábamos ahora, con los rayos oblicuos de un sol bajo que convertía los arroyos en hilos de oro y brillaba sobre la tierra roja recién removida por el arado y la amplia maraña de los bosques. El camino frente a nosotros se hacía más sombrío y salvaje sobre enormes laderas rojizas y oliváceas, salpicadas de peñascos gigantes. De vez en cuando pasábamos junto a una cabaña del páramo, amurallada y techada con piedra, sin ninguna enredadera que rompiera su dura silueta. De repente miramos hacia abajo, a una depresión en forma de copa, parcheada con robles y abetos achaparrados que habían sido retorcidos y doblados por la furia de años de tormenta. Dos torres altas y estrechas se alzaban sobre los árboles. El conductor señaló con su látigo.

«Baskerville Hall», dijo.

Su amo se había erguido y nos miraba con las mejillas sonrojadas y los

ing eyes. A few minutes later we had reached the lodge-gates, a maze of fantastic tracery in wrought iron, with weather-bitten pillars on either side, blotched with lichens, and surmounted by the boars' heads of the Baskervilles. The lodge was a ruin of black granite and bared ribs of rafters, but facing it was a new building, half constructed, the first fruit of Sir Charles's South African gold.

Through the gateway we passed into the avenue, where the wheels were again hushed amid the leaves, and the old trees shot their branches in a sombre tunnel over our heads. Baskerville shuddered as he looked up the long, dark drive to where the house glimmered like a ghost at the farther end.

"Was it here?" he asked in a low voice.

"No, no, the yew alley is on the other side."

The young heir glanced round with a gloomy face.

"It's no wonder my uncle felt as if trouble were coming on him in such a place as this," said he. "It's enough to scare any man. I'll have a row of electric lamps up here inside of six months, and you won't know it again, with a thousand candle-power Swan and Edison right here in front of the hall door."

The avenue opened into a broad expanse of turf, and the house lay before us. In the fading light I could see that the centre was a heavy block of building from which a porch projected. The whole front was draped in ivy, with a patch clipped bare here and there where a window or a coat of arms broke through the dark veil. From this central block rose the twin towers, ancient, crenelated, and pierced with many loopholes. To right and left of the turrets were more modern wings of black granite. A dull light shone through heavy mullioned windows, and from the high chimneys which rose from the steep, high-angled roof there sprang a single black column of smoke.

"Welcome, Sir Henry! Welcome to Baskerville Hall!"

A tall man had stepped from the shadow of the porch to open the door of the wagonette. The figure of a woman was silhouetted against the yellow light of the hall. She came out and helped the man to hand down our bags.

ojos brillantes. Pocos minutos después habíamos llegado a las puertas de la logia, un laberinto de fantásticas tracerías de hierro forjado, con pilares desgastados por la intemperie a ambos lados, manchados de líquenes y coronados por las cabezas de jabalí de los Baskerville. La posada era una ruina de granito negro y costillas de vigas desnudas, pero frente a ella había un edificio nuevo, a medio construir, el primer fruto del oro sudafricano de Sir Charles.

A través del portal pasamos a la avenida, donde las ruedas volvieron a callar entre las hojas, y los viejos árboles lanzaron sus ramas en un sombrío túnel sobre nuestras cabezas. Baskerville se estremeció al mirar el largo y oscuro camino de entrada hasta el lugar donde la casa brillaba como un fantasma en el extremo más alejado.

«¿Fue aquí?», preguntó en voz baja.

«No, no, el callejón de tejos está al otro lado».

El joven heredero miró a su alrededor con rostro sombrío.

«No es de extrañar que mi tío sintiera que los problemas se le venían encima en un lugar como éste», dijo. «Es suficiente para asustar a cualquier hombre. Tendré una hilera de lámparas eléctricas por aquí dentro de seis meses, y no lo volverán a conocer, con mil lámparas Swan y Edison justo aquí delante de la puerta del vestíbulo».

La avenida se abría en una amplia extensión de césped y la casa se extendía ante nosotros. A la luz mortecina pude ver que el centro era un pesado bloque de construcción del que sobresalía un porche. Toda la fachada estaba cubierta de hiedra, con un parche recortado desnudo aquí y allá donde una ventana o un escudo de armas atravesaban el oscuro velo. Desde este bloque central se alzaban las torres gemelas, antiguas, almenadas y perforadas con numerosas troneras. A derecha e izquierda de las torrecillas había alas más modernas de granito negro. Una luz mortecina brillaba a través de las pesadas ventanas con parteluz, y de las altas chimeneas que se elevaban desde el empinado tejado de ángulo alto brotaba una única columna negra de humo.

«¡Bienvenido, Sir Henry! ¡Bienvenido a Baskerville Hall!».

Un hombre alto había salido de la sombra del porche para abrir la puerta de la carreta. La figura de una mujer se recortaba contra la luz amarilla del vestíbulo. Ella salió y ayudó al hombre a bajar nuestras maletas.

"You don't mind my driving straight home, Sir Henry?" said Dr. Mortimer. "My wife is expecting me."

"Surely you will stay and have some dinner?"

"No, I must go. I shall probably find some work awaiting me. I would stay to show you over the house, but Barrymore will be a better guide than I. Good-bye, and never hesitate night or day to send for me if I can be of service."

The wheels died away down the drive while Sir Henry and I turned into the hall, and the door clanged heavily behind us. It was a fine apartment in which we found ourselves, large, lofty, and heavily raftered with huge baulks of age-blackened oak. In the great old-fashioned fireplace behind the high iron dogs a log-fire crackled and snapped. Sir Henry and I held out our hands to it, for we were numb from our long drive. Then we gazed round us at the high, thin window of old stained glass, the oak panelling, the stags' heads, the coats of arms upon the walls, all dim and sombre in the subdued light of the central lamp.

"It's just as I imagined it," said Sir Henry. "Is it not the very picture of an old family home? To think that this should be the same hall in which for five hundred years my people have lived. It strikes me solemn to think of it."

I saw his dark face lit up with a boyish enthusiasm as he gazed about him. The light beat upon him where he stood, but long shadows trailed down the walls and hung like a black canopy above him. Barrymore had returned from taking our luggage to our rooms. He stood in front of us now with the subdued manner of a well-trained servant. He was a remarkable-looking man, tall, handsome, with a square black beard and pale, distinguished features.

"Would you wish dinner to be served at once, sir?"

"Is it ready?"

"In a very few minutes, sir. You will find hot water in your rooms. My wife and I will be happy, Sir Henry, to stay with you until you have made your fresh arrangements, but you will understand that under the new conditions this house will require a considerable staff."

«¿No le importa que conduzca directamente a casa, Sir Henry?», dijo el Doctor Mortimer. «Mi esposa me está esperando».

«¿Seguro que se queda a cenar?».

«No, debo irme. Probablemente me espere algún trabajo. Me quedaría para enseñarle la casa, pero Barrymore será mejor guía que yo. Adiós, y no dude noche o día en mandarme llamar si puedo serle útil».

Las ruedas se alejaron por el camino de entrada mientras Sir Henry y yo girábamos hacia el vestíbulo y la puerta repiqueteaba pesadamente tras nosotros. Era un bonito apartamento en el que nos encontrábamos, grande, elevado y pesadamente tapiado con enormes tablones de roble ennegrecido por el paso del tiempo. En la gran chimenea anticuada, detrás de los altos perros de hierro, crepitaba y chasqueaba un fuego de leña. Sir Henry y yo extendimos las manos hacia la chimenea, pues estábamos entumecidos por nuestro largo viaje. Luego contemplamos a nuestro alrededor la alta y delgada ventana de viejas vidrieras, el revestimiento de roble, las cabezas de ciervo, los escudos de armas de las paredes, todo tenue y sombrío a la suave luz de la lámpara central.

«Es tal y como me lo imaginaba», dijo Sir Henry. «¿No es la imagen misma de una antigua casa familiar? Pensar que ésta sea la misma sala en la que durante quinientos años ha vivido mi gente. Me parece solemne pensarlo».

Vi su rostro oscuro iluminado con un entusiasmo infantil mientras miraba a su alrededor. La luz le daba de lleno donde estaba, pero largas sombras se deslizaban por las paredes y colgaban como un dosel negro sobre él. Barrymore había regresado de llevar nuestro equipaje a nuestras habitaciones. Ahora estaba de pie frente a nosotros con los modales sumisos de un sirviente bien entrenado. Era un hombre de aspecto notable, alto, apuesto, con una barba negra, cuadrada, y rasgos pálidos y distinguidos.

«¿Desea que la cena se sirva enseguida, señor?».

«¿Está lista?».

«En muy pocos minutos, señor. Encontrarán agua caliente en sus habitaciones. Mi esposa y yo estaremos encantados, Sir Henry, de quedarnos con usted hasta que haya hecho sus nuevos arreglos, pero comprenderá que bajo las nuevas condiciones esta casa requerirá un personal considerable».

"What new conditions?"

"I only meant, sir, that Sir Charles led a very retired life, and we were able to look after his wants. You would, naturally, wish to have more company, and so you will need changes in your household."

"Do you mean that your wife and you wish to leave?"

"Only when it is quite convenient to you, sir."

"But your family have been with us for several generations, have they not? I should be sorry to begin my life here by breaking an old family connection."

I seemed to discern some signs of emotion upon the butler's white face.

"I feel that also, sir, and so does my wife. But to tell the truth, sir, we were both very much attached to Sir Charles, and his death gave us a shock and made these surroundings very painful to us. I fear that we shall never again be easy in our minds at Baskerville Hall."

"But what do you intend to do?"

"I have no doubt, sir, that we shall succeed in establishing ourselves in some business. Sir Charles's generosity has given us the means to do so. And now, sir, perhaps I had best show you to your rooms."

A square balustraded gallery ran round the top of the old hall, approached by a double stair. From this central point two long corridors extended the whole length of the building, from which all the bedrooms opened. My own was in the same wing as Baskerville's and almost next door to it. These rooms appeared to be much more modern than the central part of the house, and the bright paper and numerous candles did something to remove the sombre impression which our arrival had left upon my mind.

But the dining-room which opened out of the hall was a place of shadow and gloom. It was a long chamber with a step separating the dais where the family sat from the lower portion reserved for their dependents. At one end a minstrel's gallery overlooked it. Black beams shot across above our heads, with a smoke-darkened ceiling beyond them. With rows of flaring torches to light it up, and the colour and

«¿Qué nuevas condiciones?».

«Sólo quería decir, señor, que Sir Charles llevaba una vida muy retirada, y que podíamos atender sus necesidades. Usted, naturalmente, desearía tener más compañía, por lo que necesitará cambios en su hogar».

«¿Quiere decir que su esposa y usted desean marcharse?».

«Sólo cuando le resulte conveniente, señor».

«Pero su familia ha estado con nosotros durante varias generaciones, ¿no es así? Lamentaría comenzar mi vida aquí rompiendo una vieja conexión familiar».

Me pareció discernir algunos signos de emoción en el blanco rostro del mayordomo.

«Yo también lo siento así, señor, y mi esposa también. Pero a decir verdad, señor, los dos estábamos muy apegados a Sir Charles, y su muerte nos ha conmocionado y ha hecho que este entorno nos resulte muy doloroso. Me temo que nunca volveremos a estar tranquilos en Baskerville Hall».

«Pero, ¿qué piensa hacer?».

«No me cabe duda, señor, de que lograremos establecernos en algún negocio. La generosidad de Sir Charles nos ha dado los medios para hacerlo. Y ahora, señor, quizás sea mejor que le acompañe a sus habitaciones».

Una galería cuadrada con balaustrada recorría la parte superior del antiguo vestíbulo, al que se accedía por una escalera doble. Desde este punto central se extendían dos largos corredores a todo lo largo del edificio, desde los que se abrían todos los dormitorios. El mío se encontraba en la misma ala que el de Baskerville y casi al lado. Estas habitaciones parecían mucho más modernas que la parte central de la casa, y el papel brillante y las numerosas velas hicieron algo para eliminar la sombría impresión que nuestra llegada había dejado en mi mente.

Pero el comedor que se abría desde el vestíbulo era un lugar de sombras y penumbra. Era una larga cámara con un escalón que separaba el estrado, donde se sentaba la familia, de la parte inferior, reservada a sus dependientes. En un extremo, una galería de juglares la dominaba. Unas vigas negras se proyectaban por encima de nuestras cabezas, con un techo oscurecido por el humo más allá. Con hileras de antorchas encendidas para iluminarlo,

rude hilarity of an old-time banquet, it might have softened; but now, when two black-clothed gentlemen sat in the little circle of light thrown by a shaded lamp, one's voice became hushed and one's spirit subdued. A dim line of ancestors, in every variety of dress, from the Elizabethan knight to the buck of the Regency, stared down upon us and daunted us by their silent company. We talked little, and I for one was glad when the meal was over and we were able to retire into the modern billiard-room and smoke a cigarette.

"My word, it isn't a very cheerful place," said Sir Henry. "I suppose one can tone down to it, but I feel a bit out of the picture at present. I don't wonder that my uncle got a little jumpy if he lived all alone in such a house as this. However, if it suits you, we will retire early to-night, and perhaps things may seem more cheerful in the morning."

I drew aside my curtains before I went to bed and looked out from my window. It opened upon the grassy space which lay in front of the hall door. Beyond, two copses of trees moaned and swung in a rising wind. A half moon broke through the rifts of racing clouds. In its cold light I saw beyond the trees a broken fringe of rocks, and the long, low curve of the melancholy moor. I closed the curtain, feeling that my last impression was in keeping with the rest.

And yet it was not quite the last. I found myself weary and yet wakeful, tossing restlessly from side to side, seeking for the sleep which would not come. Far away a chiming clock struck out the quarters of the hours, but otherwise a deathly silence lay upon the old house. And then suddenly, in the very dead of the night, there came a sound to my ears, clear, resonant, and unmistakable. It was the sob of a woman, the muffled, strangling gasp of one who is torn by an uncontrollable sorrow. I sat up in bed and listened intently. The noise could not have been far away and was certainly in the house. For half an hour I waited with every nerve on the alert, but there came no other sound save the chiming clock and the rustle of the ivy on the wall.

y el colorido y la ruda hilaridad de un banquete de antaño podría haberse suavizado; pero ahora, cuando dos caballeros vestidos de negro se sentaron en el pequeño círculo de luz arrojado por una lámpara sombreada, las voces se acallaron y los espíritus se sometieron. Una tenue línea de antepasados, en toda variedad de atuendos, desde el caballero isabelino hasta el corvo de la Regencia, nos miraba fijamente y nos amedrentaba con su silenciosa compañía. Hablamos poco y, por mi parte, me sentí complacido cuando terminó la comida y pudimos retirarnos a la moderna sala de billar y fumar un cigarrillo.

«Vaya, no es un lugar muy alegre», dijo Sir Henry. «Supongo que uno puede acostumbrarse a esto, pero en estos momentos me siento un poco fuera de lugar. No me extraña que mi tío se pusiera un poco nervioso al vivir solo en una casa como ésta. Sin embargo, si le parece bien, nos retiraremos temprano esta noche, y tal vez las cosas parezcan más alegres por la mañana».

Aparté las cortinas antes de acostarme y miré por la ventana. Se abría sobre el espacio cubierto de hierba que había frente a la puerta del vestíbulo. Más allá, dos bosquecillos de árboles gemían y se mecían con un viento creciente. Una media luna se abría paso entre las hendiduras de las nubes aceleradas. A su fría luz vi más allá de los árboles una franja quebrada de rocas y la curva larga y baja del melancólico páramo. Cerré la cortina, sintiendo que mi última impresión estaba en consonancia con el resto.

Y sin embargo no fue la última. Me encontraba cansado y sin embargo despierto, dando vueltas inquieto de un lado a otro, procurando el sueño que no llegaba. A lo lejos, el tintineo de un reloj marcaba los cuartos de las horas, pero por lo demás un silencio sepulcral yacía sobre la vieja casa. Y de pronto, en la misma oscuridad de la noche, llegó a mis oídos un sonido, claro, resonante e inconfundible. Era el sollozo de una mujer, el jadeo ahogado y estrangulado de quien está desgarrada por una pena incontrolable. Me senté en la cama y escuché atentamente. El ruido no podía provenir de muy lejos y sin duda estaba dentro de la casa. Durante media hora esperé con todos los nervios en alerta, pero no llegó ningún otro sonido salvo el tintineo del reloj y el susurro de la hiedra en la pared.

CHAPTER 7 – THE STAPLETONS OF MERRIPIT HOUSE

The fresh beauty of the following morning did something to efface from our minds the grim and grey impression which had been left upon both of us by our first experience of Baskerville Hall. As Sir Henry and I sat at breakfast the sunlight flooded in through the high mullioned windows, throwing watery patches of colour from the coats of arms which covered them. The dark panelling glowed like bronze in the golden rays, and it was hard to realise that this was indeed the chamber which had struck such a gloom into our souls upon the evening before.

"I guess it is ourselves and not the house that we have to blame!" said the baronet. "We were tired with our journey and chilled by our drive, so we took a grey view of the place. Now we are fresh and well, so it is all cheerful once more."

"And yet it was not entirely a question of imagination," I answered. "Did you, for example, happen to hear someone, a woman I think, sobbing in the night?"

"That is curious, for I did when I was half asleep fancy that I heard something of the sort. I waited quite a time, but there was no more of it, so I concluded that it was all a dream."

"I heard it distinctly, and I am sure that it was really the sob of a woman."

"We must ask about this right away." He rang the bell and asked Barrymore whether he could account for our experience. It seemed to me that the pallid features of the butler turned a shade paler still as he listened to his master's question.

"There are only two women in the house, Sir Henry," he answered. "One is the scullery-maid, who sleeps in the other wing. The other is my wife, and I can answer for it that the sound could not have come from her."

And yet he lied as he said it, for it chanced that after breakfast I met Mrs. Barrymore in the long corridor with the sun full upon her face. She was a large, impassive, heavy-featured woman with a stern set expression of mouth. But her telltale eyes were red and glanced at me from between swollen lids. It was she, then, who wept in the night, and if she did so her husband must know it. Yet he had taken the obvious risk of discovery in declaring that it was not so. Why had he done

CAPÍTULO 7 – LOS STAPLETON, DE MERRIPIT HOUSE

La fresca belleza de la mañana siguiente hizo algo por borrar de nuestras mentes la sombría y gris impresión que nos había dejado a ambos nuestra primera experiencia de Baskerville Hall. Mientras Sir Henry y yo nos sentábamos a desayunar, la luz del sol entraba a raudales por las altas ventanas con parteluz, arrojando acuosas manchas de color desde los escudos de armas que las cubrían. Los oscuros revestimientos brillaban como el bronce bajo los rayos dorados, y era difícil darse cuenta de que aquélla era en realidad la cámara que la víspera había infundido tanta melancolía en nuestras almas.

«¡Supongo que la culpa es nuestra y no de la casa!», dijo el baronet. «Estábamos cansados por el viaje y helados por el coche, así que vimos el lugar con malos ojos. Ahora estamos frescos y bien, así que todo vuelve a ser alegre».

«Y sin embargo no fue enteramente una cuestión de imaginación», respondí. «¿Por casualidad, por ejemplo, oyó a alguien, una mujer creo, sollozar por la noche?».

«Es curioso, porque cuando estaba medio dormido me pareció oír algo parecido. Esperé un buen rato, pero no ocurrió nada más, así que concluí que todo había sido un sueño».

«Lo oí claramente, y estoy seguro de que era realmente el sollozo de una mujer».

«Debemos preguntar sobre esto enseguida». Tocó la campanilla y preguntó a Barrymore si podía dar cuenta de nuestra experiencia. Me pareció que las pálidas facciones del mayordomo se volvían un tono aún más pálidas al escuchar la pregunta de su amo.

«Sólo hay dos mujeres en la casa, Sir Henry», respondió. «Una es la criada del fregadero, que duerme en la otra ala. La otra es mi esposa, y puedo asegurar que el sonido no pudo provenir de ella».

Y sin embargo mintió al decirlo, pues dio la casualidad de que después del desayuno me encontré con la señora Barrymore en el largo pasillo con el sol de lleno en su rostro. Era una mujer grande, impasible, de facciones pesadas y con una expresión severa en la boca. Pero sus ojos delatores estaban enrojecidos y me miraban desde entre los párpados hinchados. Era ella, pues, quien lloraba por la noche, y si lo hacía su marido debía saberlo. Sin embargo, había corrido el evidente riesgo de ser

this? And why did she weep so bitterly? Already round this pale-faced, handsome, black-bearded man there was gathering an atmosphere of mystery and of gloom. It was he who had been the first to discover the body of Sir Charles, and we had only his word for all the circumstances which led up to the old man's death. Was it possible that it was Barrymore, after all, whom we had seen in the cab in Regent Street? The beard might well have been the same. The cabman had described a somewhat shorter man, but such an impression might easily have been erroneous. How could I settle the point forever? Obviously the first thing to do was to see the Grimpen postmaster and find whether the test telegram had really been placed in Barrymore's own hands. Be the answer what it might, I should at least have something to report to Sherlock Holmes.

Sir Henry had numerous papers to examine after breakfast, so that the time was propitious for my excursion. It was a pleasant walk of four miles along the edge of the moor, leading me at last to a small grey hamlet, in which two larger buildings, which proved to be the inn and the house of Dr. Mortimer, stood high above the rest. The postmaster, who was also the village grocer, had a clear recollection of the telegram.

"Certainly, sir," said he, "I had the telegram delivered to Mr. Barrymore exactly as directed."

"Who delivered it?"

"My boy here. James, you delivered that telegram to Mr. Barrymore at the Hall last week, did you not?"

"Yes, father, I delivered it."

"Into his own hands?" I asked.

"Well, he was up in the loft at the time, so that I could not put it into his own hands, but I gave it into Mrs. Barrymore's hands, and she promised to deliver it at once."

"Did you see Mr. Barrymore?"

"No, sir; I tell you he was in the loft."

"If you didn't see him, how do you know he was in the loft?"

descubierto al declarar que no era así. ¿Por qué lo había hecho él? ¿Y por qué ella lloraba tan amargamente? Alrededor de este hombre de rostro pálido, apuesto y de barba negra se iba acumulando ya una atmósfera de misterio y de penumbra. Fue él quien había sido el primero en descubrir el cadáver de Sir Charles, y sólo contábamos con su palabra para todas las circunstancias que condujeron a la muerte del anciano. ¿Era posible que fuera Barrymore, después de todo, a quien habíamos visto en el taxi en Regent Street? La barba bien podría haber sido la misma. El taxista había descrito a un hombre algo más bajo, pero tal impresión podía ser fácilmente errónea. ¿Cómo podía zanjar la cuestión para siempre? Obviamente, lo primero que había que hacer era ver al jefe de correos de Grimpen y averiguar si el telegrama de prueba había llegado realmente a manos del propio Barrymore. Fuera cual fuera la respuesta, al menos tendría algo de lo que informar a Sherlock Holmes.

Sir Henry tenía numerosos papeles que examinar después del desayuno, por lo que el momento era propicio para mi excursión. Fue un agradable paseo de cuatro millas por el borde del páramo, que me condujo al fin a una pequeña aldea gris, en la que dos edificios más grandes, que resultaron ser la posada y la casa del Doctor Mortimer, se alzaban por encima del resto. El jefe de correos, que era también el tendero del pueblo, recordaba claramente el telegrama.

«Ciertamente, señor», dijo, «hice entregar el telegrama al señor Barrymore exactamente como se me indicó».

«¿Quién lo entregó?».

«Mi muchacho. James, entregaste ese telegrama al señor Barrymore en el Hall la semana pasada, ¿verdad?».

«Sí, padre, lo entregué».

«¿En sus propias manos?», pregunté.

«Bueno, él estaba arriba en el desván en ese momento, así que no pude ponerlo en sus manos, pero lo entregué en las de la señora Barrymore, y ella prometió entregarlo enseguida».

«¿Vio al señor Barrymore?».

«No, señor; le digo que estaba en el desván».

«Si no lo vio, ¿cómo sabe que estaba en el desván?».

"Well, surely his own wife ought to know where he is," said the postmaster testily. "Didn't he get the telegram? If there is any mistake it is for Mr. Barrymore himself to complain."

It seemed hopeless to pursue the inquiry any farther, but it was clear that in spite of Holmes's ruse we had no proof that Barrymore had not been in London all the time. Suppose that it were so—suppose that the same man had been the last who had seen Sir Charles alive, and the first to dog the new heir when he returned to England. What then? Was he the agent of others or had he some sinister design of his own? What interest could he have in persecuting the Baskerville family? I thought of the strange warning clipped out of the leading article of the *Times*. Was that his work or was it possibly the doing of someone who was bent upon counteracting his schemes? The only conceivable motive was that which had been suggested by Sir Henry, that if the family could be scared away a comfortable and permanent home would be secured for the Barrymores. But surely such an explanation as that would be quite inadequate to account for the deep and subtle scheming which seemed to be weaving an invisible net round the young baronet. Holmes himself had said that no more complex case had come to him in all the long series of his sensational investigations. I prayed, as I walked back along the grey, lonely road, that my friend might soon be freed from his preoccupations and able to come down to take this heavy burden of responsibility from my shoulders.

Suddenly my thoughts were interrupted by the sound of running feet behind me and by a voice which called me by name. I turned, expecting to see Dr. Mortimer, but to my surprise it was a stranger who was pursuing me. He was a small, slim, clean-shaven, prim-faced man, flaxen-haired and lean-jawed, between thirty and forty years of age, dressed in a grey suit and wearing a straw hat. A tin box for botanical specimens hung over his shoulder and he carried a green butterfly-net in one of his hands.

"You will, I am sure, excuse my presumption, Dr. Watson," said he as he came panting up to where I stood. "Here on the moor we are homely folk and do not wait for formal introductions. You may possibly have heard my name from our mutual friend, Mortimer. I am Stapleton, of Merripit House."

"Your net and box would have told me as much," said I, "for I knew that Mr. Stapleton was a naturalist. But how did you know me?"

"I have been calling on Mortimer, and he pointed you out to me from

«Bueno, seguramente su propia esposa debería saber dónde está», dijo el jefe de correos con tono de protesta. «¿No recibió el telegrama? Si hay algún error es el propio señor Barrymore quien debe quejarse».

Parecía inútil proseguir la investigación, pero estaba claro que, a pesar de la treta de Holmes, no teníamos pruebas de que Barrymore no hubiera estado en Londres todo el tiempo. Supongamos que fuera así... supongamos que el mismo hombre hubiera sido el último que había visto con vida a Sir Charles y el primero en perseguir al nuevo heredero cuando regresó a Inglaterra. ¿Qué ocurrió entonces? ¿Era el agente de otros o tenía algún siniestro designio propio? ¿Qué interés podía tener en perseguir a la familia Baskerville? Pensé en la extraña advertencia recortada del artículo principal del *Times*. ¿Era obra suya o posiblemente de alguien empeñado en contrarrestar sus planes? El único motivo concebible era el que había sugerido Sir Henry, que si se podía ahuyentar a la familia se aseguraría un hogar cómodo y permanente para los Barrymore. Pero sin duda una explicación como ésa sería del todo inadecuada para dar cuenta de las profundas y sutiles intrigas que parecían estar tejiendo una red invisible en torno al joven baronet. El propio Holmes había dicho que no se le había presentado un caso más complejo en toda la larga serie de sus sensacionales investigaciones. Recé, mientras caminaba de regreso por la carretera gris y solitaria, para que mi amigo se viera pronto liberado de sus preocupaciones y pudiera bajar a quitarme de los hombros esta pesada carga de responsabilidad.

De repente, mis pensamientos se vieron interrumpidos por el ruido de unos pies que corrían detrás de mí y por una voz que me llamaba por mi nombre. Me volví, esperando ver al Doctor Mortimer, pero para mi sorpresa era un desconocido el que me perseguía. Era un hombre pequeño, delgado, bien afeitado, de rostro apocado, pelo liso y mandíbula delgada, de entre treinta y cuarenta años, vestido con un traje gris y sombrero de paja. Una caja de hojalata para especímenes botánicos colgaba de su hombro y llevaba una red verde para mariposas en una de sus manos.

«Estoy seguro de que disculpará mi atrevimiento, Doctor Watson», dijo mientras se acercaba jadeante hasta donde yo estaba. «Aquí en el páramo somos gente sencilla y no esperamos presentaciones formales. Posiblemente haya oído mi nombre por nuestro amigo en común, Mortimer. Soy Stapleton, de Merripit House».

«Su red y su caja me lo habrían dicho», dije, «pues sabía que el señor Stapleton era naturalista. Pero, ¿cómo me reconoció?».

«He estado visitando a Mortimer, y él me señaló su presencia desde

the window of his surgery as you passed. As our road lay the same way I thought that I would overtake you and introduce myself. I trust that Sir Henry is none the worse for his journey?"

"He is very well, thank you."

"We were all rather afraid that after the sad death of Sir Charles the new baronet might refuse to live here. It is asking much of a wealthy man to come down and bury himself in a place of this kind, but I need not tell you that it means a very great deal to the countryside. Sir Henry has, I suppose, no superstitious fears in the matter?"

"I do not think that it is likely."

"Of course you know the legend of the fiend dog which haunts the family?"

"I have heard it."

"It is extraordinary how credulous the peasants are about here! Any number of them are ready to swear that they have seen such a creature upon the moor." He spoke with a smile, but I seemed to read in his eyes that he took the matter more seriously. "The story took a great hold upon the imagination of Sir Charles, and I have no doubt that it led to his tragic end."

"But how?"

"His nerves were so worked up that the appearance of any dog might have had a fatal effect upon his diseased heart. I fancy that he really did see something of the kind upon that last night in the yew alley. I feared that some disaster might occur, for I was very fond of the old man, and I knew that his heart was weak."

"How did you know that?"

"My friend Mortimer told me."

"You think, then, that some dog pursued Sir Charles, and that he died of fright in consequence?"

"Have you any better explanation?"

"I have not come to any conclusion."

la ventana de su consulta cuando usted pasaba. Como nuestro camino iba en la misma dirección pensé en adelantarme a usted y presentarme. Confío en que Sir Henry no esté mal por su viaje».

«Está muy bien, gracias».

«Todos temíamos que, tras la triste muerte de Sir Charles, el nuevo baronet se negara a vivir aquí. Es pedir mucho a un hombre rico que venga y se entierre en un lugar de este tipo, pero no necesito decirle que significa mucho para la zona. ¿Supongo que Sir Henry no tiene temores supersticiosos al respecto?».

«No creo que eso sea probable».

«¿Por supuesto que conoce la leyenda del perro diabólico que persigue a la familia?».

«La he oído».

«¡Es extraordinario lo crédulos que son los campesinos de por aquí! Muchos de ellos están dispuestos a jurar que han visto una criatura así en el páramo». Hablaba con una sonrisa, pero me pareció leer en sus ojos que se tomaba el asunto más en serio. «La historia se apoderó mucho de la imaginación de Sir Charles, y no me cabe duda de que condujo a su trágico final».

«Pero, ¿cómo?».

«Sus nervios estaban tan alterados que la aparición de cualquier perro podría haber tenido un efecto fatal sobre su corazón enfermo. Me imagino que realmente vio algo parecido aquella última noche en el callejón de los tejos. Temía que ocurriera algún desastre, porque yo quería mucho al viejo y sabía que su corazón era débil».

«¿Cómo sabía eso?».

«Mi amigo Mortimer me lo dijo».

«¿Cree, entonces, que algún perro persiguió a Sir Charles, y que murió de miedo como consecuencia?».

«¿Tiene alguna explicación mejor?».

«No he llegado a ninguna conclusión».

"Has Mr. Sherlock Holmes?"

The words took away my breath for an instant but a glance at the placid face and steadfast eyes of my companion showed that no surprise was intended.

"It is useless for us to pretend that we do not know you, Dr. Watson," said he. "The records of your detective have reached us here, and you could not celebrate him without being known yourself. When Mortimer told me your name he could not deny your identity. If you are here, then it follows that Mr. Sherlock Holmes is interesting himself in the matter, and I am naturally curious to know what view he may take."

"I am afraid that I cannot answer that question."

"May I ask if he is going to honour us with a visit himself?"

"He cannot leave town at present. He has other cases which engage his attention."

"What a pity! He might throw some light on that which is so dark to us. But as to your own researches, if there is any possible way in which I can be of service to you I trust that you will command me. If I had any indication of the nature of your suspicions or how you propose to investigate the case, I might perhaps even now give you some aid or advice."

"I assure you that I am simply here upon a visit to my friend, Sir Henry, and that I need no help of any kind."

"Excellent!" said Stapleton. "You are perfectly right to be wary and discreet. I am justly reproved for what I feel was an unjustifiable intrusion, and I promise you that I will not mention the matter again."

We had come to a point where a narrow grassy path struck off from the road and wound away across the moor. A steep, boulder-sprinkled hill lay upon the right which had in bygone days been cut into a granite quarry. The face which was turned towards us formed a dark cliff, with ferns and brambles growing in its niches. From over a distant rise there floated a grey plume of smoke.

"A moderate walk along this moor-path brings us to Merripit House," said he. "Perhaps you will spare an hour that I may have the pleasure

«¿Lo ha hecho el señor Sherlock Holmes?».

Las palabras me dejaron sin aliento por un instante, pero una mirada al rostro plácido y a los ojos firmes de mi compañero me demostró que no pretendía sorprenderme.

«Es inútil que finjamos que no le conocemos, Doctor Watson», dijo él. «Los registros de su detective nos han llegado hasta aquí, y usted no podría celebrarlo sin ser conocido usted mismo. Cuando Mortimer me dijo su nombre no pudo negar su identidad. Si usted está aquí, entonces se deduce que el señor Sherlock Holmes se está interesando por el asunto, y naturalmente tengo curiosidad por saber qué opinión puede adoptar».

«Me temo que no puedo responder a esa pregunta».

«¿Puedo preguntarle si él mismo nos honrará con una visita?».

«No puede abandonar la ciudad por el momento. Tiene otros casos que ocupan su atención».

«¡Qué lástima! Podría arrojar algo de luz sobre aquello que nos resulta tan oscuro. Pero en cuanto a sus propias investigaciones, si hay alguna forma posible en la que pueda serle útil confío en que me lo ordene. Si tuviera algún indicio de la naturaleza de sus sospechas o de cómo se propone investigar el caso, tal vez podría incluso prestarle ahora alguna ayuda o consejo».

«Le aseguro que estoy aquí simplemente de visita a mi amigo, Sir Henry, y que no necesito ayuda de ningún tipo».

«¡Excelente!», dijo Stapleton. «Tiene usted toda la razón al mostrarse cauteloso y discreto. Estoy justamente reprendido por lo que considero una intromisión injustificable y le prometo que no volveré a mencionar el asunto».

Habíamos llegado a un punto en el que un estrecho sendero cubierto de hierba se separaba de la carretera y serpenteaba por el páramo. A la derecha se extendía una colina escarpada y salpicada de cantos rodados que en tiempos pasados había sido una cantera de granito. La cara que estaba vuelta hacia nosotros formaba un acantilado oscuro, con helechos y zarzas creciendo en sus nichos. Desde una elevación distante flotaba un penacho de humo gris.

«Una caminata no muy larga por este sendero del páramo nos lleva a Merripit House», dijo. «Quizá me conceda una hora para que tenga el

of introducing you to my sister."

My first thought was that I should be by Sir Henry's side. But then I remembered the pile of papers and bills with which his study table was littered. It was certain that I could not help with those. And Holmes had expressly said that I should study the neighbours upon the moor. I accepted Stapleton's invitation, and we turned together down the path.

"It is a wonderful place, the moor," said he, looking round over the undulating downs, long green rollers, with crests of jagged granite foaming up into fantastic surges. "You never tire of the moor. You cannot think the wonderful secrets which it contains. It is so vast, and so barren, and so mysterious."

"You know it well, then?"

"I have only been here two years. The residents would call me a newcomer. We came shortly after Sir Charles settled. But my tastes led me to explore every part of the country round, and I should think that there are few men who know it better than I do."

"Is it hard to know?"

"Very hard. You see, for example, this great plain to the north here with the queer hills breaking out of it. Do you observe anything remarkable about that?"

"It would be a rare place for a gallop."

"You would naturally think so and the thought has cost several their lives before now. You notice those bright green spots scattered thickly over it?"

"Yes, they seem more fertile than the rest."

Stapleton laughed. "That is the great Grimpen Mire," said he. "A false step yonder means death to man or beast. Only yesterday I saw one of the moor ponies wander into it. He never came out. I saw his head for quite a long time craning out of the bog-hole, but it sucked him down at last. Even in dry seasons it is a danger to cross it, but after these autumn rains it is an awful place. And yet I can find my way to the very heart of it and return alive. By George, there is another of those miserable ponies!"

placer de presentarle a mi hermana».

Mi primer razonamiento fue que debía estar al lado de Sir Henry. Pero entonces recordé la pila de papeles y facturas con que estaba atestada su mesa de estudio. Era indudable que yo no podía ayudar con aquello. Y Holmes había dicho expresamente que yo debía estudiar a los vecinos del páramo. Acepté la invitación de Stapleton y giramos juntos por el sendero.

«Es un lugar maravilloso, el páramo», dijo él, mirando a su alrededor las ondulantes bajadas, los largos rodillos verdes con crestas de granito dentado espumeando en fantásticas oleadas. «Uno nunca se cansa del páramo. No puede imaginarse los maravillosos secretos que encierra. Es tan vasto, y tan yermo, y tan misterioso».

«¿Lo conoce bien, entonces?».

«Sólo llevo aquí dos años. Los residentes me dirían que soy un recién llegado. Llegamos poco después de que Sir Charles se estableciera. Pero mis gustos me llevaron a explorar todos los rincones del lugar, y creo que hay pocos hombres que lo conozcan mejor que yo».

«¿Es difícil de conocer?».

«Muy difícil. Ve, por ejemplo, esta gran llanura al norte, aquí, con las extrañas colinas que surgen de ella. ¿Observa algo notable al respecto?».

«Sería un lugar raro para galopar».

«Es natural pensar así y ese pensamiento ha costado la vida a varios antes de ahora. ¿Nota esas manchas verdes brillantes esparcidas densamente sobre ella?».

«Sí, parecen más fértiles que el resto».

Stapleton se rió. «Esa es la gran Ciénaga de Grimpen», dijo. «Un paso en falso allí significa la muerte para el hombre o la bestia. Ayer mismo vi a uno de los ponis del páramo adentrarse en él. Nunca salió. Vi su cabeza durante mucho tiempo asomando por el agujero de la ciénaga, pero al final se lo tragó. Incluso en las estaciones secas es un peligro cruzarlo, pero después de estas lluvias otoñales es un lugar horrible. Y, sin embargo, puedo encontrar el camino hasta el mismo corazón de él y regresar con vida. Por Dios, ¡ahí hay otro de esos miserables ponis!».

Something brown was rolling and tossing among the green sedges. Then a long, agonised, writhing neck shot upward and a dreadful cry echoed over the moor. It turned me cold with horror, but my companion's nerves seemed to be stronger than mine.

"It's gone!" said he. "The mire has him. Two in two days, and many more, perhaps, for they get in the way of going there in the dry weather and never know the difference until the mire has them in its clutches. It's a bad place, the great Grimpen Mire."

"And you say you can penetrate it?"

"Yes, there are one or two paths which a very active man can take. I have found them out."

"But why should you wish to go into so horrible a place?"

"Well, you see the hills beyond? They are really islands cut off on all sides by the impassable mire, which has crawled round them in the course of years. That is where the rare plants and the butterflies are, if you have the wit to reach them."

"I shall try my luck some day."

He looked at me with a surprised face. "For God's sake put such an idea out of your mind," said he. "Your blood would be upon my head. I assure you that there would not be the least chance of your coming back alive. It is only by remembering certain complex landmarks that I am able to do it."

"Halloa!" I cried. "What is that?"

A long, low moan, indescribably sad, swept over the moor. It filled the whole air, and yet it was impossible to say whence it came. From a dull murmur it swelled into a deep roar, and then sank back into a melancholy, throbbing murmur once again. Stapleton looked at me with a curious expression in his face.

"Queer place, the moor!" said he.

"But what is it?"

"The peasants say it is the Hound of the Baskervilles calling for its prey. I've heard it once or twice before, but never quite so loud."

Algo marrón rodaba y se agitaba entre los juncos verdes. Entonces un cuello largo, agonizante y retorcido se disparó hacia arriba y un grito espantoso resonó en el páramo. Me heló de horror, pero los nervios de mi compañero parecían ser más fuertes que los míos.

«¡Se esfumó!», dijo. «El lodazal lo ha atrapado. Dos en dos días, y muchos más, tal vez, pues se meten por allí con el tiempo seco y nunca notan la diferencia hasta que el lodazal los tiene en sus garras. Es un mal lugar, la gran Ciénaga de Grimpen».

«¿Y dice que usted puede penetrarla?».

«Sí, hay uno o dos caminos que un hombre muy activo puede tomar. Yo los he descubierto».

«¿Pero por qué desearía entrar en un lugar tan horrible?».

«Bueno, ¿ve las colinas de más allá? En realidad son islas cortadas por todos lados por el lodazal infranqueable, que se ha arrastrado a su alrededor con el paso de los años. Allí es donde están las plantas raras y las mariposas, si uno tiene la habilidad de llegar a ellas».

«Probaré suerte algún día».

Me miró con cara de sorpresa. «Por el amor de Dios, quítese esa idea de la cabeza», dijo. «Su sangre caería sobre mi cabeza. Le aseguro que no habría la menor posibilidad de que usted regresara con vida. Sólo soy capaz de hacerlo recordando ciertos mojones complejos».

«¡Vaya!», grité. «¿Qué es eso?».

Un gemido largo y grave, indescriptiblemente triste, recorrió el páramo. Llenaba todo el aire y, sin embargo, era imposible decir de dónde procedía. De un sordo murmullo pasó a convertirse en un rugido profundo, y luego volvió a hundirse en un murmullo melancólico y palpitante. Stapleton me miró con una expresión curiosa en el rostro.

«¡Qué extraño lugar, el páramo!», dijo.

«¿Pero, qué es?».

«Los campesinos dicen que es el Sabueso de los Baskerville llamando a su presa. Lo he oído una o dos veces antes, pero nunca tan fuerte».

I looked round, with a chill of fear in my heart, at the huge swelling plain, mottled with the green patches of rushes. Nothing stirred over the vast expanse save a pair of ravens, which croaked loudly from a tor behind us.

"You are an educated man. You don't believe such nonsense as that?" said I. "What do you think is the cause of so strange a sound?"

"Bogs make queer noises sometimes. It's the mud settling, or the water rising, or something."

"No, no, that was a living voice."

"Well, perhaps it was. Did you ever hear a bittern booming?"

"No, I never did."

"It's a very rare bird—practically extinct—in England now, but all things are possible upon the moor. Yes, I should not be surprised to learn that what we have heard is the cry of the last of the bitterns."

"It's the weirdest, strangest thing that ever I heard in my life."

"Yes, it's rather an uncanny place altogether. Look at the hillside yonder. What do you make of those?"

The whole steep slope was covered with grey circular rings of stone, a score of them at least.

"What are they? Sheep-pens?"

"No, they are the homes of our worthy ancestors. Prehistoric man lived thickly on the moor, and as no one in particular has lived there since, we find all his little arrangements exactly as he left them. These are his wigwams with the roofs off. You can even see his hearth and his couch if you have the curiosity to go inside."

"But it is quite a town. When was it inhabited?"

"Neolithic man—no date."

"What did he do?"

"He grazed his cattle on these slopes, and he learned to dig for tin

Miré a mi alrededor, con un escalofrío de miedo en el corazón, la enorme llanura hinchada, moteada con las manchas verdes de los juncos. Nada se agitaba en la vasta extensión, salvo una pareja de cuervos, que graznaban ruidosamente desde un promontorio situado detrás de nosotros.

«Usted es un hombre educado. ¿No creerá tonterías como ésa?», le dije. «¿Cuál cree que es la causa de un sonido tan extraño?».

«Las ciénagas hacen ruidos raros a veces. Es el barro asentándose, o el agua subiendo, o algo así».

«No, no, era una voz de algo vivo».

«Bueno, tal vez lo fuera. ¿Ha oído alguna vez el graznido de un avetoro?».

«No, nunca lo hice».

«Es un ave muy rara, prácticamente extinguida en Inglaterra ahora, pero todas las cosas son posibles en el páramo. Sí, no me sorprendería saber que lo que hemos oído es el grito del último de los avetoros».

«Es la cosa más rara y extraña que he oído en mi vida».

«Sí, es un lugar bastante extraño en conjunto. Mire la ladera de allá. ¿Qué le parece?».

Toda la empinada ladera estaba cubierta de anillos circulares grises de piedra, una veintena de ellos al menos.

«¿Qué son? ¿Precintos para ovejas?».

«No, son los hogares de nuestros dignos antepasados. El hombre prehistórico vivió densamente en el páramo y, como nadie en particular ha vivido allí desde entonces, encontramos todos sus pequeños arreglos exactamente como ellos los dejaron. Éstas son sus chozas sin techo. Incluso puede ver su hogar y su sofá si tiene la curiosidad de entrar».

«Pero es todo un pueblo. ¿Cuándo estuvo habitado?».

«Hombre neolítico: sin fecha».

«¿Qué hacía?».

«Pastoreaba su ganado en estas laderas y aprendió a cavar en busca

when the bronze sword began to supersede the stone axe. Look at the great trench in the opposite hill. That is his mark. Yes, you will find some very singular points about the moor, Dr. Watson. Oh, excuse me an instant! It is surely Cyclopides."

A small fly or moth had fluttered across our path, and in an instant Stapleton was rushing with extraordinary energy and speed in pursuit of it. To my dismay the creature flew straight for the great mire, and my acquaintance never paused for an instant, bounding from tuft to tuft behind it, his green net waving in the air. His grey clothes and jerky, zigzag, irregular progress made him not unlike some huge moth himself. I was standing watching his pursuit with a mixture of admiration for his extraordinary activity and fear lest he should lose his footing in the treacherous mire, when I heard the sound of steps and, turning round, found a woman near me upon the path. She had come from the direction in which the plume of smoke indicated the position of Merripit House, but the dip of the moor had hid her until she was quite close.

I could not doubt that this was the Miss Stapleton of whom I had been told, since ladies of any sort must be few upon the moor, and I remembered that I had heard someone describe her as being a beauty. The woman who approached me was certainly that, and of a most uncommon type. There could not have been a greater contrast between brother and sister, for Stapleton was neutral tinted, with light hair and grey eyes, while she was darker than any brunette whom I have seen in England—slim, elegant, and tall. She had a proud, finely cut face, so regular that it might have seemed impassive were it not for the sensitive mouth and the beautiful dark, eager eyes. With her perfect figure and elegant dress she was, indeed, a strange apparition upon a lonely moorland path. Her eyes were on her brother as I turned, and then she quickened her pace towards me. I had raised my hat and was about to make some explanatory remark when her own words turned all my thoughts into a new channel.

"Go back!" she said. "Go straight back to London, instantly."

I could only stare at her in stupid surprise. Her eyes blazed at me, and she tapped the ground impatiently with her foot.

"Why should I go back?" I asked.

"I cannot explain." She spoke in a low, eager voice, with a curious lisp in her utterance. "But for God's sake do what I ask you. Go back

de estaño cuando la espada de bronce empezó a sustituir al hacha de piedra. Mire la gran zanja en la colina opuesta. Ésa es su marca. Sí, encontrará puntos muy singulares en el páramo, Doctor Watson. ¡Oh, discúlpeme un instante! Seguramente es Cyclopides».

Una pequeña mosca o polilla había revoloteado en nuestro camino, y en un instante Stapleton se lanzó con extraordinaria energía y velocidad en su persecución. Para mi consternación, la criatura voló directamente hacia el gran lodazal, y mi conocido no se detuvo ni un instante, saltando de penacho en penacho tras ella, con su red verde ondeando en el aire. Sus ropas grises y su avance espasmódico, zigzagueante e irregular no lo hacían muy diferente de una enorme polilla. Yo estaba de pie observando su persecución con una mezcla de admiración por su extraordinaria actividad y temor a que perdiera pie en el traicionero lodazal, cuando oí el ruido de unos pasos y, al darme la vuelta, encontré a una mujer cerca de mí en el sendero. Venía de la dirección en la que la columna de humo indicaba la posición de Merripit House, pero la inclinación del páramo la había ocultado hasta que estuvo bastante cerca.

No podía dudar de que se trataba de la señorita Stapleton de la que me habían hablado, ya que las damas de clase deben de ser pocas en el páramo, y recordé que había oído a alguien describirla como una belleza. La mujer que se me acercó era ciertamente eso, y de un tipo de lo más poco común. No podía haber mayor contraste entre hermano y hermana, pues Stapleton era de tez neutra, con el pelo claro y los ojos grises, mientras que ella era más morena que cualquier morena que haya visto en Inglaterra: delgada, elegante y alta. Tenía un rostro orgulloso y finamente recortado, tan regular que podría haber parecido impasible de no ser por la sensible boca y los hermosos ojos oscuros y ansiosos. Con su figura perfecta y su elegante vestido era, en efecto, una extraña aparición en un solitario sendero de páramo. Tenía los ojos fijos en su hermano cuando me volví y entonces aceleró el paso hacia mí. Yo había levantado mi sombrero y estaba a punto de hacer algún comentario explicativo cuando sus propias palabras desviaron todos mis pensamientos hacia un nuevo cauce.

«¡Vuelva!», dijo ella. «Vuelva directamente a Londres, al instante».

Sólo pude mirarla con estúpida sorpresa. Sus ojos me fulminaron y golpeó el suelo impacientemente con el pie.

«¿Por qué debería volver?», pregunté.

«No puedo explicarlo». Habló en voz baja y ansiosa, con un curioso ceceo en su pronunciación. «Pero, por el amor de Dios, haga lo que le pido.

and never set foot upon the moor again."

"But I have only just come."

"Man, man!" she cried. "Can you not tell when a warning is for your own good? Go back to London! Start tonight! Get away from this place at all costs! Hush, my brother is coming! Not a word of what I have said. Would you mind getting that orchid for me among the mare's-tails yonder? We are very rich in orchids on the moor, though, of course, you are rather late to see the beauties of the place."

Stapleton had abandoned the chase and came back to us breathing hard and flushed with his exertions.

"Halloa, Beryl!" said he, and it seemed to me that the tone of his greeting was not altogether a cordial one.

"Well, Jack, you are very hot."

"Yes, I was chasing a Cyclopides. He is very rare and seldom found in the late autumn. What a pity that I should have missed him!" He spoke unconcernedly, but his small light eyes glanced incessantly from the girl to me.

"You have introduced yourselves, I can see."

"Yes. I was telling Sir Henry that it was rather late for him to see the true beauties of the moor."

"Why, who do you think this is?"

"I imagine that it must be Sir Henry Baskerville."

"No, no," said I. "Only a humble commoner, but his friend. My name is Dr. Watson."

A flush of vexation passed over her expressive face. "We have been talking at cross purposes," said she.

"Why, you had not very much time for talk," her brother remarked with the same questioning eyes.

"I talked as if Dr. Watson were a resident instead of being merely a visitor," said she. "It cannot much matter to him whether it is early or

Vuelva a Londres y no vuelva a pisar el páramo».

«Pero acabo de llegar».

«¡Hombre, hombre!», gritó ella. «¿No sabe distinguir cuándo una advertencia es por su propio bien? ¡Vuelva a Londres! ¡Arranque esta noche! ¡Aléjese de este lugar a toda costa! ¡Silencio, viene mi hermano! Ni una palabra de lo que he dicho. ¿Le importaría buscarme esa orquídea entre las colas de yegua de allá? Somos muy ricos en orquídeas en el páramo, aunque, por supuesto, usted llega bastante tarde para ver las bellezas del lugar».

Stapleton había abandonado la persecución y volvió hacia nosotros respirando con dificultad y sonrojado por sus esfuerzos.

«¡Hola, Beryl!», dijo, y me pareció que el tono de su saludo no era del todo cordial.

«Bueno, Jack, tienes mucho calor».

«Sí, perseguía a un Cyclopides. Es muy raro y rara vez se encuentra a finales de otoño. ¡Qué lástima que se me haya escapado!». Hablaba despreocupadamente, pero sus pequeños ojos claros miraban sin cesar de la muchacha a mí.

«Ya veo que se han presentado».

«Sí. Le decía a Sir Henry que era bastante tarde para que viera las verdaderas bellezas del páramo».

«¿Por qué, quién crees que es?».

«Imagino que debe ser Sir Henry Baskerville».

«No, no», dije yo. «Sólo un humilde plebeyo, pero su amigo. Soy el Doctor Watson».

Un rubor de vejación pasó por su expresivo rostro. «Hemos estado hablando con propósitos cruzados», dijo ella.

«Vaya, no tenías mucho tiempo para hablar», comentó su hermano con los mismos ojos interrogantes.

«Hablé como si el Doctor Watson fuera un residente en lugar de un simple visitante», dijo ella. «No puede importarle mucho si es temprano

late for the orchids. But you will come on, will you not, and see Merripit House?"

A short walk brought us to it, a bleak moorland house, once the farm of some grazier in the old prosperous days, but now put into repair and turned into a modern dwelling. An orchard surrounded it, but the trees, as is usual upon the moor, were stunted and nipped, and the effect of the whole place was mean and melancholy. We were admitted by a strange, wizened, rusty-coated old manservant, who seemed in keeping with the house. Inside, however, there were large rooms furnished with an elegance in which I seemed to recognize the taste of the lady. As I looked from their windows at the interminable granite-flecked moor rolling unbroken to the farthest horizon I could not but marvel at what could have brought this highly educated man and this beautiful woman to live in such a place.

"Queer spot to choose, is it not?" said he as if in answer to my thought. "And yet we manage to make ourselves fairly happy, do we not, Beryl?"

"Quite happy," said she, but there was no ring of conviction in her words.

"I had a school," said Stapleton. "It was in the north country. The work to a man of my temperament was mechanical and uninteresting, but the privilege of living with youth, of helping to mould those young minds, and of impressing them with one's own character and ideals was very dear to me. However, the fates were against us. A serious epidemic broke out in the school and three of the boys died. It never recovered from the blow, and much of my capital was irretrievably swallowed up. And yet, if it were not for the loss of the charming companionship of the boys, I could rejoice over my own misfortune, for, with my strong tastes for botany and zoology, I find an unlimited field of work here, and my sister is as devoted to Nature as I am. All this, Dr. Watson, has been brought upon your head by your expression as you surveyed the moor out of our window."

"It certainly did cross my mind that it might be a little dull—less for you, perhaps, than for your sister."

"No, no, I am never dull," said she quickly.

"We have books, we have our studies, and we have interesting

o tarde para las orquídeas. Pero vendrá, ¿verdad?, y verá Merripit House».

Un corto paseo nos llevó hasta ella, una sombría casa de páramo, antaño la granja de algún ganadero en los viejos y prósperos tiempos, pero ahora reparada y convertida en una moderna vivienda. La rodeaba un huerto, pero los árboles, como es habitual en el páramo, estaban achaparrados y podados, y el efecto de todo el lugar era mezquino y melancólico. Nos admitió un extraño criado viejo, enjuto y con el pelo oxidado, que parecía estar en consonancia con la casa. En el interior, sin embargo, había grandes habitaciones amuebladas con una elegancia en la que me pareció reconocer el gusto de la dama. Al contemplar desde sus ventanas el interminable páramo salpicado de granito que se extendía ininterrumpidamente hasta el horizonte más lejano, no pude sino maravillarme de lo que podía haber llevado a este hombre tan culto y a esta hermosa mujer a vivir en un lugar así.

«Extraño lugar para elegir, ¿verdad?», dijo él como en respuesta a mi pensamiento. «Y sin embargo nos las arreglamos para ser bastante felices, ¿verdad, Beryl?».

«Bastante feliz», dijo ella, pero no había ningún timbre de convicción en sus palabras.

«Tenía una escuela», dijo Stapleton. «Estaba en el norte de la región. El trabajo para un hombre de mi temperamento era mecánico y poco interesante, pero el privilegio de convivir con la juventud, de ayudar a moldear esas mentes jóvenes y de imprimirles el carácter y los ideales propios me resultaba muy querido. Sin embargo, el destino estaba en nuestra contra. Se declaró una grave epidemia en la escuela y tres de los muchachos murieron. Nunca se recuperó del golpe y gran parte de mi capital se esfumó irremediablemente. Y sin embargo, si no fuera por la pérdida de la encantadora compañía de los muchachos, podría alegrarme de mi propia desgracia, ya que, con mis fuertes gustos por la botánica y la zoología, encuentro aquí un campo de trabajo ilimitado, y mi hermana es tan devota de la Naturaleza como yo. Todo esto, Doctor Watson, me lo ha traído a la cabeza su expresión, mientras contemplaba el páramo desde nuestra ventana».

«Ciertamente se me pasó por la cabeza que podría ser un poco aburrido... menos para usted, quizás, que para su hermana».

«No, no, nunca estoy aburrida», dijo ella rápidamente.

«Tenemos libros, tenemos nuestros estudios y tenemos vecinos inte-

neighbours. Dr. Mortimer is a most learned man in his own line. Poor Sir Charles was also an admirable companion. We knew him well and miss him more than I can tell. Do you think that I should intrude if I were to call this afternoon and make the acquaintance of Sir Henry?"

"I am sure that he would be delighted."

"Then perhaps you would mention that I propose to do so. We may in our humble way do something to make things more easy for him until he becomes accustomed to his new surroundings. Will you come upstairs, Dr. Watson, and inspect my collection of Lepidoptera? I think it is the most complete one in the south-west of England. By the time that you have looked through them lunch will be almost ready."

But I was eager to get back to my charge. The melancholy of the moor, the death of the unfortunate pony, the weird sound which had been associated with the grim legend of the Baskervilles, all these things tinged my thoughts with sadness. Then on the top of these more or less vague impressions there had come the definite and distinct warning of Miss Stapleton, delivered with such intense earnestness that I could not doubt that some grave and deep reason lay behind it. I resisted all pressure to stay for lunch, and I set off at once upon my return journey, taking the grass-grown path by which we had come.

It seems, however, that there must have been some short cut for those who knew it, for before I had reached the road I was astounded to see Miss Stapleton sitting upon a rock by the side of the track. Her face was beautifully flushed with her exertions and she held her hand to her side.

"I have run all the way in order to cut you off, Dr. Watson," said she. "I had not even time to put on my hat. I must not stop, or my brother may miss me. I wanted to say to you how sorry I am about the stupid mistake I made in thinking that you were Sir Henry. Please forget the words I said, which have no application whatever to you."

"But I can't forget them, Miss Stapleton," said I. "I am Sir Henry's friend, and his welfare is a very close concern of mine. Tell me why it was that you were so eager that Sir Henry should return to London."

"A woman's whim, Dr. Watson. When you know me better you will understand that I cannot always give reasons for what I say or do."

resantes. El Doctor Mortimer es un hombre muy erudito en su propia línea. El pobre Sir Charles era también un compañero admirable. Le conocimos bien y le echamos de menos más de lo que puedo contar. ¿Cree que sería una intromisión si viniera esta tarde y conociera a Sir Henry?».

«Estoy seguro de que estaría encantado».

«Entonces tal vez pueda mencionar que me propongo hacerlo. Podemos, a nuestra humilde manera, hacer algo para facilitarle las cosas hasta que se acostumbre a su nuevo entorno. ¿Quiere subir, Doctor Watson, e inspeccionar mi colección de lepidópteros? Creo que es la más completa del suroeste de Inglaterra. Para cuando les haya echado un vistazo el almuerzo estará casi listo».

Pero yo estaba ansioso por volver a mi cargo. La melancolía del páramo, la muerte del desafortunado poni, el extraño sonido que se había asociado a la tétrica leyenda de los Baskerville, todas estas cosas teñían de tristeza mis pensamientos. Luego, por encima de estas impresiones más o menos vagas, había llegado la advertencia definitiva y clara de la señorita Stapleton, pronunciada con una seriedad tan intensa que no podía dudar de que detrás de ella se escondía alguna razón grave y profunda. Resistí toda presión para quedarme a comer y emprendí de inmediato el camino de regreso, tomando el sendero cubierto de hierba por el que habíamos venido.

Parece, sin embargo, que debía de haber algún atajo para quienes lo conocían, pues antes de que hubiera llegado al camino me quedé atónita al ver a la señorita Stapleton sentada sobre una roca junto al camino. Su rostro estaba hermosamente sonrojado por sus esfuerzos y se llevaba la mano al costado.

«He corrido todo el camino para cortarle el paso, Doctor Watson», dijo ella. «Ni siquiera he tenido tiempo de ponerme el sombrero. No debo tardarme, o mi hermano podría echarme de menos. Quería decirle cuánto lamento el estúpido error que cometí al pensar que usted era Sir Henry. Por favor, olvide las palabras que le dije, que no tienen ninguna aplicación para usted».

«Pero no puedo olvidarlas, señorita Stapleton», dije yo. «Soy amigo de Sir Henry y su bienestar me preocupa muy de cerca. Dígame por qué estaba usted tan ansiosa de que Sir Henry regresara a Londres».

«Un capricho de mujer, Doctor Watson. Cuando me conozca mejor comprenderá que no siempre puedo dar razones de lo que digo o hago».

"No, no. I remember the thrill in your voice. I remember the look in your eyes. Please, please, be frank with me, Miss Stapleton, for ever since I have been here I have been conscious of shadows all round me. Life has become like that great Grimpen Mire, with little green patches everywhere into which one may sink and with no guide to point the track. Tell me then what it was that you meant, and I will promise to convey your warning to Sir Henry."

An expression of irresolution passed for an instant over her face, but her eyes had hardened again when she answered me.

"You make too much of it, Dr. Watson," said she. "My brother and I were very much shocked by the death of Sir Charles. We knew him very intimately, for his favourite walk was over the moor to our house. He was deeply impressed with the curse which hung over the family, and when this tragedy came I naturally felt that there must be some grounds for the fears which he had expressed. I was distressed therefore when another member of the family came down to live here, and I felt that he should be warned of the danger which he will run. That was all which I intended to convey."

"But what is the danger?"

"You know the story of the hound?"

"I do not believe in such nonsense."

"But I do. If you have any influence with Sir Henry, take him away from a place which has always been fatal to his family. The world is wide. Why should he wish to live at the place of danger?"

"Because it is the place of danger. That is Sir Henry's nature. I fear that unless you can give me some more definite information than this it would be impossible to get him to move."

"I cannot say anything definite, for I do not know anything definite."

"I would ask you one more question, Miss Stapleton. If you meant no more than this when you first spoke to me, why should you not wish your brother to overhear what you said? There is nothing to which he, or anyone else, could object."

"My brother is very anxious to have the Hall inhabited, for he thinks it is for the good of the poor folk upon the moor. He would be very angry if he knew that I have said anything which might induce Sir Henry

«No, no. Recuerdo la emoción en su voz. Recuerdo la mirada en sus ojos. Por favor, por favor, sea franca conmigo, señorita Stapleton, porque desde que estoy aquí soy consciente de las sombras que me rodean. La vida se ha vuelto como la gran Ciénaga de Grimpen, con pequeñas manchas verdes por todas partes en las que uno puede hundirse y sin ninguna guía que señale el camino. Dígame entonces qué es lo que quería decir, y le prometeré que transmitiré su advertencia a Sir Henry».

Una expresión de irresolución pasó por un instante por su rostro, pero sus ojos se habían endurecido de nuevo cuando me respondió.

«Le da demasiada importancia, Doctor Watson», dijo ella. «A mi hermano y a mí nos conmocionó mucho la muerte de Sir Charles. Le conocíamos muy íntimamente, pues su paseo favorito era por el páramo hasta nuestra casa. Estaba profundamente impresionado por la maldición que pesaba sobre la familia, y cuando llegó esta tragedia sentí naturalmente que debía haber algún motivo para los temores que él había expresado. Por eso me afligí cuando otro miembro de la familia vino a vivir aquí, y sentí que debía ser advertido del peligro que correría. Eso era todo lo que pretendía transmitir».

«¿Pero cuál es el peligro?».

«¿Conoce la historia del sabueso?».

«No creo en esas tonterías».

«Pero yo sí. Si tiene alguna influencia sobre Sir Henry, aléjelo de un lugar que siempre ha sido fatal para su familia. El mundo es amplio. ¿Por qué querría vivir en el lugar del peligro?».

«Porque es el lugar del peligro. Esa es la naturaleza de Sir Henry. Me temo que a menos que pueda darme alguna información más definitiva que ésta será imposible conseguir que se mueva».

«No puedo decir nada definitivo, porque no sé nada definitivo».

«Quisiera hacerle una pregunta más, señorita Stapleton. Si no pretendía más que esto cuando me habló por primera vez, ¿por qué no deseaba que su hermano escuchara lo que dijo? No hay nada a lo que él, o cualquier otra persona, pudiera oponerse».

«Mi hermano está muy ansioso de que el Hall sea habitado, pues piensa que es por el bien de la pobre gente del páramo. Se enfadaría mucho si supiera que he dicho algo que pudiera inducir a Sir Henry a marcharse.

to go away. But I have done my duty now and I will say no more. I must go back, or he will miss me and suspect that I have seen you. Good-bye!" She turned and had disappeared in a few minutes among the scattered boulders, while I, with my soul full of vague fears, pursued my way to Baskerville Hall.

Pero ahora he cumplido con mi deber y no diré nada más. Debo volver o me echará de menos y sospechará que le he visto. Adiós». Se volvió y había desaparecido en pocos minutos entre los peñascos esparcidos, mientras yo, con el alma llena de vagos temores, seguía mi camino hacia Baskerville Hall.

CHAPTER 8 – FIRST REPORT OF DR. WATSON

From this point onward I will follow the course of events by transcribing my own letters to Mr. Sherlock Holmes which lie before me on the table. One page is missing, but otherwise they are exactly as written and show my feelings and suspicions of the moment more accurately than my memory, clear as it is upon these tragic events, can possibly do.

Baskerville Hall, October 13th.

MY DEAR HOLMES,

My previous letters and telegrams have kept you pretty well up to date as to all that has occurred in this most God-forsaken corner of the world. The longer one stays here the more does the spirit of the moor sink into one's soul, its vastness, and also its grim charm. When you are once out upon its bosom you have left all traces of modern England behind you, but, on the other hand, you are conscious everywhere of the homes and the work of the prehistoric people. On all sides of you as you walk are the houses of these forgotten folk, with their graves and the huge monoliths which are supposed to have marked their temples. As you look at their grey stone huts against the scarred hillsides you leave your own age behind you, and if you were to see a skin-clad, hairy man crawl out from the low door fitting a flint-tipped arrow on to the string of his bow, you would feel that his presence there was more natural than your own. The strange thing is that they should have lived so thickly on what must always have been most unfruitful soil. I am no antiquarian, but I could imagine that they were some unwarlike and harried race who were forced to accept that which none other would occupy.

All this, however, is foreign to the mission on which you sent me and will probably be very uninteresting to your severely practical mind. I can still remember your complete indifference as to whether the sun moved round the earth or the earth round the sun. Let me, therefore, return to the facts concerning Sir Henry Baskerville.

If you have not had any report within the last few days it is because up to today there was nothing of importance to relate. Then a very surprising circumstance occurred, which I shall tell you in due course. But, first of all, I must keep you in touch with some of the other factors in the situation.

One of these, concerning which I have said little, is the escaped con-

CAPÍTULO 8 – PRIMER INFORME DEL DOCTOR WATSON

A partir de este punto seguiré el curso de los acontecimientos transcribiendo mis propias cartas al señor Sherlock Holmes que yacen ante mí sobre la mesa. Falta una página, pero por lo demás son exactamente como están escritos y muestran mis sentimientos y sospechas del momento con más exactitud de lo que mi memoria, clara como es sobre estos trágicos acontecimientos, posiblemente pueda hacerlo.

Baskerville Hall, 13 de octubre.

MI QUERIDO HOLMES,

Mis cartas y telegramas anteriores le han mantenido bastante al corriente de todo lo que ha ocurrido en este rincón del mundo tan olvidado de Dios. Cuanto más tiempo permanece uno aquí, más se hunde en el alma el espíritu del páramo, su inmensidad y también su sombrío encanto. Cuando uno se encuentra en su seno ha dejado atrás todo rastro de la Inglaterra moderna, pero, por otro lado, es consciente por todas partes de los hogares y el trabajo de los pueblos prehistóricos. Por todos lados, mientras camina, se encuentran las casas de estas gentes olvidadas, con sus tumbas y los enormes monolitos que se supone que marcaban sus templos. Al contemplar sus chozas de piedra gris contra las laderas cicatrizadas uno deja atrás su propia edad, y si viera a un hombre peludo y vestido de piel salir de la puerta baja encajando una flecha con punta de pedernal en la cuerda de su arco, sentiría que su presencia allí era más natural que la suya propia. Lo extraño es que vivieran tan densamente en lo que siempre debió de ser un suelo muy poco fructífero. No soy anticuario, pero podría imaginar que eran una raza poco belicosa y acosada que se vio obligada a aceptar lo que ningún otro ocuparía.

Todo esto, sin embargo, es ajeno a la misión para la que me envió y probablemente será muy poco interesante para su mente severamente práctica. Aún recuerdo su total indiferencia en cuanto a si el sol giraba alrededor de la tierra o la tierra alrededor del sol. Permítame, por tanto, volver a los hechos relativos a Sir Henry Baskerville.

Si no ha recibido ningún informe en los últimos días es porque hasta hoy no había nada importante que relatar. Entonces se produjo una circunstancia muy sorprendente, que le contaré a su debido tiempo. Pero, antes que nada, debo ponerle al corriente de algunos de los demás factores de la situación.

Uno de ellos, del que he hablado poco, es el convicto fugado del pára-

vict upon the moor. There is strong reason now to believe that he has got right away, which is a considerable relief to the lonely householders of this district. A fortnight has passed since his flight, during which he has not been seen and nothing has been heard of him. It is surely inconceivable that he could have held out upon the moor during all that time. Of course, so far as his concealment goes there is no difficulty at all. Any one of these stone huts would give him a hiding-place. But there is nothing to eat unless he were to catch and slaughter one of the moor sheep. We think, therefore, that he has gone, and the outlying farmers sleep the better in consequence.

We are four able-bodied men in this household, so that we could take good care of ourselves, but I confess that I have had uneasy moments when I have thought of the Stapletons. They live miles from any help. There are one maid, an old manservant, the sister, and the brother, the latter not a very strong man. They would be helpless in the hands of a desperate fellow like this Notting Hill criminal if he could once effect an entrance. Both Sir Henry and I were concerned at their situation, and it was suggested that Perkins the groom should go over to sleep there, but Stapleton would not hear of it.

The fact is that our friend, the baronet, begins to display a considerable interest in our fair neighbour. It is not to be wondered at, for time hangs heavily in this lonely spot to an active man like him, and she is a very fascinating and beautiful woman. There is something tropical and exotic about her which forms a singular contrast to her cool and unemotional brother. Yet he also gives the idea of hidden fires. He has certainly a very marked influence over her, for I have seen her continually glance at him as she talked as if seeking approbation for what she said. I trust that he is kind to her. There is a dry glitter in his eyes and a firm set of his thin lips, which goes with a positive and possibly a harsh nature. You would find him an interesting study.

He came over to call upon Baskerville on that first day, and the very next morning he took us both to show us the spot where the legend of the wicked Hugo is supposed to have had its origin. It was an excursion of some miles across the moor to a place which is so dismal that it might have suggested the story. We found a short valley between rugged tors which led to an open, grassy space flecked over with the white cotton grass. In the middle of it rose two great stones, worn and sharpened at the upper end until they looked like the huge corroding fangs of some monstrous beast. In every way it corresponded with the scene of the old tragedy. Sir Henry was much interested and asked Stapleton more than once whether he did really believe in the possibility of the interference of the supernatural in the affairs of men.

mo. Ahora hay razones de peso para creer que se ha ido, lo que supone un alivio considerable para los solitarios propietarios de este distrito. Han pasado quince días desde su huida, durante los cuales no se le ha visto y no se ha sabido nada de él. Sin duda es inconcebible que pudiera haber resistido en el páramo durante todo ese tiempo. Por supuesto, en cuanto a ocultarse no hay ninguna dificultad. Cualquiera de estas cabañas de piedra le daría un escondite. Pero no hay nada que comer a menos que cazara y matara una de las ovejas del páramo. Creemos, por tanto, que se ha ido, y los granjeros de las afueras duermen mejor en consecuencia.

En esta casa somos cuatro hombres sanos, así que podríamos cuidar bien de nosotros mismos, pero confieso que he tenido momentos de inquietud cuando he pensado en los Stapleton. Viven a kilómetros de cualquier ayuda. Tienen una criada, un criado viejo, la hermana y el hermano, este último no es un hombre muy fuerte. Estarían indefensos en manos de un tipo desesperado como ese criminal de Notting Hill si lograba entrar. Tanto Sir Henry como yo estábamos preocupados por su situación, y se sugirió que Perkins, el mozo de cuadra, fuera a dormir allí, pero Stapleton no quiso oír hablar de ello.

El caso es que nuestro amigo, el baronet, empieza a mostrar un considerable interés por nuestra bella vecina. No es de extrañar, pues el tiempo pesa mucho en este paraje solitario para un hombre activo como él, y ella es una mujer muy fascinante y hermosa. Hay algo tropical y exótico en ella que forma un singular contraste con su frío e impasible hermano. Sin embargo, también da la idea de fuegos ocultos. Sin duda tiene una influencia muy marcada sobre ella, pues la he visto mirarle continuamente mientras hablaba como si buscara aprobación para lo que decía. Confío en que sea amable con ella. Hay un brillo seco en sus ojos y una firmeza en sus finos labios, que va con una naturaleza positiva y posiblemente dura. Le parecerá un estudio interesante.

Aquel primer día vino a visitar a Baskerville, y a la mañana siguiente nos llevó a los dos a mostrarnos el lugar donde se supone que tuvo su origen la leyenda del malvado Hugo. Fue una excursión de algunas millas a través del páramo hasta un lugar tan tétrico que podría haber sugerido la historia. Encontramos un corto valle entre escarpados montículos que conducía a un espacio abierto y herboso salpicado de la blanca hierba del algodón. En medio de él se alzaban dos grandes piedras, desgastadas y afiladas en el extremo superior hasta parecer los enormes colmillos corroídos de alguna bestia monstruosa. En todos los sentidos se correspondía con la escena de la vieja tragedia. Sir Henry se mostró muy interesado y preguntó a Stapleton más de una vez si creía realmente en la posibilidad de la interferencia de lo sobrenatural en los asuntos de los

He spoke lightly, but it was evident that he was very much in earnest. Stapleton was guarded in his replies, but it was easy to see that he said less than he might, and that he would not express his whole opinion out of consideration for the feelings of the baronet. He told us of similar cases, where families had suffered from some evil influence, and he left us with the impression that he shared the popular view upon the matter.

On our way back we stayed for lunch at Merripit House, and it was there that Sir Henry made the acquaintance of Miss Stapleton. From the first moment that he saw her he appeared to be strongly attracted by her, and I am much mistaken if the feeling was not mutual. He referred to her again and again on our walk home, and since then hardly a day has passed that we have not seen something of the brother and sister. They dine here tonight, and there is some talk of our going to them next week. One would imagine that such a match would be very welcome to Stapleton, and yet I have more than once caught a look of the strongest disapprobation in his face when Sir Henry has been paying some attention to his sister. He is much attached to her, no doubt, and would lead a lonely life without her, but it would seem the height of selfishness if he were to stand in the way of her making so brilliant a marriage. Yet I am certain that he does not wish their intimacy to ripen into love, and I have several times observed that he has taken pains to prevent them from being tête-à-tête. By the way, your instructions to me never to allow Sir Henry to go out alone will become very much more onerous if a love affair were to be added to our other difficulties. My popularity would soon suffer if I were to carry out your orders to the letter.

The other day—Thursday, to be more exact—Dr. Mortimer lunched with us. He has been excavating a barrow at Long Down and has got a prehistoric skull which fills him with great joy. Never was there such a single-minded enthusiast as he! The Stapletons came in afterwards, and the good doctor took us all to the yew alley at Sir Henry's request to show us exactly how everything occurred upon that fatal night. It is a long, dismal walk, the yew alley, between two high walls of clipped hedge, with a narrow band of grass upon either side. At the far end is an old tumble-down summer-house. Halfway down is the moor-gate, where the old gentleman left his cigar-ash. It is a white wooden gate with a latch. Beyond it lies the wide moor. I remembered your theory of the affair and tried to picture all that had occurred. As the old man stood there he saw something coming across the moor, something which terrified him so that he lost his wits and ran and ran until he died of sheer horror and exhaustion. There was the long, gloomy tunnel down which he fled. And from what? A sheep-dog of the moor? Or

hombres. Hablaba con ligereza, pero era evidente que hablaba muy en serio. Stapleton fue cauto en sus respuestas, pero era fácil ver que decía menos de lo que podía y que no expresaba toda su opinión por consideración a los sentimientos del baronet. Nos habló de casos similares, en los que las familias habían sufrido alguna mala influencia, y nos dejó con la impresión de que compartía la opinión popular sobre el asunto.

De regreso nos quedamos a comer en Merripit House, y fue allí donde Sir Henry conoció a la señorita Stapleton. Desde el primer momento en que la vio pareció sentirse fuertemente atraído por ella, y mucho me equivoco si el sentimiento no fue mutuo. Se refirió a ella una y otra vez en nuestro paseo de regreso a casa, y desde entonces apenas ha pasado un día en el que no hayamos visto en alguna ocasión al hermano y la hermana. Cenan aquí esta noche y se habla de que iremos a verles la semana que viene. Uno se imaginaría que un emparejamiento así sería muy bien recibido por Stapleton, y sin embargo más de una vez he captado en su rostro una mirada de la más fuerte desaprobación cuando Sir Henry ha estado prestando alguna atención a su hermana. Está muy apegado, sin duda, y llevaría una vida solitaria sin ella, pero le parecería el colmo del egoísmo si obstaculizara que contrajera tan brillante matrimonio. Sin embargo, estoy seguro de que no desea que su intimidad madure hasta convertirse en amor, y he observado varias veces que se ha esforzado por evitar que estén *tête-à-tête*. Por cierto, las instrucciones que me dio de no permitir nunca que Sir Henry saliera solo se harían mucho más arduas si a nuestras otras dificultades se añadiera un asunto amoroso. Mi reputación no tardaría en resentirse si cumpliera sus órdenes al pie de la letra.

El otro día, el jueves para ser más exactos, el Doctor Mortimer almorzó con nosotros. Ha estado excavando un túmulo en Long Down y ha encontrado un cráneo prehistórico que le llena de gran alegría. ¡Nunca hubo un entusiasta tan decidido como él! Los Stapleton vinieron después y el buen doctor nos llevó a todos al callejón de los tejos a petición de Sir Henry para mostrarnos exactamente cómo ocurrió todo aquella noche fatal. Es un paseo largo y lúgubre, el callejón de los tejos, entre dos altos muros de seto recortado, con una estrecha franja de hierba a cada lado. En el extremo más alejado hay una vieja casa de verano derruida. A mitad de camino está la puerta del páramo, donde el viejo caballero dejó su ceniza. Es una puerta de madera blanca con pestillo. Más allá se extiende el ancho páramo. Recordé su teoría del asunto y traté de imaginarme todo lo que había ocurrido. Mientras el anciano estaba allí vio algo que se acercaba por el páramo, algo que le aterrorizó de tal manera que perdió la cordura y corrió y corrió hasta morir de puro horror y agotamiento. Estaba el largo y sombrío túnel por el que huyó. ¿Y de qué? ¿De un pe-

a spectral hound, black, silent, and monstrous? Was there a human agency in the matter? Did the pale, watchful Barrymore know more than he cared to say? It was all dim and vague, but always there is the dark shadow of crime behind it.

One other neighbour I have met since I wrote last. This is Mr. Frankland, of Lafter Hall, who lives some four miles to the south of us. He is an elderly man, red-faced, white-haired, and choleric. His passion is for the British law, and he has spent a large fortune in litigation. He fights for the mere pleasure of fighting and is equally ready to take up either side of a question, so that it is no wonder that he has found it a costly amusement. Sometimes he will shut up a right of way and defy the parish to make him open it. At others he will with his own hands tear down some other man's gate and declare that a path has existed there from time immemorial, defying the owner to prosecute him for trespass. He is learned in old manorial and communal rights, and he applies his knowledge sometimes in favour of the villagers of Fernworthy and sometimes against them, so that he is periodically either carried in triumph down the village street or else burned in effigy, according to his latest exploit. He is said to have about seven lawsuits upon his hands at present, which will probably swallow up the remainder of his fortune and so draw his sting and leave him harmless for the future. Apart from the law he seems a kindly, good-natured person, and I only mention him because you were particular that I should send some description of the people who surround us. He is curiously employed at present, for, being an amateur astronomer, he has an excellent telescope, with which he lies upon the roof of his own house and sweeps the moor all day in the hope of catching a glimpse of the escaped convict. If he would confine his energies to this all would be well, but there are rumours that he intends to prosecute Dr. Mortimer for opening a grave without the consent of the next of kin because he dug up the Neolithic skull in the barrow on Long Down. He helps to keep our lives from being monotonous and gives a little comic relief where it is badly needed.

And now, having brought you up to date in the escaped convict, the Stapletons, Dr. Mortimer, and Frankland, of Lafter Hall, let me end on that which is most important and tell you more about the Barrymores, and especially about the surprising development of last night.

First of all about the test telegram, which you sent from London in order to make sure that Barrymore was really here. I have already explained that the testimony of the postmaster shows that the test was worthless and that we have no proof one way or the other. I told Sir Henry how the matter stood, and he at once, in his downright fashion,

rro pastor del páramo? ¿O de un sabueso espectral, negro, silencioso y monstruoso? ¿Había una agencia humana en el asunto? ¿Sabía el pálido y vigilante Barrymore más de lo que le importaba decir? Todo era tenue y vago, pero siempre hay detrás la oscura sombra del crimen.

He conocido a otro vecino desde la última vez que escribí. Se trata del señor Frankland, de Lafter Hall, que vive a unas cuatro millas al sur de nosotros. Es un hombre mayor, de cara roja, pelo blanco y colérico. Su pasión es la ley británica, y ha gastado una gran fortuna en litigios. Pelea por el mero placer de pelear y está igualmente dispuesto a tomar partido por cualquiera de las dos partes de una cuestión, por lo que no es de extrañar que le haya resultado una diversión costosa. A veces cerrará un derecho de paso y desafiará a la parroquia para que le obligue a abrirlo. En otras, derribará con sus propias manos la verja de otro y declarará que allí ha existido un camino desde tiempos inmemoriales, desafiando al propietario a que le procese por allanamiento. Es un erudito en antiguos derechos señoriales y comunales, y aplica sus conocimientos unas veces a favor de los aldeanos de Fernworthy y otras en su contra, por lo que periódicamente es paseado en triunfo por la calle del pueblo o quemado en efigie, según su última hazaña. Se dice que en la actualidad tiene entre manos unos siete pleitos, que probablemente se tragarán el resto de su fortuna y así eliminarán su aguijón y le dejarán inofensivo para el futuro. Aparte de la ley, parece una persona amable y de buen carácter, y sólo lo menciono porque usted me insistió en que le enviara alguna descripción de la gente que nos rodea. En estos momentos está curiosamente ocupado, pues, al ser astrónomo aficionado, posee un excelente telescopio, con el que se tumba en el tejado de su propia casa y barre el páramo todo el día con la esperanza de vislumbrar al convicto fugado. Si limitara sus energías a esto todo iría bien, pero corren rumores de que pretende procesar al Doctor Mortimer por abrir una tumba sin el consentimiento de los familiares más próximos ya que desenterró el cráneo neolítico del túmulo de Long Down. Ayuda a que nuestras vidas no sean monótonas y aporta un poco de alivio cómico allí donde es muy necesario.

Y ahora, habiéndole puesto al día sobre el convicto fugado, los Stapleton, el Doctor Mortimer y Frankland, de Lafter Hall, permítame terminar con lo más importante y contarle más cosas sobre los Barrymore, y especialmente sobre el sorprendente suceso de anoche.

En primer lugar sobre el telegrama de prueba, que usted envió desde Londres para asegurarse de que Barrymore estaba realmente aquí. Ya he explicado que el testimonio del jefe de correos demuestra que el test carecía de valor y que no tenemos pruebas ni en un sentido ni en otro. Le conté a Sir Henry cómo estaba el asunto y él, de inmediato, a su manera

had Barrymore up and asked him whether he had received the telegram himself. Barrymore said that he had.

"Did the boy deliver it into your own hands?" asked Sir Henry.

Barrymore looked surprised, and considered for a little time.

"No," said he, "I was in the box-room at the time, and my wife brought it up to me."

"Did you answer it yourself?"

"No; I told my wife what to answer and she went down to write it."

In the evening he recurred to the subject of his own accord.

"I could not quite understand the object of your questions this morning, Sir Henry," said he. "I trust that they do not mean that I have done anything to forfeit your confidence?"

Sir Henry had to assure him that it was not so and pacify him by giving him a considerable part of his old wardrobe, the London outfit having now all arrived.

Mrs. Barrymore is of interest to me. She is a heavy, solid person, very limited, intensely respectable, and inclined to be puritanical. You could hardly conceive a less emotional subject. Yet I have told you how, on the first night here, I heard her sobbing bitterly, and since then I have more than once observed traces of tears upon her face. Some deep sorrow gnaws ever at her heart. Sometimes I wonder if she has a guilty memory which haunts her, and sometimes I suspect Barrymore of being a domestic tyrant. I have always felt that there was something singular and questionable in this man's character, but the adventure of last night brings all my suspicions to a head.

And yet it may seem a small matter in itself. You are aware that I am not a very sound sleeper, and since I have been on guard in this house my slumbers have been lighter than ever. Last night, about two in the morning, I was aroused by a stealthy step passing my room. I rose, opened my door, and peeped out. A long black shadow was trailing down the corridor. It was thrown by a man who walked softly down the passage with a candle held in his hand. He was in shirt and trousers, with no covering to his feet. I could merely see the outline, but his

directa, hizo subir a Barrymore y le preguntó si él mismo había recibido el telegrama. Barrymore dijo que sí.

«¿Lo entregó el muchacho en sus propias manos?», preguntó Sir Henry.

Barrymore pareció sorprendido y reflexionó durante un rato.

«No», dijo, «estaba en el trastero en ese momento y mi mujer me lo trajo».

«¿Lo contestó usted mismo?».

«No; le dije a mi mujer lo que tenía que responder y ella bajó a escribirlo».

Por la noche retomó el tema por iniciativa propia.

«No he entendido muy bien el objeto de sus preguntas de esta mañana, Sir Henry», dijo él. «Confío en que no signifiquen que he hecho algo para perder su confianza».

Sir Henry tuvo que asegurarle que no era así y apaciguarle regalándole una parte considerable de su antiguo guardarropa, ya que todo el vestuario londinense había llegado.

La señora Barrymore me interesa. Es una persona pesada y sólida, muy limitada, intensamente respetable e inclinada al puritanismo. Difícilmente podría concebirse una persona menos emotiva. Sin embargo, ya le he contado cómo, la primera noche aquí, la oí sollozar amargamente, y desde entonces más de una vez he observado rastros de lágrimas en su rostro. Algún profundo dolor roe siempre su corazón. A veces me pregunto si tiene un recuerdo culpable que la atormenta, y a veces sospecho que Barrymore es un tirano doméstico. Siempre he tenido la sensación de que había algo singular y cuestionable en el carácter de este hombre, pero la aventura de anoche hace que todas mis sospechas lleguen a un punto crítico.

Y sin embargo, puede parecer un asunto menor en sí mismo. Usted sabe que no tengo un sueño muy profundo, y desde que estoy de guardia en esta casa mis sueños han sido más ligeros que nunca. Anoche, hacia las dos de la madrugada, me despertó un paso sigiloso que pasaba por mi habitación. Me levanté, abrí la puerta y me asomé. Una larga sombra negra se arrastraba por el pasillo. La proyectaba un hombre que caminaba suavemente por el pasadizo con una vela en la mano. Iba en camisa y pantalones, sin cubrirse los pies. Sólo pude ver su silueta, pero su esta-

height told me that it was Barrymore. He walked very slowly and circumspectly, and there was something indescribably guilty and furtive in his whole appearance.

I have told you that the corridor is broken by the balcony which runs round the hall, but that it is resumed upon the farther side. I waited until he had passed out of sight and then I followed him. When I came round the balcony he had reached the end of the farther corridor, and I could see from the glimmer of light through an open door that he had entered one of the rooms. Now, all these rooms are unfurnished and unoccupied so that his expedition became more mysterious than ever. The light shone steadily as if he were standing motionless. I crept down the passage as noiselessly as I could and peeped round the corner of the door.

Barrymore was crouching at the window with the candle held against the glass. His profile was half turned towards me, and his face seemed to be rigid with expectation as he stared out into the blackness of the moor. For some minutes he stood watching intently. Then he gave a deep groan and with an impatient gesture he put out the light. Instantly I made my way back to my room, and very shortly came the stealthy steps passing once more upon their return journey. Long afterwards when I had fallen into a light sleep I heard a key turn somewhere in a lock, but I could not tell whence the sound came. What it all means I cannot guess, but there is some secret business going on in this house of gloom which sooner or later we shall get to the bottom of. I do not trouble you with my theories, for you asked me to furnish you only with facts. I have had a long talk with Sir Henry this morning, and we have made a plan of campaign founded upon my observations of last night. I will not speak about it just now, but it should make my next report interesting reading.

tura me indicó que se trataba de Barrymore. Caminaba muy despacio y circunspecto, y había algo indescriptiblemente culpable y furtivo en todo su aspecto.

Como ya he dicho que el pasillo está interrumpido por el balcón que rodea la sala, pero que se reanuda en el lado opuesto. Esperé hasta que se hubo perdido de vista y entonces le seguí. Cuando di la vuelta al balcón él había llegado al final del pasillo más lejano, y pude ver por el resplandor de la luz a través de una puerta abierta que había entrado en una de las habitaciones. Ahora, todas estas habitaciones están sin amueblar y desocupadas por lo que su expedición se hizo más misteriosa que nunca. La luz brillaba fija como si estuviera inmóvil. Me arrastré por el pasillo tan silenciosamente como pude y me asomé por la esquina de la puerta.

Barrymore estaba agachado junto a la ventana con la vela apoyada contra el cristal. Su perfil estaba medio vuelto hacia mí y su rostro parecía rígido por la expectación mientras miraba fijamente hacia la negrura del páramo. Durante algunos minutos permaneció observando atentamente. Luego emitió un profundo gemido y con un gesto impaciente apagó la luz. Al instante me dirigí a mi habitación, y muy pronto llegaron los pasos sigilosos que emprendían de nuevo el viaje de regreso. Mucho tiempo después, cuando me había sumido en un sueño ligero, oí girar una llave en algún lugar de una cerradura, pero no pude decir de dónde procedía el sonido. No puedo adivinar qué significa todo esto, pero hay algún asunto secreto en marcha en esta casa de tinieblas y tarde o temprano llegaremos al fondo de él. No le molesto con mis teorías, pues usted me pidió que le proporcionara sólo hechos. He tenido una larga conversación con Sir Henry esta mañana, y hemos elaborado un plan de campaña basado en mis observaciones de anoche. No hablaré de ello ahora, pero debería hacer de mi próximo informe una lectura interesante.

CHAPTER 9 – THE LIGHT UPON THE MOOR [SECOND REPORT OF DR. WATSON]

Baskerville Hall, Oct. 15th.

MY DEAR HOLMES,

If I was compelled to leave you without much news during the early days of my mission you must acknowledge that I am making up for lost time, and that events are now crowding thick and fast upon us. In my last report I ended upon my top note with Barrymore at the window, and now I have quite a budget already which will, unless I am much mistaken, considerably surprise you. Things have taken a turn which I could not have anticipated. In some ways they have within the last forty-eight hours become much clearer and in some ways they have become more complicated. But I will tell you all and you shall judge for yourself.

Before breakfast on the morning following my adventure I went down the corridor and examined the room in which Barrymore had been on the night before. The western window through which he had stared so intently has, I noticed, one peculiarity above all other windows in the house—it commands the nearest outlook on to the moor. There is an opening between two trees which enables one from this point of view to look right down upon it, while from all the other windows it is only a distant glimpse which can be obtained. It follows, therefore, that Barrymore, since only this window would serve the purpose, must have been looking out for something or somebody upon the moor. The night was very dark, so that I can hardly imagine how he could have hoped to see anyone. It had struck me that it was possible that some love intrigue was on foot. That would have accounted for his stealthy movements and also for the uneasiness of his wife. The man is a striking-looking fellow, very well equipped to steal the heart of a country girl, so that this theory seemed to have something to support it. That opening of the door which I had heard after I had returned to my room might mean that he had gone out to keep some clandestine appointment. So I reasoned with myself in the morning, and I tell you the direction of my suspicions, however much the result may have shown that they were unfounded.

But whatever the true explanation of Barrymore's movements might be, I felt that the responsibility of keeping them to myself until I could explain them was more than I could bear. I had an interview with the baronet in his study after breakfast, and I told him all that I had seen. He was less surprised than I had expected.

CAPÍTULO 9 – LA LUZ SOBRE EL PÁRAMO [SEGUNDO INFORME DEL DOCTOR WATSON]

Baskerville Hall, 15 de octubre.

MI QUERIDO HOLMES

Si me vi obligado a no darle muchas noticias durante los primeros días de mi misión, debe reconocer que estoy recuperando el tiempo perdido, y que los acontecimientos se agolpan ahora a gran velocidad sobre nosotros. En mi último informe terminé por lo más destacado con Barrymore en la ventana y ahora ya tengo una presupocisión que, a menos que me equivoque mucho, le sorprenderá considerablemente. Las cosas han dado un giro que no podía prever. En algunos aspectos se han aclarado mucho en las últimas cuarenta y ocho horas y en otros se han complicado. Pero se lo contaré todo y usted juzgará por sí mismo.

Antes del desayuno de la mañana siguiente a mi aventura, bajé al pasillo y examiné la habitación en la que Barrymore había estado la noche anterior. La ventana occidental por la que él había mirado tan fijamente tiene, según observé, una peculiaridad por encima de todas las demás ventanas de la casa: domina la vista más cercana al páramo. Hay una abertura entre dos árboles que permite contemplarlo desde este punto de vista, mientras que desde todas las demás ventanas sólo se puede obtener una visión lejana. Se deduce, por tanto, que Barrymore, puesto que sólo esta ventana serviría al propósito, debía de estar buscando algo o a alguien en el páramo. La noche era muy oscura, de modo que me cuesta imaginar cómo podía esperar ver a alguien. Se me había ocurrido que era posible que estuviera en marcha alguna intriga amorosa. Eso habría explicado sus sigilosos movimientos y también la inquietud de su esposa. El hombre es un tipo de aspecto atractivo, muy bien dotado para robarle el corazón a una muchacha de campo, de modo que esta teoría parecía tener algo que la apoyara. Aquella apertura de la puerta que había oído después de regresar a mi habitación podía significar que había salido para acudir a alguna cita clandestina. Así razoné conmigo mismo por la mañana, y le cuento el sentido de mis sospechas, por mucho que el resultado haya demostrado que eran infundadas.

Pero cualquiera que fuera la verdadera explicación de los movimientos de Barrymore, sentí que la responsabilidad de guardármelos hasta que pudiera explicarlos era más de lo que podía soportar. Tuve una entrevista con el baronet en su estudio después del desayuno, y le conté todo lo que había visto. Se sorprendió menos de lo que yo esperaba.

"I knew that Barrymore walked about nights, and I had a mind to speak to him about it," said he. "Two or three times I have heard his steps in the passage, coming and going, just about the hour you name."

"Perhaps then he pays a visit every night to that particular window," I suggested.

"Perhaps he does. If so, we should be able to shadow him and see what it is that he is after. I wonder what your friend Holmes would do if he were here."

"I believe that he would do exactly what you now suggest," said I. "He would follow Barrymore and see what he did."

"Then we shall do it together."

"But surely he would hear us."

"The man is rather deaf, and in any case we must take our chance of that. We'll sit up in my room tonight and wait until he passes." Sir Henry rubbed his hands with pleasure, and it was evident that he hailed the adventure as a relief to his somewhat quiet life upon the moor.

The baronet has been in communication with the architect who prepared the plans for Sir Charles, and with a contractor from London, so that we may expect great changes to begin here soon. There have been decorators and furnishers up from Plymouth, and it is evident that our friend has large ideas and means to spare no pains or expense to restore the grandeur of his family. When the house is renovated and refurnished, all that he will need will be a wife to make it complete. Between ourselves there are pretty clear signs that this will not be wanting if the lady is willing, for I have seldom seen a man more infatuated with a woman than he is with our beautiful neighbour, Miss Stapleton. And yet the course of true love does not run quite as smoothly as one would under the circumstances expect. Today, for example, its surface was broken by a very unexpected ripple, which has caused our friend considerable perplexity and annoyance.

After the conversation which I have quoted about Barrymore, Sir Henry put on his hat and prepared to go out. As a matter of course I did the same.

"What, are you coming, Watson?" he asked, looking at me in a curious way.

«Sabía que Barrymore paseaba por las noches, y tenía en mente hablarle a él de ello», dijo. «Dos o tres veces he oído sus pasos en el pasadizo, yendo y viniendo, más o menos a la hora que usted menciona».

«Tal vez entonces haga una visita cada noche a esa ventana en particular», sugerí.

«Tal vez lo haga. Si es así, deberíamos poder seguirle la pista y ver qué es lo que persigue. Me pregunto qué haría su amigo Holmes si estuviera aquí».

«Creo que haría exactamente lo que usted sugiere ahora», dije yo. «Seguiría a Barrymore y vería lo que hace».

«Entonces lo haremos juntos».

«Pero seguro que nos oiría».

«El hombre es bastante sordo, y en cualquier caso debemos arriesgarnos. Nos sentaremos en mi habitación esta noche y esperaremos a que pase». Sir Henry se frotó las manos con placer, y era evidente que acogía la aventura como un alivio a su vida un tanto tranquila en el páramo.

El baronet ha estado en comunicación con el arquitecto que preparó los planos para Sir Charles, y con un contratista de Londres, por lo que podemos esperar que pronto comiencen aquí grandes cambios. Han venido decoradores y amuebladores de Plymouth, y es evidente que nuestro amigo tiene grandes ideas y medios para no escatimar esfuerzos ni gastos para restaurar la grandeza de su familia. Cuando la casa esté renovada y amueblada, todo lo que necesitará será una esposa para completarla. Entre nosotros hay indicios bastante claros de que eso no faltará si la dama está dispuesta, pues pocas veces he visto a un hombre más encaprichado con una mujer que con nuestra hermosa vecina, la señorita Stapleton. Y sin embargo, el curso del amor verdadero no discurre tan suavemente como cabría esperar dadas las circunstancias. Hoy, por ejemplo, su superficie se ha visto rota por una ondulación muy inesperada, que ha causado a nuestro amigo una perplejidad y un enfado considerables.

Tras la conversación que he citado sobre Barrymore, Sir Henry se puso el sombrero y se dispuso a salir. Por supuesto, yo hice lo mismo.

«¿Qué, usted viene, Watson?», me preguntó, mirándome con curiosidad.

"That depends on whether you are going on the moor," said I.

"Yes, I am."

"Well, you know what my instructions are. I am sorry to intrude, but you heard how earnestly Holmes insisted that I should not leave you, and especially that you should not go alone upon the moor."

Sir Henry put his hand upon my shoulder with a pleasant smile.

"My dear fellow," said he, "Holmes, with all his wisdom, did not foresee some things which have happened since I have been on the moor. You understand me? I am sure that you are the last man in the world who would wish to be a spoil-sport. I must go out alone."

It put me in a most awkward position. I was at a loss what to say or what to do, and before I had made up my mind he picked up his cane and was gone.

But when I came to think the matter over my conscience reproached me bitterly for having on any pretext allowed him to go out of my sight. I imagined what my feelings would be if I had to return to you and to confess that some misfortune had occurred through my disregard for your instructions. I assure you my cheeks flushed at the very thought. It might not even now be too late to overtake him, so I set off at once in the direction of Merripit House.

I hurried along the road at the top of my speed without seeing anything of Sir Henry, until I came to the point where the moor path branches off. There, fearing that perhaps I had come in the wrong direction after all, I mounted a hill from which I could command a view—the same hill which is cut into the dark quarry. Thence I saw him at once. He was on the moor path about a quarter of a mile off, and a lady was by his side who could only be Miss Stapleton. It was clear that there was already an understanding between them and that they had met by appointment. They were walking slowly along in deep conversation, and I saw her making quick little movements of her hands as if she were very earnest in what she was saying, while he listened intently, and once or twice shook his head in strong dissent. I stood among the rocks watching them, very much puzzled as to what I should do next. To follow them and break into their intimate conversation seemed to be an outrage, and yet my clear duty was never for an instant to let him out of my sight. To act the spy upon a friend was a hateful task. Still, I could see no better course than to observe him

«Eso depende de si va al páramo», le dije.

«Sí, así es».

«Bueno, ya sabe cuáles son mis instrucciones. Siento entrometerme, pero ya oyó lo mucho que insistió Holmes en que no la dejara, y especialmente en que no fuera solo al páramo».

Sir Henry me puso la mano en el hombro con una agradable sonrisa.

«Mi querido amigo», dijo, «Holmes, con toda su sabiduría, no previó algunas cosas que han sucedido desde que estoy en el páramo. ¿Me entiende? Estoy seguro de que usted es el último hombre en el mundo que desearía ser un aguafiestas. Debo salir solo».

Me puso en una posición de lo más incómoda. No sabía qué decir ni qué hacer, y antes de que me hubiera decidido, él cogió su bastón y se fue.

Pero cuando pude reflexionar sobre el asunto, mi conciencia me reprochó amargamente el haber permitido bajo cualquier pretexto que se perdiera de mi vista. Imaginé cuáles serían mis sentimientos si tuviera que volver ante usted y confesarle que había ocurrido alguna desgracia por haber hecho caso omiso de sus instrucciones. Le aseguro que mis mejillas se sonrojaron con sólo pensarlo. Puede que ni siquiera ahora sea demasiado tarde para alcanzarle, así que salí de inmediato en dirección a Merripit House.

Recorrí el camino a toda velocidad sin ver nada de Sir Henry, hasta que llegué al punto en el que el camino del páramo se bifurca. Allí, temiendo que después de todo tal vez hubiera venido en la dirección equivocada, subí a una colina desde la que podía dominar la vista: la misma colina que se recorta en la oscura cantera. Desde allí le vi enseguida. Estaba en el camino del páramo, a un cuarto de milla, y a su lado había una dama que sólo podía ser la señorita Stapleton. Estaba claro que ya existía un entendimiento entre ellos y que se habían encontrado con cita previa. Caminaban lentamente en profunda conversación, y vi que ella hacía rápidos y pequeños movimientos con las manos como si fuera muy serio lo que decía, mientras él escuchaba atentamente y una o dos veces sacudía la cabeza en señal de fuerte desacuerdo. Me quedé entre las rocas observándoles, muy desconcertado sobre lo que debía hacer a continuación. Seguirlos e irrumpir en su conversación íntima me parecía un ultraje y, sin embargo, mi claro deber era no perderlo de vista ni un instante. Hacer de espía de un amigo era una tarea odiosa. Aun así, no veía mejor camino que observarle desde la colina y limpiar mi conciencia confesán-

from the hill, and to clear my conscience by confessing to him afterwards what I had done. It is true that if any sudden danger had threatened him I was too far away to be of use, and yet I am sure that you will agree with me that the position was very difficult, and that there was nothing more which I could do.

Our friend, Sir Henry, and the lady had halted on the path and were standing deeply absorbed in their conversation, when I was suddenly aware that I was not the only witness of their interview. A wisp of green floating in the air caught my eye, and another glance showed me that it was carried on a stick by a man who was moving among the broken ground. It was Stapleton with his butterfly-net. He was very much closer to the pair than I was, and he appeared to be moving in their direction. At this instant Sir Henry suddenly drew Miss Stapleton to his side. His arm was round her, but it seemed to me that she was straining away from him with her face averted. He stooped his head to hers, and she raised one hand as if in protest. Next moment I saw them spring apart and turn hurriedly round. Stapleton was the cause of the interruption. He was running wildly towards them, his absurd net dangling behind him. He gesticulated and almost danced with excitement in front of the lovers. What the scene meant I could not imagine, but it seemed to me that Stapleton was abusing Sir Henry, who offered explanations, which became more angry as the other refused to accept them. The lady stood by in haughty silence. Finally Stapleton turned upon his heel and beckoned in a peremptory way to his sister, who, after an irresolute glance at Sir Henry, walked off by the side of her brother. The naturalist's angry gestures showed that the lady was included in his displeasure. The baronet stood for a minute looking after them, and then he walked slowly back the way that he had come, his head hanging, the very picture of dejection.

What all this meant I could not imagine, but I was deeply ashamed to have witnessed so intimate a scene without my friend's knowledge. I ran down the hill therefore and met the baronet at the bottom. His face was flushed with anger and his brows were wrinkled, like one who is at his wit's ends what to do.

"Halloa, Watson! Where have you dropped from?" said he. "You don't mean to say that you came after me in spite of all?"

I explained everything to him: how I had found it impossible to remain behind, how I had followed him, and how I had witnessed all that had occurred. For an instant his eyes blazed at me, but my frankness disarmed his anger, and he broke at last into a rather rueful laugh.

dole después lo que había hecho. Es cierto que si algún peligro repentino le hubiera amenazado yo estaba demasiado lejos para serle útil, y sin embargo estoy seguro de que usted estará de acuerdo conmigo en que la posición era muy difícil, y que no había nada más que yo pudiera hacer.

Nuestro amigo, Sir Henry, y la dama se habían detenido en el sendero y permanecían profundamente absortos en su conversación, cuando de pronto fui consciente de que yo no era el único testigo de su entrevista. Una brizna de verde que flotaba en el aire me llamó la atención, y otra mirada me mostró que la llevaba en un palo un hombre que se movía entre el terreno quebrado. Era Stapleton con su red para mariposas. Estaba mucho más cerca de la pareja que yo, y parecía moverse en su dirección. En ese instante, Sir Henry atrajo de pronto a la señorita Stapleton a su lado. La rodeaba con el brazo, pero me pareció que ella se apartaba de él con el rostro desviado. Él inclinó la cabeza hacia la de ella y ella levantó una mano como en señal de protesta. Al momento siguiente los vi separarse y darse la vuelta apresuradamente. Stapleton era el causante de la interrupción. Corría alocadamente hacia ellos, con su absurda red colgando tras él. Gesticulaba y casi bailaba de excitación delante de los amantes. No pude imaginar lo que significaba la escena, pero me pareció que Stapleton estaba ofendiendo a Sir Henry, que ofrecía explicaciones, cada vez más airadas a medida que el otro se negaba a aceptarlas. La dama permaneció en altivo silencio. Finalmente Stapleton giró sobre sus talones e hizo una seña perentoria a su hermana, quien, tras una mirada irresoluta a Sir Henry, se alejó al lado de su hermano. Los gestos de enfado del naturalista demostraron que la dama estaba incluida en su disgusto. El baronet se quedó un minuto mirándolos y luego regresó lentamente por donde había venido, con la cabeza gacha, la viva imagen del abatimiento.

No podía imaginar qué significaba todo aquello, pero me avergonzaba profundamente haber presenciado una escena tan íntima sin que mi amigo lo supiera. Corrí, pues, colina abajo y me encontré con el baronet en la parte baja. Tenía el rostro enrojecido por la ira y las cejas arrugadas, como quien no sabe qué hacer.

«¡Hola, Watson! ¿De dónde ha salido?», dijo él. «¿No querrá decir que ha venido a por mí a pesar de todo?».

Le expliqué todo: cómo me había sido imposible quedarme atrás, cómo le había seguido y cómo había sido testigo de todo lo ocurrido. Por un instante sus ojos se encendieron contra mí, pero mi franqueza desarmó su cólera y rompió al fin en una carcajada algo apenada.

"You would have thought the middle of that prairie a fairly safe place for a man to be private," said he, "but, by thunder, the whole countryside seems to have been out to see me do my wooing—and a mighty poor wooing at that! Where had you engaged a seat?"

"I was on that hill."

"Quite in the back row, eh? But her brother was well up to the front. Did you see him come out on us?"

"Yes, I did."

"Did he ever strike you as being crazy—this brother of hers?"

"I can't say that he ever did."

"I dare say not. I always thought him sane enough until today, but you can take it from me that either he or I ought to be in a straitjacket. What's the matter with me, anyhow? You've lived near me for some weeks, Watson. Tell me straight, now! Is there anything that would prevent me from making a good husband to a woman that I loved?"

"I should say not."

"He can't object to my worldly position, so it must be myself that he has this down on. What has he against me? I never hurt man or woman in my life that I know of. And yet he would not so much as let me touch the tips of her fingers."

"Did he say so?"

"That, and a deal more. I tell you, Watson, I've only known her these few weeks, but from the first I just felt that she was made for me, and she, too—she was happy when she was with me, and that I'll swear. There's a light in a woman's eyes that speaks louder than words. But he has never let us get together and it was only today for the first time that I saw a chance of having a few words with her alone. She was glad to meet me, but when she did it was not love that she would talk about, and she wouldn't have let me talk about it either if she could have stopped it. She kept coming back to it that this was a place of danger, and that she would never be happy until I had left it. I told her that since I had seen her I was in no hurry to leave it, and that if she really wanted me to go, the only way to work it was for her to arrange to go with me. With that I offered in as many words to marry her, but before

«Se habría pensado que el centro de esa pradera era un lugar bastante seguro para que alguien estuviera en privado», dijo él, «pero, por los rayos, todo el campo parece haber salido a verme hacer mi cortejo, ¡y un cortejo muy pobre por cierto! ¿Dónde consiguió asiento?».

«Yo estaba en esa colina».

«Bastante en la última fila, ¿eh? Pero el hermano de ella estaba bien adelante. ¿Le vio salir hacia nosotros?».

«Sí, así es».

«¿Alguna vez le pareció que estaba loco, ese hermano de ella?».

«No puedo decir que lo haya hecho nunca».

«Me atrevo a decir que no. Siempre le he considerado bastante cuerdo hasta hoy, pero puede estar seguro de que tanto él como yo deberíamos llevar una camisa de fuerza. ¿Qué me pasa, de todos modos? Usted ha vivido cerca de mí durante algunas semanas, Watson. Dígamelo sin rodeos. ¿Hay algo que me impida ser un buen marido para una mujer a la que amo?».

«Yo diría que no».

«No puede oponerse a mi posición mundana, así que debo ser yo mismo a quien tiene en contra. ¿Qué tiene contra mí? Que yo sepa, nunca he hecho daño a un hombre o a una mujer en mi vida. Y sin embargo, él no me dejó ni tocar la punta de los dedos de ella».

«¿Eso dijo él?».

«Eso, y mucho más. Se lo digo, Watson, sólo la he conocido estas pocas semanas, pero desde el primer momento sentí que estaba hecha para mí, y ella también... era feliz cuando estaba conmigo, y eso se lo juro. Hay una luz en los ojos de una mujer que habla más fuerte que las palabras. Pero él nunca nos ha dejado estar juntos y sólo hoy, por primera vez, he visto la oportunidad de tener unas palabras con ella a solas. Se alegró de verme, pero cuando lo hizo no era de amor de lo que hablaba, y tampoco me habría dejado hablar de ello si hubiera podido evitarlo. Ella no dejaba de repetir que aquel era un lugar peligroso y que nunca sería feliz hasta que yo lo abandonara. Le dije que desde que la había visto no tenía ninguna prisa por dejarlo, y que si realmente quería que me fuera, la única manera de conseguirlo era que ella se pusiera de acuerdo para irse conmigo. Con eso me ofrecí en otras tantas palabras a casarme con ella, pero

she could answer, down came this brother of hers, running at us with a face on him like a madman. He was just white with rage, and those light eyes of his were blazing with fury. What was I doing with the lady? How dared I offer her attentions which were distasteful to her? Did I think that because I was a baronet I could do what I liked? If he had not been her brother I should have known better how to answer him. As it was I told him that my feelings towards his sister were such as I was not ashamed of, and that I hoped that she might honour me by becoming my wife. That seemed to make the matter no better, so then I lost my temper too, and I answered him rather more hotly than I should perhaps, considering that she was standing by. So it ended by his going off with her, as you saw, and here am I as badly puzzled a man as any in this county. Just tell me what it all means, Watson, and I'll owe you more than ever I can hope to pay."

I tried one or two explanations, but, indeed, I was completely puzzled myself. Our friend's title, his fortune, his age, his character, and his appearance are all in his favour, and I know nothing against him unless it be this dark fate which runs in his family. That his advances should be rejected so brusquely without any reference to the lady's own wishes and that the lady should accept the situation without protest is very amazing. However, our conjectures were set at rest by a visit from Stapleton himself that very afternoon. He had come to offer apologies for his rudeness of the morning, and after a long private interview with Sir Henry in his study the upshot of their conversation was that the breach is quite healed, and that we are to dine at Merripit House next Friday as a sign of it.

"I don't say now that he isn't a crazy man," said Sir Henry; "I can't forget the look in his eyes when he ran at me this morning, but I must allow that no man could make a more handsome apology than he has done."

"Did he give any explanation of his conduct?"

"His sister is everything in his life, he says. That is natural enough, and I am glad that he should understand her value. They have always been together, and according to his account he has been a very lonely man with only her as a companion, so that the thought of losing her was really terrible to him. He had not understood, he said, that I was becoming attached to her, but when he saw with his own eyes that it was really so, and that she might be taken away from him, it gave him such a shock that for a time he was not responsible for what he said or did. He was very sorry for all that had passed, and he recognized how foolish and how selfish it was that he should imagine that he could

antes de que pudiera responder, bajó ese hermano suyo, corriendo hacia nosotros con cara de loco. Estaba blanco de rabia, y aquellos ojos claros suyos ardían de furia. ¿Qué estaba haciendo con la dama? ¿Cómo me atrevía a ofrecerle atenciones que eran desagradables para ella? ¿Acaso creía que por ser baronet podía hacer lo que quisiera? Si no hubiera sido su hermano habría sabido mejor cómo responderle. Así las cosas, le dije que mis sentimientos hacia su hermana eran tales que no me avergonzaba de ellos, y que esperaba que ella me honrara convirtiéndose en mi esposa. Aquello pareció no mejorar el asunto, así que entonces yo también perdí los estribos y le contesté bastante más acaloradamente de lo que tal vez debería, teniendo en cuenta que ella estaba al lado. Así que terminó marchándose con ella, como usted vio, y aquí estoy yo, un hombre tan desconcertado como el que más en este condado. Dígame qué significa todo esto, Watson, y le deberé más de lo que nunca podré esperar pagar».

Intenté una o dos explicaciones, pero, en realidad, yo mismo estaba completamente desconcertado. El título de nuestro amigo, su fortuna, su edad, su carácter y su aspecto están todos a su favor, y no sé nada en su contra, a menos que sea ese oscuro destino que corre por su familia. Que sus insinuaciones fueran rechazadas tan bruscamente sin ninguna referencia a los deseos de la dama y que ésta aceptara la situación sin protestar es muy sorprendente. Sin embargo, nuestras conjeturas fueron despejadas por una visita del propio Stapleton esa misma tarde. Había venido a disculparse por su descortesía de la mañana y, tras una larga entrevista privada con Sir Henry en su estudio, el resultado de su conversación fue que la brecha está bastante curada y que vamos a cenar en Merripit House el próximo viernes como muestra de ello.

«No digo ahora que no sea un loco», dijo Sir Henry; «no puedo olvidar la mirada de sus ojos cuando corrió hacia mí esta mañana, pero debo admitir que ningún hombre podría ofrecer una disculpa más elegante que la que él ha ofrecido».

«¿Dio alguna explicación de su conducta?».

«Su hermana lo es todo en su vida, dice. Eso es bastante natural, y me alegro de que comprenda su valor. Siempre han estado juntos y, según cuenta, ha sido un hombre muy solitario sólo con ella como compañera, por lo que la idea de perderla le resultaba realmente terrible. No había comprendido, dijo, que me estaba encariñando con ella, pero cuando vio con sus propios ojos que realmente era así, y que se la podían arrebatar, le produjo tal conmoción que durante un tiempo no se sintió responsable de lo que decía o hacía. Se sintió muy apenado por todo lo que había pasado, y reconoció lo tonto y lo egoísta que era imaginar que podía retener para sí a una mujer tan hermosa como su hermana durante toda su

hold a beautiful woman like his sister to himself for her whole life. If she had to leave him he had rather it was to a neighbour like myself than to anyone else. But in any case it was a blow to him and it would take him some time before he could prepare himself to meet it. He would withdraw all opposition upon his part if I would promise for three months to let the matter rest and to be content with cultivating the lady's friendship during that time without claiming her love. This I promised, and so the matter rests."

So there is one of our small mysteries cleared up. It is something to have touched bottom anywhere in this bog in which we are floundering. We know now why Stapleton looked with disfavour upon his sister's suitor—even when that suitor was so eligible a one as Sir Henry. And now I pass on to another thread which I have extricated out of the tangled skein, the mystery of the sobs in the night, of the tear-stained face of Mrs. Barrymore, of the secret journey of the butler to the western lattice window. Congratulate me, my dear Holmes, and tell me that I have not disappointed you as an agent—that you do not regret the confidence which you showed in me when you sent me down. All these things have by one night's work been thoroughly cleared.

I have said "by one night's work," but, in truth, it was by two nights' work, for on the first we drew entirely blank. I sat up with Sir Henry in his rooms until nearly three o'clock in the morning, but no sound of any sort did we hear except the chiming clock upon the stairs. It was a most melancholy vigil and ended by each of us falling asleep in our chairs. Fortunately we were not discouraged, and we determined to try again. The next night we lowered the lamp and sat smoking cigarettes without making the least sound. It was incredible how slowly the hours crawled by, and yet we were helped through it by the same sort of patient interest which the hunter must feel as he watches the trap into which he hopes the game may wander. One struck, and two, and we had almost for the second time given it up in despair when in an instant we both sat bolt upright in our chairs with all our weary senses keenly on the alert once more. We had heard the creak of a step in the passage.

Very stealthily we heard it pass along until it died away in the distance. Then the baronet gently opened his door and we set out in pursuit. Already our man had gone round the gallery and the corridor was all in darkness. Softly we stole along until we had come into the other wing. We were just in time to catch a glimpse of the tall, black-bearded figure, his shoulders rounded as he tiptoed down the passage. Then he passed through the same door as before, and the light of the candle framed it in the darkness and shot one single yellow beam across the

vida. Si tenía que permitirlo prefería que fuera a un vecino como yo antes que a cualquier otro. Pero en cualquier caso era un golpe para él y tardaría algún tiempo en poder prepararse para afrontarlo. Retiraría toda oposición por su parte si yo prometía durante tres meses dejar reposar el asunto y contentarme con cultivar la amistad de la dama durante ese tiempo sin reclamar su amor. Esto prometí, y así descansa el asunto».

Así se aclara uno de nuestros pequeños misterios. Es algo haber tocado fondo en alguna parte de esta ciénaga en la que estamos flotando. Ahora sabemos por qué Stapleton miraba con desagrado al pretendiente de su hermana... incluso cuando ese pretendiente era tan codiciado como Sir Henry. Y ahora paso a otro hilo que he sacado de la enmarañada madeja, el misterio de los sollozos en la noche, del rostro manchado de lágrimas de la señora Barrymore, del viaje secreto del mayordomo a la ventana enrejada del oeste. Felicíteme, mi querido Holmes, y dígame que no le he decepcionado como agente... que no lamenta la confianza que depositó en mí cuando me envió. Todas estas cosas han quedado completamente aclaradas con una noche de trabajo.

He dicho «por el trabajo de una noche», pero, en realidad, fue por el trabajo de dos noches, pues en la primera nos quedamos completamente en blanco. Estuve sentado con Sir Henry en sus habitaciones hasta casi las tres de la mañana, pero no oímos ningún sonido salvo el campanilleo del reloj en las escaleras. Fue una vigilia de lo más melancólica y terminó cuando cada uno de nosotros se quedó dormido en su silla. Afortunadamente no nos desanimamos y decidimos intentarlo de nuevo. La noche siguiente bajamos la lámpara y nos sentamos a fumar cigarrillos sin hacer el menor ruido. Era increíble lo despacio que pasaban las horas y, sin embargo, nos ayudaba el mismo tipo de interés paciente que debe sentir el cazador cuando observa la trampa en la que espera que caiga la presa. Un golpe, y dos, y casi habíamos renunciado por segunda vez a la desesperación cuando en un instante ambos nos sentamos como un rayo en nuestras sillas con todos nuestros cansados sentidos agudamente alerta una vez más. Habíamos oído el crujido de un paso en el pasillo.

Muy sigilosamente lo oímos pasar hasta que se extinguió en la distancia. Entonces el baronet abrió suavemente su puerta y salimos en su persecución. Nuestro hombre ya había rodeado la galería y el pasillo estaba todo a oscuras. Nos escabullimos suavemente hasta que entramos en la otra ala. Llegamos justo a tiempo para vislumbrar la figura alta y de barba negra, con los hombros redondeados mientras avanzaba de puntillas por el pasillo. Luego pasó por la misma puerta que antes, y la luz de la vela la enmarcó en la oscuridad y disparó un único rayo amarillo a través

gloom of the corridor. We shuffled cautiously towards it, trying every plank before we dared to put our whole weight upon it. We had taken the precaution of leaving our boots behind us, but, even so, the old boards snapped and creaked beneath our tread. Sometimes it seemed impossible that he should fail to hear our approach. However, the man is fortunately rather deaf, and he was entirely preoccupied in that which he was doing. When at last we reached the door and peeped through we found him crouching at the window, candle in hand, his white, intent face pressed against the pane, exactly as I had seen him two nights before.

We had arranged no plan of campaign, but the baronet is a man to whom the most direct way is always the most natural. He walked into the room, and as he did so Barrymore sprang up from the window with a sharp hiss of his breath and stood, livid and trembling, before us. His dark eyes, glaring out of the white mask of his face, were full of horror and astonishment as he gazed from Sir Henry to me.

"What are you doing here, Barrymore?"

"Nothing, sir." His agitation was so great that he could hardly speak, and the shadows sprang up and down from the shaking of his candle. "It was the window, sir. I go round at night to see that they are fastened."

"On the second floor?"

"Yes, sir, all the windows."

"Look here, Barrymore," said Sir Henry sternly, "we have made up our minds to have the truth out of you, so it will save you trouble to tell it sooner rather than later. Come, now! No lies! What were you doing at that window?"

The fellow looked at us in a helpless way, and he wrung his hands together like one who is in the last extremity of doubt and misery.

"I was doing no harm, sir. I was holding a candle to the window."

"And why were you holding a candle to the window?"

"Don't ask me, Sir Henry—don't ask me! I give you my word, sir, that it is not my secret, and that I cannot tell it. If it concerned no one but myself I would not try to keep it from you."

de la penumbra del pasillo. Nos arrastramos cautelosamente hacia ella, probando cada tablón antes de atrevernos a poner todo nuestro peso sobre él. Habíamos tomado la precaución de dejar las botas, pero, aun así, las viejas tablas crujían y chirriaban bajo nuestro paso. A veces parecía imposible que no oyera que nos acercábamos. Sin embargo, el hombre es afortunadamente bastante sordo, y estaba totalmente concentrado en lo que estaba haciendo. Cuando por fin llegamos a la puerta y espiamos a través de ella le encontramos agazapado junto a la ventana, con una vela en la mano, su rostro blanco, lleno de intención, apretado contra el cristal, exactamente igual que le había visto yo dos noches antes.

No habíamos concertado ningún plan de campaña, pero el baronet es un hombre para quien el camino más directo es siempre el más natural. Entró en la habitación y, al hacerlo, Barrymore saltó de la ventana con un agudo silbido de su aliento y se plantó, lívido y tembloroso, ante nosotros. Sus ojos oscuros, que resplandecían en la máscara blanca de su rostro, estaban llenos de horror y asombro mientras miraba de Sir Henry a mí.

«¿Qué está haciendo aquí, Barrymore?».

«Nada, señor». Su agitación era tan grande que apenas podía hablar, y las sombras subían y bajaban por el temblor de su vela. «He venido a ver la ventana, señor. Doy vueltas por la noche para controlar que estén bien cerradas».

«¿En el segundo piso?».

«Sí, señor, todas las ventanas».

«Mire, Barrymore», dijo Sir Henry con severidad, «nos hemos decidido a sacarle la verdad, así que le ahorrará problemas decirla más pronto que tarde. Vamos. ¡Nada de mentiras! ¿Qué estabas haciendo en esa ventana?».

El tipo nos miró impotente y se retorció las manos como quien está al límite de la duda y la miseria.

«No estaba haciendo ningún daño, señor. Estaba sosteniendo una vela en la ventana».

«¿Y por qué estaba sosteniendo una vela contra la ventana?».

«¡No me pregunte, Sir Henry... no me pregunte! Le doy mi palabra, señor, de que no es mi secreto y de que no puedo contarlo. Si no concerniera a nadie más que a mí mismo, no trataría de ocultárselo».

A sudden idea occurred to me, and I took the candle from the trembling hand of the butler.

"He must have been holding it as a signal," said I. "Let us see if there is any answer." I held it as he had done, and stared out into the darkness of the night. Vaguely I could discern the black bank of the trees and the lighter expanse of the moor, for the moon was behind the clouds. And then I gave a cry of exultation, for a tiny pinpoint of yellow light had suddenly transfixed the dark veil, and glowed steadily in the centre of the black square framed by the window.

"There it is!" I cried.

"No, no, sir, it is nothing—nothing at all!" the butler broke in; "I assure you, sir—"

"Move your light across the window, Watson!" cried the baronet. "See, the other moves also! Now, you rascal, do you deny that it is a signal? Come, speak up! Who is your confederate out yonder, and what is this conspiracy that is going on?"

The man's face became openly defiant. "It is my business, and not yours. I will not tell."

"Then you leave my employment right away."

"Very good, sir. If I must I must."

"And you go in disgrace. By thunder, you may well be ashamed of yourself. Your family has lived with mine for over a hundred years under this roof, and here I find you deep in some dark plot against me."

"No, no, sir; no, not against you!" It was a woman's voice, and Mrs. Barrymore, paler and more horror-struck than her husband, was standing at the door. Her bulky figure in a shawl and skirt might have been comic were it not for the intensity of feeling upon her face.

"We have to go, Eliza. This is the end of it. You can pack our things," said the butler.

"Oh, John, John, have I brought you to this? It is my doing, Sir Henry—all mine. He has done nothing except for my sake and because I asked him."

Se me ocurrió una idea repentina y cogí la vela de la mano temblorosa del mayordomo.

«Debió de sostenerlo como una señal», dije. «Veamos si hay alguna respuesta». La sostuve como él había hecho y miré fijamente hacia la oscuridad de la noche. Vagamente pude discernir la orilla negra de los árboles y la extensión más clara del páramo, pues la luna estaba detrás de las nubes. Y entonces lancé un grito de júbilo, porque un minúsculo punto de luz amarilla había traspasado de repente el velo oscuro, y brillaba fijo en el centro del cuadrado negro enmarcado por la ventana.

«¡Ahí está!», grité.

«¡No, no, señor, no es nada... nada en absoluto!», interrumpió el mayordomo; «le aseguro, señor...».

«¡Mueva su luz a través de la ventana, Watson!», gritó el baronet. «¡Vea, la otra también se mueve! Ahora, bribón, ¿niega que es una señal? Vamos, ¡hable! ¿Quién es su cómplice allá afuera, y qué es esta conspiración que se está llevando a cabo?».

El rostro del hombre se tornó abiertamente desafiante. «Es asunto mío y no suyo. No lo contaré».

«Entonces abandone mi empleo de inmediato».

«Muy bien, señor. Si debo hacerlo, debo hacerlo».

«Y sepa que usted se va en desgracia. Rayos, bien puede darle vergüenza. Su familia ha vivido con la mía durante más de cien años bajo este techo, y aquí le encuentro metido en algún oscuro complot contra mí».

«¡No, no, señor; no, no contra usted!». Era una voz de mujer, y la señora Barrymore, más pálida y más horrorizada que su marido, estaba de pie en la puerta. Su voluminosa figura envuelta en un chal y una falda podría haber resultado cómica de no ser por la intensidad del sentimiento que se reflejaba en su rostro.

«Tenemos que irnos, Eliza. Este es el final. Puedes empaquetar nuestras cosas», dijo el mayordomo.

«Oh, John, John, ¿te he llevado a esto? Es obra mía, Sir Henry... toda mía. No ha hecho nada excepto por mí y porque yo se lo pedí».

"Speak out, then! What does it mean?"

"My unhappy brother is starving on the moor. We cannot let him perish at our very gates. The light is a signal to him that food is ready for him, and his light out yonder is to show the spot to which to bring it."

"Then your brother is—"

"The escaped convict, sir—Selden, the criminal."

"That's the truth, sir," said Barrymore. "I said that it was not my secret and that I could not tell it to you. But now you have heard it, and you will see that if there was a plot it was not against you."

This, then, was the explanation of the stealthy expeditions at night and the light at the window. Sir Henry and I both stared at the woman in amazement. Was it possible that this stolidly respectable person was of the same blood as one of the most notorious criminals in the country?

"Yes, sir, my name was Selden, and he is my younger brother. We humoured him too much when he was a lad and gave him his own way in everything until he came to think that the world was made for his pleasure, and that he could do what he liked in it. Then as he grew older he met wicked companions, and the devil entered into him until he broke my mother's heart and dragged our name in the dirt. From crime to crime he sank lower and lower until it is only the mercy of God which has snatched him from the scaffold; but to me, sir, he was always the little curly-headed boy that I had nursed and played with as an elder sister would. That was why he broke prison, sir. He knew that I was here and that we could not refuse to help him. When he dragged himself here one night, weary and starving, with the warders hard at his heels, what could we do? We took him in and fed him and cared for him. Then you returned, sir, and my brother thought he would be safer on the moor than anywhere else until the hue and cry was over, so he lay in hiding there. But every second night we made sure if he was still there by putting a light in the window, and if there was an answer my husband took out some bread and meat to him. Every day we hoped that he was gone, but as long as he was there we could not desert him. That is the whole truth, as I am an honest Christian woman and you will see that if there is blame in the matter it does not lie with my husband but with me, for whose sake he has done all that he has."

The woman's words came with an intense earnestness which car-

«¡Hable, entonces! ¿Qué significa?».

«Mi infeliz hermano se muere de hambre en el páramo. No podemos dejar que perezca frente a nuestras mismas puertas. La luz es una señal para él indicándole que la comida suya ya está lista, y su luz allá afuera es para mostrarnos el lugar al que debemos llevarla».

«Entonces su hermano es...».

«El convicto fugado, señor... Selden, el criminal».

«Esa es la verdad, señor», dijo Barrymore. «Le dije que no era mi secreto y que no podía contárselo. Pero ahora lo ha oído y verá que si hubo un complot no fue contra usted».

Ésta era, pues, la explicación de las sigilosas expediciones nocturnas y de la luz en la ventana. Sir Henry y yo miramos asombrados a la mujer. ¿Era posible que aquella persona tan sólidamente respetable tuviera la misma sangre que uno de los criminales más notorios del país?

«Sí, señor, mi nombre era Selden, y él es mi hermano menor. Le seguimos demasiado la corriente cuando era un muchacho y le dimos rienda suelta en todo hasta que llegó a pensar que el mundo estaba hecho para su placer y que podía hacer lo que quisiera en él. Luego, a medida que crecía, conoció a compañeros malvados y el diablo entró en él hasta que rompió el corazón de mi madre y arrastró nuestro nombre por el suelo. De crimen en crimen fue cayendo cada vez más bajo hasta que sólo la misericordia de Dios lo ha arrebatado del cadalso; pero para mí, señor, siempre fue el pequeño muchacho de cabeza rizada al que yo había cuidado y con el que había jugado como lo haría una hermana mayor. Por eso salió de la cárcel, señor. Sabía que yo estaba aquí y que no podíamos negarnos a ayudarle. Cuando una noche se arrastró hasta aquí, cansado y hambriento, con los guardianes pisándole los talones, ¿qué podíamos hacer? Le acogimos, le dimos de comer y le cuidamos. Entonces usted regresó, señor, y mi hermano pensó que estaría más seguro en el páramo que en ningún otro sitio hasta que pasara el revuelo, así que se escondió allí. Pero cada dos noches nos asegurábamos de si seguía allí poniendo una luz en la ventana, y si había respuesta mi marido le llevaba algo de pan y carne. Cada día esperábamos que se hubiera ido, pero mientras estuviera allí no podíamos abandonarle. Esa es toda la verdad, ya que soy una mujer cristiana honesta y verá que si hay culpa en el asunto no es de mi marido sino mía, por cuyo bien ha hecho todo lo que ha hecho».

Las palabras de la mujer llegaron con una intensa seriedad que llevaba

ried conviction with them.

"Is this true, Barrymore?"

"Yes, Sir Henry. Every word of it."

"Well, I cannot blame you for standing by your own wife. Forget what I have said. Go to your room, you two, and we shall talk further about this matter in the morning."

When they were gone we looked out of the window again. Sir Henry had flung it open, and the cold night wind beat in upon our faces. Far away in the black distance there still glowed that one tiny point of yellow light.

"I wonder he dares," said Sir Henry.

"It may be so placed as to be only visible from here."

"Very likely. How far do you think it is?"

"Out by the Cleft Tor, I think."

"Not more than a mile or two off."

"Hardly that."

"Well, it cannot be far if Barrymore had to carry out the food to it. And he is waiting, this villain, beside that candle. By thunder, Watson, I am going out to take that man!"

The same thought had crossed my own mind. It was not as if the Barrymores had taken us into their confidence. Their secret had been forced from them. The man was a danger to the community, an unmitigated scoundrel for whom there was neither pity nor excuse. We were only doing our duty in taking this chance of putting him back where he could do no harm. With his brutal and violent nature, others would have to pay the price if we held our hands. Any night, for example, our neighbours the Stapletons might be attacked by him, and it may have been the thought of this which made Sir Henry so keen upon the adventure.

"I will come," said I.

"Then get your revolver and put on your boots. The sooner we start

consigo la convicción.

«¿Es esto cierto, Barrymore?».

«Sí, Sir Henry. Cada palabra».

«Bueno, no puedo culparle por permanecer al lado de su propia esposa. Olvide lo que le he dicho. Vayan a su habitación, ustedes dos, y hablaremos más de este asunto por la mañana».

Cuando se hubieron ido volvimos a mirar por la ventana. Sir Henry la había abierto de par en par y el frío viento nocturno nos golpeaba en la cara. A lo lejos, en la negra lejanía, aún brillaba aquel diminuto punto de luz amarilla.

«Me sorprende que se atreva», dijo Sir Henry.

«Puede que esté colocado de tal forma que sólo sea visible desde aquí».

«Es muy probable. ¿A qué distancia cree que está?».

«Junto a Cleft Tor, creo».

«No más de una milla o dos de distancia».

«Mucho menos».

«Bueno, no puede estar lejos si Barrymore tuvo que llevarle la comida. Y está esperando, ese villano, junto a esa vela. ¡Rayos, Watson, voy a salir a coger a ese hombre!».

El mismo pensamiento había cruzado mi propia mente. No era como si los Barrymore nos hubieran hecho confidencias. Su secreto les había sido arrancado a la fuerza. El hombre era un peligro para la comunidad, un canalla sin paliativos para el que no había ni piedad ni excusa. Sólo cumplíamos con nuestro deber al aprovechar esta oportunidad de devolverlo a donde no pudiera hacer daño. Con su naturaleza brutal y violenta, otros tendrían que pagar el precio si nos callábamos. Cualquier noche, por ejemplo, nuestros vecinos los Stapleton podrían ser atacados por él, y puede que fuera el pensamiento de esto lo que hizo que Sir Henry se entusiasmara tanto con la aventura.

«Iré», dije yo.

«Entonces coja su revólver y póngase las botas. Cuanto antes partamos

the better, as the fellow may put out his light and be off."

In five minutes we were outside the door, starting upon our expedition. We hurried through the dark shrubbery, amid the dull moaning of the autumn wind and the rustle of the falling leaves. The night air was heavy with the smell of damp and decay. Now and again the moon peeped out for an instant, but clouds were driving over the face of the sky, and just as we came out on the moor a thin rain began to fall. The light still burned steadily in front.

"Are you armed?" I asked.

"I have a hunting-crop."

"We must close in on him rapidly, for he is said to be a desperate fellow. We shall take him by surprise and have him at our mercy before he can resist."

"I say, Watson," said the baronet, "what would Holmes say to this? How about that hour of darkness in which the power of evil is exalted?"

As if in answer to his words there rose suddenly out of the vast gloom of the moor that strange cry which I had already heard upon the borders of the great Grimpen Mire. It came with the wind through the silence of the night, a long, deep mutter, then a rising howl, and then the sad moan in which it died away. Again and again it sounded, the whole air throbbing with it, strident, wild, and menacing. The baronet caught my sleeve and his face glimmered white through the darkness.

"My God, what's that, Watson?"

"I don't know. It's a sound they have on the moor. I heard it once before."

It died away, and an absolute silence closed in upon us. We stood straining our ears, but nothing came.

"Watson," said the baronet, "it was the cry of a hound."

My blood ran cold in my veins, for there was a break in his voice which told of the sudden horror which had seized him.

"What do they call this sound?" he asked.

"Who?"

mejor, ya que el tipo puede apagar su luz y largarse».

En cinco minutos estábamos fuera de la puerta, emprendiendo nuestra expedición. Nos dimos prisa a través de los oscuros arbustos, entre el sordo gemido del viento otoñal y el susurro de las hojas que caían. El aire nocturno estaba cargado de olor a humedad y podredumbre. De vez en cuando la luna se asomaba un instante, pero las nubes recorrían la faz del cielo, y justo cuando salimos al páramo empezó a caer una fina lluvia. La luz seguía ardiendo con firmeza ante nosotros.

«¿Está armado?», pregunté.

«Tengo un látigo».

«Debemos acercarnos a él rápidamente, pues se dice que es un tipo desesperado. Le cogeremos por sorpresa y le tendremos a nuestra merced antes de que pueda resistirse».

«Digo yo, Watson», dijo el baronet, «¿qué diría Holmes a esto? ¿Qué opina de esa hora de oscuridad en la que se exalta el poder del mal?».

Como en respuesta a sus palabras, surgió de pronto de la vasta penumbra del páramo aquel extraño grito que ya había oído en los confines de la gran Ciénaga de Grimpen. Llegó con el viento a través del silencio de la noche, un murmullo largo y profundo, luego un aullido creciente y después el triste gemido en el que se extinguió. Sonaba una y otra vez, todo el aire palpitaba con él, estridente, salvaje y amenazador. El baronet me cogió de la manga y su rostro brilló blanco a través de la oscuridad.

«Dios mío, ¿qué es eso, Watson?».

«No lo sé. Es un sonido que emiten en el páramo. Lo oí una vez».

Se extinguió y un silencio absoluto se cerró sobre nosotros. Nos quedamos aguzando el oído, pero no se oía nada.

«Watson», dijo el baronet, «era el grito de un sabueso».

Se me heló la sangre en las venas, pues había un quiebre en su voz que delataba el repentino horror que se había apoderado de él.

«¿Cómo llaman a este sonido?», preguntó.

«¿Quiénes?».

"The folk on the countryside."

"Oh, they are ignorant people. Why should you mind what they call it?"

"Tell me, Watson. What do they say of it?"

I hesitated but could not escape the question.

"They say it is the cry of the Hound of the Baskervilles."

He groaned and was silent for a few moments.

"A hound it was," he said at last, "but it seemed to come from miles away, over yonder, I think."

"It was hard to say whence it came."

"It rose and fell with the wind. Isn't that the direction of the great Grimpen Mire?"

"Yes, it is."

"Well, it was up there. Come now, Watson, didn't you think yourself that it was the cry of a hound? I am not a child. You need not fear to speak the truth."

"Stapleton was with me when I heard it last. He said that it might be the calling of a strange bird."

"No, no, it was a hound. My God, can there be some truth in all these stories? Is it possible that I am really in danger from so dark a cause? You don't believe it, do you, Watson?"

"No, no."

"And yet it was one thing to laugh about it in London, and it is another to stand out here in the darkness of the moor and to hear such a cry as that. And my uncle! There was the footprint of the hound beside him as he lay. It all fits together. I don't think that I am a coward, Watson, but that sound seemed to freeze my very blood. Feel my hand!"

It was as cold as a block of marble.

"You'll be all right tomorrow."

«La gente del campo».

«Oh, son gente ignorante. ¿Por qué debería importarle cómo lo llaman?».

«Dígame, Watson. ¿Qué dicen de ella?».

Dudé pero no pude eludir la pregunta.

«Dicen que es el grito del Sabueso de los Baskerville».

Gimió y guardó silencio unos instantes.

«Era un sabueso», dijo al fin, «pero parecía venir de muy lejos, de más allá, creo».

«Era difícil decir de dónde venía».

«Subía y bajaba con el viento. ¿No es esa la dirección de la gran Ciénaga de Grimpen?».

«Sí, lo es».

«Bueno, venía de allí arriba. Vamos, Watson, ¿no pensó usted mismo que era el grito de un sabueso? No soy un niño. No debe temer decir la verdad».

«Stapleton estaba conmigo cuando lo oí por última vez. Dijo que podía ser la llamada de un pájaro extraño».

«No, no, era un sabueso. Dios mío, ¿puede haber algo de verdad en todas estas historias? ¿Es posible que realmente esté en peligro por una causa tan oscura? Usted no lo cree, ¿verdad, Watson?».

«No, no».

«Y sin embargo, una cosa era reírse de ello en Londres, y otra es estar aquí fuera, en la oscuridad del páramo, y oír un grito como ése. ¡Y mi tío! Estaba la huella del sabueso junto a él mientras yacía. Todo encaja. No creo que sea cobarde, Watson, pero ese sonido pareció helarme la sangre misma. Sienta mi mano».

Estaba tan fría como un bloque de mármol.

«Mañana estará bien».

"I don't think I'll get that cry out of my head. What do you advise that we do now?"

"Shall we turn back?"

"No, by thunder; we have come out to get our man, and we will do it. We after the convict, and a hell-hound, as likely as not, after us. Come on! We'll see it through if all the fiends of the pit were loose upon the moor."

We stumbled slowly along in the darkness, with the black loom of the craggy hills around us, and the yellow speck of light burning steadily in front. There is nothing so deceptive as the distance of a light upon a pitch-dark night, and sometimes the glimmer seemed to be far away upon the horizon and sometimes it might have been within a few yards of us. But at last we could see whence it came, and then we knew that we were indeed very close. A guttering candle was stuck in a crevice of the rocks which flanked it on each side so as to keep the wind from it and also to prevent it from being visible, save in the direction of Baskerville Hall. A boulder of granite concealed our approach, and crouching behind it we gazed over it at the signal light. It was strange to see this single candle burning there in the middle of the moor, with no sign of life near it—just the one straight yellow flame and the gleam of the rock on each side of it.

"What shall we do now?" whispered Sir Henry.

"Wait here. He must be near his light. Let us see if we can get a glimpse of him."

The words were hardly out of my mouth when we both saw him. Over the rocks, in the crevice of which the candle burned, there was thrust out an evil yellow face, a terrible animal face, all seamed and scored with vile passions. Foul with mire, with a bristling beard, and hung with matted hair, it might well have belonged to one of those old savages who dwelt in the burrows on the hillsides. The light beneath him was reflected in his small, cunning eyes which peered fiercely to right and left through the darkness like a crafty and savage animal who has heard the steps of the hunters.

Something had evidently aroused his suspicions. It may have been that Barrymore had some private signal which we had neglected to give, or the fellow may have had some other reason for thinking that all was not well, but I could read his fears upon his wicked face. Any in-

«No creo que pueda quitarme ese grito de la cabeza. ¿Qué me aconseja que hagamos ahora?».

«¿Damos media vuelta?».

«No, rayos; hemos salido a por nuestro hombre, y lo haremos. Nosotros tras el convicto, y un sabueso infernal, lo más probable, tras nosotros. ¡Vamos! Lo lograremos aunque todos los demonios de la fosa estuvieran sueltos por el páramo».

Avanzamos lentamente a tropezones en la oscuridad, con el cerco negro de las escarpadas colinas a nuestro alrededor y la mancha de luz amarilla ardiendo sin cesar delante. No hay nada tan engañoso como la distancia de una luz en una noche completamente oscura, y a veces el destello parecía estar muy lejos en el horizonte y otras veces podría haber estado a pocas yardas de nosotros. Pero al final pudimos ver de dónde venía, y entonces supimos que, efectivamente, estábamos muy cerca. Una vela muy usada estaba clavada en una hendidura de las rocas que la flanqueaban a cada lado para que no le diera el viento y también para impedir que fuera visible, salvo en dirección a Baskerville Hall. Un peñasco de granito ocultaba nuestra proximidad y, agazapados tras él, contemplamos por encima la luz de la señal. Era extraño ver esa única vela ardiendo allí, en medio del páramo, sin ningún signo de vida cerca: sólo la única llama amarilla y recta y el resplandor de la roca a cada lado de ella.

«¿Qué haremos ahora?», susurró Sir Henry.

«Espere aquí. Debe estar cerca de su luz. Veamos si podemos vislumbrarle».

Las palabras apenas habían salido de mi boca cuando ambos lo vimos. Sobre las rocas, en cuya hendidura ardía la vela, asomaba un malvado rostro amarillo, un terrible rostro animal, todo cosido y surcado de viles pasiones. Sucio de fango, con la barba erizada y con el pelo enmarañado, bien podría haber pertenecido a uno de esos viejos salvajes que moraban en las madrigueras de las laderas. La luz que había bajo él se reflejaba en sus ojos pequeños y astutos que miraban con fiereza a derecha e izquierda a través de la oscuridad como un animal astuto y salvaje que ha oído los pasos de los cazadores.

Evidentemente, algo había despertado sus sospechas. Podía ser que Barrymore tuviera alguna señal privada que hubiéramos omitido dar, o el tipo podía tener alguna otra razón para pensar que no todo iba bien, pero yo podía leer sus temores en su malvado rostro. En cualquier ins-

stant he might dash out the light and vanish in the darkness. I sprang forward therefore, and Sir Henry did the same. At the same moment the convict screamed out a curse at us and hurled a rock which splintered up against the boulder which had sheltered us. I caught one glimpse of his short, squat, strongly built figure as he sprang to his feet and turned to run. At the same moment by a lucky chance the moon broke through the clouds. We rushed over the brow of the hill, and there was our man running with great speed down the other side, springing over the stones in his way with the activity of a mountain goat. A lucky long shot of my revolver might have crippled him, but I had brought it only to defend myself if attacked and not to shoot an unarmed man who was running away.

We were both swift runners and in fairly good training, but we soon found that we had no chance of overtaking him. We saw him for a long time in the moonlight until he was only a small speck moving swiftly among the boulders upon the side of a distant hill. We ran and ran until we were completely blown, but the space between us grew ever wider. Finally we stopped and sat panting on two rocks, while we watched him disappearing in the distance.

And it was at this moment that there occurred a most strange and unexpected thing. We had risen from our rocks and were turning to go home, having abandoned the hopeless chase. The moon was low upon the right, and the jagged pinnacle of a granite tor stood up against the lower curve of its silver disc. There, outlined as black as an ebony statue on that shining background, I saw the figure of a man upon the tor. Do not think that it was a delusion, Holmes. I assure you that I have never in my life seen anything more clearly. As far as I could judge, the figure was that of a tall, thin man. He stood with his legs a little separated, his arms folded, his head bowed, as if he were brooding over that enormous wilderness of peat and granite which lay before him. He might have been the very spirit of that terrible place. It was not the convict. This man was far from the place where the latter had disappeared. Besides, he was a much taller man. With a cry of surprise I pointed him out to the baronet, but in the instant during which I had turned to grasp his arm the man was gone. There was the sharp pinnacle of granite still cutting the lower edge of the moon, but its peak bore no trace of that silent and motionless figure.

I wished to go in that direction and to search the tor, but it was some

tante podría apagar la luz y desvanecerse en la oscuridad. Por lo tanto, di un salto hacia delante y Sir Henry hizo lo mismo. En el mismo instante el convicto nos gritó una maldición y arrojó una roca que se hizo astillas contra el peñasco que nos había cobijado. Alcancé a ver su figura baja, agachada y de fuerte constitución mientras se ponía en pie de un salto y se daba la vuelta para echar a correr. En ese mismo momento, por una afortunada casualidad, la luna se abrió paso entre las nubes. Nos dimos prisa en cruzar la cresta de la colina, y allí estaba nuestro hombre corriendo a gran velocidad por el otro lado, saltando por encima de las piedras a su paso como una cabra montesa. Un disparo largo y afortunado de mi revólver podría haberlo mutilado, pero yo lo había traído sólo para defenderme si me atacaban y no para disparar a un hombre desarmado que huía.

Ambos éramos corredores veloces y estábamos bastante bien entrenados, pero pronto nos dimos cuenta de que no teníamos ninguna posibilidad de alcanzarle. Le vimos durante mucho tiempo a la luz de la luna hasta que no fue más que una pequeña mancha que se movía velozmente entre los peñascos de la ladera de una colina lejana. Corrimos y corrimos hasta quedar completamente exhaustos, pero el espacio que nos separaba era cada vez mayor. Finalmente nos detuvimos y nos sentamos jadeantes sobre dos rocas, mientras le veíamos desaparecer en la distancia.

Y fue en ese momento cuando ocurrió algo de lo más extraño e inesperado. Nos habíamos levantado de las rocas y nos dábamos la vuelta para volver a casa, habiendo abandonado la desesperada persecución. La luna estaba baja a la derecha, y el pináculo dentado de un peñasco de granito se alzaba contra la curva inferior de su disco plateado. Allí, perfilada tan negra como una estatua de ébano sobre aquel fondo brillante, vi la figura de un hombre sobre el peñasco. No crea que fue un delirio, Holmes. Le aseguro que nunca en mi vida he visto nada con mayor claridad. Por lo que pude juzgar, la figura era la de un hombre alto y delgado. Permanecía de pie con las piernas un poco separadas, los brazos cruzados y la cabeza inclinada, como si estuviera meditando sobre aquel enorme páramo de turba y granito que se extendía ante él. Podría haber sido el espíritu mismo de aquel terrible lugar. No era el convicto. Este hombre estaba muy lejos del lugar donde éste había desaparecido. Además, era un hombre mucho más alto. Con un grito de sorpresa se lo señalé al baronet, pero en el instante en que me había vuelto para agarrarle del brazo el hombre había desaparecido. Allí estaba el afilado pináculo de granito que aún recortaba el borde inferior de la luna, pero en su cima no había rastro de aquella figura silenciosa e inmóvil.

Yo deseaba ir en esa dirección y buscar el peñasco, pero estaba a cierta

distance away. The baronet's nerves were still quivering from that cry, which recalled the dark story of his family, and he was not in the mood for fresh adventures. He had not seen this lonely man upon the tor and could not feel the thrill which his strange presence and his commanding attitude had given to me. "A warder, no doubt," said he. "The moor has been thick with them since this fellow escaped." Well, perhaps his explanation may be the right one, but I should like to have some further proof of it. Today we mean to communicate to the Princetown people where they should look for their missing man, but it is hard lines that we have not actually had the triumph of bringing him back as our own prisoner. Such are the adventures of last night, and you must acknowledge, my dear Holmes, that I have done you very well in the matter of a report. Much of what I tell you is no doubt quite irrelevant, but still I feel that it is best that I should let you have all the facts and leave you to select for yourself those which will be of most service to you in helping you to your conclusions. We are certainly making some progress. So far as the Barrymores go we have found the motive of their actions, and that has cleared up the situation very much. But the moor with its mysteries and its strange inhabitants remains as inscrutable as ever. Perhaps in my next I may be able to throw some light upon this also. Best of all would it be if you could come down to us. In any case you will hear from me again in the course of the next few days.

distancia. Los nervios del baronet aún temblaban por aquel grito, que recordaba la oscura historia de su familia, y no estaba de humor para nuevas aventuras. No había visto a aquel hombre solitario sobre el peñasco y no podía sentir la emoción que su extraña presencia y su actitud dominante me habían provocado. «Un guardián, sin duda», dijo. «El páramo está lleno de ellos desde que este tipo escapó». Puede que su explicación sea la correcta, pero me gustaría tener alguna prueba más de ello. Hoy nos proponemos comunicar a los habitantes de Princetown dónde deben buscar a su hombre desaparecido, pero es duro que no hayamos tenido el triunfo de traerlo de vuelta como nuestro propio prisionero. Tales son las aventuras de anoche, y debe reconocer, mi querido Holmes, que he hecho muy bien en informarle. Mucho de lo que le cuento es sin duda bastante irrelevante, pero aun así creo que lo mejor es que le facilite todos los hechos y le deje seleccionar por usted mismo aquellos que le serán más útiles para ayudarle a sacar sus conclusiones. Ciertamente estamos haciendo algunos progresos. En lo que respecta a los Barrymore hemos encontrado el motivo de sus acciones, y eso ha aclarado mucho la situación. Pero el páramo, con sus misterios y sus extraños habitantes, sigue siendo tan inescrutable como siempre. Tal vez en mi próxima entrega pueda arrojar algo de luz sobre esto también. Lo mejor sería que pudiera venir a vernos. En cualquier caso, volverá a tener noticias mías en el transcurso de los próximos días.

CHAPTER 10 – EXTRACT FROM THE DIARY OF DR. WATSON

So far I have been able to quote from the reports which I have forwarded during these early days to Sherlock Holmes. Now, however, I have arrived at a point in my narrative where I am compelled to abandon this method and to trust once more to my recollections, aided by the diary which I kept at the time. A few extracts from the latter will carry me on to those scenes which are indelibly fixed in every detail upon my memory. I proceed, then, from the morning which followed our abortive chase of the convict and our other strange experiences upon the moor.

October 16th.—A dull and foggy day with a drizzle of rain. The house is banked in with rolling clouds, which rise now and then to show the dreary curves of the moor, with thin, silver veins upon the sides of the hills, and the distant boulders gleaming where the light strikes upon their wet faces. It is melancholy outside and in. The baronet is in a black reaction after the excitements of the night. I am conscious myself of a weight at my heart and a feeling of impending danger—ever present danger, which is the more terrible because I am unable to define it.

And have I not cause for such a feeling? Consider the long sequence of incidents which have all pointed to some sinister influence which is at work around us. There is the death of the last occupant of the Hall, fulfilling so exactly the conditions of the family legend, and there are the repeated reports from peasants of the appearance of a strange creature upon the moor. Twice I have with my own ears heard the sound which resembled the distant baying of a hound. It is incredible, impossible, that it should really be outside the ordinary laws of nature. A spectral hound which leaves material footmarks and fills the air with its howling is surely not to be thought of. Stapleton may fall in with such a superstition, and Mortimer also, but if I have one quality upon earth it is common sense, and nothing will persuade me to believe in such a thing. To do so would be to descend to the level of these poor peasants, who are not content with a mere fiend dog but must needs describe him with hell-fire shooting from his mouth and eyes. Holmes would not listen to such fancies, and I am his agent. But facts are facts, and I have twice heard this crying upon the moor. Suppose that there were really some huge hound loose upon it; that would go far to explain everything. But where could such a hound lie concealed, where did it get its food, where did it come from, how was it that no one saw it by day? It must be confessed that the natural explanation offers almost as many difficulties as the other. And always, apart from the hound, there is the fact of the human agency in London, the man in the cab, and the letter

CAPÍTULO 10 – EXTRACTO DEL DIARIO DEL DOCTOR WATSON

Hasta ahora he podido citar los informes que remití durante estos primeros días a Sherlock Holmes. Ahora, sin embargo, he llegado a un punto de mi narración en el que me veo obligado a abandonar este método y a confiar una vez más en mis recuerdos, ayudado por el diario que llevaba entonces. Algunos extractos de este último me llevarán a aquellas escenas que están indeleblemente fijadas en todos sus detalles en mi memoria. Procedo, pues, a partir de la mañana que siguió a nuestra frustrada persecución del convicto y a nuestras otras extrañas experiencias en el páramo.

16 de octubre.– Un día apagado y brumoso con algo de lluvia. La casa está cubierta de nubes ondulantes, que se elevan de vez en cuando para mostrar las lóbregas curvas del páramo, con finas vetas plateadas en las laderas de las colinas, y los peñascos distantes brillando donde la luz incide sobre sus caras húmedas. Es melancólico por fuera y por dentro. El baronet está sumido en una oscura reacción tras las excitaciones de la noche. Yo mismo soy consciente de un peso en el corazón y de una sensación de peligro inminente... de peligro siempre presente, que es tanto más terrible cuanto que soy incapaz de definirlo.

¿Y no tengo motivos para tal sentimiento? Consideremos la larga secuencia de incidentes que han apuntado todos a alguna influencia siniestra que actúa a nuestro alrededor. Está la muerte del último ocupante del Hall, cumpliendo tan exactamente las condiciones de la leyenda familiar, y están los repetidos informes de los campesinos sobre la aparición de una extraña criatura en el páramo. Dos veces he oído con mis propios oídos el sonido que se asemejaba al aullido lejano de un sabueso. Es increíble, imposible, que realmente esté fuera de las leyes ordinarias de la naturaleza. Un sabueso espectral que deja huellas materiales y llena el aire con sus aullidos no es, desde luego, digno de consideración. Stapleton puede caer en tal superstición, y Mortimer también, pero si yo tengo una cualidad sobre la tierra es el sentido común, y nada me persuadirá a creer en tal cosa. Hacerlo sería descender al nivel de estos pobres campesinos, que no se contentan con un mero perro diabólico sino que deben describirlo necesariamente con el fuego del infierno saliendo de su boca y de sus ojos. Holmes no escucharía tales fantasías, y yo soy su agente. Pero los hechos son los hechos, y yo he oído dos veces ese llanto en el páramo. Supongamos que realmente hubiera algún sabueso enorme suelto por allí; eso lo explicaría todo. Pero ¿dónde podría estar oculto un sabueso así, de dónde sacaría su comida, de dónde vendría, cómo es que nadie lo vio de día? Hay que confesar que la explicación natural ofrece casi tantas dificultades como la otra. Y siempre, aparte del sabueso, está el hecho de la agencia humana en Londres, el hombre del taxi y la

which warned Sir Henry against the moor. This at least was real, but it might have been the work of a protecting friend as easily as of an enemy. Where is that friend or enemy now? Has he remained in London, or has he followed us down here? Could he—could he be the stranger whom I saw upon the tor?

It is true that I have had only the one glance at him, and yet there are some things to which I am ready to swear. He is no one whom I have seen down here, and I have now met all the neighbours. The figure was far taller than that of Stapleton, far thinner than that of Frankland. Barrymore it might possibly have been, but we had left him behind us, and I am certain that he could not have followed us. A stranger then is still dogging us, just as a stranger dogged us in London. We have never shaken him off. If I could lay my hands upon that man, then at last we might find ourselves at the end of all our difficulties. To this one purpose I must now devote all my energies.

My first impulse was to tell Sir Henry all my plans. My second and wisest one is to play my own game and speak as little as possible to anyone. He is silent and distrait. His nerves have been strangely shaken by that sound upon the moor. I will say nothing to add to his anxieties, but I will take my own steps to attain my own end.

We had a small scene this morning after breakfast. Barrymore asked leave to speak with Sir Henry, and they were closeted in his study some little time. Sitting in the billiard-room I more than once heard the sound of voices raised, and I had a pretty good idea what the point was which was under discussion. After a time the baronet opened his door and called for me. "Barrymore considers that he has a grievance," he said. "He thinks that it was unfair on our part to hunt his brother-in-law down when he, of his own free will, had told us the secret."

The butler was standing very pale but very collected before us.

"I may have spoken too warmly, sir," said he, "and if I have, I am sure that I beg your pardon. At the same time, I was very much surprised when I heard you two gentlemen come back this morning and learned that you had been chasing Selden. The poor fellow has enough to fight against without my putting more upon his track."

"If you had told us of your own free will it would have been a different thing," said the baronet, "you only told us, or rather your wife only

carta que advertía a Sir Henry contra el páramo. Esto al menos era real, pero podría haber sido obra de un amigo protector tan fácilmente como de un enemigo. ¿Dónde está ahora ese amigo o enemigo? ¿Se ha quedado en Londres o nos ha seguido hasta aquí? ¿Podría... podría ser el extraño que vi en el peñasco?

Es cierto que sólo le he echado un vistazo y, sin embargo, hay algunas cosas que estoy dispuesta a jurar. No es nadie a quien haya visto aquí abajo, y ahora he conocido a todos los vecinos. La figura era mucho más alta que la de Stapleton, mucho más delgada que la de Frankland. Posiblemente fuera Barrymore, pero lo habíamos dejado atrás y estoy seguro de que no podría habernos seguido. Un extraño, entonces, sigue persiguiéndonos, igual que un extraño nos persiguió en Londres. Nunca nos lo hemos quitado de encima. Si pudiera poner mis manos sobre ese hombre, entonces por fin podríamos encontrarnos al final de todas nuestras dificultades. A este único propósito debo dedicar ahora todas mis energías.

Mi primer impulso es contarle a Sir Henry todos mis planes. El segundo y más sabio es jugar mi propio juego y hablar lo menos posible con nadie. Él está callado y distraído. Sus nervios han sido extrañamente sacudidos por ese sonido en el páramo. No diré nada que aumente su ansiedad, sino que daré mis propios pasos para alcanzar mi propio fin.

Esta mañana tuvimos una pequeña escena después del desayuno. Barrymore pidió permiso para hablar con Sir Henry, y estuvieron encerrados en su estudio un rato. Sentado en la sala de billar oí más de una vez el sonido de voces que se alzaban, y tuve una idea bastante aproximada de cuál era el punto que se estaba discutiendo. Al cabo de un rato, el baronet abrió su puerta y me llamó. «Barrymore considera que tiene una queja», dijo. «Cree que fue injusto por nuestra parte perseguir a su cuñado cuando él, por propia voluntad, nos había contado el secreto».

El mayordomo estaba de pie ante nosotros, muy pálido pero muy sereno.

«Puede que haya sido demasiado efusivo, señor», dijo, «y si lo he sido, estoy seguro de que le ruego que me disculpe. Al mismo tiempo, me sorprendí mucho cuando les oí a ustedes dos caballeros volver esta mañana y supe que habían estado persiguiendo a Selden. El pobre ya tiene bastante contra lo que luchar como para que yo le añada más a su camino».

«Si nos lo hubiera contado por propia voluntad habría sido otra cosa», dijo el baronet, «usted sólo nos lo contó, o mejor dicho, su esposa sólo nos

told us, when it was forced from you and you could not help yourself."

"I didn't think you would have taken advantage of it, Sir Henry—indeed I didn't."

"The man is a public danger. There are lonely houses scattered over the moor, and he is a fellow who would stick at nothing. You only want to get a glimpse of his face to see that. Look at Mr. Stapleton's house, for example, with no one but himself to defend it. There's no safety for anyone until he is under lock and key."

"He'll break into no house, sir. I give you my solemn word upon that. But he will never trouble anyone in this country again. I assure you, Sir Henry, that in a very few days the necessary arrangements will have been made and he will be on his way to South America. For God's sake, sir, I beg of you not to let the police know that he is still on the moor. They have given up the chase there, and he can lie quiet until the ship is ready for him. You can't tell on him without getting my wife and me into trouble. I beg you, sir, to say nothing to the police."

"What do you say, Watson?"

I shrugged my shoulders. "If he were safely out of the country it would relieve the tax-payer of a burden."

"But how about the chance of his holding someone up before he goes?"

"He would not do anything so mad, sir. We have provided him with all that he can want. To commit a crime would be to show where he was hiding."

"That is true," said Sir Henry. "Well, Barrymore—"

"God bless you, sir, and thank you from my heart! It would have killed my poor wife had he been taken again."

"I guess we are aiding and abetting a felony, Watson? But, after what we have heard I don't feel as if I could give the man up, so there is an end of it. All right, Barrymore, you can go."

With a few broken words of gratitude the man turned, but he hesitated and then came back.

"You've been so kind to us, sir, that I should like to do the best I can

lo contó, cuando se lo impusieron y no pudo evitarlo».

«No creí que se hubiera aprovechado de ello, Sir Henry... de hecho, no lo creí».

«El hombre es un peligro público. Hay casas solitarias diseminadas por el páramo, y es un tipo que no se detendría ante nada. Basta con echarle un vistazo a la cara para darse cuenta de ello. Mire la casa del señor Stapleton, por ejemplo, sin nadie más que él para defenderla. No hay seguridad para nadie hasta que él esté bajo llave».

«No entrará en ninguna casa, señor. Le doy mi palabra solemne sobre eso. Pero no volverá a molestar a nadie en este país. Le aseguro, Sir Henry, que en muy pocos días se habrán hecho los arreglos necesarios y estará de camino a Sudamérica. Por el amor de Dios, señor, le ruego que no permita que la policía sepa que sigue en el páramo. Han renunciado a la persecución allí, y él puede estar tranquilo hasta que el barco esté listo para él. No puede delatarle sin meternos en problemas a mi mujer y a mí. Le ruego, señor, que no diga nada a la policía».

«¿Qué me dice, Watson?».

Me encogí de hombros. «Si estuviera a salvo fuera del país aliviaría al contribuyente de una carga».

«¿Pero qué hay de la posibilidad de que atraque a alguien antes de irse?».

«No haría nada tan loco, señor. Le hemos proporcionado todo lo que puede desear. Cometer un crimen sería demostrar dónde se esconde».

«Eso es cierto», dijo Sir Henry. «Bueno, Barrymore...».

«¡Dios lo bendiga, señor, y se lo agradezco de corazón! Habría matado a mi pobre esposa si se lo hubieran vuelto a llevar».

«¿Supongo que somos cómplices de un delito, Watson? Pero, después de lo que hemos oído no me siento como si pudiera entregar al hombre, así que se acabó. Muy bien, Barrymore, puede irse».

Con unas palabras entrecortadas de gratitud, el hombre se volvió, pero vaciló y luego regresó.

«Ha sido tan amable con nosotros, señor, que me gustaría hacer lo me-

for you in return. I know something, Sir Henry, and perhaps I should have said it before, but it was long after the inquest that I found it out. I've never breathed a word about it yet to mortal man. It's about poor Sir Charles's death."

The baronet and I were both upon our feet. "Do you know how he died?"

"No, sir, I don't know that."

"What then?"

"I know why he was at the gate at that hour. It was to meet a woman."

"To meet a woman! He?"

"Yes, sir."

"And the woman's name?"

"I can't give you the name, sir, but I can give you the initials. Her initials were L. L."

"How do you know this, Barrymore?"

"Well, Sir Henry, your uncle had a letter that morning. He had usually a great many letters, for he was a public man and well known for his kind heart, so that everyone who was in trouble was glad to turn to him. But that morning, as it chanced, there was only this one letter, so I took the more notice of it. It was from Coombe Tracey, and it was addressed in a woman's hand."

"Well?"

"Well, sir, I thought no more of the matter, and never would have done had it not been for my wife. Only a few weeks ago she was cleaning out Sir Charles's study—it had never been touched since his death—and she found the ashes of a burned letter in the back of the grate. The greater part of it was charred to pieces, but one little slip, the end of a page, hung together, and the writing could still be read, though it was grey on a black ground. It seemed to us to be a postscript at the end of the letter and it said: 'Please, please, as you are a gentleman, burn this letter, and be at the gate by ten o clock.' Beneath it were signed the initials L. L."

jor que pueda por usted a cambio. Sé algo, Sir Henry, y quizá debería haberlo dicho antes, pero fue mucho después de la investigación cuando lo descubrí. Nunca he dicho una palabra de ello a un mortal. Se trata de la muerte del pobre Sir Charles».

El baronet y yo nos pusimos en pie. «¿Sabe cómo murió?».

«No, señor, no lo sé».

«¿Entonces qué?».

«Sé por qué estaba en la puerta a esa hora. Fue para encontrarse con una mujer».

«¡Para encontrarse con una mujer! ¿Él?».

«Sí, señor».

«¿Y el nombre de la mujer?».

«No puedo darle el nombre, señor, pero sí las iniciales. Sus iniciales eran L. L.».

«¿Cómo lo sabe, Barrymore?».

«Bien, Sir Henry, su tío recibió una carta esa mañana. Normalmente tenía muchas cartas, pues era un hombre público y muy conocido por su buen corazón, de modo que todo aquel que estaba en apuros se complacía en acudir a él. Pero aquella mañana, por casualidad, sólo había esta carta, por lo que me fijé más en ella. Era de Coombe Tracey, y estaba remitida con letra de mujer».

«¿Y bien?».

«Bueno, señor, no pensé más en el asunto, y nunca lo habría hecho de no haber sido por mi esposa. Hace sólo unas semanas ella estaba limpiando el estudio de Sir Charles —nunca había sido tocado desde su muerte— y encontró las cenizas de una carta quemada en el fondo de la rejilla. La mayor parte estaba carbonizada en pedazos, pero un pequeño trozo, el final de una página, permanecía entero y la escritura aún podía leerse, aunque era gris sobre fondo negro. Nos pareció que era una posdata al final de la carta y decía: "Por favor, por favor, como es usted un caballero, queme esta carta y esté en la puerta a las diez". Debajo estaban firmadas las iniciales L. L.».

"Have you got that slip?"

"No, sir, it crumbled all to bits after we moved it."

"Had Sir Charles received any other letters in the same writing?"

"Well, sir, I took no particular notice of his letters. I should not have noticed this one, only it happened to come alone."

"And you have no idea who L. L. is?"

"No, sir. No more than you have. But I expect if we could lay our hands upon that lady we should know more about Sir Charles's death."

"I cannot understand, Barrymore, how you came to conceal this important information."

"Well, sir, it was immediately after that our own trouble came to us. And then again, sir, we were both of us very fond of Sir Charles, as we well might be considering all that he has done for us. To rake this up couldn't help our poor master, and it's well to go carefully when there's a lady in the case. Even the best of us—"

"You thought it might injure his reputation?"

"Well, sir, I thought no good could come of it. But now you have been kind to us, and I feel as if it would be treating you unfairly not to tell you all that I know about the matter."

"Very good, Barrymore; you can go." When the butler had left us Sir Henry turned to me. "Well, Watson, what do you think of this new light?"

"It seems to leave the darkness rather blacker than before."

"So I think. But if we can only trace L. L. it should clear up the whole business. We have gained that much. We know that there is someone who has the facts if we can only find her. What do you think we should do?"

"Let Holmes know all about it at once. It will give him the clue for which he has been seeking. I am much mistaken if it does not bring him down."

«¿Tienes ese papel?».

«No, señor, se hizo pedazos después de que lo desplazáramos».

«¿Había recibido Sir Charles alguna otra carta con la misma letra?».

«Bueno, señor, no hacía especial caso de sus cartas. No me habría fijado en ésta, sólo que casualmente venía sola».

«¿Y no tiene ni idea de quién es L. L.?».

«No, señor. No más de la que usted tiene. Pero supongo que si pudiéramos ponerle las manos encima a esa dama sabríamos más sobre la muerte de Sir Charles».

«No puedo entender, Barrymore, cómo llegó a ocultar esta importante información».

«Bueno, señor, fue inmediatamente después que nuestro propio problema surgió. Y además, señor, los dos queríamos mucho a Sir Charles, como bien podría ser considerando todo lo que ha hecho por nosotros. Sacar esto a relucir no podría ayudar a nuestro pobre amo, y es bueno ir con cuidado cuando hay una dama en el caso. Incluso el mejor de nosotros...».

«¿Pensó que podría dañar su reputación?».

«Bueno, señor, pensé que nada bueno podría salir de ello. Pero ahora usted ha sido amable con nosotros, y siento que sería un trato injusto no decirle todo lo que sé sobre el asunto».

«Muy bien, Barrymore; puede irse». Cuando el mayordomo nos hubo dejado, Sir Henry se volvió hacia mí. «Bien, Watson, ¿qué piensa de esta nueva luz?».

«Parece que deja la oscuridad bastante más negra que antes».

«Eso creo. Pero si sólo pudiéramos rastrear a L. L. se aclararía todo el asunto. Hemos ganado mucho. Sabemos que hay alguien que tiene los hechos si tan sólo podemos encontrarle. ¿Qué cree que deberíamos hacer?».

«Que Holmes lo sepa todo de inmediato. Le dará la pista que ha estado buscando. Me equivoco mucho si no le hace venir».

I went at once to my room and drew up my report of the morning's conversation for Holmes. It was evident to me that he had been very busy of late, for the notes which I had from Baker Street were few and short, with no comments upon the information which I had supplied and hardly any reference to my mission. No doubt his blackmailing case is absorbing all his faculties. And yet this new factor must surely arrest his attention and renew his interest. I wish that he were here.

October 17th.—All day today the rain poured down, rustling on the ivy and dripping from the eaves. I thought of the convict out upon the bleak, cold, shelterless moor. Poor devil! Whatever his crimes, he has suffered something to atone for them. And then I thought of that other one—the face in the cab, the figure against the moon. Was he also out in that deluged—the unseen watcher, the man of darkness? In the evening I put on my waterproof and I walked far upon the sodden moor, full of dark imaginings, the rain beating upon my face and the wind whistling about my ears. God help those who wander into the great mire now, for even the firm uplands are becoming a morass. I found the black tor upon which I had seen the solitary watcher, and from its craggy summit I looked out myself across the melancholy downs. Rain squalls drifted across their russet face, and the heavy, slate-coloured clouds hung low over the landscape, trailing in grey wreaths down the sides of the fantastic hills. In the distant hollow on the left, half hidden by the mist, the two thin towers of Baskerville Hall rose above the trees. They were the only signs of human life which I could see, save only those prehistoric huts which lay thickly upon the slopes of the hills. Nowhere was there any trace of that lonely man whom I had seen on the same spot two nights before.

As I walked back I was overtaken by Dr. Mortimer driving in his dog-cart over a rough moorland track which led from the outlying farmhouse of Foulmire. He has been very attentive to us, and hardly a day has passed that he has not called at the Hall to see how we were getting on. He insisted upon my climbing into his dog-cart, and he gave me a lift homeward. I found him much troubled over the disappearance of his little spaniel. It had wandered on to the moor and had never come back. I gave him such consolation as I might, but I thought of the pony on the Grimpen Mire, and I do not fancy that he will see his little dog again.

"By the way, Mortimer," said I as we jolted along the rough road, "I suppose there are few people living within driving distance of this whom you do not know?"

Me dirigí de inmediato a mi habitación y redacté mi informe de la conversación de la mañana para Holmes. Me resultó evidente que había estado muy ocupado últimamente, pues las notas que me llegaban de Baker Street eran escasas y breves, sin comentarios sobre la información que yo le había proporcionado y sin apenas referencias a mi misión. Sin duda su caso de chantaje está absorbiendo todas sus facultades. Sin embargo, este nuevo factor debe sin duda captar su atención y renovar su interés. Ojalá estuviera aquí.

17 de octubre.— Durante todo el día de hoy ha llovido a cántaros, crujiendo en la hiedra y goteando de los aleros. Pensé en el convicto en el páramo sombrío, frío y sin refugio. ¡Pobre diablo! Sean cuales sean sus crímenes, algo habrá sufrido para expiarlos. Y luego pensé en ese otro... el rostro en el taxi, la figura contra la luna. ¿Estaba él también fuera, en aquel diluvio... el vigilante invisible, el hombre de las tinieblas? Al atardecer me puse el impermeable y caminé lejos por el páramo empapado, lleno de oscuras imaginaciones, con la lluvia golpeándome la cara y el viento silbándome en los oídos. Que Dios ayude ahora a los que vagan por la gran ciénaga, pues incluso las firmes tierras altas se están convirtiendo en un lodazal. Encontré el peñasco negro sobre el que había visto al vigilante solitario, y desde su escarpada cima contemplé yo mismo las melancólicas colinas. Las borrascas de lluvia se deslizaban por su cara rojiza, y las pesadas nubes de color pizarra se cernían bajas sobre el paisaje, arrastrándose en coronas grises por las laderas de las fantásticas colinas. En la distante hondonada de la izquierda, medio ocultas por la niebla, las dos delgadas torres de Baskerville Hall se elevaban por encima de los árboles. Eran los únicos signos de vida humana que podía ver, salvo aquellas cabañas prehistóricas que se extendían densamente por las laderas de las colinas. En ninguna parte había rastro alguno de aquel hombre solitario al que había visto en el mismo lugar dos noches antes.

Mientras caminaba de regreso me alcanzó el Doctor Mortimer conduciendo su carreta por un áspero camino de páramo que salía de la granja apartada de Foulmire. Ha sido muy atento con nosotros y apenas ha pasado un día sin que visitara el Hall para ver cómo nos iba. Insistió en que me subiera a su carreta y me llevó de vuelta a casa. Le encontré muy preocupado por la desaparición de su pequeño spaniel. Se había adentrado en el páramo y nunca había regresado. Le di todo el consuelo que pude, pero pensé en el poni de la Ciénaga de Grimpen y no creo que vuelva a ver a su perrito.

«Por cierto, Mortimer», le dije mientras traqueteábamos por la áspera carretera, «¿supongo que hay pocas personas que vivan a poca distancia de aquí que usted no conozca?».

"Hardly any, I think."

"Can you, then, tell me the name of any woman whose initials are L. L.?"

He thought for a few minutes.

"No," said he. "There are a few gipsies and labouring folk for whom I can't answer, but among the farmers or gentry there is no one whose initials are those. Wait a bit though," he added after a pause. "There is Laura Lyons—her initials are L. L.—but she lives in Coombe Tracey."

"Who is she?" I asked.

"She is Frankland's daughter."

"What! Old Frankland the crank?"

"Exactly. She married an artist named Lyons, who came sketching on the moor. He proved to be a blackguard and deserted her. The fault from what I hear may not have been entirely on one side. Her father refused to have anything to do with her because she had married without his consent and perhaps for one or two other reasons as well. So, between the old sinner and the young one the girl has had a pretty bad time."

"How does she live?"

"I fancy old Frankland allows her a pittance, but it cannot be more, for his own affairs are considerably involved. Whatever she may have deserved one could not allow her to go hopelessly to the bad. Her story got about, and several of the people here did something to enable her to earn an honest living. Stapleton did for one, and Sir Charles for another. I gave a trifle myself. It was to set her up in a typewriting business."

He wanted to know the object of my inquiries, but I managed to satisfy his curiosity without telling him too much, for there is no reason why we should take anyone into our confidence. Tomorrow morning I shall find my way to Coombe Tracey, and if I can see this Mrs. Laura Lyons, of equivocal reputation, a long step will have been made towards clearing one incident in this chain of mysteries. I am certainly developing the wisdom of the serpent, for when Mortimer pressed his questions to an inconvenient extent I asked him casually to what type

«Casi ninguna, creo».

«¿Puede, entonces, decirme el nombre de alguna mujer cuyas iniciales sean L. L.?».

Pensó durante unos minutos.

«No», dijo él. «Hay algunos gitanos y jornaleros por los que no puedo responder, pero entre los granjeros o la alta burguesía no hay nadie cuyas iniciales sean esas. Pero espere un poco», añadió tras una pausa. «Está Laura Lyons —sus iniciales son L. L.— pero vive en Coombe Tracey».

«¿Quién es ella?», pregunté.

«Es la hija de Frankland».

«¡Qué! ¿El viejo Frankland, el maniático?».

«Exactamente. Se casó con un artista llamado Lyons, que vino a dibujar al páramo. Resultó ser un canalla y la abandonó. Por lo que he oído, puede que la culpa no fuera enteramente de uno de los dos. Su padre se negó a tener nada que ver con ella porque se había casado sin su consentimiento y quizá también por una o dos razones más. Así que, entre el viejo pecador y el joven, la muchacha lo ha pasado bastante mal».

«¿De qué vive?».

«Me imagino que el viejo Frankland le concede una miseria, pero no puede ser más, pues sus propios asuntos están considerablemente comprometidos. Fuera lo que fuera lo que ella mereciera, uno no podía permitir que se fuera irremediablemente a la ruina. Su historia se difundió y varios de los presentes hicieron algo para que pudiera ganarse la vida honradamente. Stapleton lo hizo por ejemplo, y Sir Charles. Yo mismo hice una insignificancia. Fue para instalarla en un negocio de mecanografía».

Quiso saber el objeto de mis pesquisas, pero me las arreglé para satisfacer su curiosidad sin decirle demasiado, pues no hay razón para que nos tomemos a nadie en confianza. Mañana por la mañana me dirigiré a Coombe Tracey, y si consigo ver a esta señora Laura Lyons, de reputación equívoca, se habrá dado un largo paso hacia el esclarecimiento de un incidente en esta cadena de misterios. Ciertamente estoy desarrollando la sabiduría de la serpiente, pues cuando Mortimer insistió en sus preguntas hasta un punto inconveniente le pregunté casualmente a qué

Frankland's skull belonged, and so heard nothing but craniology for the rest of our drive. I have not lived for years with Sherlock Holmes for nothing.

I have only one other incident to record upon this tempestuous and melancholy day. This was my conversation with Barrymore just now, which gives me one more strong card which I can play in due time.

Mortimer had stayed to dinner, and he and the baronet played écarté afterwards. The butler brought me my coffee into the library, and I took the chance to ask him a few questions.

"Well," said I, "has this precious relation of yours departed, or is he still lurking out yonder?"

"I don't know, sir. I hope to heaven that he has gone, for he has brought nothing but trouble here! I've not heard of him since I left out food for him last, and that was three days ago."

"Did you see him then?"

"No, sir, but the food was gone when next I went that way."

"Then he was certainly there?"

"So you would think, sir, unless it was the other man who took it."

I sat with my coffee-cup halfway to my lips and stared at Barrymore.

"You know that there is another man then?"

"Yes, sir; there is another man upon the moor."

"Have you seen him?"

"No, sir."

"How do you know of him then?"

"Selden told me of him, sir, a week ago or more. He's in hiding, too, but he's not a convict as far as I can make out. I don't like it, Dr. Watson—I tell you straight, sir, that I don't like it." He spoke with a sudden

tipo pertenecía el cráneo de Frankland, y así no oí más que craniología durante el resto de nuestro trayecto. No he convivido durante años con Sherlock Holmes en vano.

Sólo tengo otro incidente que registrar en este día tempestuoso y melancólico. Se trata de mi conversación con Barrymore hace un momento, que me proporciona una carta fuerte más que podré jugar a su debido tiempo.

Mortimer se había quedado a cenar, y él y el baronet jugaron después al écarté. El mayordomo me trajo el café a la biblioteca y aproveché para hacerle algunas preguntas.

«Bien», le dije, «¿se ha marchado este precioso pariente suyo, o sigue acechando por ahí?».

«No lo sé, señor. Espero por todos los cielos que se haya ido, ¡porque no ha traído más que problemas aquí! No he oído hablar de él desde la última vez que le dejé comida, y eso fue hace tres días».

«¿Lo vio entonces?».

«No, señor, pero la comida ya no estaba cuando volví a pasar por allí».

«Entonces, ¿seguro que estaba allí?».

«Eso pensaría usted, señor, a menos que fuera el otro hombre quien se la llevara».

Me senté con la taza de café a medio camino de los labios y miré fijamente a Barrymore.

«¿Sabe entonces que hay otro hombre?».

«Sí, señor; hay otro hombre en el páramo».

«¿Le ha visto?».

«No, señor».

«¿Cómo sabe de él entonces?».

«Selden me habló de él, señor, hace una semana o más. También está escondido, pero no es un convicto por lo que he podido averiguar. No me gusta, Doctor Watson... Le digo directamente, señor, que no me gusta».

passion of earnestness.

"Now, listen to me, Barrymore! I have no interest in this matter but that of your master. I have come here with no object except to help him. Tell me, frankly, what it is that you don't like."

Barrymore hesitated for a moment, as if he regretted his outburst or found it difficult to express his own feelings in words.

"It's all these goings-on, sir," he cried at last, waving his hand towards the rain-lashed window which faced the moor. "There's foul play somewhere, and there's black villainy brewing, to that I'll swear! Very glad I should be, sir, to see Sir Henry on his way back to London again!"

"But what is it that alarms you?"

"Look at Sir Charles's death! That was bad enough, for all that the coroner said. Look at the noises on the moor at night. There's not a man would cross it after sundown if he was paid for it. Look at this stranger hiding out yonder, and watching and waiting! What's he waiting for? What does it mean? It means no good to anyone of the name of Baskerville, and very glad I shall be to be quit of it all on the day that Sir Henry's new servants are ready to take over the Hall."

"But about this stranger," said I. "Can you tell me anything about him? What did Selden say? Did he find out where he hid, or what he was doing?"

"He saw him once or twice, but he is a deep one and gives nothing away. At first he thought that he was the police, but soon he found that he had some lay of his own. A kind of gentleman he was, as far as he could see, but what he was doing he could not make out."

"And where did he say that he lived?"

"Among the old houses on the hillside—the stone huts where the old folk used to live."

"But how about his food?"

"Selden found out that he has got a lad who works for him and brings all he needs. I dare say he goes to Coombe Tracey for what he wants."

Habló con repentina pasión y seriedad.

«¡Escúcheme, Barrymore! No tengo más interés en este asunto que el de su amo. No he venido aquí con otro objeto que el de ayudarle. Dígame, francamente, qué es lo que no le gusta».

Barrymore vaciló un momento, como si lamentara su arrebato o le resultara difícil expresar con palabras sus propios sentimientos.

«Son todos estos tejemanejes, señor», exclamó al fin, agitando la mano hacia la ventana azotada por la lluvia que daba al páramo. «¡Hay juego sucio en alguna parte, y se está gestando una oscura perversidad, eso se lo juro! Me alegraría mucho, señor, ver a Sir Henry de regreso a Londres».

«¿Pero qué es lo que le alarma?».

«¡Mire la muerte de Sir Charles! Eso fue bastante malo, por todo lo que dijo el forense. Mire los ruidos en el páramo por la noche. No hay un solo hombre que lo cruzaría después del atardecer aunque le pagaran por ello. ¡Mire a este extraño escondido allá afuera, vigilando y esperando! ¿Qué está esperando? ¿Qué significa? No significa nada bueno para nadie que se apellide Baskerville, y me alegraré mucho de librarme de todo esto el día en que los nuevos sirvientes de Sir Henry estén listos para hacerse cargo del Hall».

«Pero sobre ese desconocido», dije yo. «¿Puede decirme algo sobre él? ¿Qué dijo Selden? ¿Averiguó dónde se escondía o qué hacía?».

«Lo vio una o dos veces, pero es un individuo profundo y no delata nada. Al principio pensó que era la policía, pero pronto se dio cuenta de que tenía sus propias andanzas. Era una especie de caballero, por lo que pudo ver, pero no pudo descifrar lo que hacía».

«¿Y dónde dijo que vivía?».

«Entre las viejas casas de la ladera... las chozas de piedra donde vivían los ancestros».

«¿Pero qué hay de su comida?».

«Selden descubrió que tiene un muchacho que trabaja para él y le trae todo lo que necesita. Me atrevo a decir que va a Coombe Tracey a por lo que quiere».

"Very good, Barrymore. We may talk further of this some other time." When the butler had gone I walked over to the black window, and I looked through a blurred pane at the driving clouds and at the tossing outline of the wind-swept trees. It is a wild night indoors, and what must it be in a stone hut upon the moor. What passion of hatred can it be which leads a man to lurk in such a place at such a time! And what deep and earnest purpose can he have which calls for such a trial! There, in that hut upon the moor, seems to lie the very centre of that problem which has vexed me so sorely. I swear that another day shall not have passed before I have done all that man can do to reach the heart of the mystery.

«Muy bien, Barrymore. Podemos seguir hablando de esto en otra ocasión». Cuando el mayordomo se hubo marchado, me acerqué a la negra ventana y miré a través de un cristal borroso las nubes arremolinadas y la silueta agitada de los árboles azotados por el viento. Es una noche salvaje en el interior, y lo que debe ser en una cabaña de piedra en el páramo. ¡Qué pasión odiosa puede ser la que lleva a un hombre a acechar en un lugar así a esas horas! ¿Y qué propósito profundo y sincero puede tener que le exija someterse a semejante prueba? Allí, en esa cabaña del páramo, parece encontrarse el centro mismo de ese problema que tanto me ha atormentado. Juro que no habrá pasado otro día antes de que haya hecho todo lo que un hombre puede hacer para llegar al corazón del misterio.

CHAPTER 11 – THE MAN ON THE TOR

The extract from my private diary which forms the last chapter has brought my narrative up to the eighteenth of October, a time when these strange events began to move swiftly towards their terrible conclusion. The incidents of the next few days are indelibly graven upon my recollection, and I can tell them without reference to the notes made at the time. I start them from the day which succeeded that upon which I had established two facts of great importance, the one that Mrs. Laura Lyons of Coombe Tracey had written to Sir Charles Baskerville and made an appointment with him at the very place and hour that he met his death, the other that the lurking man upon the moor was to be found among the stone huts upon the hillside. With these two facts in my possession I felt that either my intelligence or my courage must be deficient if I could not throw some further light upon these dark places.

I had no opportunity to tell the baronet what I had learned about Mrs. Lyons upon the evening before, for Dr. Mortimer remained with him at cards until it was very late. At breakfast, however, I informed him about my discovery and asked him whether he would care to accompany me to Coombe Tracey. At first he was very eager to come, but on second thoughts it seemed to both of us that if I went alone the results might be better. The more formal we made the visit the less information we might obtain. I left Sir Henry behind, therefore, not without some prickings of conscience, and drove off upon my new quest.

When I reached Coombe Tracey I told Perkins to put up the horses, and I made inquiries for the lady whom I had come to interrogate. I had no difficulty in finding her rooms, which were central and well appointed. A maid showed me in without ceremony, and as I entered the sitting-room a lady, who was sitting before a Remington typewriter, sprang up with a pleasant smile of welcome. Her face fell, however, when she saw that I was a stranger, and she sat down again and asked me the object of my visit.

The first impression left by Mrs. Lyons was one of extreme beauty. Her eyes and hair were of the same rich hazel colour, and her cheeks, though considerably freckled, were flushed with the exquisite bloom of the brunette, the dainty pink which lurks at the heart of the sulphur rose. Admiration was, I repeat, the first impression. But the second was criticism. There was something subtly wrong with the face, some coarseness of expression, some hardness, perhaps, of eye, some looseness of lip which marred its perfect beauty. But these, of course,

CAPÍTULO 11 – EL HOMBRE SOBRE EL PEÑASCO

El extracto de mi diario privado que forma el último capítulo ha llevado mi narración hasta el dieciocho de octubre, momento en que estos extraños acontecimientos comenzaron a avanzar rápidamente hacia su terrible conclusión. Los incidentes de los días siguientes están indeleblemente grabados en mi memoria y puedo relatarlos sin referencia a las notas tomadas en aquel momento. Los comienzo a partir del día que siguió a aquel en el que había establecido dos hechos de gran importancia, el uno que la señora Laura Lyons de Coombe Tracey había escrito a Sir Charles Baskerville y concertado una cita con él en el mismo lugar y hora en que encontró la muerte, el otro que el hombre que acechaba en el páramo se encontraba entre las cabañas de piedra de la ladera. Con estos dos hechos en mi poder sentí que o mi inteligencia o mi valor debían ser deficientes si no podía arrojar algo más de luz sobre estos lugares oscuros.

No tuve ocasión de contarle al baronet lo que había averiguado sobre la señora Lyons la noche anterior, pues el Doctor Mortimer permaneció con él jugando a las cartas hasta que se hizo muy tarde. En el desayuno, sin embargo, le informé de mi descubrimiento y le pregunté si le gustaría acompañarme a Coombe Tracey. Al principio estaba muy ansioso por venir, pero pensándolo mejor nos pareció a ambos que si yo iba solo los resultados podrían ser mejores. Cuanto más formal hiciéramos la visita menos información podríamos obtener. Por lo tanto, dejé atrás a Sir Henry, no sin cierto remordimiento de conciencia, y partí en mi nueva búsqueda.

Cuando llegué a Coombe Tracey le dije a Perkins que preparara los caballos e hice averiguaciones para encontrar a la dama a la que había venido a interrogar. No me costó encontrar sus aposentos, que eran céntricos y estaban bien acondicionados. Una doncella me hizo pasar sin ceremonias, y al entrar en el salón una señora, que estaba sentada ante una máquina de escribir Remington, se levantó con una agradable sonrisa de bienvenida. Su rostro decayó, sin embargo, al ver que yo era un desconocido, volvió a sentarse y me preguntó el objeto de mi visita.

La primera impresión que me causó la señora Lyons fue de extrema belleza. Sus ojos y su pelo eran del mismo rico color avellana, y sus mejillas, aunque considerablemente pecosas, estaban sonrosadas con la exquisita floración de la morena, el delicado rosa que se esconde en el corazón de la rosa azufre. La admiración fue, repito, la primera impresión. Pero la segunda fue la crítica. Había algo sutilmente errado en el rostro, cierta tosquedad de expresión, cierta dureza, tal vez, de ojos, cierta soltura de labios que empañaba su perfecta belleza. Pero éstas, por supuesto,

are afterthoughts. At the moment I was simply conscious that I was in the presence of a very handsome woman, and that she was asking me the reasons for my visit. I had not quite understood until that instant how delicate my mission was.

"I have the pleasure," said I, "of knowing your father."

It was a clumsy introduction, and the lady made me feel it. "There is nothing in common between my father and me," she said. "I owe him nothing, and his friends are not mine. If it were not for the late Sir Charles Baskerville and some other kind hearts I might have starved for all that my father cared."

"It was about the late Sir Charles Baskerville that I have come here to see you."

The freckles started out on the lady's face.

"What can I tell you about him?" she asked, and her fingers played nervously over the stops of her typewriter.

"You knew him, did you not?"

"I have already said that I owe a great deal to his kindness. If I am able to support myself it is largely due to the interest which he took in my unhappy situation."

"Did you correspond with him?"

The lady looked quickly up with an angry gleam in her hazel eyes.

"What is the object of these questions?" she asked sharply.

"The object is to avoid a public scandal. It is better that I should ask them here than that the matter should pass outside our control."

She was silent and her face was still very pale. At last she looked up with something reckless and defiant in her manner.

"Well, I'll answer," she said. "What are your questions?"

"Did you correspond with Sir Charles?"

"I certainly wrote to him once or twice to acknowledge his delicacy

son reflexiones posteriores. En aquel momento era simplemente consciente de que estaba en presencia de una mujer muy atractiva, y de que ella me preguntaba las razones de mi visita. Hasta ese instante no había comprendido del todo lo delicada que era mi misión.

«Tengo el placer», le dije, «de conocer a su padre».

Fue una presentación torpe, y la señora me lo hizo sentir. «No hay nada en común entre mi padre y yo», dijo. «No le debo nada, y sus amigos no son los míos. Si no fuera por el difunto Sir Charles Baskerville y algunos otros corazones bondadosos podría haberme muerto de hambre por todo lo que le importaba a mi padre».

«He venido a verla en relación al difunto Sir Charles Baskerville».

Las pecas se encendieron en el rostro de la dama.

«¿Qué puedo decirle de él?», preguntó ella, y sus dedos jugaron nerviosos sobre los topes de su máquina de escribir.

«Usted le conoció, ¿verdad?».

«Ya he dicho que le debo mucho a su amabilidad. Si soy capaz de mantenerme se debe en gran parte al interés que él se tomó por mi desgraciada situación».

«¿Mantuvo correspondencia con él?».

La dama levantó rápidamente la vista con un brillo furioso en sus ojos color avellana.

«¿Cuál es el objeto de estas preguntas?», preguntó bruscamente.

«El objeto es evitar un escándalo público. Es mejor que las haga aquí a que el asunto escape a nuestro control».

Permaneció en silencio y su rostro seguía muy pálido. Por fin levantó la vista con algo temerario y desafiante en sus maneras.

«Bien, responderé», dijo. «¿Cuáles son sus preguntas?».

«¿Mantuvo correspondencia con Sir Charles?».

«Ciertamente le escribí una o dos veces para reconocer su delicadeza

and his generosity."

"Have you the dates of those letters?"

"No."

"Have you ever met him?"

"Yes, once or twice, when he came into Coombe Tracey. He was a very retiring man, and he preferred to do good by stealth."

"But if you saw him so seldom and wrote so seldom, how did he know enough about your affairs to be able to help you, as you say that he has done?"

She met my difficulty with the utmost readiness.

"There were several gentlemen who knew my sad history and united to help me. One was Mr. Stapleton, a neighbour and intimate friend of Sir Charles's. He was exceedingly kind, and it was through him that Sir Charles learned about my affairs."

I knew already that Sir Charles Baskerville had made Stapleton his almoner upon several occasions, so the lady's statement bore the impress of truth upon it.

"Did you ever write to Sir Charles asking him to meet you?" I continued.

Mrs. Lyons flushed with anger again. "Really, sir, this is a very extraordinary question."

"I am sorry, madam, but I must repeat it."

"Then I answer, certainly not."

"Not on the very day of Sir Charles's death?"

The flush had faded in an instant, and a deathly face was before me. Her dry lips could not speak the "No" which I saw rather than heard.

"Surely your memory deceives you," said I. "I could even quote a passage of your letter. It ran 'Please, please, as you are a gentleman, burn this letter, and be at the gate by ten o'clock.'"

y su generosidad».

«¿Tiene las fechas de esas cartas?».

«No».

«¿Alguna vez se reunió con él?».

«Sí, una o dos veces, cuando vino a Coombe Tracey. Era un hombre muy retraído, y prefería hacer el bien con discreción».

«Pero si le veía tan pocas veces y le escribía tan poco, ¿cómo sabía lo suficiente sobre sus asuntos como para poder ayudarle, como usted dice que ha hecho?».

Afrontó mi dificultad con la mayor presteza.

«Había varios caballeros que conocían mi triste historia y se unieron para ayudarme. Uno era el señor Stapleton, vecino e íntimo amigo de Sir Charles. Era sumamente amable, y fue a través de él que Sir Charles se enteró de mis asuntos».

Yo ya sabía que Sir Charles Baskerville había hecho de Stapleton su limosnero en varias ocasiones, así que la declaración de la dama llevaba la impronta de la verdad.

«¿Le escribió alguna vez a Sir Charles pidiéndole que se reuniera con usted?», continué.

La señora Lyons volvió a enrojecer de ira. «Realmente, señor, ésta es una pregunta muy extraordinaria».

«Lo siento, señora, pero debo repetirla».

«Entonces le respondo que ciertamente no».

«¿Tampoco el mismo día de la muerte de Sir Charles?».

El rubor se había desvanecido en un instante y tenía ante mí un rostro sepulcral. Sus labios secos no podían pronunciar el «No» que yo veía más que oía.

«Seguramente su memoria la engaña», le dije. «Podría incluso citar un pasaje de su carta. Decía: "Por favor, por favor, como es usted un caballero, queme esta carta y esté en la puerta a las diez"».

I thought that she had fainted, but she recovered herself by a supreme effort.

"Is there no such thing as a gentleman?" she gasped.

"You do Sir Charles an injustice. He did burn the letter. But sometimes a letter may be legible even when burned. You acknowledge now that you wrote it?"

"Yes, I did write it," she cried, pouring out her soul in a torrent of words. "I did write it. Why should I deny it? I have no reason to be ashamed of it. I wished him to help me. I believed that if I had an interview I could gain his help, so I asked him to meet me."

"But why at such an hour?"

"Because I had only just learned that he was going to London next day and might be away for months. There were reasons why I could not get there earlier."

"But why a rendezvous in the garden instead of a visit to the house?"

"Do you think a woman could go alone at that hour to a bachelor's house?"

"Well, what happened when you did get there?"

"I never went."

"Mrs. Lyons!"

"No, I swear it to you on all I hold sacred. I never went. Something intervened to prevent my going."

"What was that?"

"That is a private matter. I cannot tell it."

"You acknowledge then that you made an appointment with Sir Charles at the very hour and place at which he met his death, but you deny that you kept the appointment."

"That is the truth."

Pensé que se había desmayado, pero se recuperó con un esfuerzo supremo.

«¿Es que no existen los caballeros?», jadeó ella.

«Comete usted una injusticia con Sir Charles. Él quemó la carta. Pero a veces una carta puede ser legible incluso cuando ha sido quemada. ¿Reconoce ahora que usted la escribió?».

«Sí, la escribí», exclamó ella, derramando su alma en un torrente de palabras. «Sí, la escribí. ¿Por qué debería negarlo? No tengo motivos para avergonzarme de ello. Deseaba que me ayudara. Creí que si tenía una entrevista podría obtener su ayuda, así que le pedí que se reuniera conmigo».

«¿Pero por qué a esa hora?».

«Porque acababa de enterarme de que se iba a Londres al día siguiente y podría estar fuera durante meses. Había razones por las que no podía llegar antes».

«¿Pero por qué una cita en el jardín en lugar de una visita a la casa?».

«¿Cree que una mujer podría ir sola a esas horas a casa de un soltero?».

«Bueno, ¿qué pasó cuando llegó allí?».

«Nunca fui».

«¡Señora Lyons!».

«No, se lo juro por todo lo que considero sagrado. Nunca fui. Algo intervino para impedir que fuera».

«¿Qué ocurrió?».

«Eso es un asunto privado. No puedo contarlo».

«Reconoce entonces que concertó una cita con Sir Charles a la misma hora y en el mismo lugar en que él encontró la muerte, pero niega haber acudido a la cita».

«Esa es la verdad».

Again and again I cross-questioned her, but I could never get past that point.

"Mrs. Lyons," said I as I rose from this long and inconclusive interview, "you are taking a very great responsibility and putting yourself in a very false position by not making an absolutely clean breast of all that you know. If I have to call in the aid of the police you will find how seriously you are compromised. If your position is innocent, why did you in the first instance deny having written to Sir Charles upon that date?"

"Because I feared that some false conclusion might be drawn from it and that I might find myself involved in a scandal."

"And why were you so pressing that Sir Charles should destroy your letter?"

"If you have read the letter you will know."

"I did not say that I had read all the letter."

"You quoted some of it."

"I quoted the postscript. The letter had, as I said, been burned and it was not all legible. I ask you once again why it was that you were so pressing that Sir Charles should destroy this letter which he received on the day of his death."

"The matter is a very private one."

"The more reason why you should avoid a public investigation."

"I will tell you, then. If you have heard anything of my unhappy history you will know that I made a rash marriage and had reason to regret it."

"I have heard so much."

"My life has been one incessant persecution from a husband whom I abhor. The law is upon his side, and every day I am faced by the possibility that he may force me to live with him. At the time that I wrote this letter to Sir Charles I had learned that there was a prospect of my regaining my freedom if certain expenses could be met. It meant everything to me—peace of mind, happiness, self-respect—everything. I knew Sir Charles's generosity, and I thought that if he heard the story

Una y otra vez la interrogué, pero nunca pude superar ese punto.

«Señora Lyons», le dije al levantarme de esta larga e inconclusa entrevista, «está usted asumiendo una gran responsabilidad y colocándose en una posición muy falsa al no hacer una declaración absolutamente limpia de todo lo que sabe. Si tengo que recurrir a la ayuda de la policía se dará cuenta de lo seriamente comprometida que está. Si su posición es inocente, ¿por qué negó en primera instancia haber escrito a Sir Charles en esa fecha?».

«Porque temía que de ello pudiera extraerse alguna conclusión falsa y verme envuelta en un escándalo».

«¿Y por qué presionaba tanto para que Sir Charles destruyera su carta?».

«Si ha leído la carta lo sabrá».

«No he dicho que haya leído toda la carta».

«Usted citó una parte».

«Cité la posdata. La carta, como he dicho, había sido quemada y no era del todo legible. Le pregunto una vez más por qué presionaba tanto para que Sir Charles destruyera esta carta que recibió el día de su muerte».

«El asunto es muy privado».

«Razón de más para que evite una investigación pública».

«Se lo diré, entonces. Si ha oído algo de mi desgraciada historia sabrá que contraje un matrimonio precipitado y tuve motivos para arrepentirme».

«He oído hasta ahí».

«Mi vida ha sido una incesante persecución por parte de un marido al que aborrezco. La ley está de su parte y cada día me enfrento a la posibilidad de que me obligue a vivir con él. En el momento en que escribí esta carta a Sir Charles me había enterado de que había una perspectiva de que recuperara mi libertad si se podía hacer frente a ciertos gastos. Significaba todo para mí: tranquilidad, felicidad, amor propio... todo. Conocía la generosidad de Sir Charles y pensé que si oía la historia de mis

from my own lips he would help me."

"Then how is it that you did not go?"

"Because I received help in the interval from another source."

"Why then, did you not write to Sir Charles and explain this?"

"So I should have done had I not seen his death in the paper next morning."

The woman's story hung coherently together, and all my questions were unable to shake it. I could only check it by finding if she had, indeed, instituted divorce proceedings against her husband at or about the time of the tragedy.

It was unlikely that she would dare to say that she had not been to Baskerville Hall if she really had been, for a trap would be necessary to take her there, and could not have returned to Coombe Tracey until the early hours of the morning. Such an excursion could not be kept secret. The probability was, therefore, that she was telling the truth, or, at least, a part of the truth. I came away baffled and disheartened. Once again I had reached that dead wall which seemed to be built across every path by which I tried to get at the object of my mission. And yet the more I thought of the lady's face and of her manner the more I felt that something was being held back from me. Why should she turn so pale? Why should she fight against every admission until it was forced from her? Why should she have been so reticent at the time of the tragedy? Surely the explanation of all this could not be as innocent as she would have me believe. For the moment I could proceed no farther in that direction, but must turn back to that other clue which was to be sought for among the stone huts upon the moor.

And that was a most vague direction. I realised it as I drove back and noted how hill after hill showed traces of the ancient people. Barrymore's only indication had been that the stranger lived in one of these abandoned huts, and many hundreds of them are scattered throughout the length and breadth of the moor. But I had my own experience for a guide since it had shown me the man himself standing upon the summit of the Black Tor. That, then, should be the centre of my search. From there I should explore every hut upon the moor until I lighted upon the right one. If this man were inside it I should find out from his own lips, at the point of my revolver if necessary, who he was and why he had dogged us so long. He might slip away from us in the crowd of Regent Street, but it would puzzle him to do so upon the

propios labios me ayudaría».

«Entonces, ¿cómo es que no fue?».

«Porque en el intervalo recibí ayuda de otra fuente».

«¿Por qué entonces no escribió a Sir Charles y le explicó esto?».

«Así lo habría hecho si no hubiera visto su muerte en el periódico a la mañana siguiente».

La historia de la mujer mantenía la coherencia y todas mis preguntas eran incapaces de desbaratarla. Sólo podía comprobarlo averiguando si, efectivamente, había iniciado un proceso de divorcio contra su marido en el momento de la tragedia o en torno a él.

Era poco probable que se atreviera a decir que no había estado en Baskerville Hall si realmente había estado, ya que sería necesaria un carruaje ligero para llevarla allí, y no podría haber regresado a Coombe Tracey hasta altas horas de la madrugada. Una excursión así no podía mantenerse en secreto. Lo más probable era, por tanto, que estuviera diciendo la verdad o, al menos, una parte de la verdad. Salí desconcertado y descorazonado. Una vez más había llegado a ese muro infranqueable que parecía levantarse a través de cada camino por el que intentaba llegar al objeto de mi misión. Y sin embargo, cuanto más pensaba en el rostro de la dama y en sus modales, más sentía que algo se me ocultaba. ¿Por qué debía ponerse tan pálida? ¿Por qué se resistía a admitirlo hasta que la obligaba a hacerlo? ¿Por qué se había mostrado tan reticente en cuanto al momento de la tragedia? Seguramente la explicación de todo esto no podía ser tan inocente como ella quería hacerme creer. Por el momento yo no podía avanzar más en esa dirección, sino que debía volver a esa otra pista que había que buscar entre las cabañas de piedra del páramo.

Y esa era una dirección muy vaga. Me di cuenta de ello mientras conducía de vuelta y observaba cómo una colina tras otra mostraban rastros de los antiguos pobladores. La única indicación de Barrymore había sido que el forastero vivía en una de estas cabañas abandonadas, y hay muchos cientos de ellas esparcidas a lo largo y ancho del páramo. Pero yo tenía mi propia experiencia como guía, ya que me había mostrado al propio hombre de pie sobre la cima del Peñasco Negro. Ese, pues, debía ser el centro de mi búsqueda. Desde allí debería explorar todas las cabañas del páramo hasta dar con la correcta. Si ese hombre estaba en su interior, debería averiguar de sus propios labios, a punta de revólver si era necesario, quién era y por qué nos había perseguido tanto tiempo. Podría escabullirse de nosotros entre la multitud de Regent Street, pero le des-

lonely moor. On the other hand, if I should find the hut and its tenant should not be within it I must remain there, however long the vigil, until he returned. Holmes had missed him in London. It would indeed be a triumph for me if I could run him to earth where my master had failed.

Luck had been against us again and again in this inquiry, but now at last it came to my aid. And the messenger of good fortune was none other than Mr. Frankland, who was standing, grey-whiskered and red-faced, outside the gate of his garden, which opened on to the highroad along which I travelled.

"Good-day, Dr. Watson," cried he with unwonted good humour, "you must really give your horses a rest and come in to have a glass of wine and to congratulate me."

My feelings towards him were very far from being friendly after what I had heard of his treatment of his daughter, but I was anxious to send Perkins and the wagonette home, and the opportunity was a good one. I alighted and sent a message to Sir Henry that I should walk over in time for dinner. Then I followed Frankland into his dining-room.

"It is a great day for me, sir—one of the red-letter days of my life," he cried with many chuckles. "I have brought off a double event. I mean to teach them in these parts that law is law, and that there is a man here who does not fear to invoke it. I have established a right of way through the centre of old Middleton's park, slap across it, sir, within a hundred yards of his own front door. What do you think of that? We'll teach these magnates that they cannot ride roughshod over the rights of the commoners, confound them! And I've closed the wood where the Fernworthy folk used to picnic. These infernal people seem to think that there are no rights of property, and that they can swarm where they like with their papers and their bottles. Both cases decided, Dr. Watson, and both in my favour. I haven't had such a day since I had Sir John Morland for trespass because he shot in his own warren."

"How on earth did you do that?"

"Look it up in the books, sir. It will repay reading—Frankland v. Morland, Court of Queen's Bench. It cost me £200, but I got my verdict."

"Did it do you any good?"

"None, sir, none. I am proud to say that I had no interest in the mat-

concertaría hacerlo en el páramo solitario. Por otra parte, si encontraba la cabaña y su inquilino no estaba dentro, debía permanecer allí, por larga que fuera la vigilia, hasta que regresara. Holmes le había perdido en Londres. Sería sin duda un triunfo para mí si pudiera atraparlo donde mi maestro había fracasado.

La suerte había estado una y otra vez en nuestra contra en esta investigación, pero ahora por fin vino en mi ayuda. Y el mensajero de la buena fortuna no era otro que el señor Frankland, que estaba de pie, con los bigotes grises y la cara colorada, ante la puerta de su jardín, que daba a la carretera por la que yo viajaba.

«Buenos días, Doctor Watson», exclamó con inusitado buen humor, «realmente debe dar un descanso a sus caballos y entrar a tomar una copa de vino y felicitarme».

Mis sentimientos hacia él estaban muy lejos de ser amistosos después de lo que había oído del trato que daba a su hija, pero estaba ansioso por enviar a Perkins y a la carreta a casa, y la oportunidad era buena. Me apeé y envié un mensaje a Sir Henry diciendo que llegaría a tiempo para la cena. Luego seguí a Frankland hasta su comedor.

«Es un gran día para mí, señor... uno de los días más memorables de mi vida», exclamó entre risas. «He provocado un doble acontecimiento. Quiero enseñarles por estos lares que la ley es la ley, y que aquí hay un hombre que no teme invocarla. He establecido un derecho de paso por el centro del parque del viejo Middleton, cruzándolo de un bofetón, señor, a menos de cien yardas de su propia puerta principal. ¿Qué le parece? Les enseñaremos a esos magnates que no pueden pisotear los derechos de los plebeyos, ¡que se mueran! Y he cerrado el bosque donde la gente de Fernworthy solía ir de picnic. Esta gente infernal parece pensar que no existen los derechos de propiedad y que pueden pulular donde quieran con sus papeles y sus botellas. Ambos casos decididos, Doctor Watson, y ambos a mi favor. No había tenido un día así desde que detuve a Sir John Morland por allanamiento porque disparó en su propio recinto».

«¿Cómo demonios lo hizo?».

«Búsquelo en los libros, señor. Vale la pena leerlo... Frankland contra Morland, Tribunal de Queen's Bench. Me costó doscientas libras, pero conseguí mi veredicto».

«¿Le sirvió de algo?».

«De nada, señor, de nada. Me enorgullece decir que no tengo ningún

ter. I act entirely from a sense of public duty. I have no doubt, for example, that the Fernworthy people will burn me in effigy tonight. I told the police last time they did it that they should stop these disgraceful exhibitions. The County Constabulary is in a scandalous state, sir, and it has not afforded me the protection to which I am entitled. The case of Frankland v. Regina will bring the matter before the attention of the public. I told them that they would have occasion to regret their treatment of me, and already my words have come true."

"How so?" I asked.

The old man put on a very knowing expression. "Because I could tell them what they are dying to know; but nothing would induce me to help the rascals in any way."

I had been casting round for some excuse by which I could get away from his gossip, but now I began to wish to hear more of it. I had seen enough of the contrary nature of the old sinner to understand that any strong sign of interest would be the surest way to stop his confidences.

"Some poaching case, no doubt?" said I with an indifferent manner.

"Ha, ha, my boy, a very much more important matter than that! What about the convict on the moor?"

I stared. "You don't mean that you know where he is?" said I.

"I may not know exactly where he is, but I am quite sure that I could help the police to lay their hands on him. Has it never struck you that the way to catch that man was to find out where he got his food and so trace it to him?"

He certainly seemed to be getting uncomfortably near the truth. "No doubt," said I; "but how do you know that he is anywhere upon the moor?"

"I know it because I have seen with my own eyes the messenger who takes him his food."

My heart sank for Barrymore. It was a serious thing to be in the power of this spiteful old busybody. But his next remark took a weight from my mind.

interés en el asunto. Actúo enteramente por sentido del deber público. No tengo ninguna duda, por ejemplo, de que la gente de Fernworthy me quemará en efigie esta noche. La última vez que lo hicieron le dije a la policía que debería poner fin a estas vergonzosas exhibiciones. La policía del condado está en un estado escandaloso, señor, y no me ha proporcionado la protección a la que tengo derecho. El caso de Frankland contra Regina pondrá el asunto en conocimiento del público. Les dije que tendrían ocasión de arrepentirse del trato que me habían dado, y ya se han cumplido mis palabras».

«¿Cómo es eso?», pregunté.

El anciano puso una expresión muy cómplice. «Porque podría decirles lo que se mueren por saber; pero nada me induciría a ayudar a los granujas de ninguna manera».

Había estado buscando alguna excusa con la que poder alejarme de sus cotilleos, pero ahora empecé a desear oír más. Había visto lo suficiente de la naturaleza contraria del viejo pecador como para comprender que cualquier señal fuerte de interés sería la forma más segura de poner fin a sus confidencias.

«Algún caso de caza furtiva, sin duda», dije con indiferencia.

«¡Ja, ja, muchacho, un asunto mucho más importante que ese! ¿Qué pasa con el convicto del páramo?».

Me quedé mirando. «¿No querrá decir que sabe dónde está?», dije.

«Puede que no sepa exactamente dónde está, pero estoy bastante seguro de que podría ayudar a la policía a ponerle las manos encima. ¿Nunca se le ha ocurrido que la forma de atrapar a ese hombre era averiguar dónde conseguía su comida y así rastrearla hasta él?».

Ciertamente parecía estar acercándose incómodamente a la verdad. «Sin duda», dije yo; «pero ¿cómo sabe que está en algún lugar del páramo?».

«Lo sé porque he visto con mis propios ojos al mensajero que le lleva la comida».

Mi corazón se hundió por Barrymore. Era grave estar en poder de este viejo entrometido rencoroso. Pero su siguiente comentario me quitó un peso de encima.

"You'll be surprised to hear that his food is taken to him by a child. I see him every day through my telescope upon the roof. He passes along the same path at the same hour, and to whom should he be going except to the convict?"

Here was luck indeed! And yet I suppressed all appearance of interest. A child! Barrymore had said that our unknown was supplied by a boy. It was on his track, and not upon the convict's, that Frankland had stumbled. If I could get his knowledge it might save me a long and weary hunt. But incredulity and indifference were evidently my strongest cards.

"I should say that it was much more likely that it was the son of one of the moorland shepherds taking out his father's dinner."

The least appearance of opposition struck fire out of the old autocrat. His eyes looked malignantly at me, and his grey whiskers bristled like those of an angry cat.

"Indeed, sir!" said he, pointing out over the wide-stretching moor. "Do you see that Black Tor over yonder? Well, do you see the low hill beyond with the thornbush upon it? It is the stoniest part of the whole moor. Is that a place where a shepherd would be likely to take his station? Your suggestion, sir, is a most absurd one."

I meekly answered that I had spoken without knowing all the facts. My submission pleased him and led him to further confidences.

"You may be sure, sir, that I have very good grounds before I come to an opinion. I have seen the boy again and again with his bundle. Every day, and sometimes twice a day, I have been able—but wait a moment, Dr. Watson. Do my eyes deceive me, or is there at the present moment something moving upon that hillside?"

It was several miles off, but I could distinctly see a small dark dot against the dull green and grey.

"Come, sir, come!" cried Frankland, rushing upstairs. "You will see with your own eyes and judge for yourself."

The telescope, a formidable instrument mounted upon a tripod, stood upon the flat leads of the house. Frankland clapped his eye to it and gave a cry of satisfaction.

"Quick, Dr. Watson, quick, before he passes over the hill!"

«Le sorprenderá saber que su comida se la lleva un niño. Lo veo todos los días a través de mi telescopio en el tejado. Pasa por el mismo camino a la misma hora, ¿y a quién podría ir sino a lo del convicto?».

¡Aquí sí que hubo suerte! Y, sin embargo, reprimí toda apariencia de interés. ¡Un niño! Barrymore había dicho que nuestro desconocido era abastecido por un muchacho. Fue sobre su pista, y no sobre la del convicto, sobre la que Frankland había tropezado. Si podía conseguir su conocimiento podría ahorrarme una larga y fatigosa cacería. Pero la incredulidad y la indiferencia eran evidentemente mis cartas más fuertes.

«Yo diría que era mucho más probable que se tratara del hijo de uno de los pastores del páramo llevando la cena de su padre».

La menor apariencia de oposición encendió al viejo autócrata. Sus ojos me miraron malignamente y sus bigotes grises se erizaron como los de un gato furioso.

«¡Claro que no, señor!», dijo, señalando hacia el extenso páramo. «¿Ve aquel peñasco negro de allí? ¿Ve la colina baja de más allá con el espino sobre ella? Es la parte más pedregosa de todo el páramo. ¿Es un lugar donde sería probable que un pastor tomara su puesto? Su sugerencia, señor, es de lo más absurda».

Le respondí mansamente que había hablado sin conocer todos los hechos. Mi sumisión le complació y le llevó a nuevas confidencias.

«Puede estar seguro, señor, de que tengo muy buenos fundamentos antes de llegar a una opinión. He visto al muchacho una y otra vez con su fardo. Todos los días, y a veces dos veces al día, he podido... pero espere un momento, Doctor Watson. ¿Me engañan mis ojos, o hay en este momento algo moviéndose en esa colina?».

Estaba a varias millas de distancia, pero podía ver claramente un pequeño punto oscuro contra el verde y el gris apagados.

«¡Venga, señor, venga!», exclamó Frankland, apresurándose a subir. «Lo verá con sus propios ojos y juzgará por sí mismo».

El telescopio, un formidable instrumento montado sobre un trípode, se alzaba sobre los plomos planos de la casa. Frankland lo observó y lanzó un grito de satisfacción.

«¡Rápido, Doctor Watson, rápido, antes de que pase por la colina!».

There he was, sure enough, a small urchin with a little bundle upon his shoulder, toiling slowly up the hill. When he reached the crest I saw the ragged uncouth figure outlined for an instant against the cold blue sky. He looked round him with a furtive and stealthy air, as one who dreads pursuit. Then he vanished over the hill.

"Well! Am I right?"

"Certainly, there is a boy who seems to have some secret errand."

"And what the errand is even a county constable could guess. But not one word shall they have from me, and I bind you to secrecy also, Dr. Watson. Not a word! You understand!"

"Just as you wish."

"They have treated me shamefully—shamefully. When the facts come out in Frankland v. Regina I venture to think that a thrill of indignation will run through the country. Nothing would induce me to help the police in any way. For all they cared it might have been me, instead of my effigy, which these rascals burned at the stake. Surely you are not going! You will help me to empty the decanter in honour of this great occasion!"

But I resisted all his solicitations and succeeded in dissuading him from his announced intention of walking home with me. I kept the road as long as his eye was on me, and then I struck off across the moor and made for the stony hill over which the boy had disappeared. Everything was working in my favour, and I swore that it should not be through lack of energy or perseverance that I should miss the chance which fortune had thrown in my way.

The sun was already sinking when I reached the summit of the hill, and the long slopes beneath me were all golden-green on one side and grey shadow on the other. A haze lay low upon the farthest sky-line, out of which jutted the fantastic shapes of Belliver and Vixen Tor. Over the wide expanse there was no sound and no movement. One great grey bird, a gull or curlew, soared aloft in the blue heaven. He and I seemed to be the only living things between the huge arch of the sky and the desert beneath it. The barren scene, the sense of loneliness, and the mystery and urgency of my task all struck a chill into my heart. The boy was nowhere to be seen. But down beneath me in a cleft of the hills there was a circle of the old stone huts, and in the middle of them there was one which retained sufficient roof to act as a screen against the weather. My heart leaped within me as I saw it. This

Allí estaba, efectivamente, un pequeño pilluelo con un pequeño fardo al hombro, subiendo lentamente la colina. Cuando llegó a la cresta, vi la andrajosa y tosca figura perfilada por un instante contra el frío cielo azul. Miró a su alrededor con aire furtivo y sigiloso, como quien teme ser perseguido. Luego desapareció por la colina.

«¡Bueno! ¿Estoy en lo cierto?».

«Ciertamente, hay un muchacho que parece tener algún recado secreto».

«Y cuál es el recado hasta un alguacil del condado podría adivinarlo. Pero no les diré ni una palabra, y usted también está obligado a guardar el secreto, Doctor Watson. ¡Ni una palabra! ¿Entiende?».

«Como usted desee».

«Me han tratado vergonzosamente... vergonzosamente. Cuando se conozcan los hechos en Frankland contra Regina me atrevo a pensar que un estremecimiento de indignación recorrerá el país. Nada me induciría a ayudar a la policía en modo alguno. Por lo que a ellos respecta, podría haber sido yo, en lugar de mi efigie, a quien esos bribones quemaran en la hoguera. ¡Seguro que no se va! ¡Me ayudará a vaciar la jarra en honor de esta gran ocasión!».

Pero resistí todas sus solicitaciones y logré disuadirle de su anunciada intención de acompañarme a casa. Me mantuve en el camino mientras su mirada estuvo puesta en mí, y luego partí a través del páramo y me dirigí hacia la colina pedregosa por la que el muchacho había desaparecido. Todo jugaba a mi favor y juré que no sería por falta de energía o de perseverancia por lo que desaprovecharía la oportunidad que la fortuna había puesto en mi camino.

El sol ya se estaba ocultando cuando llegué a la cima de la colina, y las espaciosas laderas que había debajo de mí eran todo verde dorado por un lado y sombra gris por el otro. Una neblina se cernía sobre la línea del cielo más lejana, de la que sobresalían las fantásticas formas de Belliver y Vixen Tor. Sobre la amplia extensión no había sonido ni movimiento. Un gran pájaro gris, una gaviota o zarapito, se elevaba en el cielo azul. Él y yo parecíamos ser los únicos seres vivos entre el enorme arco del cielo y el desierto que había debajo. La árida escena, la sensación de soledad y el misterio y la urgencia de mi tarea me helaron el corazón. El muchacho no aparecía por ninguna parte. Pero debajo de mí, en una hendidura de las colinas, había un círculo de las viejas cabañas de piedra, y en medio de ellas había una que conservaba suficiente techo para servir de refugio contra la intemperie. Mi corazón dio un salto dentro de mí al verla. Aqué-

must be the burrow where the stranger lurked. At last my foot was on the threshold of his hiding place—his secret was within my grasp.

As I approached the hut, walking as warily as Stapleton would do when with poised net he drew near the settled butterfly, I satisfied myself that the place had indeed been used as a habitation. A vague pathway among the boulders led to the dilapidated opening which served as a door. All was silent within. The unknown might be lurking there, or he might be prowling on the moor. My nerves tingled with the sense of adventure. Throwing aside my cigarette, I closed my hand upon the butt of my revolver and, walking swiftly up to the door, I looked in. The place was empty.

But there were ample signs that I had not come upon a false scent. This was certainly where the man lived. Some blankets rolled in a waterproof lay upon that very stone slab upon which Neolithic man had once slumbered. The ashes of a fire were heaped in a rude grate. Beside it lay some cooking utensils and a bucket half-full of water. A litter of empty tins showed that the place had been occupied for some time, and I saw, as my eyes became accustomed to the checkered light, a pannikin and a half-full bottle of spirits standing in the corner. In the middle of the hut a flat stone served the purpose of a table, and upon this stood a small cloth bundle—the same, no doubt, which I had seen through the telescope upon the shoulder of the boy. It contained a loaf of bread, a tinned tongue, and two tins of preserved peaches. As I set it down again, after having examined it, my heart leaped to see that beneath it there lay a sheet of paper with writing upon it. I raised it, and this was what I read, roughly scrawled in pencil: "Dr. Watson has gone to Coombe Tracey."

For a minute I stood there with the paper in my hands thinking out the meaning of this curt message. It was I, then, and not Sir Henry, who was being dogged by this secret man. He had not followed me himself, but he had set an agent—the boy, perhaps—upon my track, and this was his report. Possibly I had taken no step since I had been upon the moor which had not been observed and reported. Always there was this feeling of an unseen force, a fine net drawn round us with infinite skill and delicacy, holding us so lightly that it was only at some supreme moment that one realised that one was indeed entangled in its meshes.

If there was one report there might be others, so I looked round the

lla debía de ser la madriguera donde acechaba el forastero. Por fin mi pie estaba en el umbral de su escondite... su secreto estaba a mi alcance.

Al acercarme a la cabaña, caminando tan cautelosamente como Stapleton cuando con la red apuntada se acercaba a la mariposa asentada, me convencí de que el lugar había sido utilizado efectivamente como morada. Un vago sendero entre las rocas conducía a la destartalada abertura que hacía las veces de puerta. Todo estaba en silencio en el interior. El desconocido podría estar acechando allí, o podría estar merodeando por el páramo. Mis nervios hormigueaban con la sensación de aventura. Tirando a un lado mi cigarrillo, cerré la mano sobre la culata de mi revólver y, caminando rápidamente hasta la puerta, miré dentro. El lugar estaba vacío.

Pero había amplios indicios de que no había dado con un falso rastro. Sin duda era aquí donde vivía el hombre. Unas mantas enrolladas en un impermeable yacían sobre la misma losa de piedra sobre la que una vez había dormido el hombre neolítico. Las cenizas de un fuego estaban amontonadas en una tosca rejilla. Junto a ella yacían algunos utensilios de cocina y un cubo medio lleno de agua. Un montón de latas vacías demostraban que el lugar había estado ocupado durante algún tiempo, y vi, cuando mis ojos se acostumbraron a la luz ajedrezada, una cantimplora y una botella de licor medio llena que estaban en un rincón. En el centro de la cabaña una piedra plana hacía las veces de mesa, y sobre ella había un pequeño fardo de tela... el mismo, sin duda, que había visto a través del telescopio sobre el hombro del muchacho. Contenía una hogaza de pan, una lengua en conserva y dos latas de melocotones en conserva. Al dejarla de nuevo en el suelo, después de haberla examinado, mi corazón dio un salto al ver que debajo había una hoja de papel con algo escrito. La levanté, y esto fue lo que leí, toscamente garabateado a lápiz: «El Doctor Watson ha ido a Coombe Tracey».

Durante un minuto me quedé de pie con el papel en las manos pensando en el significado de este lacónico mensaje. Era yo, entonces, y no Sir Henry, quien estaba siendo perseguido por este hombre secreto. No me había seguido él mismo, sino que había puesto a un agente —el muchacho, tal vez— tras mi pista, y éste era su informe. Posiblemente yo no había dado ningún paso desde que estaba en el páramo que no hubiera sido observado e informado. Siempre existía esa sensación de una fuerza invisible, una fina red tendida a nuestro alrededor con infinita habilidad y delicadeza, que nos sujetaba tan ligeramente que sólo en algún momento supremo uno se daba cuenta de que, en efecto, estaba enredado en sus mallas.

Si había un informe podía haber otros, así que miré alrededor de la

hut in search of them. There was no trace, however, of anything of the kind, nor could I discover any sign which might indicate the character or intentions of the man who lived in this singular place, save that he must be of Spartan habits and cared little for the comforts of life. When I thought of the heavy rains and looked at the gaping roof I understood how strong and immutable must be the purpose which had kept him in that inhospitable abode. Was he our malignant enemy, or was he by chance our guardian angel? I swore that I would not leave the hut until I knew.

Outside the sun was sinking low and the west was blazing with scarlet and gold. Its reflection was shot back in ruddy patches by the distant pools which lay amid the great Grimpen Mire. There were the two towers of Baskerville Hall, and there a distant blur of smoke which marked the village of Grimpen. Between the two, behind the hill, was the house of the Stapletons. All was sweet and mellow and peaceful in the golden evening light, and yet as I looked at them my soul shared none of the peace of Nature but quivered at the vagueness and the terror of that interview which every instant was bringing nearer. With tingling nerves but a fixed purpose, I sat in the dark recess of the hut and waited with sombre patience for the coming of its tenant.

And then at last I heard him. Far away came the sharp clink of a boot striking upon a stone. Then another and yet another, coming nearer and nearer. I shrank back into the darkest corner and cocked the pistol in my pocket, determined not to discover myself until I had an opportunity of seeing something of the stranger. There was a long pause which showed that he had stopped. Then once more the footsteps approached and a shadow fell across the opening of the hut.

"It is a lovely evening, my dear Watson," said a well-known voice. "I really think that you will be more comfortable outside than in."

cabaña en su busca. Sin embargo, no había ni rastro de nada parecido, ni pude descubrir ninguna señal que pudiera indicar el carácter o las intenciones del hombre que habitaba este singular lugar, salvo que debía de ser de costumbres espartanas y que le importaban poco las comodidades de la vida. Cuando pensé en las fuertes lluvias y miré el techo agujereado comprendí cuán fuerte e inmutable debía ser el propósito que le había retenido en aquella inhóspita morada. ¿Era nuestro maligno enemigo o era por casualidad nuestro ángel de la guarda? Juré que no abandonaría la cabaña hasta que lo supiera.

Fuera, el sol se ocultaba y el oeste resplandecía de escarlata y oro. Su reflejo era devuelto en manchas rojizas por los lejanos estanques que se extendían en medio de la gran Ciénaga de Grimpen. Allí estaban las dos torres de Baskerville Hall, y allí una distante mancha de humo que marcaba el pueblo de Grimpen. Entre las dos, detrás de la colina, estaba la casa de los Stapleton. Todo era dulce y meloso y apacible a la luz dorada del atardecer y sin embargo, mientras los contemplaba, mi alma no compartía nada de la paz de la Naturaleza sino que se estremecía ante la vaguedad y el terror de aquella entrevista que se acercaba más a cada instante. Con los nervios crispados pero un propósito fijo, me senté en el oscuro recoveco de la cabaña y esperé con sombría paciencia la llegada de su inquilino.

Y por fin lo oí. A lo lejos llegó el agudo tintineo de una bota golpeando una piedra. Luego otro y otro más, cada vez más cerca. Me encogí en el rincón más oscuro y amartillé la pistola que llevaba en el bolsillo, decidido a no mostrarme hasta que tuviera la oportunidad de ver algo del desconocido. Hubo una larga pausa que demostró que se había detenido. Luego, una vez más, los pasos se acercaron y una sombra se cernió sobre la abertura de la cabaña.

«Hace una tarde preciosa, mi querido Watson», dijo una voz conocida. «Realmente creo que estará más cómodo fuera que dentro».

CHAPTER 12 – DEATH ON THE MOOR

For a moment or two I sat breathless, hardly able to believe my ears. Then my senses and my voice came back to me, while a crushing weight of responsibility seemed in an instant to be lifted from my soul. That cold, incisive, ironical voice could belong to but one man in all the world.

"Holmes!" I cried—"Holmes!"

"Come out," said he, "and please be careful with the revolver."

I stooped under the rude lintel, and there he sat upon a stone outside, his grey eyes dancing with amusement as they fell upon my astonished features. He was thin and worn, but clear and alert, his keen face bronzed by the sun and roughened by the wind. In his tweed suit and cloth cap he looked like any other tourist upon the moor, and he had contrived, with that catlike love of personal cleanliness which was one of his characteristics, that his chin should be as smooth and his linen as perfect as if he were in Baker Street.

"I never was more glad to see anyone in my life," said I as I wrung him by the hand.

"Or more astonished, eh?"

"Well, I must confess to it."

"The surprise was not all on one side, I assure you. I had no idea that you had found my occasional retreat, still less that you were inside it, until I was within twenty paces of the door."

"My footprint, I presume?"

"No, Watson, I fear that I could not undertake to recognize your footprint amid all the footprints of the world. If you seriously desire to deceive me you must change your tobacconist; for when I see the stub of a cigarette marked Bradley, Oxford Street, I know that my friend Watson is in the neighbourhood. You will see it there beside the path. You threw it down, no doubt, at that supreme moment when you charged into the empty hut."

"Exactly."

CAPÍTULO 12 – MUERTE EN EL PÁRAMO

Durante un momento o dos me quedé sin aliento, apenas capaz de creer lo que oía. A continuación mis sentidos y mi voz volvieron a mí, mientras que un aplastante peso de responsabilidad pareció en un instante levantarse de mi alma. Aquella voz fría, incisiva e irónica sólo podía pertenecer a un hombre en todo el mundo.

«¡Holmes!», grité... «¡Holmes!».

«Salga», dijo él, «y por favor, tenga cuidado con el revólver».

Me agaché bajo el tosco dintel y allí estaba él sentado sobre una piedra en el exterior, con sus ojos grises bailando divertidos al posarse sobre mis asombradas facciones. Estaba delgado y ajado, pero claro y alerta, su rostro afilado bronceado por el sol y rugoso por el viento. Con su traje de tweed y su gorra de paño se parecía a cualquier otro turista del páramo y se las había ingeniado, con ese amor felino por la limpieza personal que era una de sus características, para que su barbilla fuera tan lisa y su ropa blanca tan perfecta como si estuviera en Baker Street.

«Nunca me he alegrado más de ver a nadie en mi vida», dije mientras le retorcía la mano.

«O asombrado más, ¿eh?».

«Bueno, debo confesarlo».

«La sorpresa no fue sólo de un lado, se lo aseguro. No tenía la más remota idea de que usted había encontrado mi refugio ocasional, y menos aún de que estaba dentro de él, hasta que estuve a menos de veinte pasos de la puerta».

«¿Mi huella, supongo?».

«No, Watson, me temo que no podría comprometerme a reconocer su huella entre todas las huellas del mundo. Si desea engañarme seriamente, debe cambiar de tabaquería; porque cuando veo la colilla de un cigarrillo marcada como "Bradley, Oxford Street", sé que mi amigo Watson está en los alrededores. La verá allí, junto al camino. La tiró, sin duda, en ese momento supremo en que arremetió contra la cabaña vacía».

«Exactamente».

"I thought as much—and knowing your admirable tenacity I was convinced that you were sitting in ambush, a weapon within reach, waiting for the tenant to return. So you actually thought that I was the criminal?"

"I did not know who you were, but I was determined to find out."

"Excellent, Watson! And how did you localise me? You saw me, perhaps, on the night of the convict hunt, when I was so imprudent as to allow the moon to rise behind me?"

"Yes, I saw you then."

"And have no doubt searched all the huts until you came to this one?"

"No, your boy had been observed, and that gave me a guide where to look."

"The old gentleman with the telescope, no doubt. I could not make it out when first I saw the light flashing upon the lens." He rose and peeped into the hut. "Ha, I see that Cartwright has brought up some supplies. What's this paper? So you have been to Coombe Tracey, have you?"

"Yes."

"To see Mrs. Laura Lyons?"

"Exactly."

"Well done! Our researches have evidently been running on parallel lines, and when we unite our results I expect we shall have a fairly full knowledge of the case."

"Well, I am glad from my heart that you are here, for indeed the responsibility and the mystery were both becoming too much for my nerves. But how in the name of wonder did you come here, and what have you been doing? I thought that you were in Baker Street working out that case of blackmailing."

"That was what I wished you to think."

"Then you use me, and yet do not trust me!" I cried with some bitterness. "I think that I have deserved better at your hands, Holmes."

«Eso pensé... y conociendo su admirable tenacidad, estaba convencido de que usted estaba acechando, con un arma al alcance de la mano, esperando a que regresara el inquilino. ¿Así que realmente pensó que yo era el criminal?».

«No sabía quién era usted, pero estaba decidido a averiguarlo».

«¡Excelente, Watson! ¿Y cómo me localizó? ¿Me vio, tal vez, la noche de la caza del convicto, cuando fui tan imprudente como para permitir que la luna saliera detrás de mí?».

«Sí, le vi entonces».

«¿Y sin duda ha registrado todas las cabañas hasta llegar a ésta?».

«No, su muchacho había sido observado, y eso me dio una guía donde buscar».

«El viejo caballero con el telescopio, sin duda. No pude distinguirlo cuando vi por primera vez la luz parpadeando sobre la lente». Se levantó y se asomó a la cabaña. «Ja, veo que Cartwright ha traído algunas provisiones. ¿Qué es este papel? Así que ha estado en Coombe Tracey, ¿verdad?».

«Sí».

«¿Para ver a la señora Lyons?».

«Exactamente».

«¡Bien hecho! Nuestras investigaciones han seguido evidentemente líneas paralelas, y cuando unamos nuestros resultados espero que tengamos un conocimiento bastante completo del caso».

«Bueno, me alegro de todo corazón de que esté aquí, pues en realidad tanto la responsabilidad como el misterio estaban siendo demasiado para mis nervios. Pero, en nombre de Dios, ¿cómo ha llegado hasta aquí y qué ha estado haciendo? Creía que estaba en Baker Street resolviendo ese caso de chantaje».

«Eso era lo que deseaba que pensara».

«¡Entonces me utiliza y, sin embargo, no confía en mí!», exclamé con cierta amargura. «Creo que he merecido algo mejor en sus manos, Holmes».

"My dear fellow, you have been invaluable to me in this as in many other cases, and I beg that you will forgive me if I have seemed to play a trick upon you. In truth, it was partly for your own sake that I did it, and it was my appreciation of the danger which you ran which led me to come down and examine the matter for myself. Had I been with Sir Henry and you it is confident that my point of view would have been the same as yours, and my presence would have warned our very formidable opponents to be on their guard. As it is, I have been able to get about as I could not possibly have done had I been living in the Hall, and I remain an unknown factor in the business, ready to throw in all my weight at a critical moment."

"But why keep me in the dark?"

"For you to know could not have helped us and might possibly have led to my discovery. You would have wished to tell me something, or in your kindness you would have brought me out some comfort or other, and so an unnecessary risk would be run. I brought Cartwright down with me—you remember the little chap at the express office—and he has seen after my simple wants: a loaf of bread and a clean collar. What does man want more? He has given me an extra pair of eyes upon a very active pair of feet, and both have been invaluable."

"Then my reports have all been wasted!"—My voice trembled as I recalled the pains and the pride with which I had composed them.

Holmes took a bundle of papers from his pocket.

"Here are your reports, my dear fellow, and very well thumbed, I assure you. I made excellent arrangements, and they are only delayed one day upon their way. I must compliment you exceedingly upon the zeal and the intelligence which you have shown over an extraordinarily difficult case."

I was still rather raw over the deception which had been practised upon me, but the warmth of Holmes's praise drove my anger from my mind. I felt also in my heart that he was right in what he said and that it was really best for our purpose that I should not have known that he was upon the moor.

"That's better," said he, seeing the shadow rise from my face. "And now tell me the result of your visit to Mrs. Laura Lyons—it was not difficult for me to guess that it was to see her that you had gone, for I am already aware that she is the one person in Coombe Tracey who might be of service to us in the matter. In fact, if you had not gone today it is

«Mi querido amigo, usted ha sido inestimable para mí en este como en muchos otros casos, y le ruego que me perdone si he parecido jugarle una mala pasada. En realidad, lo hice en parte por su propio bien, y fue mi apreciación del peligro que corría lo que me llevó a venir y examinar el asunto por mí mismo. Si hubiera estado con Sir Henry y con usted, es seguro que mi punto de vista habría sido el mismo que el suyo, y mi presencia habría advertido a nuestros muy formidables adversarios para que se pusieran en guardia. Así las cosas, he podido desenvolverme como no podría haberlo hecho de haber estado viviendo en el Hall, y sigo siendo un factor desconocido en el asunto, dispuesto a arrojar todo mi peso en un momento crítico».

«¿Pero por qué mantenerme en la ignorancia?».

«Que usted lo supiera no nos habría ayudado y posiblemente habría conducido a mi descubrimiento. Habría querido decirme algo, o en su amabilidad me habría proporcionado alguna que otra comodidad, y así se correría un riesgo innecesario. Traje a Cartwright conmigo... recuerda usted al muchachito de la oficina del periódico... y él se ha ocupado de mis sencillas necesidades: una hogaza de pan y un cuello limpio. ¿Qué más quiere un hombre? Me ha dado un par de ojos extra sobre un par de pies muy activos, y ambos han sido inestimables».

«¡Entonces mis informes han sido en vano!»... Me temblaba la voz al recordar las penas y el orgullo con que los había compuesto.

Holmes sacó un fajo de papeles de su bolsillo.

«Aquí están sus informes, mi querido amigo, y muy bien hojeados, se lo aseguro. Hice unos preparativos excelentes, y sus informes sólo se han retrasado un día en su camino. Debo felicitarle sobremanera por el celo y la inteligencia que ha demostrado en un caso extraordinariamente difícil».

Todavía estaba bastante resentido por el engaño que me había hecho pero la calidez de los elogios de Holmes alejó la ira de mi mente. Sentí también en mi corazón que tenía razón en lo que decía y que lo mejor para nuestro propósito era que yo no hubiera sabido que él estaba en el páramo.

«Eso está mejor», dijo él, al ver que la sombra se levantaba de mi rostro. «Y ahora cuénteme el resultado de su visita a la señora Laura Lyons... no me fue difícil adivinar que era para verla a ella que había ido, pues ya soy consciente de que ella es la única persona en Coombe Tracey que podría sernos útil en el asunto. De hecho, si usted no hubiera ido hoy es muy

exceedingly probable that I should have gone tomorrow."

The sun had set and dusk was settling over the moor. The air had turned chill and we withdrew into the hut for warmth. There, sitting together in the twilight, I told Holmes of my conversation with the lady. So interested was he that I had to repeat some of it twice before he was satisfied.

"This is most important," said he when I had concluded. "It fills up a gap which I had been unable to bridge in this most complex affair. You are aware, perhaps, that a close intimacy exists between this lady and the man Stapleton?"

"I did not know of a close intimacy."

"There can be no doubt about the matter. They meet, they write, there is a complete understanding between them. Now, this puts a very powerful weapon into our hands. If I could only use it to detach his wife—"

"His wife?"

"I am giving you some information now, in return for all that you have given me. The lady who has passed here as Miss Stapleton is in reality his wife."

"Good heavens, Holmes! Are you sure of what you say? How could he have permitted Sir Henry to fall in love with her?"

"Sir Henry's falling in love could do no harm to anyone except Sir Henry. He took particular care that Sir Henry did not make love to her, as you have yourself observed. I repeat that the lady is his wife and not his sister."

"But why this elaborate deception?"

"Because he foresaw that she would be very much more useful to him in the character of a free woman."

All my unspoken instincts, my vague suspicions, suddenly took shape and centred upon the naturalist. In that impassive colourless man, with his straw hat and his butterfly-net, I seemed to see something terrible—a creature of infinite patience and craft, with a smiling face and a murderous heart.

probable que yo hubiera ido mañana».

El sol se había puesto y el crepúsculo se asentaba sobre el páramo. El aire se había vuelto gélido y nos retiramos a la cabaña en busca de calor. Allí, sentados juntos en la penumbra, le conté a Holmes mi conversación con la dama. Tan interesado estaba que tuve que repetirle parte de ella dos veces antes de que quedara satisfecho.

«Esto es muy importante», dijo cuando hube concluido. «Llena un vacío que no había podido salvar en este asunto tan complejo. ¿Es usted consciente, tal vez, de que existe una estrecha intimidad entre esta dama y el tal Stapleton?».

«No sabía que existiera una estrecha intimidad».

«No puede haber ninguna duda al respecto. Se conocen, se escriben, hay un entendimiento total entre ellos. Esto pone en nuestras manos un arma muy poderosa. Si tan sólo pudiera utilizarla para separar a su esposa...».

«¿Su esposa?».

«Le estoy dando alguna información ahora, a cambio de todo lo que me ha dado. La dama que ha pasado por aquí como la señorita Stapleton es en realidad su esposa».

«¡Santo cielo, Holmes! ¿Está seguro de lo que dice? ¿Cómo podría haber permitido que Sir Henry se enamorara de ella?».

«Que Sir Henry se enamorara no podía hacer daño a nadie excepto a Sir Henry. Él tuvo especial cuidado de que Sir Henry no hiciera el amor con ella, como usted mismo ha observado. Repito que la dama es su esposa y no su hermana».

«¿Pero por qué este engaño tan elaborado?».

«Porque previó que ella le sería mucho más útil en el carácter de una mujer libre».

Todos mis instintos tácitos, mis vagas sospechas, tomaron forma de repente y se centraron en el naturalista. En aquel hombre impasible e incoloro, con su sombrero de paja y su red de mariposas, me pareció ver algo terrible... una criatura de paciencia y astucia infinitas, de rostro sonriente y corazón asesino.

"It is he, then, who is our enemy—it is he who dogged us in London?"

"So I read the riddle."

"And the warning—it must have come from her!"

"Exactly."

The shape of some monstrous villainy, half seen, half guessed, loomed through the darkness which had girt me so long.

"But are you sure of this, Holmes? How do you know that the woman is his wife?"

"Because he so far forgot himself as to tell you a true piece of autobiography upon the occasion when he first met you, and I dare say he has many a time regretted it since. He was once a schoolmaster in the north of England. Now, there is no one more easy to trace than a schoolmaster. There are scholastic agencies by which one may identify any man who has been in the profession. A little investigation showed me that a school had come to grief under atrocious circumstances, and that the man who had owned it—the name was different—had disappeared with his wife. The descriptions agreed. When I learned that the missing man was devoted to entomology the identification was complete."

The darkness was rising, but much was still hidden by the shadows.

"If this woman is in truth his wife, where does Mrs. Laura Lyons come in?" I asked.

"That is one of the points upon which your own researches have shed a light. Your interview with the lady has cleared the situation very much. I did not know about a projected divorce between herself and her husband. In that case, regarding Stapleton as an unmarried man, she counted no doubt upon becoming his wife."

"And when she is undeceived?"

"Why, then we may find the lady of service. It must be our first duty to see her—both of us—tomorrow. Don't you think, Watson, that you

«¿Es él, entonces, nuestro enemigo... es él quien nos persiguió en Londres?».

«Así leí el acertijo».

«Y la advertencia... ¡debió venir de ella!».

«Exactamente».

La forma de alguna monstruosa villanía, medio vista, medio adivinada, asomó a través de la oscuridad que me había ceñido durante tanto tiempo.

«¿Pero está seguro de esto, Holmes? ¿Cómo sabe que esa mujer es su esposa?».

«Porque él se olvidó tanto de sí mismo como para contarle un auténtico trozo de autobiografía en la ocasión en que le conoció, y me atrevería a decir que muchas veces se ha arrepentido desde entonces. Él fue una vez maestro de escuela en el norte de Inglaterra. Ahora bien, no hay nadie más fácil de rastrear que un maestro de escuela. Existen organismos escolares mediante los cuales se puede identificar a cualquier hombre que haya ejercido la profesión. Una pequeña investigación me mostró que una escuela había caído en desgracia en circunstancias atroces, y que el hombre que había sido su propietario —el nombre era diferente— había desaparecido con su esposa. Las descripciones coincidían. Cuando supe que el desaparecido se dedicaba a la entomología la identificación fue completa».

La oscuridad se estaba levantando, pero aún quedaban muchas cosas ocultas por las sombras.

«Si esta mujer es en verdad su esposa, ¿qué lugar ocupa la señora Laura Lyons?», pregunté.

«Ese es uno de los puntos sobre los que sus propias investigaciones han arrojado luz. Su entrevista con la señora ha aclarado mucho la situación. No sabía nada de un divorcio proyectado entre ella y su marido. En ese caso, considerando a Stapleton como un hombre soltero, ella contaba sin duda con convertirse en su esposa».

«¿Y cuando se desengañe?».

«Entonces puede que encontremos a la dama que nos hará un servicio. Debe ser nuestro primer deber verla, ambos, mañana. ¿No cree, Watson,

are away from your charge rather long? Your place should be at Baskerville Hall."

The last red streaks had faded away in the west and night had settled upon the moor. A few faint stars were gleaming in a violet sky.

"One last question, Holmes," I said as I rose. "Surely there is no need of secrecy between you and me. What is the meaning of it all? What is he after?"

Holmes's voice sank as he answered:

"It is murder, Watson—refined, cold-blooded, deliberate murder. Do not ask me for particulars. My nets are closing upon him, even as his are upon Sir Henry, and with your help he is already almost at my mercy. There is but one danger which can threaten us. It is that he should strike before we are ready to do so. Another day—two at the most—and I have my case complete, but until then guard your charge as closely as ever a fond mother watched her ailing child. Your mission today has justified itself, and yet I could almost wish that you had not left his side. Hark!"

A terrible scream—a prolonged yell of horror and anguish—burst out of the silence of the moor. That frightful cry turned the blood to ice in my veins.

"Oh, my God!" I gasped. "What is it? What does it mean?"

Holmes had sprung to his feet, and I saw his dark, athletic outline at the door of the hut, his shoulders stooping, his head thrust forward, his face peering into the darkness.

"Hush!" he whispered. "Hush!"

The cry had been loud on account of its vehemence, but it had pealed out from somewhere far off on the shadowy plain. Now it burst upon our ears, nearer, louder, more urgent than before.

"Where is it?" Holmes whispered; and I knew from the thrill of his voice that he, the man of iron, was shaken to the soul. "Where is it, Watson?"

"There, I think." I pointed into the darkness.

que está lejos de su cargo bastante tiempo? Su lugar debería estar en Baskerville Hall».

Las últimas vetas rojas se habían desvanecido en el oeste y la noche se había instalado en el páramo. Unas pocas estrellas débiles brillaban en un cielo violeta.

«Una última pregunta, Holmes», dije al levantarme. «Seguramente no hay necesidad de guardar secretos entre usted y yo. ¿Cuál es el significado de todo esto? ¿Qué persigue él?».

La voz de Holmes se hundió al responder:

«Es un asesinato, Watson: un asesinato refinado, a sangre fría y deliberado. No me pida detalles. Mis redes se ciernen sobre él, igual que las suyas sobre Sir Henry, y con su ayuda ya está casi a mi merced. Sólo hay un peligro que pueda amenazarnos. Es que él ataque antes de que nosotros estemos preparados para hacerlo. Otro día —dos a lo sumo— y tendré mi caso completo, pero hasta entonces vigile a la persona a su cargo tan estrechamente como nunca una madre cariñosa vigiló a su hijo enfermo. Su misión de hoy se ha justificado, y sin embargo casi podría desear que no se hubiera ido de su lado. ¡Escuche!».

Un grito terrible —un prolongado alarido de horror y angustia— irrumpió en el silencio del páramo. Aquel grito espantoso heló la sangre en mis venas.

«¡Oh, Dios mío!», jadeé. «¿Qué es? ¿Qué significa?».

Holmes se había puesto en pie de un salto y vi su silueta oscura y atlética en la puerta de la cabaña, los hombros encorvados, la cabeza echada hacia delante, el rostro escudriñando la oscuridad.

«¡Silencio!», susurró. «¡Silencio!».

El grito había sido fuerte por su vehemencia, pero había surgido de algún lugar lejano de la sombría llanura. Ahora irrumpió en nuestros oídos, más cerca, más fuerte, más urgente que antes.

«¿Dónde está?», susurró Holmes; y supe por el estremecimiento de su voz que a él, el hombre de hierro, le temblaba hasta el alma. «¿Dónde está, Watson?».

«Ahí, creo». Señalé hacia la oscuridad.

"No, there!"

Again the agonised cry swept through the silent night, louder and much nearer than ever. And a new sound mingled with it, a deep, muttered rumble, musical and yet menacing, rising and falling like the low, constant murmur of the sea.

"The hound!" cried Holmes. "Come, Watson, come! Great heavens, if we are too late!"

He had started running swiftly over the moor, and I had followed at his heels. But now from somewhere among the broken ground immediately in front of us there came one last despairing yell, and then a dull, heavy thud. We halted and listened. Not another sound broke the heavy silence of the windless night.

I saw Holmes put his hand to his forehead like a man distracted. He stamped his feet upon the ground.

"He has beaten us, Watson. We are too late."

"No, no, surely not!"

"Fool that I was to hold my hand. And you, Watson, see what comes of abandoning your charge! But, by Heaven, if the worst has happened we'll avenge him!"

Blindly we ran through the gloom, blundering against boulders, forcing our way through gorse bushes, panting up hills and rushing down slopes, heading always in the direction whence those dreadful sounds had come. At every rise Holmes looked eagerly round him, but the shadows were thick upon the moor, and nothing moved upon its dreary face.

"Can you see anything?"

"Nothing."

"But, hark, what is that?"

A low moan had fallen upon our ears. There it was again upon our left! On that side a ridge of rocks ended in a sheer cliff which overlooked a stone-strewn slope. On its jagged face was spread-eagled some dark, irregular object. As we ran towards it the vague outline hardened into a definite shape. It was a prostrate man face downward

«¡No, allí!».

De nuevo el grito agónico recorrió la noche silenciosa, más fuerte y mucho más cerca que nunca. Y un nuevo sonido se mezcló con él, un rumor profundo, susurrado, musical y sin embargo amenazador, que subía y bajaba como el murmullo bajo y constante del mar.

«¡El sabueso!», gritó Holmes. «¡Venga, Watson, venga! ¡Cielo santo, si llegamos demasiado tarde!».

Había echado a correr velozmente por el páramo y yo le había seguido los talones. Pero ahora, de algún lugar entre el terreno quebrado, inmediatamente delante de nosotros, llegó un último grito desesperado, y luego un golpe sordo y pesado. Nos detuvimos y escuchamos. Ningún otro sonido rompía el pesado silencio de la noche sin viento.

Vi que Holmes se llevaba la mano a la frente como un hombre distraído. Dio un pisotón en el suelo.

«Se nos ha adelantado, Watson. Llegamos demasiado tarde».

«¡No, no, seguro que no!».

«Tonto que fui por sostener mi mano. Y usted, Watson, ¡vea lo que pasa por abandonar su cargo! Pero, por Dios, si ha ocurrido lo peor, ¡nos vengaremos!».

Corrimos a ciegas a través de la penumbra, tropezando con peñascos, abriéndonos paso a través de arbustos de tojo, jadeando colinas arriba y descendiendo a toda prisa laderas abajo, dirigiéndonos siempre en la dirección desde la cual habían procedido aquellos espantosos sonidos. En cada elevación Holmes miraba ansiosamente a su alrededor, pero las sombras eran densas sobre el páramo y nada se movía en su lúgubre faz.

«¿Puede ver algo?».

«Nada».

«Pero, oiga, ¿qué es eso?».

Un gemido grave había llegado a nuestros oídos. ¡Allí estaba de nuevo a nuestra izquierda! En ese lado una cresta de rocas terminaba en un escarpado acantilado que dominaba una ladera sembrada de piedras. En su cara recortada se extendía un objeto oscuro e irregular. A medida que corríamos hacia él, la vaga silueta se consolidó en una forma definida.

upon the ground, the head doubled under him at a horrible angle, the shoulders rounded and the body hunched together as if in the act of throwing a somersault. So grotesque was the attitude that I could not for the instant realise that that moan had been the passing of his soul. Not a whisper, not a rustle, rose now from the dark figure over which we stooped. Holmes laid his hand upon him and held it up again with an exclamation of horror. The gleam of the match which he struck shone upon his clotted fingers and upon the ghastly pool which widened slowly from the crushed skull of the victim. And it shone upon something else which turned our hearts sick and faint within us—the body of Sir Henry Baskerville!

There was no chance of either of us forgetting that peculiar ruddy tweed suit—the very one which he had worn on the first morning that we had seen him in Baker Street. We caught the one clear glimpse of it, and then the match flickered and went out, even as the hope had gone out of our souls. Holmes groaned, and his face glimmered white through the darkness.

"The brute! The brute!" I cried with clenched hands. "Oh Holmes, I shall never forgive myself for having left him to his fate."

"I am more to blame than you, Watson. In order to have my case well rounded and complete, I have thrown away the life of my client. It is the greatest blow which has befallen me in my career. But how could I know—how could I know—that he would risk his life alone upon the moor in the face of all my warnings?"

"That we should have heard his screams—my God, those screams!—and yet have been unable to save him! Where is this brute of a hound which drove him to his death? It may be lurking among these rocks at this instant. And Stapleton, where is he? He shall answer for this deed."

"He shall. I will see to that. Uncle and nephew have been murdered—the one frightened to death by the very sight of a beast which he thought to be supernatural, the other driven to his end in his wild flight to escape from it. But now we have to prove the connection between the man and the beast. Save from what we heard, we cannot even swear to the existence of the latter, since Sir Henry has evidently died from the fall. But, by heavens, cunning as he is, the fellow shall be in my power before another day is past!"

We stood with bitter hearts on either side of the mangled body, overwhelmed by this sudden and irrevocable disaster which had brought

Era un hombre postrado boca abajo en el suelo, la cabeza doblada bajo él en un ángulo horrible, los hombros redondeados y el cuerpo encorvado como si estuviera dando una voltereta. Tan grotesca era la actitud que por un instante no pude darme cuenta de que aquel gemido había sido el tránsito de su alma. Ni un susurro, ni un crujido, surgía ahora de la oscura figura sobre la que nos inclinábamos. Holmes le puso la mano encima y volvió a levantarla con una exclamación de horror. El resplandor de la cerilla que encendió brilló sobre sus dedos coagulados y sobre el charco espantoso que se ensanchaba lentamente desde el cráneo aplastado de la víctima. Y brilló sobre algo más que nos puso el corazón enfermo y desfallecido... ¡el cuerpo de Sir Henry Baskerville!

No había posibilidad de que ninguno de los dos olvidara aquel peculiar traje de tweed rojizo... el mismo que había llevado la primera mañana que le habíamos visto en Baker Street. Alcanzamos a verlo con claridad, y entonces la cerilla parpadeó y se apagó, igual que la esperanza había desaparecido de nuestras almas. Holmes gimió, y su rostro resplandeció blanco a través de la oscuridad.

«¡Qué bruto! ¡Qué bruto!», grité con las manos apretadas. «Oh Holmes, nunca me perdonaré haberle abandonado a su suerte».

«Yo tengo más culpa que usted, Watson. Para tener mi caso bien redondeado y completo, he tirado por la borda la vida de mi cliente. Es el mayor golpe que me ha ocurrido en mi carrera. Pero ¿cómo podía saber... cómo podía saber... que arriesgaría su vida solo en el páramo ante todas mis advertencias?».

«¡Que hayamos oído sus gritos... Dios mío, esos gritos!... ¡y sin embargo hayamos sido incapaces de salvarlo! ¿Dónde está esa bestia de sabueso que le llevó a la muerte? Puede estar acechando entre estas rocas en este instante. Y Stapleton, ¿dónde está? Él responderá por esta hazaña».

«Lo hará. Me ocuparé de ello. Tío y sobrino han sido asesinados... el uno asustado de muerte por la sola visión de una bestia que creía sobrenatural, el otro llevado a su fin en su salvaje huida para escapar de ella. Pero ahora tenemos que probar la conexión entre el hombre y la bestia. Salvo por lo que hemos oído, ni siquiera podemos jurar la existencia de esta última, ya que Sir Henry ha muerto evidentemente a causa de la caída. Pero, por todos los cielos, por muy astuto que sea, el hombre estará en mi poder antes de que pase otro día».

Permanecimos con el corazón amargado a ambos lados del cuerpo destrozado, abrumados por este repentino e irrevocable desastre que

all our long and weary labours to so piteous an end. Then as the moon rose we climbed to the top of the rocks over which our poor friend had fallen, and from the summit we gazed out over the shadowy moor, half silver and half gloom. Far away, miles off, in the direction of Grimpen, a single steady yellow light was shining. It could only come from the lonely abode of the Stapletons. With a bitter curse I shook my fist at it as I gazed.

"Why should we not seize him at once?"

"Our case is not complete. The fellow is wary and cunning to the last degree. It is not what we know, but what we can prove. If we make one false move the villain may escape us yet."

"What can we do?"

"There will be plenty for us to do tomorrow. Tonight we can only perform the last offices to our poor friend."

Together we made our way down the precipitous slope and approached the body, black and clear against the silvered stones. The agony of those contorted limbs struck me with a spasm of pain and blurred my eyes with tears.

"We must send for help, Holmes! We cannot carry him all the way to the Hall. Good heavens, are you mad?"

He had uttered a cry and bent over the body. Now he was dancing and laughing and wringing my hand. Could this be my stern, self-contained friend? These were hidden fires, indeed!

"A beard! A beard! The man has a beard!"

"A beard?"

"It is not the baronet—it is—why, it is my neighbour, the convict!"

With feverish haste we had turned the body over, and that dripping beard was pointing up to the cold, clear moon. There could be no doubt about the beetling forehead, the sunken animal eyes. It was indeed the same face which had glared upon me in the light of the candle from over the rock—the face of Selden, the criminal.

Then in an instant it was all clear to me. I remembered how the baronet had told me that he had handed his old wardrobe to Barrymore.

había llevado todos nuestros largos y fatigosos trabajos a un final tan lastimoso. Luego, al salir la luna, subimos a lo alto de las rocas sobre las que había caído nuestro pobre amigo, y desde la cima contemplamos el sombrío páramo, mitad plata y mitad penumbra. A lo lejos, a kilómetros de distancia, en dirección a Grimpen, brillaba una única luz amarilla y constante. Sólo podía proceder de la solitaria morada de los Stapleton. Con una amarga maldición agité el puño mientras la contemplaba.

«¿No deberíamos apresarlo de inmediato?».

«Nuestro caso no está completo. El tipo es cauteloso y astuto hasta el último grado. No se trata de lo que sabemos, sino de lo que podemos probar. Si damos un paso en falso el villano puede escapársenos todavía».

«¿Qué podemos hacer?».

«Mañana tendremos mucho que hacer. Esta noche sólo podemos cumplir con los últimos oficios para nuestro pobre amigo».

Juntos nos abrimos paso por la escarpada ladera y nos acercamos al cuerpo, negro y claro contra las piedras plateadas. La agonía de aquellos miembros contorsionados me golpeó con un espasmo de dolor y me empañó los ojos de lágrimas.

«¡Debemos pedir ayuda, Holmes! No podemos llevarlo hasta el Hall. Santo cielo, ¿está usted loco?».

Él había lanzado un grito y se había inclinado sobre el cuerpo. Ahora bailaba, reía y me retorcía la mano. ¿Podría ser éste mi severo y autosuficiente amigo? Verdaderamente, ¡eran fuegos ocultos!

«¡Una barba! ¡Una barba! El hombre tiene barba!».

«¿Una barba?».

«No es el baronet... es... ¡vaya, es mi vecino, el convicto!».

Con prisa febril habíamos dado la vuelta al cuerpo, y aquella barba chorreante apuntaba hacia la luna fría y clara. No cabía duda al juzgar sobre la frente carcomida, los ojos hundidos de animal. Era, en efecto, el mismo rostro que me había fulminado a la luz de la vela desde encima de la roca... el rostro de Selden, el criminal.

Entonces, en un instante, todo me quedó claro. Recordé cómo el baronet me había contado que había entregado su vieja vestimenta a Barry-

Barrymore had passed it on in order to help Selden in his escape. Boots, shirt, cap—it was all Sir Henry's. The tragedy was still black enough, but this man had at least deserved death by the laws of his country. I told Holmes how the matter stood, my heart bubbling over with thankfulness and joy.

"Then the clothes have been the poor devil's death," said he. "It is clear enough that the hound has been laid on from some article of Sir Henry's—the boot which was abstracted in the hotel, in all probability—and so ran this man down. There is one very singular thing, however: How came Selden, in the darkness, to know that the hound was on his trail?"

"He heard him."

"To hear a hound upon the moor would not work a hard man like this convict into such a paroxysm of terror that he would risk recapture by screaming wildly for help. By his cries he must have run a long way after he knew the animal was on his track. How did he know?"

"A greater mystery to me is why this hound, presuming that all our conjectures are correct—"

"I presume nothing."

"Well, then, why this hound should be loose tonight. I suppose that it does not always run loose upon the moor. Stapleton would not let it go unless he had reason to think that Sir Henry would be there."

"My difficulty is the more formidable of the two, for I think that we shall very shortly get an explanation of yours, while mine may remain forever a mystery. The question now is, what shall we do with this poor wretch's body? We cannot leave it here to the foxes and the ravens."

"I suggest that we put it in one of the huts until we can communicate with the police."

"Exactly. I have no doubt that you and I could carry it so far. Halloa, Watson, what's this? It's the man himself, by all that's wonderful and audacious! Not a word to show your suspicions—not a word, or my plans crumble to the ground."

A figure was approaching us over the moor, and I saw the dull red

more. Barrymore se lo había pasado a Selden para ayudarle en su huida. Botas, camisa, gorra... todo era de Sir Henry. La tragedia seguía siendo bastante oscura, pero este hombre al menos había merecido la muerte según las leyes de su país. Le conté a Holmes cómo estaba el asunto, con el corazón rebosante de agradecimiento y alegría.

«Entonces la ropa ha sido la causa de la muerte del pobre diablo», dijo. «Está bastante claro que el sabueso se ha echado sobre alguna prenda de Sir Henry... la bota que fue sustraída en el hotel, con toda probabilidad... y así acabó con este hombre. Hay una cosa muy singular, sin embargo: ¿Cómo pudo Selden, en la oscuridad, saber que el sabueso le seguía el rastro?».

«Le oyó».

«Oír a un sabueso en el páramo no haría entrar a un hombre duro como este convicto en tal paroxismo de terror como para arriesgarse a ser recapturado gritando salvajemente pidiendo ayuda. Por sus gritos debió de correr un largo trecho después de saber que el animal le seguía la pista. ¿Cómo lo supo?».

«Un misterio mayor para mí es por qué este sabueso, suponiendo que todas nuestras conjeturas sean correctas...».

«Yo no presumo nada».

«Bien, entonces, por qué este sabueso anda suelto esta noche. Supongo que no siempre anda suelto por el páramo. Stapleton no lo soltaría a menos que tuviera razones para pensar que Sir Henry estaría allí».

«Mi dificultad es la más formidable de las dos, pues creo que muy pronto obtendremos una explicación de la suya, mientras que la mía puede permanecer para siempre en el misterio. La cuestión ahora es, ¿qué haremos con el cuerpo de este pobre desgraciado? No podemos dejarlo aquí a los zorros y a los cuervos».

«Sugiero que lo pongamos en una de las cabañas hasta que podamos comunicarnos con la policía».

«Exactamente. No tengo ninguna duda de que usted y yo podríamos llevarlo hasta allí. Vaya, Watson, ¿qué es esto? ¡Es el hombre mismo, con lo maravilloso y audaz que es! Ni una palabra que demuestre sus sospechas... ni una palabra, o mis planes se desmoronarán».

Una figura se acercaba a nosotros por el páramo, y vi el apagado res-

glow of a cigar. The moon shone upon him, and I could distinguish the dapper shape and jaunty walk of the naturalist. He stopped when he saw us, and then came on again.

"Why, Dr. Watson, that's not you, is it? You are the last man that I should have expected to see out on the moor at this time of night. But, dear me, what's this? Somebody hurt? Not—don't tell me that it is our friend Sir Henry!" He hurried past me and stooped over the dead man. I heard a sharp intake of his breath and the cigar fell from his fingers.

"Who—who's this?" he stammered.

"It is Selden, the man who escaped from Princetown."

Stapleton turned a ghastly face upon us, but by a supreme effort he had overcome his amazement and his disappointment. He looked sharply from Holmes to me. "Dear me! What a very shocking affair! How did he die?"

"He appears to have broken his neck by falling over these rocks. My friend and I were strolling on the moor when we heard a cry."

"I heard a cry also. That was what brought me out. I was uneasy about Sir Henry."

"Why about Sir Henry in particular?" I could not help asking.

"Because I had suggested that he should come over. When he did not come I was surprised, and I naturally became alarmed for his safety when I heard cries upon the moor. By the way"—his eyes darted again from my face to Holmes's—"did you hear anything else besides a cry?"

"No," said Holmes; "did you?"

"No."

"What do you mean, then?"

"Oh, you know the stories that the peasants tell about a phantom hound, and so on. It is said to be heard at night upon the moor. I was wondering if there were any evidence of such a sound tonight."

"We heard nothing of the kind," said I.

"And what is your theory of this poor fellow's death?"

plandor rojo de un puro. La luna brillaba sobre él, y pude distinguir la elegante figura y los andares desenvueltos del naturalista. Se detuvo al vernos y volvió a ponerse en marcha.

«Vaya, Doctor Watson, no es usted, ¿verdad? Es usted el último hombre que habría esperado ver en el páramo a estas horas de la noche. Pero, querido, ¿qué es esto? ¿Alguien herido? No... ¡no me diga que es nuestro amigo Sir Henry!». Se apresuró a pasar junto a mí y se inclinó sobre el muerto. Oí una aguda inspiración suya y el cigarro se le cayó de los dedos.

«¿Quién... quién es éste?», balbuceó.

«Es Selden, el hombre que escapó de Princetown».

Stapleton volvió hacia nosotros un rostro espantoso, pero mediante un esfuerzo supremo había superado su asombro y su decepción. Miró bruscamente a Holmes y luego hacia mí. «¡Caramba! ¡Qué asunto tan espantoso! ¿Cómo murió?».

«Parece que se rompió el cuello al caer sobre estas rocas. Mi amigo y yo paseábamos por el páramo cuando oímos un grito».

«Yo también oí un grito. Eso fue lo que me hizo salir. Estaba inquieto por Sir Henry».

«¿Por qué por Sir Henry en particular?», no pude evitar preguntar.

«Porque yo había sugerido que viniera. Cuando no vino me sorprendí, y naturalmente me alarmé por su seguridad cuando oí gritos en el páramo. Por cierto»... sus ojos se desviaron de nuevo de mi cara a la de Holmes... «¿oyó algo más aparte de un grito?».

«No», dijo Holmes; «¿y usted?».

«No».

«¿A qué se refiere entonces?».

«Oh, ya conoce las historias que cuentan los campesinos sobre un sabueso fantasma, etcétera. Se dice que se le oye por las noches en el páramo. Me preguntaba si había alguna evidencia de tal sonido esta noche».

«No hemos oído nada parecido», dije yo.

«¿Y cuál es su teoría sobre la muerte de este pobre hombre?».

"I have no doubt that anxiety and exposure have driven him off his head. He has rushed about the moor in a crazy state and eventually fallen over here and broken his neck."

"That seems the most reasonable theory," said Stapleton, and he gave a sigh which I took to indicate his relief. "What do you think about it, Mr. Sherlock Holmes?"

My friend bowed his compliments. "You are quick at identification," said he.

"We have been expecting you in these parts since Dr. Watson came down. You are in time to see a tragedy."

"Yes, indeed. I have no doubt that my friend's explanation will cover the facts. I will take an unpleasant remembrance back to London with me tomorrow."

"Oh, you return tomorrow?"

"That is my intention."

"I hope your visit has cast some light upon those occurrences which have puzzled us?"

Holmes shrugged his shoulders.

"One cannot always have the success for which one hopes. An investigator needs facts and not legends or rumours. It has not been a satisfactory case."

My friend spoke in his frankest and most unconcerned manner. Stapleton still looked hard at him. Then he turned to me.

"I would suggest carrying this poor fellow to my house, but it would give my sister such a fright that I do not feel justified in doing it. I think that if we put something over his face he will be safe until morning."

And so it was arranged. Resisting Stapleton's offer of hospitality, Holmes and I set off to Baskerville Hall, leaving the naturalist to return alone. Looking back we saw the figure moving slowly away over the broad moor, and behind him that one black smudge on the silvered slope which showed where the man was lying who had come so horribly to his end.

«No me cabe duda de que la ansiedad y la vida al descubierto le han hecho perder la cabeza. Ha corrido por el páramo enloquecido y al final se ha caído aquí y se ha roto el cuello».

«Esa parece la teoría más razonable», dijo Stapleton, y dio un suspiro que tomé como indicio de alivio. «¿Qué opina al respecto, señor Sherlock Holmes?».

Mi amigo hizo una reverencia de felicitación. «Es usted rápido en la identificación», dijo.

«Le esperábamos por estos lares desde que vino el Doctor Watson. Llega a tiempo para ver una tragedia».

«Sí, en efecto. No dudo de que la explicación de mi amigo cubrirá los hechos. Mañana me llevaré un desagradable recuerdo de vuelta a Londres».

«Oh, ¿volverá mañana?».

«Esa es mi intención».

«Espero que su visita haya arrojado algo de luz sobre los sucesos que nos han desconcertado».

Holmes se encogió de hombros.

«Uno no siempre puede tener el éxito que espera. Un investigador necesita hechos y no leyendas o rumores. No ha sido un caso satisfactorio».

Mi amigo hablaba de su manera más franca y despreocupada. Stapleton seguía mirándole con dureza. Luego se volvió hacia mí.

«Sugeriría llevar a este pobre hombre a mi casa, pero le daría tal susto a mi hermana que no me siento justificado a hacerlo. Creo que si le ponemos algo sobre el rostro estará a salvo hasta mañana».

Y así quedó acordado. Resistiendo el ofrecimiento de hospitalidad de Stapleton, Holmes y yo partimos hacia el Hall de Baskerville, dejando que el naturalista regresara solo. Mirando hacia atrás vimos la figura que se alejaba lentamente por el ancho páramo, y detrás de él aquella mancha negra en la ladera plateada que mostraba dónde yacía el hombre que había llegado tan horriblemente a su fin.

"We're at close grips at last," said Holmes as we walked together across the moor. "What a nerve the fellow has! How he pulled himself together in the face of what must have been a paralyzing shock when he found that the wrong man had fallen a victim to his plot. I told you in London, Watson, and I tell you now again, that we have never had a foeman more worthy of our steel."

"I am sorry that he has seen you."

"And so was I at first. But there was no getting out of it."

"What effect do you think it will have upon his plans now that he knows you are here?"

"It may cause him to be more cautious, or it may drive him to desperate measures at once. Like most clever criminals, he may be too confident in his own cleverness and imagine that he has completely deceived us."

"Why should we not arrest him at once?"

"My dear Watson, you were born to be a man of action. Your instinct is always to do something energetic. But supposing, for argument's sake, that we had him arrested tonight, what on earth the better off should we be for that? We could prove nothing against him. There's the devilish cunning of it! If he were acting through a human agent we could get some evidence, but if we were to drag this great dog to the light of day it would not help us in putting a rope round the neck of its master."

"Surely we have a case."

"Not a shadow of one—only surmise and conjecture. We should be laughed out of court if we came with such a story and such evidence."

"There is Sir Charles's death."

"Found dead without a mark upon him. You and I know that he died of sheer fright, and we know also what frightened him, but how are we to get twelve stolid jurymen to know it? What signs are there of a hound? Where are the marks of its fangs? Of course we know that a hound does not bite a dead body and that Sir Charles was dead before ever the brute overtook him. But we have to prove all this, and we are not in a position to do it."

«Por fin estamos cerca», dijo Holmes mientras caminábamos juntos por el páramo. «¡Qué valor tiene el tipo! Cómo se recompuso ante lo que debió de ser una conmoción paralizante cuando descubrió que el hombre equivocado había sido víctima de su complot. Le dije en Londres, Watson, y se lo repito ahora, que nunca hemos tenido un enemigo más digno de nuestro acero».

«Siento que le haya visto».

«Al principio yo también lo sentía. Pero no había escapatoria».

«¿Qué efecto cree que tendrá en sus planes ahora que sabe que está aquí?».

«Puede que le haga ser más cauteloso, o puede que le lleve a tomar medidas desesperadas de inmediato. Como la mayoría de los criminales astutos, puede que confíe demasiado en su propia astucia y se imagine que nos ha engañado por completo».

«¿Por qué no deberíamos arrestarlo de inmediato?».

«Mi querido Watson, usted nació para ser un hombre de acción. Su instinto es siempre hacer algo enérgico. Pero suponiendo, por el bien del argumento, que le arrestáramos esta noche, ¿en qué nos beneficiaría eso? No podríamos probar nada contra él. ¡Ahí está su diabólica astucia! Si actuara a través de un agente humano podríamos obtener alguna prueba, pero si arrastráramos a este gran perro a la luz del día no nos ayudaría a ponerle la soga al cuello a su amo».

«Seguro que tenemos un caso».

«Ni la sombra de uno... sólo conjeturas y suposiciones. Se reirían de nosotros si viniéramos con semejante historia y semejantes pruebas».

«Está la muerte de Sir Charles».

«Encontrado muerto sin una marca sobre él. Usted y yo sabemos que murió de puro susto, y sabemos también lo que le asustó, pero ¿cómo vamos a conseguir que lo sepan doce miembros del jurado? ¿Qué señales hay de un sabueso? ¿Dónde están las marcas de sus colmillos? Por supuesto, sabemos que un sabueso no muerde un cadáver y que Sir Charles estaba muerto antes de que la bestia lo alcanzara. Pero tenemos que probar todo esto y no estamos en condiciones de hacerlo».

"Well, then, tonight?"

"We are not much better off tonight. Again, there was no direct connection between the hound and the man's death. We never saw the hound. We heard it, but we could not prove that it was running upon this man's trail. There is a complete absence of motive. No, my dear fellow; we must reconcile ourselves to the fact that we have no case at present, and that it is worth our while to run any risk in order to establish one."

"And how do you propose to do so?"

"I have great hopes of what Mrs. Laura Lyons may do for us when the position of affairs is made clear to her. And I have my own plan as well. Sufficient for tomorrow is the evil thereof; but I hope before the day is past to have the upper hand at last."

I could draw nothing further from him, and he walked, lost in thought, as far as the Baskerville gates.

"Are you coming up?"

"Yes; I see no reason for further concealment. But one last word, Watson. Say nothing of the hound to Sir Henry. Let him think that Selden's death was as Stapleton would have us believe. He will have a better nerve for the ordeal which he will have to undergo tomorrow, when he is engaged, if I remember your report aright, to dine with these people."

"And so am I."

"Then you must excuse yourself and he must go alone. That will be easily arranged. And now, if we are too late for dinner, I think that we are both ready for our suppers."

«Bueno, entonces, ¿esta noche?».

«No estamos mucho mejor esta noche. De nuevo, no hubo conexión directa entre el sabueso y la muerte del hombre. Nunca vimos al sabueso. Lo oímos, pero no pudimos probar que siguiera el rastro de este hombre. Hay una ausencia total de motivo. No, mi querido amigo; debemos reconciliarnos con el hecho de que no tenemos ningún caso por el momento, y que vale la pena correr cualquier riesgo para establecer uno».

«¿Y cómo se propone hacerlo?».

«Tengo grandes esperanzas en lo que la señora Lyons pueda hacer por nosotros cuando se le aclare la situación de sus asuntos. Y yo también tengo mi propio plan. Basta con el mal de mañana; pero espero antes de que pase el día tener por fin las de ganar».

No pude extraer nada más de él, él caminó, perdido en sus pensamientos, hasta las puertas de los Baskerville.

«¿Va a subir?».

«Sí; no veo ninguna razón para seguir ocultándome. Pero, una última palabra, Watson. No le diga nada del sabueso a Sir Henry. Que piense que la muerte de Selden fue como Stapleton quiere hacernos creer. Tendrá mejores nervios para la prueba a la que tendrá que someterse mañana, ya que está comprometido, si recuerdo bien su informe, a cenar con esta gente».

«Sí, yo también».

«Entonces debe excusarse y él debe ir solo. Eso se arreglará fácilmente. Y ahora, si bien es demasiado tarde para cenar, creo que ambos estamos listos para que nos den algo de comer».

CHAPTER 13 — FIXING THE NETS

Sir Henry was more pleased than surprised to see Sherlock Holmes, for he had for some days been expecting that recent events would bring him down from London. He did raise his eyebrows, however, when he found that my friend had neither any luggage nor any explanations for its absence. Between us we soon supplied his wants, and then over a belated supper we explained to the baronet as much of our experience as it seemed desirable that he should know. But first I had the unpleasant duty of breaking the news to Barrymore and his wife. To him it may have been an unmitigated relief, but she wept bitterly in her apron. To all the world he was the man of violence, half animal and half demon; but to her he always remained the little wilful boy of her own girlhood, the child who had clung to her hand. Evil indeed is the man who has not one woman to mourn him.

"I've been moping in the house all day since Watson went off in the morning," said the baronet. "I guess I should have some credit, for I have kept my promise. If I hadn't sworn not to go about alone I might have had a more lively evening, for I had a message from Stapleton asking me over there."

"I have no doubt that you would have had a more lively evening," said Holmes drily. "By the way, I don't suppose you appreciate that we have been mourning over you as having broken your neck?"

Sir Henry opened his eyes. "How was that?"

"This poor wretch was dressed in your clothes. I fear your servant who gave them to him may get into trouble with the police."

"That is unlikely. There was no mark on any of them, as far as I know."

"That's lucky for him—in fact, it's lucky for all of you, since you are all on the wrong side of the law in this matter. I am not sure that as a conscientious detective my first duty is not to arrest the whole household. Watson's reports are most incriminating documents."

"But how about the case?" asked the baronet. "Have you made anything out of the tangle? I don't know that Watson and I are much the wiser since we came down."

CAPÍTULO 13 – FIJANDO LAS REDES

Sir Henry se sintió más complacido que sorprendido al ver a Sherlock Holmes, pues hacía ya algunos días que esperaba que los recientes acontecimientos lo trajeran de Londres. Sin embargo, enarcó las cejas cuando comprobó que mi amigo no llevaba equipaje ni daba explicaciones de su ausencia. Entre los dos suplimos pronto sus necesidades y luego, durante una cena tardía, explicamos al baronet todo lo que parecía deseable que supiera de nuestra experiencia. Pero antes yo tuve el desagradable deber de dar la noticia a Barrymore y a su esposa. Para él pudo haber sido un alivio sin paliativos, pero ella lloró amargamente, vestida con su delantal. Para todo el mundo él era el hombre de la violencia, mitad animal y mitad demonio; pero para ella siempre siguió siendo el pequeño muchacho voluntarioso de su propia niñez, el niño que se había aferrado a su mano. Malvado es en verdad el hombre que no tiene una sola mujer que lo llore.

«He estado desanimado en casa todo el día desde que Watson se fue por la mañana», dijo el baronet. «Supongo que debería tener algo de mérito, pues he cumplido mi promesa. Si no hubiera jurado no ir por ahí solo podría haber tenido una velada más animada, pues recibí un mensaje de Stapleton pidiéndome que fuera».

«No me cabe duda de que habría tenido una velada más animada», dijo Holmes con sorna. «Por cierto, ¿supongo que no se da cuenta de que hemos estado de luto por usted como si se hubiera roto el cuello?».

Sir Henry abrió los ojos. «¿Cómo es eso?».

«Este pobre desgraciado estaba vestido con sus ropas. Temo que el criado que se las dio pueda tener problemas con la policía».

«Eso es poco probable. No había ninguna marca en ninguna de ellas, que yo sepa».

«Eso es una suerte para él... de hecho, es una suerte para todos ustedes, ya que todos están en el lado equivocado de la ley en este asunto. No estoy seguro de que como detective concienzudo mi primer deber no sea arrestar a toda la casa. Los informes de Watson son documentos muy incriminatorios».

«¿Pero qué hay del caso?», preguntó el baronet. «¿Ha sacado algo en claro del enredo? No sé si Watson y yo somos mucho más sabios desde que vinimos».

"I think that I shall be in a position to make the situation rather more clear to you before long. It has been an exceedingly difficult and most complicated business. There are several points upon which we still want light—but it is coming all the same."

"We've had one experience, as Watson has no doubt told you. We heard the hound on the moor, so I can swear that it is not all empty superstition. I had something to do with dogs when I was out West, and I know one when I hear one. If you can muzzle that one and put him on a chain I'll be ready to swear you are the greatest detective of all time."

"I think I will muzzle him and chain him all right if you will give me your help."

"Whatever you tell me to do I will do."

"Very good; and I will ask you also to do it blindly, without always asking the reason."

"Just as you like."

"If you will do this I think the chances are that our little problem will soon be solved. I have no doubt—"

He stopped suddenly and stared fixedly up over my head into the air. The lamp beat upon his face, and so intent was it and so still that it might have been that of a clear-cut classical statue, a personification of alertness and expectation.

"What is it?" we both cried.

I could see as he looked down that he was repressing some internal emotion. His features were still composed, but his eyes shone with amused exultation.

"Excuse the admiration of a connoisseur," said he as he waved his hand towards the line of portraits which covered the opposite wall. "Watson won't allow that I know anything of art but that is mere jealousy because our views upon the subject differ. Now, these are a really very fine series of portraits."

"Well, I'm glad to hear you say so," said Sir Henry, glancing with some surprise at my friend. "I don't pretend to know much about these things, and I'd be a better judge of a horse or a steer than of a

«Creo que dentro de poco estaré en condiciones de aclararles bastante más la situación. Ha sido un asunto extremadamente difícil y de lo más complicado. Hay varios puntos sobre los que aún nos falta luz... pero de todos modos se acerca».

«Hemos tenido una experiencia, como sin duda le habrá contado Watson. Oímos al sabueso en el páramo, así que puedo jurar que no todo es superstición vacía. Tuve algo que ver con perros cuando estuve en el Oeste, y reconozco uno cuando lo oigo. Si puede ponerle un bozal a ese y ponerle una cadena estaré dispuesto a jurar que es usted el mejor detective de todos los tiempos».

«Creo que le pondré un bozal y le encadenaré si me presta su ayuda».

«Haré todo lo que me diga».

«Muy bien; y le pediré también que lo haga a ciegas, sin preguntar siempre el motivo».

«Como usted quiera».

«Si hace esto, creo que lo más probable es que nuestro pequeño problema se resuelva pronto. No tengo ninguna duda...».

Se detuvo de repente y miró fijamente al aire por encima de mi cabeza. La lámpara golpeaba su rostro, y estaba tan concentrado y tan quieto que podría haber sido el rostro de una límpida estatua clásica, una personificación de la alerta y la expectación.

«¿Qué ocurre?», exclamamos los dos.

Al bajar la mirada pude ver que estaba reprimiendo alguna emoción interna. Sus rasgos seguían compuestos, pero sus ojos brillaban con divertida exultación.

«Disculpe la admiración de un entendido», dijo mientras agitaba la mano hacia la línea de retratos que cubría la pared opuesta. «Watson no permitirá que yo sepa nada de arte, pero eso son meros celos porque nuestros puntos de vista sobre el tema difieren. Ahora, estos son realmente una serie muy fina de retratos».

«Me alegra oírle decir eso», dijo Sir Henry, mirando con cierta sorpresa a mi amigo. «No pretendo saber mucho de estas cosas, y sería mejor juez de un caballo o un buey que de un cuadro. No sabía que usted encontrara

picture. I didn't know that you found time for such things."

"I know what is good when I see it, and I see it now. That's a Kneller, I'll swear, that lady in the blue silk over yonder, and the stout gentleman with the wig ought to be a Reynolds. They are all family portraits, I presume?"

"Every one."

"Do you know the names?"

"Barrymore has been coaching me in them, and I think I can say my lessons fairly well."

"Who is the gentleman with the telescope?"

"That is Rear-Admiral Baskerville, who served under Rodney in the West Indies. The man with the blue coat and the roll of paper is Sir William Baskerville, who was Chairman of Committees of the House of Commons under Pitt."

"And this Cavalier opposite to me—the one with the black velvet and the lace?"

"Ah, you have a right to know about him. That is the cause of all the mischief, the wicked Hugo, who started the Hound of the Baskervilles. We're not likely to forget him."

I gazed with interest and some surprise upon the portrait.

"Dear me!" said Holmes, "he seems a quiet, meek-mannered man enough, but I dare say that there was a lurking devil in his eyes. I had pictured him as a more robust and ruffianly person."

"There's no doubt about the authenticity, for the name and the date, 1647, are on the back of the canvas."

Holmes said little more, but the picture of the old roysterer seemed to have a fascination for him, and his eyes were continually fixed upon it during supper. It was not until later, when Sir Henry had gone to his room, that I was able to follow the trend of his thoughts. He led me back into the banqueting-hall, his bedroom candle in his hand, and he held it up against the time-stained portrait on the wall.

tiempo para esas cosas».

«Sé lo que es bueno cuando lo veo, y lo veo ahora. Ese es un Kneller, lo juraría, esa dama de seda azul de allí y el caballero corpulento con peluca debería ser un Reynolds. Son todos retratos de familia, supongo».

«Todos».

«¿Conoce los nombres?».

«Barrymore me ha estado entrenando en ellos, y creo que puedo decir mis lecciones bastante bien».

«¿Quién es el caballero del telescopio?».

«Es el Contralmirante Baskerville, que sirvió a las órdenes de Rodney en las Indias Occidentales. El hombre del abrigo azul y el rollo de papel es Sir William Baskerville, que fue Presidente de Comisiones de la Cámara de los Comunes bajo Pitt».

«¿Y este caballero que tengo enfrente... el de terciopelo negro y encaje?».

«Ah, tiene derecho a saber de él. Es el causante de todas las desgracias, el malvado Hugo, que inició la historia del Sabueso de los Baskerville. No es probable que le olvidemos».

Contemplé el retrato con interés y cierta sorpresa.

«¡Caramba!», dijo Holmes, «parece un hombre bastante tranquilo y de modales mansos, pero me atrevería a decir que había un diablo al acecho en sus ojos. Me lo había imaginado como una persona más robusta y rufianesca».

«No hay duda de su autenticidad, pues el nombre y la fecha, 1647, figuran en el reverso del lienzo».

Holmes no dijo mucho más, pero el cuadro del viejo parrandero parecía ejercer una fascinación sobre él, y sus ojos estuvieron continuamente fijos en él durante la cena. No fue hasta más tarde, cuando Sir Henry se había ido a su habitación, que pude seguir la tendencia de sus pensamientos. Me condujo de nuevo al salón de banquetes, con la vela de su dormitorio en la mano, y la sostuvo contra el retrato manchado por el tiempo que había en la pared.

"Do you see anything there?"

I looked at the broad plumed hat, the curling love-locks, the white lace collar, and the straight, severe face which was framed between them. It was not a brutal countenance, but it was prim, hard, and stern, with a firm-set, thin-lipped mouth, and a coldly intolerant eye.

"Is it like anyone you know?"

"There is something of Sir Henry about the jaw."

"Just a suggestion, perhaps. But wait an instant!" He stood upon a chair, and, holding up the light in his left hand, he curved his right arm over the broad hat and round the long ringlets.

"Good heavens!" I cried in amazement.

The face of Stapleton had sprung out of the canvas.

"Ha, you see it now. My eyes have been trained to examine faces and not their trimmings. It is the first quality of a criminal investigator that he should see through a disguise."

"But this is marvellous. It might be his portrait."

"Yes, it is an interesting instance of a throwback, which appears to be both physical and spiritual. A study of family portraits is enough to convert a man to the doctrine of reincarnation. The fellow is a Baskerville—that is evident."

"With designs upon the succession."

"Exactly. This chance of the picture has supplied us with one of our most obvious missing links. We have him, Watson, we have him, and I dare swear that before tomorrow night he will be fluttering in our net as helpless as one of his own butterflies. A pin, a cork, and a card, and we add him to the Baker Street collection!" He burst into one of his rare fits of laughter as he turned away from the picture. I have not heard him laugh often, and it has always boded ill to somebody.

I was up betimes in the morning, but Holmes was afoot earlier still, for I saw him as I dressed, coming up the drive.

«¿Ve algo ahí?».

Miré el amplio sombrero con penacho, los rizados mechones, el cuello de encaje blanco y el rostro recto y severo que se enmarcaba entre ellos. No era un semblante brutal, pero sí primoroso, duro y severo, con una boca de labios finos y firmes y una mirada fríamente intolerante.

«¿Se parece a alguien que usted conozca?».

«Hay algo de Sir Henry en la mandíbula».

«Sólo una sugerencia, tal vez. Pero espere un instante». Se puso de pie sobre una silla y, levantando la luz con la mano izquierda, curvó el brazo derecho sobre el amplio sombrero y alrededor de los largos cabellos en tirabuzón.

«¡Santo cielo!», exclamé asombrado.

El rostro de Stapleton había surgido del lienzo.

«Ah, ahora lo ve. Mis ojos han sido entrenados para examinar rostros y no sus adornos. Es la primera cualidad de un investigador criminal que pueda ver a través de un disfraz».

«Pero esto es maravilloso. Podría ser su retrato».

«Sí, es un caso interesante de un retroceso, que parece ser tanto físico como espiritual. Un estudio de los retratos familiares basta para convertir a un hombre a la doctrina de la reencarnación. El tipo es un Baskerville... eso es evidente».

«Con designios sobre la sucesión».

«Exactamente. Esta casualidad del cuadro nos ha proporcionado uno de nuestros eslabones perdidos más evidentes. Lo tenemos, Watson, lo tenemos, y me atrevo a jurar que antes de mañana por la noche estará revoloteando en nuestra red tan indefenso como una de sus propias mariposas. Un alfiler, un corcho y una tarjeta, ¡y lo añadimos a la colección de Baker Street!». Estalló en uno de sus raros ataques de risa mientras se apartaba del cuadro. No le he oído reír a menudo, y siempre ha sido un mal presagio para alguien.

Me levanté a primera hora de la mañana, pero Holmes estaba en marcha aún más temprano, pues lo vi mientras me vestía, subiendo por el camino de entrada.

"Yes, we should have a full day today," he remarked, and he rubbed his hands with the joy of action. "The nets are all in place, and the drag is about to begin. We'll know before the day is out whether we have caught our big, lean-jawed pike, or whether he has got through the meshes."

"Have you been on the moor already?"

"I have sent a report from Grimpen to Princetown as to the death of Selden. I think I can promise that none of you will be troubled in the matter. And I have also communicated with my faithful Cartwright, who would certainly have pined away at the door of my hut, as a dog does at his master's grave, if I had not set his mind at rest about my safety."

"What is the next move?"

"To see Sir Henry. Ah, here he is!"

"Good-morning, Holmes," said the baronet. "You look like a general who is planning a battle with his chief of the staff."

"That is the exact situation. Watson was asking for orders."

"And so do I."

"Very good. You are engaged, as I understand, to dine with our friends the Stapletons tonight."

"I hope that you will come also. They are very hospitable people, and I am sure that they would be very glad to see you."

"I fear that Watson and I must go to London."

"To London?"

"Yes, I think that we should be more useful there at the present juncture."

The baronet's face perceptibly lengthened.

"I hoped that you were going to see me through this business. The Hall and the moor are not very pleasant places when one is alone."

"My dear fellow, you must trust me implicitly and do exactly what

«Sí, hoy tendremos un día completo», comentó, y se frotó las manos con la alegría de la acción. «Las redes están todas colocadas y el rastreo está a punto de comenzar. Sabremos antes de que acabe el día si hemos capturado nuestro gran lucio de mandíbula delgada o si ha atravesado las mallas».

«¿Ha estado ya en el páramo?».

«He enviado un informe de Grimpen a Princetown sobre la muerte de Selden. Creo que puedo prometer que ninguno de ustedes tendrá problemas en el asunto. Y también me he comunicado con mi fiel Cartwright, que sin duda se habría lamentado a la puerta de mi cabaña, como lo hace un perro ante la tumba de su amo, si yo no le hubiera tranquilizado sobre mi seguridad».

«¿Cuál es el siguiente paso?».

«Ver a Sir Henry. Ah, ¡aquí está!».

«Buenos días, Holmes», dijo el baronet. «Parece usted un general que planea una batalla con su jefe de estado mayor».

«Esa es exactamente la situación. Watson estaba pidiendo órdenes».

«Y yo también».

«Muy bien. Usted está comprometido, según tengo entendido, a cenar con nuestros amigos los Stapleton esta noche».

«Espero que usted también venga. Son gente muy hospitalaria, y estoy seguro de que se complacerían en verle».

«Me temo que Watson y yo debemos ir a Londres».

«¿A Londres?».

«Sí, creo que allí seríamos más útiles en la coyuntura actual».

El rostro del baronet se alargó perceptiblemente.

«Esperaba que usted me acompañara en este asunto. El Hall y el páramo no son lugares muy agradables cuando uno está solo».

«Mi querido amigo, debe confiar en mí tácitamente y hacer exacta-

I tell you. You can tell your friends that we should have been happy to have come with you, but that urgent business required us to be in town. We hope very soon to return to Devonshire. Will you remember to give them that message?"

"If you insist upon it."

"There is no alternative, I assure you."

I saw by the baronet's clouded brow that he was deeply hurt by what he regarded as our desertion.

"When do you desire to go?" he asked coldly.

"Immediately after breakfast. We will drive in to Coombe Tracey, but Watson will leave his things as a pledge that he will come back to you. Watson, you will send a note to Stapleton to tell him that you regret that you cannot come."

"I have a good mind to go to London with you," said the baronet. "Why should I stay here alone?"

"Because it is your post of duty. Because you gave me your word that you would do as you were told, and I tell you to stay."

"All right, then, I'll stay."

"One more direction! I wish you to drive to Merripit House. Send back your trap, however, and let them know that you intend to walk home."

"To walk across the moor?"

"Yes."

"But that is the very thing which you have so often cautioned me not to do."

"This time you may do it with safety. If I had not every confidence in your nerve and courage I would not suggest it, but it is essential that you should do it."

"Then I will do it."

"And as you value your life do not go across the moor in any direc-

mente lo que le diga. Puede decir a sus amigos que nos habría encantado acompañarle, pero que un asunto urgente nos obligaba a estar en la ciudad. Esperamos regresar muy pronto a Devonshire. ¿Se acordará de darles ese mensaje?».

«Si insiste en ello».

«No hay alternativa, se lo aseguro».

Vi por el ceño nublado del baronet que estaba profundamente dolido por lo que consideraba nuestra deserción.

«¿Cuándo desean partir?», preguntó fríamente.

«Inmediatamente después del desayuno. Conduciremos hasta Coombe Tracey, pero Watson dejará sus cosas como prenda de que volverá a usted. Watson, usted enviará una nota a Stapleton para decirle que lamenta no poder acudir».

«Tengo la firme intención de ir a Londres con ustedes», dijo el baronet. «¿Por qué debería quedarme aquí solo?».

«Porque es su puesto de deber. Porque me dio su palabra de que haría lo que se le dijera, y yo le digo que se quede».

«De acuerdo, entonces, me quedaré».

«¡Una indicación más! Deseo que conduzca hasta Merripit House. Haga volver su carreta, sin embargo, y hágales saber que usted tiene la intención de caminar a casa».

«¿Caminar a través del páramo?».

«Sí».

«Pero eso es precisamente lo que tantas veces me ha advertido que no haga».

«Esta vez puede hacerlo con seguridad. Si no confiara plenamente en su valor y coraje no se lo sugeriría, pero es esencial que lo haga».

«Entonces lo haré».

«Y dado que valora su vida no atraviese el páramo en ninguna direc-

tion save along the straight path which leads from Merripit House to the Grimpen Road, and is your natural way home."

"I will do just what you say."

"Very good. I should be glad to get away as soon after breakfast as possible, so as to reach London in the afternoon."

I was much astounded by this programme, though I remembered that Holmes had said to Stapleton on the night before that his visit would terminate next day. It had not crossed my mind however, that he would wish me to go with him, nor could I understand how we could both be absent at a moment which he himself declared to be critical. There was nothing for it, however, but implicit obedience; so we bade good-bye to our rueful friend, and a couple of hours afterwards we were at the station of Coombe Tracey and had dispatched the trap upon its return journey. A small boy was waiting upon the platform.

"Any orders, sir?"

"You will take this train to town, Cartwright. The moment you arrive you will send a wire to Sir Henry Baskerville, in my name, to say that if he finds the pocketbook which I have dropped he is to send it by registered post to Baker Street."

"Yes, sir."

"And ask at the station office if there is a message for me."

The boy returned with a telegram, which Holmes handed to me. It ran:

Wire received. Coming down with unsigned warrant. Arrive five-forty. Lestrade.

"That is in answer to mine of this morning. He is the best of the professionals, I think, and we may need his assistance. Now, Watson, I think that we cannot employ our time better than by calling upon your acquaintance, Mrs. Laura Lyons."

His plan of campaign was beginning to be evident. He would use the baronet in order to convince the Stapletons that we were really gone, while we should actually return at the instant when we were likely to be needed. That telegram from London, if mentioned by Sir Henry to the Stapletons, must remove the last suspicions from their minds. Al-

ción salvo por el camino recto que lleva de Merripit House a la carretera de Grimpen, y que es su camino natural a casa».

«Haré exactamente lo que usted dice».

«Muy bien. Me alegraría salir lo antes posible después del desayuno, para llegar a Londres por la tarde».

Me asombró mucho este programa, aunque recordé que Holmes le había dicho a Stapleton la noche anterior que su visita terminaría al día siguiente. No se me había pasado por la cabeza, sin embargo, que deseara que fuera con él, ni podía entender cómo podíamos ausentarnos los dos en un momento que él mismo declaraba crítico. Sin embargo, no había más remedio que obedecerle tácitamente; así que nos despedimos de nuestro apesadumbrado amigo y un par de horas después estábamos en la estación de Coombe Tracey y habíamos despachado la carreta en su viaje de regreso. Un muchacho pequeño esperaba en el andén.

«¿Alguna orden, señor?».

«Tomará este tren hasta la ciudad, Cartwright. En cuanto llegue enviará un telegrama a Sir Henry Baskerville, en mi nombre, para decirle que si encuentra la cartera que se me ha caído la envíe por correo certificado a Baker Street».

«Sí, señor».

«Y pregunte en la oficina de la estación si hay algún mensaje para mí».

El muchacho regresó con un telegrama, que Holmes me entregó. Decía:

Telegrama recibido. Viniendo con orden sin firmar. Llegada a las cinco cuarenta. Lestrade.

«Esto es en respuesta al mío de esta mañana. Es el mejor de los profesionales, creo, y puede que necesitemos su ayuda. Ahora, Watson, creo que no podemos emplear mejor nuestro tiempo que acudiendo a su conocida, la señora Laura Lyons».

Su plan de campaña empezaba a ser evidente. Utilizaría al baronet para convencer a los Stapleton de que realmente nos habíamos ido, mientras que nosotros deberíamos regresar realmente en el instante en que fuera probable que nos necesitaran. Ese telegrama de Londres, si era mencionado por Sir Henry a los Stapleton, debía eliminar las últimas

ready I seemed to see our nets drawing closer around that lean-jawed pike.

Mrs. Laura Lyons was in her office, and Sherlock Holmes opened his interview with a frankness and directness which considerably amazed her.

“I am investigating the circumstances which attended the death of the late Sir Charles Baskerville,” said he. “My friend here, Dr. Watson, has informed me of what you have communicated, and also of what you have withheld in connection with that matter.”

“What have I withheld?” she asked defiantly.

“You have confessed that you asked Sir Charles to be at the gate at ten o’clock. We know that that was the place and hour of his death. You have withheld what the connection is between these events.”

“There is no connection.”

“In that case the coincidence must indeed be an extraordinary one. But I think that we shall succeed in establishing a connection, after all. I wish to be perfectly frank with you, Mrs. Lyons. We regard this case as one of murder, and the evidence may implicate not only your friend Mr. Stapleton but his wife as well.”

The lady sprang from her chair.

“His wife!” she cried.

“The fact is no longer a secret. The person who has passed for his sister is really his wife.”

Mrs. Lyons had resumed her seat. Her hands were grasping the arms of her chair, and I saw that the pink nails had turned white with the pressure of her grip.

“His wife!” she said again. “His wife! He is not a married man.”

Sherlock Holmes shrugged his shoulders.

“Prove it to me! Prove it to me! And if you can do so—!”

The fierce flash of her eyes said more than any words.

sospechas de sus mentes. Ya me parecía ver nuestras redes acercándose alrededor de aquel lucio de mandíbula delgada.

La señora Laura Lyons estaba en su despacho, y Sherlock Holmes abrió su entrevista con una franqueza y franqueza que la asombraron considerablemente.

«Estoy investigando las circunstancias que rodearon la muerte del difunto Sir Charles Baskerville», dijo él. «Mi amigo aquí presente, el Doctor Watson, me ha informado de lo que usted ha comunicado y también de lo que ha ocultado en relación con ese asunto».

«¿Qué he ocultado?», preguntó ella desafiante.

«Ha confesado que le pidió a Sir Charles que estuviera en la puerta a las diez en punto. Sabemos que ése fue el lugar y la hora de su muerte. Usted ha ocultado cuál es la conexión entre estos hechos».

«No hay ninguna conexión».

«En ese caso, la coincidencia debe ser realmente extraordinaria. Pero creo que, después de todo, lograremos establecer una conexión. Deseo ser perfectamente franco con usted, señora Lyons. Consideramos que este es un caso de asesinato, y las pruebas pueden implicar no sólo a su amigo el señor Stapleton sino también a su esposa».

La dama saltó de su silla.

«¡Su esposa!», gritó.

«El hecho ya no es un secreto. La persona que se ha hecho pasar por su hermana es realmente su esposa».

La señora Lyons había retomado su asiento. Sus manos se agarraban a los brazos de su silla y vi que las uñas rosadas se habían vuelto blancas con la presión de su agarre.

«¡Su esposa!», volvió a decir. «¡Su esposa! No es un hombre casado».

Sherlock Holmes se encogió de hombros.

«¡Pruébemelo! ¡Demuéstremelo! ¡Y si puede hacerlo...!».

El feroz destello de los ojos de ella dijo más que cualquier palabra.

"I have come prepared to do so," said Holmes, drawing several papers from his pocket. "Here is a photograph of the couple taken in York four years ago. It is indorsed 'Mr. and Mrs. Vandeleur,' but you will have no difficulty in recognizing him, and her also, if you know her by sight. Here are three written descriptions by trustworthy witnesses of Mr. and Mrs. Vandeleur, who at that time kept St. Oliver's private school. Read them and see if you can doubt the identity of these people."

She glanced at them, and then looked up at us with the set, rigid face of a desperate woman.

"Mr. Holmes," she said, "this man had offered me marriage on condition that I could get a divorce from my husband. He has lied to me, the villain, in every conceivable way. Not one word of truth has he ever told me. And why—why? I imagined that all was for my own sake. But now I see that I was never anything but a tool in his hands. Why should I preserve faith with him who never kept any with me? Why should I try to shield him from the consequences of his own wicked acts? Ask me what you like, and there is nothing which I shall hold back. One thing I swear to you, and that is that when I wrote the letter I never dreamed of any harm to the old gentleman, who had been my kindest friend."

"I entirely believe you, madam," said Sherlock Holmes. "The recital of these events must be very painful to you, and perhaps it will make it easier if I tell you what occurred, and you can check me if I make any material mistake. The sending of this letter was suggested to you by Stapleton?"

"He dictated it."

"I presume that the reason he gave was that you would receive help from Sir Charles for the legal expenses connected with your divorce?"

"Exactly."

"And then after you had sent the letter he dissuaded you from keeping the appointment?"

"He told me that it would hurt his self-respect that any other man should find the money for such an object, and that though he was a poor man himself he would devote his last penny to removing the obstacles which divided us."

«He venido dispuesto a ello», dijo Holmes, sacando varios papeles de su bolsillo. «Aquí tiene una fotografía de la pareja tomada en York hace cuatro años. Está firmada por "el señor y la señora Vandeleur", pero no tendrá dificultad en reconocerlo a él, y a ella también, si la conoce de vista. He aquí tres descripciones escritas por testigos fidedignos del señor y la señora Vandeleur, que en aquella época regentaban la escuela privada de San Oliver. Léalas y vea si puede dudar de la identidad de estas personas».

Les echó un vistazo y luego nos miró con el rostro fijo y rígido de una mujer desesperada.

«Señor Holmes», dijo ella, «este hombre me había ofrecido matrimonio con la condición de que consiguiera el divorcio de mi marido. Me ha mentido, el muy villano, de todas las formas imaginables. Ni una sola palabra de verdad me ha dicho jamás. ¿Y por qué... por qué? Imaginaba que todo era por mi propio bien. Pero ahora veo que nunca fui más que una herramienta en sus manos. ¿Por qué debería conservar la fe en quien nunca la conservó conmigo? ¿Por qué debería intentar protegerle de las consecuencias de sus propios actos perversos? Pregúnteme lo que quiera, y no habrá nada que yo le oculte. Una cosa le juro, y es que cuando escribí la carta nunca soñé con hacerle ningún daño al viejo caballero, que fue mi más amable amigo».

«Le creo totalmente, señora», dijo Sherlock Holmes. «El relato de estos sucesos debe de ser muy doloroso para usted, y tal vez le resulte más fácil si le cuento lo que ocurrió, y usted podrá corregirme si cometo algún error material. ¿El envío de esta carta le fue sugerido por Stapleton?».

«Él me la dictó».

«¿Supongo que la razón que dio fue que usted recibiría ayuda de Sir Charles para los gastos legales relacionados con su divorcio?».

«Exactamente».

«¿Y después de enviar la carta él la disuadió de acudir a la cita?».

«Me dijo que heriría su amor propio que cualquier otro hombre encontrara el dinero para semejante objeto, y que aunque él mismo era un hombre pobre dedicaría su último penique a eliminar los obstáculos que nos dividían».

"He appears to be a very consistent character. And then you heard nothing until you read the reports of the death in the paper?"

"No."

"And he made you swear to say nothing about your appointment with Sir Charles?"

"He did. He said that the death was a very mysterious one, and that I should certainly be suspected if the facts came out. He frightened me into remaining silent."

"Quite so. But you had your suspicions?"

She hesitated and looked down.

"I knew him," she said. "But if he had kept faith with me I should always have done so with him."

"I think that on the whole you have had a fortunate escape," said Sherlock Holmes. "You have had him in your power and he knew it, and yet you are alive. You have been walking for some months very near to the edge of a precipice. We must wish you good-morning now, Mrs. Lyons, and it is probable that you will very shortly hear from us again."

"Our case becomes rounded off, and difficulty after difficulty thins away in front of us," said Holmes as we stood waiting for the arrival of the express from town. "I shall soon be in the position of being able to put into a single connected narrative one of the most singular and sensational crimes of modern times. Students of criminology will remember the analogous incidents in Godno, in Little Russia, in the year '66, and of course there are the Anderson murders in North Carolina, but this case possesses some features which are entirely its own. Even now we have no clear case against this very wily man. But I shall be very much surprised if it is not clear enough before we go to bed this night."

The London express came roaring into the station, and a small, wiry bulldog of a man had sprung from a first-class carriage. We all three shook hands, and I saw at once from the reverential way in which Lestrade gazed at my companion that he had learned a good deal since the days when they had first worked together. I could well remember the scorn which the theories of the reasoner used then to excite in the practical man.

«Parece ser un personaje muy coherente. ¿Y usted no oyó nada hasta que leyó los informes de la muerte en el periódico?».

«No».

«¿Y le hizo jurar que no diría nada sobre su cita con Sir Charles?».

«Lo hizo. Dijo que se trataba de una muerte muy misteriosa y que sin duda sospecharían de mí si los hechos salían a la luz. Me asustó para que guardara silencio».

«Así es. ¿Pero usted tenía sus sospechas?».

Ella vaciló y bajó la mirada.

«Le conocía», dijo. «Pero si hubiera mantenido la fe en mí, yo siempre lo habría hecho con él».

«Creo que en conjunto ha tenido usted una escapada afortunada», dijo Sherlock Holmes. «Le ha tenido usted en su poder y él lo sabía, y sin embargo está usted viva. Usted ha estado caminando durante algunos meses muy cerca del borde de un precipicio. Ahora debemos desearle buenos días, señora Lyons, y es probable que muy pronto vuelva a saber de nosotros».

«Nuestro caso se va redondeando, y dificultad tras dificultad se adelgaza ante nosotros», dijo Holmes mientras esperábamos la llegada del tren expreso de la ciudad. «Pronto estaré en situación de poder poner en una sola narración conectada uno de los crímenes más singulares y sensacionales de los tiempos modernos. Los estudiantes de criminología recordarán los incidentes análogos de Godno, en la Pequeña Rusia, en el año 66, y por supuesto están los asesinatos de Anderson en Carolina del Norte, pero este caso posee algunas características que le son totalmente propias. Incluso ahora no tenemos ningún caso claro contra este hombre tan astuto. Pero me sorprendería mucho que no estuviera suficientemente claro antes de que nos vayamos a la cama esta noche».

El expreso de Londres llegó rugiendo a la estación, y un pequeño y enjuto bulldog de hombre había saltado de un vagón de primera clase. Los tres nos dimos la mano, y enseguida vi, por la forma reverencial en que Lestrade miraba a mi compañero, que había aprendido mucho desde los días en que habían trabajado juntos por primera vez. Recordaba bien el desprecio que las teorías del razonador solían despertar entonces en el hombre práctico.

"Anything good?" he asked.

"The biggest thing for years," said Holmes. "We have two hours before we need think of starting. I think we might employ it in getting some dinner and then, Lestrade, we will take the London fog out of your throat by giving you a breath of the pure night air of Dartmoor. Never been there? Ah, well, I don't suppose you will forget your first visit."

«¿Algo interesante?», preguntó.

«Lo más grande desde hace años», dijo Holmes. «Tenemos dos horas antes de que tengamos que ocuparnos de partir. Creo que podríamos emplearlas en conseguir algo de cena y luego, Lestrade, le quitaremos la niebla londinense de la garganta dándole una bocanada del puro aire nocturno de Dartmoor. ¿Nunca ha estado allí? Ah, bueno, supongo que no olvidará su primera visita».

CHAPTER 14 — THE HOUND OF THE BASKERVILLES

One of Sherlock Holmes's defects—if, indeed, one may call it a defect—was that he was exceedingly loath to communicate his full plans to any other person until the instant of their fulfilment. Partly it came no doubt from his own masterful nature, which loved to dominate and surprise those who were around him. Partly also from his professional caution, which urged him never to take any chances. The result, however, was very trying for those who were acting as his agents and assistants. I had often suffered under it, but never more so than during that long drive in the darkness. The great ordeal was in front of us; at last we were about to make our final effort, and yet Holmes had said nothing, and I could only surmise what his course of action would be. My nerves thrilled with anticipation when at last the cold wind upon our faces and the dark, void spaces on either side of the narrow road told me that we were back upon the moor once again. Every stride of the horses and every turn of the wheels was taking us nearer to our supreme adventure.

Our conversation was hampered by the presence of the driver of the hired wagonette, so that we were forced to talk of trivial matters when our nerves were tense with emotion and anticipation. It was a relief to me, after that unnatural restraint, when we at last passed Frankland's house and knew that we were drawing near to the Hall and to the scene of action. We did not drive up to the door but got down near the gate of the avenue. The wagonette was paid off and ordered to return to Coombe Tracey forthwith, while we started to walk to Merripit House.

"Are you armed, Lestrade?"

The little detective smiled. "As long as I have my trousers I have a hip-pocket, and as long as I have my hip-pocket I have something in it."

"Good! My friend and I are also ready for emergencies."

"You're mighty close about this affair, Mr. Holmes. What's the game now?"

"A waiting game."

"My word, it does not seem a very cheerful place," said the detective

CAPÍTULO 14 — EL SABUESO DE LOS BASKERVILLE

Uno de los defectos de Sherlock Holmes —si, de hecho, se le puede llamar defecto— era que se mostraba sumamente reacio a comunicar la totalidad de sus planes a cualquier otra persona hasta el instante de su realización. En parte procedía, sin duda, de su propia naturaleza magistral, por la que le encantaba dominar y sorprender a quienes le rodeaban. En parte también de su cautela profesional, que le instaba a no arriesgarse nunca. El resultado, sin embargo, era muy duro para quienes actuaban como sus agentes y ayudantes. Yo lo había sufrido a menudo, pero nunca tanto como durante aquel largo viaje en la oscuridad. Teníamos ante nosotros la gran prueba; por fin estábamos a punto de realizar nuestro último esfuerzo, y sin embargo Holmes no había dicho nada, y yo sólo podía conjeturar cuál sería su curso de acción. Mis nervios se estremecieron de expectación cuando por fin el viento frío sobre nuestros rostros y los espacios oscuros y vacíos a ambos lados del estrecho camino me dijeron que estábamos de nuevo en el páramo. Cada zancada de los caballos y cada giro de las ruedas nos acercaba a nuestra aventura suprema.

Nuestra conversación se vio entorpecida por la presencia del conductor de la carreta alquilada, de modo que nos vimos obligados a hablar de asuntos triviales siendo que en realidad nuestros nervios estaban tensos por la emoción y la expectación. Fue un alivio para mí, después de aquella restricción antinatural, cuando por fin pasamos por delante de la casa de Frankland y supimos que nos acercábamos al Hall y al escenario de la acción. No llegamos hasta la puerta, sino que bajamos cerca de la verja de la avenida. La carreta fue pagada y se le ordenó regresar de inmediato a Coombe Tracey, mientras nosotros emprendíamos la marcha hacia Merripit House.

«¿Está armado, Lestrade?».

El pequeño detective sonrió. «Mientras tenga mis pantalones tengo un bolsillo en la cadera, y mientras tenga mi bolsillo en la cadera tengo algo en él».

«¡Bien! Mi amigo y yo también estamos preparados para las emergencias».

«Es usted muy reservado sobre este asunto, señor Holmes. ¿Cuál es el juego ahora?».

«Un juego de paciencia».

«Vaya, no parece un lugar muy alegre», dijo el detective con un escalo-

with a shiver, glancing round him at the gloomy slopes of the hill and at the huge lake of fog which lay over the Grimpen Mire. “I see the lights of a house ahead of us.”

“That is Merripit House and the end of our journey. I must request you to walk on tiptoe and not to talk above a whisper.”

We moved cautiously along the track as if we were bound for the house, but Holmes halted us when we were about two hundred yards from it.

“This will do,” said he. “These rocks upon the right make an admirable screen.”

“We are to wait here?”

“Yes, we shall make our little ambush here. Get into this hollow, Lestrade. You have been inside the house, have you not, Watson? Can you tell the position of the rooms? What are those latticed windows at this end?”

“I think they are the kitchen windows.”

“And the one beyond, which shines so brightly?”

“That is certainly the dining-room.”

“The blinds are up. You know the lie of the land best. Creep forward quietly and see what they are doing—but for heaven’s sake don’t let them know that they are watched!”

I tiptoed down the path and stooped behind the low wall which surrounded the stunted orchard. Creeping in its shadow I reached a point whence I could look straight through the uncurtained window.

There were only two men in the room, Sir Henry and Stapleton. They sat with their profiles towards me on either side of the round table. Both of them were smoking cigars, and coffee and wine were in front of them. Stapleton was talking with animation, but the baronet looked pale and distrait. Perhaps the thought of that lonely walk across the ill-omened moor was weighing heavily upon his mind.

As I watched them Stapleton rose and left the room, while Sir Henry filled his glass again and leaned back in his chair, puffing at his cigar.

frío, mirando a su alrededor las sombrías laderas de la colina y el enorme lago de niebla que se extendía sobre la Ciénaga de Grimpen. «Veo las luces de una casa delante de nosotros».

«Esa es Merripit House y el final de nuestro viaje. Debo pedirles que caminen de puntillas y no hablen por encima de un susurro».

Avanzamos cautelosamente por la pista como si nos dirigiéramos a la casa, pero Holmes nos detuvo cuando estábamos a unas doscientas yardas de ella.

«Esto servirá», dijo. «Estas rocas de la derecha constituyen una pantalla admirable».

«¿Debemos esperar aquí?».

«Sí, haremos nuestra pequeña emboscada aquí. Entre en este hueco, Lestrade. Usted ha estado dentro de la casa, ¿verdad, Watson? ¿Puede decirnos la posición de las habitaciones? ¿Qué son esas ventanas enrejadas de este extremo?».

«Creo que son las ventanas de la cocina».

«¿Y la de más allá, que brilla tanto?».

«Esa es sin duda la del comedor».

«Las persianas están levantadas. Usted conoce mejor el terreno. Avance sigilosamente y vea lo que están haciendo... pero, por el amor de Dios, ¡no deje que sepan que están siendo vigilados!».

Bajé de puntillas por el sendero y me agaché detrás del muro bajo que rodeaba el huerto marchito. Arrastrándome bajo su sombra llegué a un punto desde el que podía mirar directamente a través de la ventana sin cortinas.

Sólo había dos hombres en la sala, Sir Henry y Stapleton. Estaban sentados de perfil hacia mí a ambos lados de la mesa redonda. Ambos fumaban puros, y delante de ellos había café y vino. Stapleton hablaba con animación, pero el baronet parecía pálido y distraído. Tal vez el pensamiento de aquel solitario paseo por el mal augurado páramo pesaba mucho en su mente.

Mientras los observaba, Stapleton se levantó y salió de la habitación, mientras Sir Henry llenaba de nuevo su vaso y se reclinaba en su silla,

I heard the creak of a door and the crisp sound of boots upon gravel. The steps passed along the path on the other side of the wall under which I crouched. Looking over, I saw the naturalist pause at the door of an out-house in the corner of the orchard. A key turned in a lock, and as he passed in there was a curious scuffling noise from within. He was only a minute or so inside, and then I heard the key turn once more and he passed me and reentered the house. I saw him rejoin his guest, and I crept quietly back to where my companions were waiting to tell them what I had seen.

"You say, Watson, that the lady is not there?" Holmes asked when I had finished my report.

"No."

"Where can she be, then, since there is no light in any other room except the kitchen?"

"I cannot think where she is."

I have said that over the great Grimpen Mire there hung a dense, white fog. It was drifting slowly in our direction and banked itself up like a wall on that side of us, low but thick and well defined. The moon shone on it, and it looked like a great shimmering ice-field, with the heads of the distant tors as rocks borne upon its surface. Holmes's face was turned towards it, and he muttered impatiently as he watched its sluggish drift.

"It's moving towards us, Watson."

"Is that serious?"

"Very serious, indeed—the one thing upon earth which could have disarranged my plans. He can't be very long, now. It is already ten o'clock. Our success and even his life may depend upon his coming out before the fog is over the path."

The night was clear and fine above us. The stars shone cold and bright, while a half-moon bathed the whole scene in a soft, uncertain light. Before us lay the dark bulk of the house, its serrated roof and bristling chimneys hard outlined against the silver-spangled sky. Broad bars of golden light from the lower windows stretched across the orchard and the moor. One of them was suddenly shut off. The servants had left the kitchen. There only remained the lamp in the

dando caladas a su puro. Oí el chirrido de una puerta y el crujido de unas botas sobre la grava. Los pasos pasaban por el sendero al otro lado del muro bajo el que me agazapé. Al mirar por encima, vi que el naturalista se detenía ante la puerta de un cobertizo en la esquina del huerto. Una llave giró en una cerradura, y cuando pasó dentro se oyó un curioso ruido de rozamiento procedente del interior. Sólo estuvo dentro un minuto más o menos, y entonces oí girar la llave una vez más y él pasó junto a mí y volvió a entrar en la casa. Le vi reunirse con su invitado y me arrastré sigilosamente hasta donde me esperaban mis compañeros para contarles lo que había visto.

«¿Dice usted, Watson, que la dama no está allí?», preguntó Holmes cuando hube terminado mi informe.

«Así es».

«¿Dónde puede estar, entonces, ya que no hay luz en ninguna otra habitación excepto en la cocina?».

«No se me ocurre dónde está».

He dicho que sobre la gran Ciénaga de Grimpen flotaba una niebla densa y blanca. Venía lentamente en nuestra dirección y se levantaba como un muro de nuestro lado, bajo pero espeso y bien definido. La luna brillaba sobre la neblina y parecía un gran campo de hielo reluciente, con las cabezas de los peñascos distantes como rocas soportadas sobre su superficie. Holmes tenía la cara vuelta hacia ella y murmuraba con impaciencia mientras observaba su lenta deriva.

«Se mueve hacia nosotros, Watson».

«¿Es grave?».

«Muy grave, de hecho... la única cosa sobre la tierra que podría haber desbaratado mis planes. No puede tardar mucho. Ya son las diez. Nuestro éxito e incluso su vida pueden depender de que salga antes de que la niebla cubra el camino».

La noche era clara y fina sobre nosotros. Las estrellas brillaban frías y luminosas, mientras que una media luna bañaba toda la escena con una luz suave e incierta. Ante nosotros se extendía la oscura mole de la casa, su tejado dentado y sus chimeneas erizadas se perfilaban duramente contra el cielo plateado. Amplias barras de luz dorada procedentes de las ventanas inferiores se extendían por el huerto y el páramo. Una de ellas se apagó de repente. Los criados habían abandonado la cocina. Sólo que-

dining-room where the two men, the murderous host and the unconscious guest, still chatted over their cigars.

Every minute that white woolly plain which covered one-half of the moor was drifting closer and closer to the house. Already the first thin wisps of it were curling across the golden square of the lighted window. The farther wall of the orchard was already invisible, and the trees were standing out of a swirl of white vapour. As we watched it the fog-wreaths came crawling round both corners of the house and rolled slowly into one dense bank on which the upper floor and the roof floated like a strange ship upon a shadowy sea. Holmes struck his hand passionately upon the rock in front of us and stamped his feet in his impatience.

"If he isn't out in a quarter of an hour the path will be covered. In half an hour we won't be able to see our hands in front of us."

"Shall we move farther back upon higher ground?"

"Yes, I think it would be as well."

So as the fog-bank flowed onward we fell back before it until we were half a mile from the house, and still that dense white sea, with the moon silvering its upper edge, swept slowly and inexorably on.

"We are going too far," said Holmes. "We dare not take the chance of his being overtaken before he can reach us. At all costs we must hold our ground where we are." He dropped on his knees and clapped his ear to the ground. "Thank God, I think that I hear him coming."

A sound of quick steps broke the silence of the moor. Crouching among the stones we stared intently at the silver-tipped bank in front of us. The steps grew louder, and through the fog, as through a curtain, there stepped the man whom we were awaiting. He looked round him in surprise as he emerged into the clear, starlit night. Then he came swiftly along the path, passed close to where we lay, and went on up the long slope behind us. As he walked he glanced continually over either shoulder, like a man who is ill at ease.

"Hist!" cried Holmes, and I heard the sharp click of a cocking pistol. "Look out! It's coming!"

daba la lámpara del comedor, donde los dos hombres, el anfitrión asesino y el huésped inconsciente, seguían charlando entre puros.

Cada minuto que pasaba, aquella blanca llanura lanosa que cubría la mitad del páramo se acercaba más y más a la casa. Ya las primeras finas briznas se enroscaban en el cuadrado dorado de la ventana iluminada. El muro más lejano del huerto ya era invisible y los árboles se destacaban en un remolino de vapor blanco. Mientras lo observábamos, las coronas de niebla llegaron arrastrándose por las dos esquinas de la casa y rodaron lentamente hasta formar un denso banco sobre el que el piso superior y el tejado flotaban como un extraño barco sobre un mar sombrío. Holmes golpeó con la mano apasionadamente la roca que teníamos delante y dio un pisotón de impaciencia.

«Si no ha salido en un cuarto de hora el camino estará cubierto. En media hora no podremos vernos las manos delante».

«¿Nos movemos más atrás a un terreno más alto?».

«Sí, creo que sería lo mejor».

Así, a medida que el banco de niebla avanzaba, retrocedimos ante él hasta que estuvimos a media milla de la casa, y todavía aquel denso mar blanco, con la luna plateando su borde superior, avanzaba lenta e inexorablemente.

«Vamos demasiado lejos», dijo Holmes. «No nos atrevemos a correr el riesgo de que le den alcance antes de que pueda alcanzarnos. A toda costa debemos mantenernos donde estamos». Se puso de rodillas y pegó la oreja al suelo. «Gracias a Dios, creo que le oigo acercarse».

Un sonido de pasos rápidos rompió el silencio del páramo. Agazapados entre las piedras, miramos atentamente el banco de puntas plateadas que teníamos delante. Los pasos se hicieron más fuertes y a través de la niebla, como a través de una cortina, apareció el hombre al que esperábamos. Miró sorprendido a su alrededor mientras salía a la noche clara e iluminada por las estrellas. Luego se acercó rápidamente por el sendero, pasó cerca de donde estábamos tumbados y siguió subiendo por la larga pendiente que había detrás de nosotros. Mientras caminaba miraba continuamente por encima de ambos hombros, como un hombre que se siente incómodo.

«¡Chist!», gritó Holmes, y oí el agudo chasquido de una pistola amartillándose. «¡Cuidado! Ya viene!».

There was a thin, crisp, continuous patter from somewhere in the heart of that crawling bank. The cloud was within fifty yards of where we lay, and we glared at it, all three, uncertain what horror was about to break from the heart of it. I was at Holmes's elbow, and I glanced for an instant at his face. It was pale and exultant, his eyes shining brightly in the moonlight. But suddenly they started forward in a rigid, fixed stare, and his lips parted in amazement. At the same instant Lestrade gave a yell of terror and threw himself face downward upon the ground. I sprang to my feet, my inert hand grasping my pistol, my mind paralyzed by the dreadful shape which had sprung out upon us from the shadows of the fog. A hound it was, an enormous coal-black hound, but not such a hound as mortal eyes have ever seen. Fire burst from its open mouth, its eyes glowed with a smouldering glare, its muzzle and hackles and dewlap were outlined in flickering flame. Never in the delirious dream of a disordered brain could anything more savage, more appalling, more hellish be conceived than that dark form and savage face which broke upon us out of the wall of fog.

With long bounds the huge black creature was leaping down the track, following hard upon the footsteps of our friend. So paralyzed were we by the apparition that we allowed him to pass before we had recovered our nerve. Then Holmes and I both fired together, and the creature gave a hideous howl, which showed that one at least had hit him. He did not pause, however, but bounded onward. Far away on the path we saw Sir Henry looking back, his face white in the moonlight, his hands raised in horror, glaring helplessly at the frightful thing which was hunting him down. But that cry of pain from the hound had blown all our fears to the winds. If he was vulnerable he was mortal, and if we could wound him we could kill him. Never have I seen a man run as Holmes ran that night. I am reckoned fleet of foot, but he outpaced me as much as I outpaced the little professional. In front of us as we flew up the track we heard scream after scream from Sir Henry and the deep roar of the hound. I was in time to see the beast spring upon its victim, hurl him to the ground, and worry at his throat. But the next instant Holmes had emptied five barrels of his revolver into the creature's flank. With a last howl of agony and a vicious snap in the air, it rolled upon its back, four feet pawing furiously, and then fell limp upon its side. I stooped, panting, and pressed my pistol to the dreadful, shimmering head, but it was useless to press the trigger. The giant hound was dead.

Sir Henry lay insensible where he had fallen. We tore away his collar, and Holmes breathed a prayer of gratitude when we saw that there

Se oyó un repiqueteo fino, nítido y continuo procedente de algún lugar del corazón de aquel banco reptante. La nube estaba a menos de cincuenta yardas de donde yacíamos, y los tres la miramos con fijeza, sin saber qué horror estaba a punto de brotar de su corazón. Yo estaba a la altura del codo de Holmes, y miré por un instante su rostro. Estaba pálido y exultante, sus ojos brillaban intensamente a la luz de la luna. Pero de pronto se pusieron rígidos, fijos, y sus labios se entreabrieron con asombro. En el mismo instante Lestrade dio un grito de terror y se tiró boca abajo al suelo. Me puse en pie de un salto, con la mano inerte agarrando mi pistola, con la mente paralizada por la espantosa forma que había surgido sobre nosotros de entre las sombras de la niebla. Era un sabueso, un enorme sabueso negro como el carbón, pero un sabueso distinto al que ojos mortales hayan visto jamás. De su boca abierta brotaba fuego, sus ojos brillaban con un fulgor humeante, su hocico y sus cachas y papada se perfilaban en llamas parpadeantes. Jamás en el sueño delirante de un cerebro desordenado pudo concebirse nada más salvaje, más espantoso, más infernal que aquella forma oscura y aquel rostro salvaje que irrumpieron sobre nosotros desde el muro de niebla.

Con largos brincos, la enorme criatura negra saltaba por la senda, siguiendo de cerca los pasos de nuestro amigo. Tan paralizados estábamos por la aparición que le permitimos pasar antes de que hubiéramos recuperado el valor. Entonces Holmes y yo disparamos a la vez, y la criatura emitió un horrible aullido, que demostraba que al menos uno de nosotros le había alcanzado. Sin embargo, no se detuvo, sino que siguió saltando. A lo lejos, en el sendero, vimos a Sir Henry mirando hacia atrás, con el rostro blanco a la luz de la luna, las manos levantadas con horror, mirando impotente a la espantosa cosa que le estaba dando caza. Pero aquel grito de dolor del sabueso había hecho saltar por los aires todos nuestros temores. Si era vulnerable era mortal, y si podíamos herirlo podíamos matarlo. Nunca he visto a un hombre correr como corrió Holmes aquella noche. Se me considera ágil de pies, pero él me superó tanto como yo al pequeño profesional. Delante de nosotros, mientras subíamos por la pista, oímos un grito tras otro de Sir Henry y el profundo rugido del sabueso. Llegué a tiempo para ver a la bestia saltar sobre su víctima, arrojarla al suelo y ensañarse con su garganta. Pero al instante siguiente Holmes había vaciado cinco cañones de su revólver en el flanco de la criatura. Con un último aullido de agonía y un feroz chasquido en el aire, rodó sobre su espalda, con sus cuatro patas dando furiosos zarpazos, y luego cayó inerte sobre un costado. Me agaché, jadeante, y apreté mi pistola contra la espantosa y brillante cabeza, pero era inútil apretar el gatillo. El sabueso gigante estaba muerto.

Sir Henry yacía insensible donde había caído. Le arrancamos el cuello de la camisa y Holmes exhaló una plegaria de gratitud al ver que no había

was no sign of a wound and that the rescue had been in time. Already our friend's eyelids shivered and he made a feeble effort to move. Lestrade thrust his brandy-flask between the baronet's teeth, and two frightened eyes were looking up at us.

"My God!" he whispered. "What was it? What, in heaven's name, was it?"

"It's dead, whatever it is," said Holmes. "We've laid the family ghost once and forever."

In mere size and strength it was a terrible creature which was lying stretched before us. It was not a pure bloodhound and it was not a pure mastiff; but it appeared to be a combination of the two—gaunt, savage, and as large as a small lioness. Even now in the stillness of death, the huge jaws seemed to be dripping with a bluish flame and the small, deep-set, cruel eyes were ringed with fire. I placed my hand upon the glowing muzzle, and as I held them up my own fingers smouldered and gleamed in the darkness.

"Phosphorus," I said.

"A cunning preparation of it," said Holmes, sniffing at the dead animal. "There is no smell which might have interfered with his power of scent. We owe you a deep apology, Sir Henry, for having exposed you to this fright. I was prepared for a hound, but not for such a creature as this. And the fog gave us little time to receive him."

"You have saved my life."

"Having first endangered it. Are you strong enough to stand?"

"Give me another mouthful of that brandy and I shall be ready for anything. So! Now, if you will help me up. What do you propose to do?"

"To leave you here. You are not fit for further adventures tonight. If you will wait, one or other of us will go back with you to the Hall."

He tried to stagger to his feet; but he was still ghastly pale and trembling in every limb. We helped him to a rock, where he sat shivering with his face buried in his hands.

"We must leave you now," said Holmes. "The rest of our work must

señales de herida y que el rescate había llegado a tiempo. Los párpados de nuestro amigo ya temblaban e hizo un débil esfuerzo por moverse. Lestrade introdujo su petaca de brandy entre los dientes del baronet y dos ojos asustados nos miraban.

«¡Dios mío!», susurró. «¿Qué fue aquello? ¿Qué, en nombre del cielo, fue?».

«Está muerto, sea lo que sea», dijo Holmes. «Hemos despedido al fantasma de la familia de una vez por todas».

En mero tamaño y fuerza era una criatura terrible la que yacía tendida ante nosotros. No era un sabueso puro ni un mastín puro, sino que parecía una combinación de ambos: salvaje y tan grande como una pequeña leona. Incluso ahora, en la quietud de la muerte, las enormes mandíbulas parecían gotear una llama azulada y los ojos pequeños, hundidos y crueles estaban anillados de fuego. Puse la mano sobre el hocico incandescente y, al alzarlas, mis propios dedos ardieron y brillaron en la oscuridad.

«Fósforo», dije.

«Una astuta preparación del mismo», dijo Holmes, olfateando al animal muerto. «No hay ningún olor que pudiera haber interferido con su poder olfativo. Le debemos una profunda disculpa, Sir Henry, por haberle expuesto a este susto. Yo estaba preparado para un sabueso, pero no para una criatura como ésta. Y la niebla nos dio poco tiempo para recibirlo».

«Me ha salvado la vida».

«Habiéndola puesto primero en peligro. ¿Tiene fuerzas para mantenerse en pie?».

«Deme otro trago de ese brandy y estaré preparado para cualquier cosa. ¡Así! Ahora, si me ayuda a levantarme. ¿Qué se propone hacer?».

«Dejarle aquí. No está usted para más aventuras esta noche. Si espera, uno u otro de nosotros volverá con usted al Hall».

Intentó ponerse en pie tambaleándose; pero seguía espantosamente pálido y temblando de todos los miembros. Le ayudamos a subir a una roca, donde se sentó temblando con la cara enterrada entre las manos.

«Debemos dejarle ahora», dijo Holmes. «Hay que hacer el resto de

be done, and every moment is of importance. We have our case, and now we only want our man.

"It's a thousand to one against our finding him at the house," he continued as we retraced our steps swiftly down the path. "Those shots must have told him that the game was up."

"We were some distance off, and this fog may have deadened them."

"He followed the hound to call him off—of that you may be certain. No, no, he's gone by this time! But we'll search the house and make sure."

The front door was open, so we rushed in and hurried from room to room to the amazement of a doddering old manservant, who met us in the passage. There was no light save in the dining-room, but Holmes caught up the lamp and left no corner of the house unexplored. No sign could we see of the man whom we were chasing. On the upper floor, however, one of the bedroom doors was locked.

"There's someone in here," cried Lestrade. "I can hear a movement. Open this door!"

A faint moaning and rustling came from within. Holmes struck the door just over the lock with the flat of his foot and it flew open. Pistol in hand, we all three rushed into the room.

But there was no sign within it of that desperate and defiant villain whom we expected to see. Instead we were faced by an object so strange and so unexpected that we stood for a moment staring at it in amazement.

The room had been fashioned into a small museum, and the walls were lined by a number of glass-topped cases full of that collection of butterflies and moths the formation of which had been the relaxation of this complex and dangerous man. In the centre of this room there was an upright beam, which had been placed at some period as a support for the old worm-eaten baulk of timber which spanned the roof. To this post a figure was tied, so swathed and muffled in the sheets which had been used to secure it that one could not for the moment tell whether it was that of a man or a woman. One towel passed round the throat and was secured at the back of the pillar. Another covered the lower part of the face, and over it two dark eyes—eyes full of grief

nuestro trabajo, y cada momento es importante. Tenemos nuestro caso, y ahora sólo queremos a nuestro hombre».

«Hay mil contra uno en contra de que lo encontremos en la casa», continuó mientras volvíamos sobre nuestros pasos rápidamente por el sendero. «Esos disparos deben haberle dicho que el juego había terminado».

«Estábamos a cierta distancia, y esta niebla puede haberlos amortiguado».

«Siguió al sabueso para ahuyentarlo... de eso puede estar seguro. ¡No, no, ya se ha ido! Pero registraremos la casa y nos aseguraremos».

La puerta principal estaba abierta, así que entramos a toda prisa y nos apresuramos a ir de habitación en habitación ante el asombro de un viejo criado esquivo, que se encontró con nosotros en el pasillo. No había luz salvo en el comedor, pero Holmes cogió la lámpara y no dejó rincón de la casa sin explorar. No pudimos ver ni rastro del hombre al que perseguíamos. En el piso superior, sin embargo, una de las puertas de los dormitorios estaba cerrada con llave.

«Hay alguien aquí», gritó Lestrade. «Oigo un movimiento. Abra esta puerta».

Un débil gemido y un crujido procedían del interior. Holmes golpeó la puerta justo encima de la cerradura con la planta del pie y ésta se abrió de golpe. Pistola en mano, los tres entramos a toda prisa en la habitación.

Pero en su interior no había ni rastro de aquel villano desesperado y desafiante que esperábamos ver. En su lugar nos encontramos ante un objeto tan extraño y tan inesperado que nos quedamos un momento mirándolo con asombro.

La habitación había sido acondicionada como un pequeño museo, y las paredes estaban revestidas por varias vitrinas llenas de esa colección de mariposas y polillas cuya formación había sido la relajación de este hombre complejo y peligroso. En el centro de esta sala había una viga vertical, que había sido colocada en algún momento como soporte del viejo madero agusanado que cubría el tejado. A este poste estaba atada una figura, tan envuelta y amortajada en las sábanas que se habían utilizado para asegurarla que no se podía saber por el momento si era la de un hombre o la de una mujer. Una toalla pasaba alrededor de la garganta y se sujetaba en la parte posterior del pilar. Otra cubría la parte inferior del rostro, y sobre ella dos ojos oscuros —ojos llenos de pena y vergüen-

and shame and a dreadful questioning—stared back at us. In a minute we had torn off the gag, unswathed the bonds, and Mrs. Stapleton sank upon the floor in front of us. As her beautiful head fell upon her chest I saw the clear red weal of a whiplash across her neck.

"The brute!" cried Holmes. "Here, Lestrade, your brandy-bottle! Put her in the chair! She has fainted from ill-usage and exhaustion."

She opened her eyes again.

"Is he safe?" she asked. "Has he escaped?"

"He cannot escape us, madam."

"No, no, I did not mean my husband. Sir Henry? Is he safe?"

"Yes."

"And the hound?"

"It is dead."

She gave a long sigh of satisfaction.

"Thank God! Thank God! Oh, this villain! See how he has treated me!" She shot her arms out from her sleeves, and we saw with horror that they were all mottled with bruises. "But this is nothing—nothing! It is my mind and soul that he has tortured and defiled. I could endure it all, ill-usage, solitude, a life of deception, everything, as long as I could still cling to the hope that I had his love, but now I know that in this also I have been his dupe and his tool." She broke into passionate sobbing as she spoke.

"You bear him no good will, madam," said Holmes. "Tell us then where we shall find him. If you have ever aided him in evil, help us now and so atone."

"There is but one place where he can have fled," she answered. "There is an old tin mine on an island in the heart of the mire. It was there that he kept his hound and there also he had made preparations so that he might have a refuge. That is where he would fly."

The fog-bank lay like white wool against the window. Holmes held the lamp towards it.

za y un espantoso interrogante— nos miraban. En un minuto habíamos arrancado la mordaza, desatado las ataduras y la señora Stapleton cayó al suelo frente a nosotros. Mientras su hermosa cabeza caía sobre su pecho vi la clara llaga roja de un latigazo en su cuello.

«¡El muy bruto!», gritó Holmes. «¡Aquí, Lestrade, su botella de brandy! ¡Póngala en la silla! Se ha desmayado por el abuso y el agotamiento».

Volvió a abrir los ojos.

«¿Está a salvo?», preguntó. «¿Se ha escapado?».

«No puede escapar de nosotros, señora».

«No, no, no me refería a mi marido. ¿Sir Henry? ¿Está a salvo?».

«Sí».

«¿Y el sabueso?».

«Está muerto».

Ella dio un largo suspiro de satisfacción.

«¡Gracias a Dios! ¡Gracias a Dios! ¡Oh, este villano! ¡Miren cómo me ha tratado!». Sacó los brazos de las mangas y vimos con horror que estaban moteados de moratones. «¡Pero esto no es nada... nada! Es mi mente y mi alma lo que él ha torturado y mancillado. Podía soportarlo todo, los malos tratos, la soledad, una vida de engaños, todo, mientras aún pudiera aferrarme a la esperanza de que tenía su amor, pero ahora sé que también en esto me engañó y he sido su herramienta». Rompió en apasionados sollozos mientras hablaba.

«No le tiene ninguna simpatía, señora», dijo Holmes. «Díganos entonces dónde podemos encontrarlo. Si alguna vez le ha ayudado en el mal, ayúdenos ahora y así expiará su culpa».

«Sólo hay un lugar donde puede haber huido», respondió ella. «Hay una vieja mina de estaño en una isla en el corazón del lodazal. Allí guardaba a su sabueso y allí también había hecho preparativos para tener un refugio. Allí es donde huiría».

El banco de niebla yacía como lana blanca contra la ventana. Holmes sostuvo la lámpara hacia él.

"See," said he. "No one could find his way into the Grimpen Mire tonight."

She laughed and clapped her hands. Her eyes and teeth gleamed with fierce merriment.

"He may find his way in, but never out," she cried. "How can he see the guiding wands tonight? We planted them together, he and I, to mark the pathway through the mire. Oh, if I could only have plucked them out today. Then indeed you would have had him at your mercy!"

It was evident to us that all pursuit was in vain until the fog had lifted. Meanwhile we left Lestrade in possession of the house while Holmes and I went back with the baronet to Baskerville Hall. The story of the Stapletons could no longer be withheld from him, but he took the blow bravely when he learned the truth about the woman whom he had loved. But the shock of the night's adventures had shattered his nerves, and before morning he lay delirious in a high fever under the care of Dr. Mortimer. The two of them were destined to travel together round the world before Sir Henry had become once more the hale, hearty man that he had been before he became master of that ill-omened estate.

And now I come rapidly to the conclusion of this singular narrative, in which I have tried to make the reader share those dark fears and vague surmises which clouded our lives so long and ended in so tragic a manner. On the morning after the death of the hound the fog had lifted and we were guided by Mrs. Stapleton to the point where they had found a pathway through the bog. It helped us to realise the horror of this woman's life when we saw the eagerness and joy with which she laid us on her husband's track. We left her standing upon the thin peninsula of firm, peaty soil which tapered out into the widespread bog. From the end of it a small wand planted here and there showed where the path zigzagged from tuft to tuft of rushes among those green-scummed pits and foul quagmires which barred the way to the stranger. Rank reeds and lush, slimy water-plants sent an odour of decay and a heavy miasmatic vapour onto our faces, while a false step plunged us more than once thigh-deep into the dark, quivering mire, which shook for yards in soft undulations around our feet. Its tenacious grip plucked at our heels as we walked, and when we sank into it it was as if some malignant hand was tugging us down into those obscene depths, so grim and purposeful was the clutch in which it held us. Once only we saw a trace that someone had passed that perilous way before us. From amid a tuft of cotton grass which bore it up out of the slime some dark thing was projecting. Holmes sank to his waist

«Vean», dijo. «Nadie podría encontrar el camino a la Ciénaga de Grimpen esta noche».

Ella se rió y dio una palmada. Sus ojos y sus dientes brillaban con feroz alegría.

«Puede que encuentre la forma de entrar, pero nunca de salir», exclamó ella. «¿Cómo puede ver las varitas de guía esta noche? Las plantamos juntos, él y yo, para marcar el camino a través del fango. Oh, si hubiera podido arrancarlas hoy. Entonces sí que lo habría tenido a su merced».

Era evidente para nosotros que toda persecución era en vano hasta que la niebla se hubiera disipado. Mientras tanto dejamos a Lestrade en posesión de la casa mientras Holmes y yo regresábamos con el baronet a Baskerville Hall. Ya no se le podía ocultar la historia de los Stapleton, pero asimiló el golpe con valentía cuando supo la verdad sobre la mujer a la que había amado. Pero la conmoción de las aventuras de la noche le había destrozado los nervios, y antes de la mañana yacía delirando con fiebre alta bajo el cuidado del Doctor Mortimer. Los dos estaban destinados a dar juntos la vuelta al mundo antes de que Sir Henry volviera a ser el hombre sano y vigoroso que había sido antes de convertirse en el amo de aquella nefasta propiedad.

Y ahora yo llego rápidamente a la conclusión de esta singular narración, en la que he intentado hacer partícipe al lector de aquellos oscuros temores y vagas conjeturas que enturbiaron nuestras vidas durante tanto tiempo y acabaron de forma tan trágica. A la mañana siguiente de la muerte del sabueso la niebla se había disipado y fuimos guiados por la señora Stapleton hasta el punto donde habían encontrado un camino a través de la ciénaga. Nos ayudó a darnos cuenta del horror de la vida de esta mujer ver el afán y la alegría con que nos puso sobre la pista de su marido. La dejamos de pie sobre la delgada península de suelo firme y turboso que se estrechaba hacia la extensa ciénaga. Desde el extremo de la misma, una pequeña vara plantada aquí y allá mostraba por dónde zigzagueaba el sendero de mata en mata de juncos entre esos pozos llenos de verdín y esos fétidos lodazales que cerraban el paso al forastero. Los juncos y las plantas acuáticas exuberantes y viscosas nos lanzaban al rostro un olor a putrefacción y un pesado vapor miasmático, mientras que un paso en falso nos sumergía más de una vez hasta los muslos en el fango oscuro y tembloroso, que se agitaba durante metros en suaves ondulaciones alrededor de nuestros pies. Su tenaz agarre nos arañaba los talones mientras caminábamos, y cuando nos hundíamos en él era como si una mano maligna nos arrastrara hacia aquellas obscenas profundidades, tan sombrío y decidido era el agarre en el que nos tenía. Una sola vez vimos un rastro de que alguien había pasado por aquel peligroso

as he stepped from the path to seize it, and had we not been there to drag him out he could never have set his foot upon firm land again. He held an old black boot in the air. “Meyers, Toronto,” was printed on the leather inside.

“It is worth a mud bath,” said he. “It is our friend Sir Henry’s missing boot.”

“Thrown there by Stapleton in his flight.”

“Exactly. He retained it in his hand after using it to set the hound upon the track. He fled when he knew the game was up, still clutching it. And he hurled it away at this point of his flight. We know at least that he came so far in safety.”

But more than that we were never destined to know, though there was much which we might surmise. There was no chance of finding footsteps in the mire, for the rising mud oozed swiftly in upon them, but as we at last reached firmer ground beyond the morass we all looked eagerly for them. But no slightest sign of them ever met our eyes. If the earth told a true story, then Stapleton never reached that island of refuge towards which he struggled through the fog upon that last night. Somewhere in the heart of the great Grimpen Mire, down in the foul slime of the huge morass which had sucked him in, this cold and cruel-hearted man is forever buried.

Many traces we found of him in the bog-girt island where he had hid his savage ally. A huge driving-wheel and a shaft half-filled with rubbish showed the position of an abandoned mine. Beside it were the crumbling remains of the cottages of the miners, driven away no doubt by the foul reek of the surrounding swamp. In one of these a staple and chain with a quantity of gnawed bones showed where the animal had been confined. A skeleton with a tangle of brown hair adhering to it lay among the débris.

“A dog!” said Holmes. “By Jove, a curly-haired spaniel. Poor Mortimer will never see his pet again. Well, I do not know that this place contains any secret which we have not already fathomed. He could hide his hound, but he could not hush its voice, and hence came those cries which even in daylight were not pleasant to hear. On an emergency he could keep the hound in the out-house at Merripit, but it was

camino antes que nosotros. De entre un mechón de hierba algodonosa que lo sacaba del fango sobresalía alguna cosa oscura. Holmes se hundió hasta la cintura al salir del sendero para agarrarlo, y si no hubiéramos estado allí para sacarlo a rastras nunca habría vuelto a pisar tierra firme. Sostenía una vieja bota negra en el aire. «Meyers, Toronto», estaba impreso en el interior de cuero.

«Vale la pena un baño de barro», dijo. «Es la bota perdida de nuestro amigo Sir Henry».

«Arrojada allí por Stapleton en su huida».

«Exactamente. La retuvo en su mano después de utilizarla para poner al sabueso sobre la pista. Huyó cuando supo que el juego había terminado, aún aferrándola. Y la arrojó lejos en este punto de su huida. Sabemos al menos que llegó hasta aquí a salvo».

Pero más que eso nunca estábamos destinados a saber, aunque había mucho que podíamos conjeturar. No había posibilidad de encontrar pisadas en el fango, pues el lodo ascendente rezumaba rápidamente sobre ellas, pero cuando por fin llegamos a terreno más firme, más allá del cenagal, todos las buscamos ansiosamente. Pero ni la más mínima señal de ellas se cruzó con nuestros ojos. Si la tierra contaba una historia real, entonces Stapleton nunca llegó a esa isla de refugio hacia la que luchó a través de la niebla aquella última noche. En algún lugar del corazón de la gran Ciénaga de Grimpen, abajo en el fétido lodo del enorme pantano que lo había succionado, este hombre de corazón frío y cruel está enterrado para siempre.

Encontramos muchas huellas de él en la isla cenagosa donde había escondido a su salvaje aliado. Una enorme rueda tractora y un pozo medio lleno de basura mostraban la posición de una mina abandonada. A su lado estaban los restos desmoronados de las casitas de los mineros, ahuyentados sin duda por el hedor nauseabundo del pantano circundante. En una de ellas, una estaca y una cadena con una cantidad de huesos roídos mostraban el lugar donde había estado confinado el animal. Un esqueleto con una maraña de pelo castaño adherido yacía entre los escombros.

«¡Un perro!», dijo Holmes. «Por Júpiter, un spaniel de pelo rizado. El pobre Mortimer no volverá a ver a su mascota. Bueno, no sé si este lugar contiene algún secreto que no hayamos desentrañado ya. Podía ocultar a su sabueso, pero no podía acallar su voz, y de ahí venían esos gritos que ni siquiera a la luz del día resultaban agradables de oír. En caso de emergencia podía mantener al sabueso en el cobertizo exterior de Merripit,

always a risk, and it was only on the supreme day, which he regarded as the end of all his efforts, that he dared do it. This paste in the tin is no doubt the luminous mixture with which the creature was daubed. It was suggested, of course, by the story of the family hell-hound, and by the desire to frighten old Sir Charles to death. No wonder the poor devil of a convict ran and screamed, even as our friend did, and as we ourselves might have done, when he saw such a creature bounding through the darkness of the moor upon his track. It was a cunning device, for, apart from the chance of driving your victim to his death, what peasant would venture to inquire too closely into such a creature should he get sight of it, as many have done, upon the moor? I said it in London, Watson, and I say it again now, that never yet have we helped to hunt down a more dangerous man than he who is lying yonder"—he swept his long arm towards the huge mottled expanse of green-splotched bog which stretched away until it merged into the russet slopes of the moor.

pero siempre era un riesgo, y sólo el día supremo, que él consideraba el final de todos sus esfuerzos, se atrevió a hacerlo. Esta pasta de la lata es sin duda la mezcla luminosa con la que se embadurnó a la criatura. Fue sugerida, por supuesto, por la historia del sabueso infernal de la familia, y por el deseo de asustar hasta la muerte al viejo Sir Charles. No es de extrañar que el pobre diablo del convicto corriera y gritara, como hizo nuestro amigo, y como podríamos haber hecho nosotros mismos, cuando vio a semejante criatura saltando por la oscuridad del páramo tras su pista. Era una astuta estratagema, ya que, aparte de la posibilidad de llevar a su víctima a la muerte, ¿qué campesino se aventuraría a indagar demasiado sobre semejante criatura si la viera, como han hecho muchos, en el páramo? Lo dije en Londres, Watson, y lo repito ahora, que nunca hasta ahora hemos ayudado a cazar a un hombre más peligroso que el que yace allí»... barrió el aire con su largo brazo señalando hacia la enorme extensión de ciénaga, moteada de verde, que se extendía hasta fundirse con las laderas rojizas del páramo.

CHAPTER 15 – A RETROSPECTION

It was the end of November, and Holmes and I sat, upon a raw and foggy night, on either side of a blazing fire in our sitting-room in Baker Street. Since the tragic upshot of our visit to Devonshire he had been engaged in two affairs of the utmost importance, in the first of which he had exposed the atrocious conduct of Colonel Upwood in connection with the famous card scandal of the Nonpareil Club, while in the second he had defended the unfortunate Mme. Montpensier from the charge of murder which hung over her in connection with the death of her step-daughter, Mlle. Carére, the young lady who, as it will be remembered, was found six months later alive and married in New York. My friend was in excellent spirits over the success which had attended a succession of difficult and important cases, so that I was able to induce him to discuss the details of the Baskerville mystery. I had waited patiently for the opportunity for I was aware that he would never permit cases to overlap, and that his clear and logical mind would not be drawn from its present work to dwell upon memories of the past. Sir Henry and Dr. Mortimer were, however, in London, on their way to that long voyage which had been recommended for the restoration of his shattered nerves. They had called upon us that very afternoon, so that it was natural that the subject should come up for discussion.

"The whole course of events," said Holmes, "from the point of view of the man who called himself Stapleton was simple and direct, although to us, who had no means in the beginning of knowing the motives of his actions and could only learn part of the facts, it all appeared exceedingly complex. I have had the advantage of two conversations with Mrs. Stapleton, and the case has now been so entirely cleared up that I am not aware that there is anything which has remained a secret to us. You will find a few notes upon the matter under the heading B in my indexed list of cases."

"Perhaps you would kindly give me a sketch of the course of events from memory."

"Certainly, though I cannot guarantee that I carry all the facts in my mind. Intense mental concentration has a curious way of blotting out what has passed. The barrister who has his case at his fingers' ends and is able to argue with an expert upon his own subject finds that a week or two of the courts will drive it all out of his head once more. So each of my cases displaces the last, and Mlle. Carére has blurred my recollection of Baskerville Hall. Tomorrow some other little problem

CAPÍTULO 15 – UNA RETROSPECTIVA

Era finales de noviembre y Holmes y yo estábamos sentados, en una noche cruda y brumosa, a ambos lados de un fuego abrasador en nuestro salón de Baker Street. Desde el trágico desenlace de nuestra visita a Devonshire él había estado ocupado en dos asuntos de la mayor importancia, en el primero de los cuales había desenmascarado la atroz conducta del Coronel Upwood en relación con el famoso escándalo de las cartas del Club Nonpareil, mientras que en el segundo había defendido a la desafortunada Mme. Montpensier de la acusación de asesinato que pesaba sobre ella en relación con la muerte de su hijastra, Mlle. Carére, la joven que, como se recordará, fue encontrada seis meses después viva y casada en Nueva York. Mi amigo estaba de excelente humor por el éxito que le había deparado una sucesión de casos difíciles e importantes, de modo que pude inducirle a discutir los detalles del misterio de los Baskerville. Yo había esperado pacientemente la oportunidad porque era consciente de que él nunca permitiría que los casos se superpusieran y de que su mente clara y lógica no se apartaría de su trabajo actual para detenerse en recuerdos del pasado. Sir Henry y el Doctor Mortimer estaban, sin embargo, en Londres, de camino a ese largo viaje que le habían recomendado para restaurar sus destrozados nervios. Nos habían visitado esa misma tarde, por lo que era natural que el tema saliera a colación.

«Todo el curso de los acontecimientos», dijo Holmes, «desde el punto de vista del hombre que se hacía llamar Stapleton era sencillo y directo, aunque para nosotros, que al principio no teníamos medios para conocer los motivos de sus acciones y sólo podíamos conocer una parte de los hechos, todo parecía excesivamente complejo. He tenido la ventaja de mantener dos conversaciones con la señora Stapleton, y el caso ha quedado ahora tan enteramente aclarado que no soy consciente de que haya algo que haya permanecido en secreto para nosotros. Usted encontrará algunas notas sobre el asunto bajo el epígrafe B en mi lista indexada de casos».

«Quizá tenga la amabilidad de ofrecerme de memoria un esbozo del curso de los acontecimientos».

«Ciertamente, aunque no puedo garantizar que lleve todos los hechos en mi mente. La intensa concentración mental tiene una curiosa forma de borrar lo que ha pasado. El abogado que tiene su caso en la punta de los dedos y es capaz de discutir con un experto sobre su propio tema, se encuentra con que una semana o dos de tribunales se lo vuelven a sacar todo de la cabeza. Así que cada uno de mis casos desplaza al anterior, y Mlle. Carére ha difuminado mi recuerdo de Baskerville Hall. Mañana

may be submitted to my notice which will in turn dispossess the fair French lady and the infamous Upwood. So far as the case of the hound goes, however, I will give you the course of events as nearly as I can, and you will suggest anything which I may have forgotten.

"My inquiries show beyond all question that the family portrait did not lie, and that this fellow was indeed a Baskerville. He was a son of that Rodger Baskerville, the younger brother of Sir Charles, who fled with a sinister reputation to South America, where he was said to have died unmarried. He did, as a matter of fact, marry, and had one child, this fellow, whose real name is the same as his father's. He married Beryl Garcia, one of the beauties of Costa Rica, and, having purloined a considerable sum of public money, he changed his name to Vandeleur and fled to England, where he established a school in the east of Yorkshire. His reason for attempting this special line of business was that he had struck up an acquaintance with a consumptive tutor upon the voyage home, and that he had used this man's ability to make the undertaking a success. Fraser, the tutor, died however, and the school which had begun well sank from disrepute into infamy. The Vandeleurs found it convenient to change their name to Stapleton, and he brought the remains of his fortune, his schemes for the future, and his taste for entomology to the south of England. I learned at the British Museum that he was a recognized authority upon the subject, and that the name of Vandeleur has been permanently attached to a certain moth which he had, in his Yorkshire days, been the first to describe.

"We now come to that portion of his life which has proved to be of such intense interest to us. The fellow had evidently made inquiry and found that only two lives intervened between him and a valuable estate. When he went to Devonshire his plans were, I believe, exceedingly hazy, but that he meant mischief from the first is evident from the way in which he took his wife with him in the character of his sister. The idea of using her as a decoy was clearly already in his mind, though he may not have been certain how the details of his plot were to be arranged. He meant in the end to have the estate, and he was ready to use any tool or run any risk for that end. His first act was to establish himself as near to his ancestral home as he could, and his second was to cultivate a friendship with Sir Charles Baskerville and with the neighbours.

"The baronet himself told him about the family hound, and so prepared the way for his own death. Stapleton, as I will continue to call him, knew that the old man's heart was weak and that a shock would kill him. So much he had learned from Dr. Mortimer. He had heard

puede que se someta a mi conocimiento algún otro pequeño problema que a su vez desaloje a la bella dama francesa y al infame Upwood. Sin embargo, por lo que respecta al caso del sabueso, le expondré el curso de los acontecimientos lo más fielmente que pueda, y usted me sugerirá cualquier detalle que pueda haber olvidado.

«Mis averiguaciones demuestran más allá de toda duda que el retrato de familia no mentía, y que este tipo era efectivamente un Baskerville. Era hijo de ese Rodger Baskerville, el hermano menor de Sir Charles, que huyó con una reputación siniestra a Sudamérica, donde se decía que había muerto soltero. De hecho, se casó y tuvo un hijo, éste, cuyo verdadero nombre es el mismo que el de su padre. Se casó con Beryl García, una de las bellezas de Costa Rica, y, tras haber robado una considerable suma de dinero público, cambió su nombre por el de Vandeleur y huyó a Inglaterra, donde estableció una escuela en el este de Yorkshire. Su razón para intentar esta línea especial de negocio era que había entablado amistad con un tutor tísico en el viaje de vuelta a casa, y que había utilizado la habilidad de este hombre para que la empresa fuera un éxito. Sin embargo, Fraser, el tutor, murió y la escuela, que había empezado estupendamente, pasó del descrédito a la infamia. A los Vandeleur les pareció conveniente cambiar su nombre por el de Stapleton, y él se llevó los restos de su fortuna, sus planes para el futuro y su gusto por la entomología al sur de Inglaterra. En el Museo Británico me enteré de que era una autoridad reconocida en la materia, y que el nombre de Vandeleur ha quedado permanentemente unido a cierta polilla que él, en sus días de Yorkshire, había sido el primero en describir.

«Llegamos ahora a esa parte de su vida que nos ha resultado de tan intenso interés. Evidentemente, el tipo hizo averiguaciones y descubrió que sólo dos vidas se interponían entre él y una valiosa propiedad. Cuando se marchó a Devonshire sus planes eran, creo yo, excesivamente nebulosos, pero que sus intenciones eran maléficas desde el primer momento resulta evidente por la forma en que se llevó consigo a su esposa en el carácter de su hermana. La idea de utilizarla como señuelo estaba ya claramente en su mente, aunque puede que no estuviera seguro de cómo iban a organizarse los detalles de su complot. Su intención final era poseer la propiedad, y estaba dispuesto a utilizar cualquier herramienta o correr cualquier riesgo con ese fin. Su primer acto fue establecerse lo más cerca posible de su hogar ancestral, y el segundo, cultivar una amistad con Sir Charles Baskerville y con los vecinos.

«El propio baronet le habló del sabueso de la familia y preparó así el camino para su propia muerte. Stapleton, como seguiré llamándole, sabía que el corazón del anciano era débil y que una conmoción lo mataría. Así lo había sabido por el Doctor Mortimer. También había oído que Sir

also that Sir Charles was superstitious and had taken this grim legend very seriously. His ingenious mind instantly suggested a way by which the baronet could be done to death, and yet it would be hardly possible to bring home the guilt to the real murderer.

"Having conceived the idea he proceeded to carry it out with considerable finesse. An ordinary schemer would have been content to work with a savage hound. The use of artificial means to make the creature diabolical was a flash of genius upon his part. The dog he bought in London from Ross and Mangles, the dealers in Fulham Road. It was the strongest and most savage in their possession. He brought it down by the North Devon line and walked a great distance over the moor so as to get it home without exciting any remarks. He had already on his insect hunts learned to penetrate the Grimpen Mire, and so had found a safe hiding-place for the creature. Here he kennelled it and waited his chance.

"But it was some time coming. The old gentleman could not be decoyed outside of his grounds at night. Several times Stapleton lurked about with his hound, but without avail. It was during these fruitless quests that he, or rather his ally, was seen by peasants, and that the legend of the demon dog received a new confirmation. He had hoped that his wife might lure Sir Charles to his ruin, but here she proved unexpectedly independent. She would not endeavour to entangle the old gentleman in a sentimental attachment which might deliver him over to his enemy. Threats and even, I am sorry to say, blows refused to move her. She would have nothing to do with it, and for a time Stapleton was at a deadlock.

"He found a way out of his difficulties through the chance that Sir Charles, who had conceived a friendship for him, made him the minister of his charity in the case of this unfortunate woman, Mrs. Laura Lyons. By representing himself as a single man he acquired complete influence over her, and he gave her to understand that in the event of her obtaining a divorce from her husband he would marry her. His plans were suddenly brought to a head by his knowledge that Sir Charles was about to leave the Hall on the advice of Dr. Mortimer, with whose opinion he himself pretended to coincide. He must act at once, or his victim might get beyond his power. He therefore put pressure upon Mrs. Lyons to write this letter, imploring the old man to give her an interview on the evening before his departure for London. He then, by a specious argument, prevented her from going, and so had the chance for which he had waited.

"Driving back in the evening from Coombe Tracey he was in time

Charles era supersticioso y se había tomado muy en serio esta sombría leyenda. Su ingeniosa mente sugirió al instante una forma por la que se podría dar muerte al baronet y, sin embargo, sería difícil hacer recaer la culpa sobre el verdadero asesino.

«Una vez concebida la idea, procedió a llevarla a cabo con considerable finura. Un conspirador ordinario se habría contentado con trabajar con un sabueso salvaje. El uso de medios artificiales para convertir a la criatura en diabólica fue un destello de genialidad por su parte. El perro lo compró en Londres a Ross & Mangles, los comerciantes de Fulham Road. Era el más fuerte y salvaje que poseían. Lo trajo por la línea de North Devon y recorrió una gran distancia por el páramo para llevarlo a casa sin excitar ningún comentario. En sus cacerías de insectos ya había aprendido a penetrar en la Ciénaga de Grimpen, por lo que había encontrado un escondite seguro para la criatura. Aquí la enjauló y esperó su oportunidad.

«Pero tardó en llegar. No se podía atraer al viejo caballero fuera de sus terrenos por la noche. Varias veces acechó Stapleton con su sabueso, pero sin resultado. Fue durante estas búsquedas infructuosas cuando él, o más bien su aliado, fue visto por los campesinos, y cuando la leyenda del perro demoníaco recibió una nueva confirmación. Había esperado que su esposa atrajera a Sir Charles a su ruina, pero en este caso ella se mostró inesperadamente independiente. Ella no se esforzaría por enredar al viejo caballero en un apego sentimental que podría entregarlo a su enemigo. Las amenazas e incluso, siento decirlo, los golpes se negaron a conmoverla. Ella no tendría nada que ver con eso, y durante un tiempo Stapleton estuvo en un callejón sin salida.

«Encontró una salida a sus dificultades gracias a la casualidad de que Sir Charles, que había forjado una amistad con él, le hizo ministro de su caridad en el caso de esta desafortunada mujer, la señora Laura Lyons. Representándose a sí mismo como un hombre soltero adquirió una influencia total sobre ella, y le dio a entender que en el caso de que obtuviera el divorcio de su marido él se casaría con ella. Sus planes se precipitaron súbitamente al saber que Sir Charles estaba a punto de abandonar el Hall por consejo del Doctor Mortimer, con cuya opinión él mismo pretendía coincidir. Debía actuar de inmediato o su víctima podría escapar a su poder. Por lo tanto, presionó a la señora Lyons para que escribiera esta carta, implorando al anciano que le concediera una entrevista la noche anterior a su partida hacia Londres. Entonces, con un argumento engañoso, le impidió ir, y así tuvo la oportunidad que había esperado.

«Volviendo por la tarde de Coombe Tracey, llegó a tiempo de coger a su

to get his hound, to treat it with his infernal paint, and to bring the beast round to the gate at which he had reason to expect that he would find the old gentleman waiting. The dog, incited by its master, sprang over the wicket-gate and pursued the unfortunate baronet, who fled screaming down the yew alley. In that gloomy tunnel it must indeed have been a dreadful sight to see that huge black creature, with its flaming jaws and blazing eyes, bounding after its victim. He fell dead at the end of the alley from heart disease and terror. The hound had kept upon the grassy border while the baronet had run down the path, so that no track but the man's was visible. On seeing him lying still the creature had probably approached to sniff at him, but finding him dead had turned away again. It was then that it left the print which was actually observed by Dr. Mortimer. The hound was called off and hurried away to its lair in the Grimpen Mire, and a mystery was left which puzzled the authorities, alarmed the countryside, and finally brought the case within the scope of our observation.

"So much for the death of Sir Charles Baskerville. You perceive the devilish cunning of it, for really it would be almost impossible to make a case against the real murderer. His only accomplice was one who could never give him away, and the grotesque, inconceivable nature of the device only served to make it more effective. Both of the women concerned in the case, Mrs. Stapleton and Mrs. Laura Lyons, were left with a strong suspicion against Stapleton. Mrs. Stapleton knew that he had designs upon the old man, and also of the existence of the hound. Mrs. Lyons knew neither of these things, but had been impressed by the death occurring at the time of an uncancelled appointment which was only known to him. However, both of them were under his influence, and he had nothing to fear from them. The first half of his task was successfully accomplished but the more difficult still remained.

"It is possible that Stapleton did not know of the existence of an heir in Canada. In any case he would very soon learn it from his friend Dr. Mortimer, and he was told by the latter all details about the arrival of Henry Baskerville. Stapleton's first idea was that this young stranger from Canada might possibly be done to death in London without coming down to Devonshire at all. He distrusted his wife ever since she had refused to help him in laying a trap for the old man, and he dared not leave her long out of his sight for fear he should lose his influence over her. It was for this reason that he took her to London with him. They lodged, I find, at the Mexborough Private Hotel, in Craven Street, which was actually one of those called upon by my agent in search of evidence. Here he kept his wife imprisoned in her room while he, disguised in a beard, followed Dr. Mortimer to Baker Street and afterwards to the station and to the Northumberland Hotel. His wife had

sabueso, tratarlo con su pintura infernal y llevar a la bestia hasta la puerta en la que tenía razones para esperar encontrar al viejo caballero esperando. El perro, incitado por su amo, saltó la puerta de paso y persiguió al desafortunado baronet, que huyó gritando por el callejón de los tejos. En aquel tenebroso túnel debió de ser realmente un espectáculo espantoso ver a aquella enorme criatura negra, con sus fauces ardientes y sus ojos llameantes, saltar tras su víctima. El hombre cayó muerto al final del callejón de un ataque al corazón y de terror. El sabueso se había mantenido en el borde cubierto de hierba mientras el baronet corría por el sendero, de modo que no se veía más huella que la del hombre. Al verlo inmóvil, la criatura se había acercado probablemente para olisquearlo, pero al encontrarlo muerto se había alejado de nuevo. Fue entonces cuando dejó la huella que observó el Doctor Mortimer. El sabueso fue retirado y alejado a toda prisa hacia su guarida en la Ciénaga de Grimpen, y quedó un misterio que desconcertó a las autoridades, alarmó al campo y, finalmente, puso el caso al alcance de nuestra observación.

«Hasta aquí la muerte de Sir Charles Baskerville. Usted percibe la diabólica astucia del mismo, pues realmente sería casi imposible presentar un caso contra el verdadero asesino. Su único cómplice era uno que nunca podría delatarlo, y la naturaleza grotesca e inconcebible del ardid sólo sirvió para hacerlo más eficaz. Las dos mujeres implicadas en el caso, la señora Stapleton y la señora Laura Lyons, albergaban fuertes sospechas contra Stapleton. La señora Stapleton sabía que tenía designios contra el anciano, y también de la existencia del sabueso. La señora Lyons no sabía ninguna de estas cosas, pero le había impresionado la muerte ocurrida en el momento de una cita no cancelada que sólo él conocía. Sin embargo, ambos estaban bajo su influencia y no tenía nada que temer de ellos. La primera mitad de su tarea se había cumplido con éxito, pero aún quedaba lo más difícil.

«Es posible que Stapleton no supiera de la existencia de un heredero en Canadá. En cualquier caso lo sabría muy pronto por su amigo el Doctor Mortimer, y éste le contó todos los detalles sobre la llegada de Henry Baskerville. La primera idea de Stapleton fue que aquel joven forastero de Canadá posiblemente terminaría muerto en Londres sin necesidad de venir a Devonshire. Desconfiaba de su esposa desde que ésta se había negado a ayudarle a tender una trampa al viejo, y no se atrevía a perderla de vista mucho tiempo por temor a disminuir su influencia sobre ella. Por esta razón se la llevó a Londres con él. Se alojaron, según descubrí, en el Hotel Privado Mexborough, en Craven Street, que fue en realidad uno de los que visitó mi agente en busca de pruebas. Aquí mantuvo a su esposa prisionera en su habitación mientras él, disfrazado con barba, seguía al Doctor Mortimer hasta Baker Street y después hasta la estación y el Hotel Northumberland. Su esposa tenía algún indicio de sus planes; pero tenía

some inkling of his plans; but she had such a fear of her husband—a fear founded upon brutal ill-treatment—that she dare not write to warn the man whom she knew to be in danger. If the letter should fall into Stapleton's hands her own life would not be safe. Eventually, as we know, she adopted the expedient of cutting out the words which would form the message, and addressing the letter in a disguised hand. It reached the baronet, and gave him the first warning of his danger.

"It was very essential for Stapleton to get some article of Sir Henry's attire so that, in case he was driven to use the dog, he might always have the means of setting him upon his track. With characteristic promptness and audacity he set about this at once, and we cannot doubt that the boots or chamber-maid of the hotel was well bribed to help him in his design. By chance, however, the first boot which was procured for him was a new one and, therefore, useless for his purpose. He then had it returned and obtained another—a most instructive incident, since it proved conclusively to my mind that we were dealing with a real hound, as no other supposition could explain this anxiety to obtain an old boot and this indifference to a new one. The more outré and grotesque an incident is the more carefully it deserves to be examined, and the very point which appears to complicate a case is, when duly considered and scientifically handled, the one which is most likely to elucidate it.

"Then we had the visit from our friends next morning, shadowed always by Stapleton in the cab. From his knowledge of our rooms and of my appearance, as well as from his general conduct, I am inclined to think that Stapleton's career of crime has been by no means limited to this single Baskerville affair. It is suggestive that during the last three years there have been four considerable burglaries in the west country, for none of which was any criminal ever arrested. The last of these, at Folkestone Court, in May, was remarkable for the cold-blooded pistolling of the page, who surprised the masked and solitary burglar. I cannot doubt that Stapleton recruited his waning resources in this fashion, and that for years he has been a desperate and dangerous man.

"We had an example of his readiness of resource that morning when he got away from us so successfully, and also of his audacity in sending back my own name to me through the cabman. From that moment he understood that I had taken over the case in London, and that therefore there was no chance for him there. He returned to Dartmoor and awaited the arrival of the baronet."

tanto miedo de su marido —un miedo fundado en brutales malos tratos— que no se atrevió a escribir para advertir al hombre que, como ella bien sabía, estaba en peligro. Si la carta caía en manos de Stapleton su propia vida ya no estaría a salvo. Al final, como sabemos, adoptó el expediente de recortar las palabras que formarían el mensaje, y dirigir la carta de forma encubierta. Llegó al baronet y le dio el primer aviso de su peligro.

«Era sumamente esencial para Stapleton conseguir algún artículo del atuendo de Sir Henry para que, en caso de que se viera obligado a utilizar el perro, pudiera tener en todo momento los medios de ponerlo sobre su pista. Con su prontitud y audacia características se puso a ello de inmediato, y no podemos dudar de que el botinero o la camarera del hotel fueron bien sobornados para que le ayudaran en su designio. Por casualidad, sin embargo, la primera bota que le consiguieron era nueva y, por lo tanto, inútil para su propósito. Entonces hizo que se la devolvieran y obtuvo otra, un incidente de lo más instructivo, ya que me demostró de forma concluyente que estábamos ante un auténtico sabueso, pues ninguna otra suposición podía explicar esa ansiedad por obtener una bota vieja y esa indiferencia por una nueva. Cuanto más estrambótico y grotesco es un incidente, más cuidadosamente merece ser examinado, y el mismo punto que parece complicar un caso es, cuando se considera debidamente y se trata científicamente, el que tiene más probabilidades de dilucidarlo.

«A la mañana siguiente recibimos la visita de nuestros amigos, siempre a la sombra de Stapleton en el taxi. Por su conocimiento de nuestras habitaciones y de mi aspecto, así como por su conducta general, me inclino a pensar que la carrera delictiva de Stapleton no se ha limitado en absoluto a este único asunto de los Baskerville. Resulta sugestivo que durante los últimos tres años se hayan producido cuatro robos considerables en el oeste del país, y que por ninguno de ellos se detuviera jamás a ningún delincuente. El último de ellos, en Folkestone Court, en mayo, fue notable por la sangre fría del paje, que sorprendió al ladrón enmascarado y solitario. No puedo dudar de que Stapleton se procuró de este modo sus escasos recursos, y que durante años ha sido un hombre desesperado y peligroso.

«Tuvimos un ejemplo de su prontitud de recursos aquella mañana, cuando se nos escapó con tanto éxito, y también de su audacia al transmitirme mi propio nombre a través del taxista. Desde ese momento comprendió que yo me había hecho cargo del caso en Londres y que, por lo tanto, no había ninguna oportunidad para él allí. Regresó a Dartmoor y esperó la llegada del baronet».

"One moment!" said I. "You have, no doubt, described the sequence of events correctly, but there is one point which you have left unexplained. What became of the hound when its master was in London?"

"I have given some attention to this matter and it is undoubtedly of importance. There can be no question that Stapleton had a confidant, though it is unlikely that he ever placed himself in his power by sharing all his plans with him. There was an old manservant at Merripit House, whose name was Anthony. His connection with the Stapletons can be traced for several years, as far back as the school-mastering days, so that he must have been aware that his master and mistress were really husband and wife. This man has disappeared and has escaped from the country. It is suggestive that Anthony is not a common name in England, while Antonio is so in all Spanish or Spanish-American countries. The man, like Mrs. Stapleton herself, spoke good English, but with a curious lisping accent. I have myself seen this old man cross the Grimpen Mire by the path which Stapleton had marked out. It is very probable, therefore, that in the absence of his master it was he who cared for the hound, though he may never have known the purpose for which the beast was used.

"The Stapletons then went down to Devonshire, whither they were soon followed by Sir Henry and you. One word now as to how I stood myself at that time. It may possibly recur to your memory that when I examined the paper upon which the printed words were fastened I made a close inspection for the water-mark. In doing so I held it within a few inches of my eyes, and was conscious of a faint smell of the scent known as white jessamine. There are seventy-five perfumes, which it is very necessary that a criminal expert should be able to distinguish from each other, and cases have more than once within my own experience depended upon their prompt recognition. The scent suggested the presence of a lady, and already my thoughts began to turn towards the Stapletons. Thus I had made certain of the hound, and had guessed at the criminal before ever we went to the west country.

"It was my game to watch Stapleton. It was evident, however, that I could not do this if I were with you, since he would be keenly on his guard. I deceived everybody, therefore, yourself included, and I came down secretly when I was supposed to be in London. My hardships were not so great as you imagined, though such trifling details must never interfere with the investigation of a case. I stayed for the most part at Coombe Tracey, and only used the hut upon the moor when it was necessary to be near the scene of action. Cartwright had come down with me, and in his disguise as a country boy he was of great assistance to me. I was dependent upon him for food and clean linen.

«¡Un momento!», dije yo. «Sin duda, ha descrito correctamente la secuencia de los acontecimientos, pero hay un punto que ha dejado sin explicar. ¿Qué fue del sabueso cuando su amo estaba en Londres?».

«He prestado cierta atención a este asunto y sin duda tiene importancia. No cabe duda de que Stapleton tenía un confidente, aunque es poco probable que se arriesgara a ponerse bajo su poder compartiendo con él todos sus planes. Había un viejo criado en Merripit House que se llamaba Anthony. Su relación con los Stapleton se remonta a varios años, hasta los tiempos de maestro de escuela, por lo que debía de ser consciente de que su amo y su ama eran realmente marido y mujer. Este hombre ha desaparecido y ha escapado del país. Es sugestivo que Anthony no sea un nombre común en Inglaterra, mientras que Antonio lo es en todos los países españoles o hispanoamericanos. El hombre, como la propia señora Stapleton, hablaba bien inglés, pero con un curioso acento ceceante. Yo mismo he visto a este anciano cruzar la Ciénaga de Grimpen por el camino que Stapleton había marcado. Es muy probable, por tanto, que en ausencia de su amo fuera él quien cuidara del sabueso, aunque puede que nunca supiera el propósito para el que se utilizaba la bestia.

«Los Stapleton bajaron entonces a Devonshire, adonde pronto les siguieron Sir Henry y usted. Unas palabras ahora sobre cómo me encontraba yo en aquel momento. Posiblemente le venga a la memoria que cuando examiné el papel sobre el que estaban sujetas las palabras impresas hice una inspección minuciosa en busca de la marca de agua. Al hacerlo, lo sostuve a unas pulgadas de mis ojos y fui consciente de un leve olor del perfume conocido como jazmín blanco. Hay setenta y cinco perfumes que es muy necesario que un experto criminalista sepa distinguir entre sí, y más de una vez, según mi propia experiencia, los casos han dependido de su rápido reconocimiento. El aroma sugería la presencia de una dama, y ya mis pensamientos empezaron a volverse hacia los Stapleton. Así pues, me había cerciorado del sabueso y había adivinado al criminal antes incluso de ir al oeste del país.

«Era mi juego vigilar a Stapleton. Era evidente, sin embargo, que no podría hacerlo si estaba con usted, ya que él estaría muy en guardia. Engañé a todo el mundo, por tanto, usted incluido, y fui en secreto cuando se suponía que estaba en Londres. Mis penurias no fueron tan grandes como usted imaginaba, aunque esos detalles insignificantes nunca deben interferir en la investigación de un caso. Permanecí la mayor parte del tiempo en Coombe Tracey, y sólo utilicé la cabaña del páramo cuando era necesario estar cerca del lugar de la acción. Cartwright había venido conmigo, y en su disfraz de muchacho de campo me fue de gran ayuda. Dependía de él para la comida y la ropa limpia. Cuando yo vigilaba a Sta-

When I was watching Stapleton, Cartwright was frequently watching you, so that I was able to keep my hand upon all the strings.

"I have already told you that your reports reached me rapidly, being forwarded instantly from Baker Street to Coombe Tracey. They were of great service to me, and especially that one incidentally truthful piece of biography of Stapleton's. I was able to establish the identity of the man and the woman and knew at last exactly how I stood. The case had been considerably complicated through the incident of the escaped convict and the relations between him and the Barrymores. This also you cleared up in a very effective way, though I had already come to the same conclusions from my own observations.

"By the time that you discovered me upon the moor I had a complete knowledge of the whole business, but I had not a case which could go to a jury. Even Stapleton's attempt upon Sir Henry that night which ended in the death of the unfortunate convict did not help us much in proving murder against our man. There seemed to be no alternative but to catch him red-handed, and to do so we had to use Sir Henry, alone and apparently unprotected, as a bait. We did so, and at the cost of a severe shock to our client we succeeded in completing our case and driving Stapleton to his destruction. That Sir Henry should have been exposed to this is, I must confess, a reproach to my management of the case, but we had no means of foreseeing the terrible and paralyzing spectacle which the beast presented, nor could we predict the fog which enabled him to burst upon us at such short notice. We succeeded in our object at a cost which both the specialist and Dr. Mortimer assure me will be a temporary one. A long journey may enable our friend to recover not only from his shattered nerves but also from his wounded feelings. His love for the lady was deep and sincere, and to him the saddest part of all this black business was that he should have been deceived by her.

"It only remains to indicate the part which she had played throughout. There can be no doubt that Stapleton exercised an influence over her which may have been love or may have been fear, or very possibly both, since they are by no means incompatible emotions. It was, at least, absolutely effective. At his command she consented to pass as his sister, though he found the limits of his power over her when he endeavoured to make her the direct accessory to murder. She was ready to warn Sir Henry so far as she could without implicating her husband, and again and again she tried to do so. Stapleton himself seems to have been capable of jealousy, and when he saw the baronet paying court to the lady, even though it was part of his own plan, still he could

pleton, Cartwright le vigilaba a usted con frecuencia, de modo que pude mantener la mano en todos los hilos.

«Ya le he dicho que sus informes me llegaron rápidamente, siendo remitidos al instante desde Baker Street a Coombe Tracey. Me fueron de gran utilidad, y especialmente ese trozo de biografía de Stapleton, incidentalmente veraz. Pude establecer la identidad del hombre y de la mujer y por fin supe exactamente cuál era mi situación. El caso se había complicado considerablemente con el incidente del convicto fugado y las relaciones entre él y los Barrymore. Esto también lo aclaró usted de manera muy eficaz, aunque yo ya había llegado a las mismas conclusiones a partir de mis propias observaciones.

«En el momento en que usted me descubrió en el páramo yo tenía un conocimiento completo de todo el asunto, pero no tenía un caso que pudiera presentarse ante un jurado. Ni siquiera el atentado de Stapleton contra Sir Henry aquella noche, que acabó con la muerte del desafortunado convicto, nos ayudó mucho a probar el asesinato contra nuestro hombre. No parecía haber más alternativa que atraparlo con las manos en la masa, y para ello tuvimos que utilizar a Sir Henry, solo y aparentemente desprotegido, como señuelo. Así lo hicimos, y a costa de una fuerte conmoción para nuestro cliente conseguimos completar nuestro caso y conducir a Stapleton a su destrucción. Que Sir Henry se viera expuesto a esto es, debo confesarlo, un reproche a mi gestión del caso, pero no teníamos medios para prever el terrible y paralizante espectáculo que presentaba la bestia, ni podíamos predecir la niebla que le permitió irrumpir sobre nosotros con tan poca antelación. Conseguimos nuestro objetivo a un coste que tanto el especialista como el Doctor Mortimer me aseguran que será temporal. Un largo viaje puede permitir a nuestro amigo recuperarse no sólo de sus nervios destrozados sino también de sus sentimientos heridos. Su amor por la dama era profundo y sincero, y para él lo más triste de todo este negro asunto fue haber sido engañado por ella.

«Sólo queda indicar el papel que ella había desempeñado en todo momento. No cabe duda de que Stapleton ejerció sobre ella una influencia que pudo ser amor o pudo ser miedo, o muy posiblemente ambas cosas, ya que no son en absoluto emociones incompatibles. Fue, al menos, absolutamente eficaz. A sus órdenes, ella consintió en hacerse pasar por su hermana, aunque encontró los límites de su poder sobre ella cuando se empeñó en hacerla cómplice directa del asesinato. Estaba dispuesta a advertir a Sir Henry en la medida de lo posible sin implicar a su marido, y una y otra vez lo intentó. El propio Stapleton parece haber sido capaz de sentir celos, y cuando vio al baronet cortejando a la dama, a pesar de que formaba parte de su propio plan, no pudo evitar interrumpirlo con

not help interrupting with a passionate outburst which revealed the fiery soul which his self-contained manner so cleverly concealed. By encouraging the intimacy he made it certain that Sir Henry would frequently come to Merripit House and that he would sooner or later get the opportunity which he desired. On the day of the crisis, however, his wife turned suddenly against him. She had learned something of the death of the convict, and she knew that the hound was being kept in the outhouse on the evening that Sir Henry was coming to dinner. She taxed her husband with his intended crime, and a furious scene followed in which he showed her for the first time that she had a rival in his love. Her fidelity turned in an instant to bitter hatred, and he saw that she would betray him. He tied her up, therefore, that she might have no chance of warning Sir Henry, and he hoped, no doubt, that when the whole countryside put down the baronet's death to the curse of his family, as they certainly would do, he could win his wife back to accept an accomplished fact and to keep silent upon what she knew. In this I fancy that in any case he made a miscalculation, and that, if we had not been there, his doom would none the less have been sealed. A woman of Spanish blood does not condone such an injury so lightly. And now, my dear Watson, without referring to my notes, I cannot give you a more detailed account of this curious case. I do not know that anything essential has been left unexplained."

"He could not hope to frighten Sir Henry to death as he had done the old uncle with his bogie hound."

"The beast was savage and half-starved. If its appearance did not frighten its victim to death, at least it would paralyze the resistance which might be offered."

"No doubt. There only remains one difficulty. If Stapleton came into the succession, how could he explain the fact that he, the heir, had been living unannounced under another name so close to the property? How could he claim it without causing suspicion and inquiry?"

"It is a formidable difficulty, and I fear that you ask too much when you expect me to solve it. The past and the present are within the field of my inquiry, but what a man may do in the future is a hard question to answer. Mrs. Stapleton has heard her husband discuss the problem on several occasions. There were three possible courses. He might claim the property from South America, establish his identity before the British authorities there and so obtain the fortune without ever coming to England at all, or he might adopt an elaborate disguise during the short time that he need be in London; or, again, he might furnish an accomplice with the proofs and papers, putting him in as

un arrebato apasionado que reveló el alma ardiente que sus maneras contenidas ocultaban tan hábilmente. Al fomentar la intimidad, hizo que Sir Henry acudiera con frecuencia a Merripit House y que tarde o temprano tuviera la oportunidad que deseaba. El día de la crisis, sin embargo, su esposa se volvió repentinamente contra él. Se había enterado de la muerte del convicto, y sabía que el sabueso iba a ser guardado en la caseta la noche en que Sir Henry iba a venir a cenar. Acusó a su marido del crimen que pretendía cometer, y se produjo una escena furiosa en la que él le manifestó por primera vez que tenía una rival en su amor. Su fidelidad se convirtió en un instante en amargo odio, y él vio que ella le traicionaría. La ató, por tanto, para que no tuviera oportunidad de advertir a Sir Henry, y esperó, sin duda, que cuando todo el campo atribuyera la muerte del baronet a la maldición de su familia, como sin duda harían, podría volver a ganarse a su esposa para que aceptara un hecho consumado y guardara silencio sobre lo que sabía. En cualquier caso, creo que cometió un error de cálculo y que, si no hubiéramos estado allí, su perdición habría quedado sellada. Una mujer de sangre española no perdona una injuria así tan a la ligera. Y ahora, mi querido Watson, sin remitirme a mis notas, no puedo darle un relato más detallado de este curioso caso. No sé si algo esencial ha quedado sin explicar».

«No podía esperar asustar a Sir Henry hasta la muerte como había hecho con el viejo tío con su sabueso vagabundo».

«La bestia era salvaje y estaba medio muerta de hambre. Si su aspecto no asustaba a su víctima hasta la muerte, al menos paralizaría la resistencia que pudiera ofrecer».

«Sin duda. Sólo queda una dificultad. Si Stapleton entrara en la sucesión, ¿cómo podría explicar el hecho de que él, el heredero, hubiera estado viviendo sin anunciarse bajo otro nombre tan cerca de la propiedad? ¿Cómo podría reclamarla sin provocar sospechas e indagaciones?».

«Es una dificultad formidable, y me temo que pide usted demasiado cuando espera que yo la resuelva. El pasado y el presente están dentro del campo de mi investigación, pero lo que un hombre puede hacer en el futuro es una pregunta difícil de responder. La señora Stapleton ha oído a su marido discutir el problema en varias ocasiones. Había tres cursos posibles. Podía reclamar la propiedad desde Sudamérica, establecer su identidad ante las autoridades británicas de allí y obtener así la fortuna sin tener que venir nunca a Inglaterra, o podía adoptar un elaborado disfraz durante el breve tiempo que necesitara estar en Londres; o, también, podía proporcionar a un cómplice las pruebas y los papeles,

heir, and retaining a claim upon some proportion of his income. We cannot doubt from what we know of him that he would have found some way out of the difficulty. And now, my dear Watson, we have had some weeks of severe work, and for one evening, I think, we may turn our thoughts into more pleasant channels. I have a box for Les Huguenots. Have you heard the De Reszkes? Might I trouble you then to be ready in half an hour, and we can stop at Marcini's for a little dinner on the way?"

poniéndole como heredero y quedándose con una parte de sus ingresos. No podemos dudar, por lo que sabemos de él, que habría encontrado alguna forma de salir de la dificultad. Y ahora, mi querido Watson, hemos tenido algunas semanas de severo trabajo, y por una tarde, creo, podemos dirigir nuestros pensamientos hacia derroteros más agradables. Tengo un palco para Les Huguenots. ¿Ha oído hablar de los De Reszke? ¿Podría molestarle entonces y pedirle que esté listo en media hora, y podemos parar en Marcini's para cenar algo por el camino?».

CLUB DEL LIBRO

Esperamos que haya disfrutado esta lectura. ¿Quiere leer otra obra publicada por nuestra editorial?

En nuestro Club del Libro encontrarás artículos relacionados con los libros que publicamos y la literatura en general. ¡Suscríbete en nuestra página web y te ofrecemos un ebook gratis por mes!

Recibe tu copia totalmente gratuita de nuestro *Club del libro* en rosettaedu.com/pages/club-del-libro